YOUNGTAK KIM

KNOCHENSUPPE
2

DIE NACHT,
IN DER ZWÖLF MENSCHEN
VERSCHWANDEN

Aus dem Koreanischen von
Hyuk-Sook Kim und Manfred Selzer

GOLKONDA

This book is published with the support of
Publication Industry Promotion Agency of Korea (KPIPA).

Originalausgabe
Gomtang II (Beef Bone Soup) by Youngtak Kim
© 2018 Youngtak Kim
All rights reserved.

Original Korean edition is serialized by Kakao Page Corp.
and published by Arte (Book 21 Publishing Group)
This German edition is published by arrangement with by
Kakao Page Corp. through KL Management, Seoul, Korea

Der Umwelt zuliebe

· produzieren wir zu über 90 %
  in Deutschland
· achten wir auf kurze Transportwege
· drucken wir auf Papier aus
  verantwortungsvollen Quellen

MIX
Papier aus verantwor-
tungsvollen Quellen
FSC® C014889

Copyright der deutschen Ausgabe
© 2023 Golkonda in der Europa Verlag GmbH, München
Umschlaggestaltung: Hauptmann & Kompanie Werbeagentur, Zürich
Übersetzung: Hyuk-Sook Kim und Manfred Selzer
Redaktion: Franz Leipold
Layout & Satz: Margarita Maiseyeva
Druck und Bindung: Pustet, Regensburg
ISBN 978-3-96509-055-2
Alle Rechte vorbehalten.

Golkonda-Newsletter: Mehr zu unseren Büchern und Autoren
kostenlos per E-Mail!
www.golkonda-verlag.com

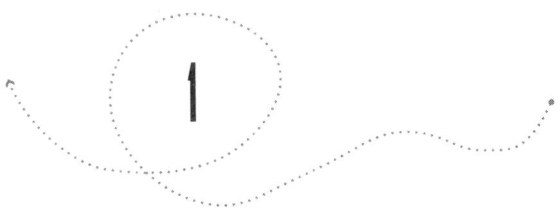

1

»Die Haare, wem gehören sie? Die drei scheinen eine Familie zu sein.«

Die Worte, die nach diesen folgten, erreichten Uhwans Ohren schon nicht mehr. Er hörte nur diesen einen Satz, nachdem Park Jongdae ihn vor seinem Büro stehen gelassen hatte und gegangen war. Und er schwirrte ihm auch noch im Kopf herum, während er mit dem Fahrrad den langen Weg von Yeongdo bis zur Gaststätte »Busaner Knochensuppe« zurücklegte.

Er fuhr an der Hochstraße vorbei, die eingestürzt und deswegen menschenleer war, hielt als Einziger vor einer Ampel an, die Grün zeigte, trat mit etwas weniger Kraft in die Pedale, weil die aufsteigende Straße in eine abschüssige überging, und dann erneut kräftiger, als sich diese Straße wieder an einen aufsteigenden Weg anschloss. Auf der gesamten Strecke dachte er ausschließlich an diesen einen Satz: »Die drei scheinen eine Familie zu sein.«

Als Uhwan die »Busaner Knochensuppe« betrat, schaute Jongin fern. Auf dem Bildschirm waren zahlreiche Tote an einem Strand zu sehen. Erst jetzt hörte Uhwan jenen Satz nicht mehr.

Er starrte auf die Körper, die von den Wellen an den Strand getrieben worden waren und jetzt einsam dalagen.

Die Menschen, die er getötet hatte. Es waren zwölf. Er hatte versäumt, auch an diese Menschen zu denken, als er aus dem Boot gestiegen war. Seine Gedanken waren einzig darauf fokussiert gewesen, dass er aus dem Boot musste. Er musste die Luke öffnen, egal wie, und es hinaus schaffen. In dem Augenblick, als die Luke aufging, begann das Boot allerdings mit Wasser vollzulaufen. Das Boot, das ins Meer hinabgetaucht war, um in eine andere Zeit zu gelangen, hatte für Uhwan den Niedergang seines Lebens verkörpert. Aus diesem Grund hatte er die Luke geöffnet. Um zu leben! Um hier, an diesem Ort, zu leben, hatte er die Luke des Bootes geöffnet. Das war alles, was er hatte tun wollen.

Vielleicht hatte er für einen winzigen Moment die Folgen seines Handelns geahnt. Dennoch hatte er die Luke aufgemacht. Dennoch wollte er unbedingt an diesem Ort leben.

Den Tod der anderen zu ahnen und ihn mit eigenen Augen zu sehen, war nicht dasselbe. Die Menschen, die tot dalagen, hatten es erst jetzt nicht mehr eilig. Es waren Menschen, die einen Ort gehabt hatten, an den sie zurückkehren konnten. Dort hatten sie ihr Leben gehabt. Menschen, die es sich zu ihren Lebzeiten nicht hatten leisten können, sich beliebig von den Wellen treiben zu lassen. Uhwan erkannte zu spät, was er wirklich getan hatte. Er hatte die Menschen an ihrer Rückkehr in ihr altes Leben gehindert und aus denen, die hätten fleißig sein müssen und auch können, für alle Ewigkeit faule Menschen gemacht.

»Gestern ist Sunhee nicht nach Hause gekommen«, sagte Jongin, während er die schockierende Nachricht über die zwölf Leichen sah, die am Strand entdeckt worden waren.

Ryu Jeonghun gestand zwar nichts, aber er bestand auch nicht mehr auf seiner Freilassung. Changgeun erzählte ihm in aller Freundlichkeit von dem Mann, der in der Klinik »Hoffnung« stationär behandelt wurde. Und auch von der alten Frau: »Vor Kurzem haben Sie eine alte Frau, die dement ist, in diese Klinik einliefern lassen und behauptet, dass sie Ihre Mutter sei, obwohl Sie, ja Sie, gar nicht ihr Sohn sind.« Der Ermittler versäumte nicht, Jeonghun auch zu erzählen, dass diese alte Frau dem Mann, dem die Haut vom Gesicht entfernt worden war und der deshalb einem Monstrum ähnelte, mit beiden Augen direkt ins Gesicht gesehen hatte und nun energisch behauptete, dass er wirklich ihr Sohn sei. Und sie vergoss jeden Tag Tränen wegen ihres Sohnes, im Gegensatz zu allen anderen, die vor ihm unwillkürlich die Augen schlossen und den Blickkontakt mit ihm zu vermeiden suchten. Changgeun teilte dem Verdächtigen auch die Worte der alten Mutter mit, die gesagt hatte, sie wolle den Schuft, der das Gesicht ihres Sohnes dermaßen verunstaltet habe, finden und umbringen.

Kang Doyeong ignorierte den Personalausweis, den Ryu Jeonghun hervorholte, und nahm stattdessen von allen zehn Fingern Abdrücke, um seine Identität zu bestimmen. Jeonghun leistete nicht den geringsten Widerstand. Allerdings machte er auch nicht einfach so eine Aussage. Yang Changgeun erwähnte ihm gegenüber wiederholt Park Jongdae. Denn wie lange er auch nachdenken mochte, er bekam den Gedanken nicht aus dem Kopf, dass auch der Makler in diese Sache verwickelt war, in welcher Form auch immer.

Die Überprüfung der Fingerabdrücke war abgeschlossen. Doch die Person, deren Fingerabdrücke mit dem des Mannes übereinstimmten, der sich fälschlicherweise als Ryu Jeonghun ausgab, wurde nicht gefunden. Es konnte sein, dass die Registrierung jener Person überhaupt nicht stattgefunden hatte oder versehentlich gelöscht worden war. Oder es konnte sich, wie Kang Doyeong meinte, auch wenn es absurd klang, bei dem Mann um einen Ausländer handeln. Nichts von dem ließ sich mit Fug und Recht von der Hand weisen; trotzdem war es höchst unwahrscheinlich, dass die Einwohnerregistrierung von jemandem, der offensichtlich ein Geschäft führte, gelöscht worden beziehungsweise nie zustande gekommen war. Immerhin stand definitiv fest, dass der Mann, der jetzt im Vernehmungsraum saß, nicht »Ryu Jeonghun« war.

Der Mann, der sich als Jeonghun ausgegeben hatte, verweigerte zwar immer noch jegliche Aussage, aber Changgeun ging davon aus, dass er sich jetzt bestimmt über gewisse Sachen den Kopf zerbrach: Was er getan hatte, welche illegalen Taten ihm von der Polizei nachgewiesen werden könnten; Taten, von denen er behaupten könnte, dass nicht er, sondern andere sie begangen haben, Menschen, denen er dann seine Schuld in die Schuhe schieben könnte. Und unter den Menschen, die er dafür in Erwägung zog, musste sich auf alle Fälle auch Park Jongdae befinden, so vermutete Changgeun.

Changgeun ging aus dem Vernehmungsraum. Er dachte, dass der Mann in der Klinik »Hoffnung« auf seine Mutter reagiert hatte und dementsprechend auch auf das Gesicht des Verdächtigen reagieren würde, der im Vernehmungsraum saß. Der Patient

Ryu Jeonghun würde zweifellos in irgendeiner Form reagieren, wenn er *sein eigenes* Gesicht zu sehen bekommen würde. Das könnte dazu führen, dass er sich wieder an die Ereignisse jenes Tages erinnerte, an dem alles passiert war.

Allerdings wäre es viel besser, wenn der vermeintliche Jeonghun von sich aus Park Jongdae erwähnen würde. Der echte Ryu Jeonghun war in der Psychiatrie. Die Aussage eines psychisch Kranken war vor Gericht gegenstandslos. Die Wahrscheinlichkeit war aber hoch, dass die Aussage von Ryu Jeonghun im Vernehmungsraum als Beweis aufgenommen würde. Bei seiner Narbe handelte es sich zweifelsohne um eine Operationsfolge, und er hatte das Gesicht des Patienten Ryu Jeonghun gestohlen. Daran bestand ebenfalls kein Zweifel.

Shopping und Schönheitsoperation, außer diesen beiden Dingen gab es nichts, was sich mit der Zeit über die Maßen weiterentwickelt hatte. Menschen konnten überall alles konsumieren, und jeder konnte zu demjenigen werden, der er sein wollte, solange er das nötige Kleingeld dafür besaß.

Immer mehr Menschen unterzogen sich einer Schönheitsoperation, um genauso wie ein Star auszusehen. Neulich hatte eine Schauspielerin eine Klage gegen eine Person eingereicht, die ihr Gesicht hatte operieren lassen, damit sie haargenau wie diese Schauspielerin aussah. Auch früher hatte es häufig Fälle gegeben, in denen ein Nicht-Schauspieler, der einem Schauspieler zum Verwechseln ähnlich sah, damit Geld verdiente, den Star zu imitieren. So etwas hatte schon einige Male zu Gerichtsverhandlungen geführt, weil der Star auf einem Anteil der Einnahmen bestand. Doch bei der Klage dieser Schauspielerin lagen die Dinge etwas anders.

In der Regel ließ man sich so operieren, dass man einem Star ähnlich sah, der sich gerade auf dem Höhepunkt seiner Karriere befand. Die besagte Darstellerin hatte jedoch ihren schauspielerischen Zenit längst überschritten und war mittlerweile sehr alt.

Eine Normalbürgerin hatte sich nun einer Schönheitsoperation unterzogen, um genau wie die Schauspielerin in ihren jungen Jahren auszusehen. Für eine Frau, die mit ihrer Jugend auch alles damit Zusammenhängende verloren hatte, war es gewiss unvorstellbar schwer, eine Fremde zu sehen, die wie sie in ihrer Blütezeit aussah – eine Zeit, in die sie nie wieder zurückkehren konnte.

Vor Gericht erschienen gleichzeitig zwei Frauen, die ein und dieselbe Person darstellten. Einmal als alte und einmal als junge Version. Diese Szene war äußerst kurios. Die Augen der im Gerichtssaal Anwesenden richteten sich viel mehr auf die junge Frau mit dem Gesicht der Schauspielerin aus der Zeit, als diese den Gipfel ihrer Karriere erklommen hatte, als auf die alte Frau, die um das ihr zustehende Recht, ihre Ehre und für die Moral kämpfte. »Wow, die sieht wirklich genauso aus wie die Schauspielerin damals!« So ließ man der Begeisterung im Gerichtssaal freien Lauf.

Da man in einer Zeit lebte, in der solche chirurgischen Möglichkeiten zur Verfügung standen, stellte es keine große Sache dar, dass ein plastischer Chirurg, der in Busan die Nummer eins sein sollte, das Gesicht von Ryu Jeonghun und Park Jongdae jeweils in ein anderes verwandelt hatte. Natürlich handelte es sich um keine einfache Hauttransplantation, bei der man nur die Gesichtshaut von jemandem abnahm und jemand anderem überzog.

Aber warum musste man jemanden unbedingt häuten und dessen Leben zerstören? Und warum mussten es ausgerechnet die Gesichter von Ryu Jeonghun und Park Jongdae sein? Das waren die Fragen, die Changgeun sich stellte. Die beiden waren doch keine Schauspieler und auch keine anderen Berühmtheiten. Als Changgeun mit seinen Fragen an diesen Punkt gelangt war, sagte Doyeong, der neben ihm saß: »Park Jongdae und Ryu Jeonghun sind nicht einmal Stars! Sie sehen auch nicht großartig aus.«

Changgeun war neuerdings sehr überrascht von seinem Kollegen, da diesem ähnliche Gedanken durch den Kopf gingen wie ihm selbst. Er hatte angenommen, dass Doyeong um diese Zeit in der Regel Hunger bekam und deshalb einzig und allein ans Essen dachte. Offensichtlich hatte er mit seiner Annahme falschgelegen.

Worüber die zwei Ermittler auch nachdenken mochten, sie mussten warten. Es gab nichts, was sie unternehmen konnten, außer zu warten. Und das konnten sie. Bis Ryu Jeonghun von sich aus verlangte, mit Park Jongdae zu sprechen, bis die Identität der zwölf Menschen, die an den Strand gespült worden waren, festgestellt und die Obduktion der zwölf Leichen abgeschlossen war, konnten sie nur warten.

* * *

Hwayeong hatte angenommen, dass es für ihn nie wieder einen Anlass geben würde, einen Fuß in eine Bibliothek zu setzen. In seinem Koffer befanden sich noch die Geschenke für seine Mutter und seine Schwester. Er ging zur Theke für die Internetrecherche. In das Suchfenster gab er »Polizeirevier« ein. Was auch immer im Boot genau geschehen sein mochte, wegen eines einzigen Menschen, der überlebt hatte, anstatt mit den anderen zwölf zu sterben, konnte er nun nicht zurückkehren, und folglich musste er ihn töten. Dafür musste er in Erfahrung bringen, wer von den dreizehn Menschen am Leben geblieben war. Er gab die Begriffe »Raumplan Polizeirevier« ein und begann zu recherchieren.

* * *

Bloß keine Wiederholung, denn er hasste Wiederholungen. Wenn er gefragt würde, wie er bei den vielen Mahlzeiten an den zahlreichen Tagen immer ein anderes Gericht zu sich nehmen könne, damit er nicht ständig das Gleiche aß, dann könnte seine Antwort nur lauten: dank meiner Obsession. Kang Doyeong gehörte zu den Menschen, die obsessiv waren. Er wollte stets wachsam bleiben. Man stelle sich einen Mann in den Vierzigern vor, der bei jeder Mahlzeit immer dasselbe Gericht verzehrte. Das wäre wahrlich kein wachsamer Mensch. Doyeong aß viermal am Tag. Er nahm zumindest einmal am Tag eine Mahlzeit zu sich, die sich von den vorherigen unterschied, zweimal an den guten Tagen oder sogar viermal an den besten Tagen. Ermittler Kang Doyeong führte sein Leben also äußerst bewusst, nur dadurch hatte er zu einem wachsamen Menschen werden können. Er arbeitete seit fast zwanzig Jahren als Ermittler und führte seine Arbeit trotzdem nicht mit seelenloser Routine durch – und das hatte er nur seiner Obsession zu verdanken. Obsession. Seine Obsession für eine Mahlzeit, die sich nicht wiederholte.

»Herr Kang, wollen wir zu Abend noch mal den Stinkeeintopf mit der Bohnenpaste essen, den wir zu Mittag hatten? Der war doch ganz lecker«, fragte Choi Seongwon. Der würde spätestens in fünf Jahren der Routine verfallen.

Man muss wachsam bleiben. Doyeong hatte Seongwon angemault und seinen Vorschlag abgelehnt; nun grübelte er seit zehn Minuten, was er zu Abend essen sollte. Drei Tage hatte er durchhalten können. Seit drei Tagen hatte er kein einziges Mal das gleiche Gericht gegessen. Sollte er das weiter durchziehen oder doch die helle Fleischsuppe wählen, die er vor drei Tagen zu Mittag gehabt hatte? Seine Grübelei war durchaus berechtigt. Die helle Fleischsuppe schmeckte ihm gut. Als Alternative für ein neues Gericht bot sich für Seongwon ein Sandwich an, jedoch nicht für Doyeong. Ein Sandwich. Auf einem trockenen Brot sollte man rohe Wurst und rohes Gemüse essen. Alles roh, was für eine verrückte Rohheit! Wenn das so weitergehen würde, wäre es nicht auszuschließen, dass es bald Spinner geben würde, die rohen Fisch auf Brot essen wollten. Die Welt ging in ihrer Halbfertigkeit langsam zugrunde. Doyeong machte sich große Sorgen um die Zukunft, und deswegen hörte er auf, über die Wahl seiner Mahlzeit zu grübeln. Seine Obsession weiter beizubehalten war zwar wichtig, aber viel wichtiger als das war für ihn, die Welt vor ihrem Untergang zu bewahren. Schließlich wollte Doyeong in dieser Welt als Ermittler ein langes Leben führen. So war er. Er war ein Mann des Gleichgewichts.

»Wir nehmen helle Fleischsuppe zum Abendessen. Und denken Sie daran, dass ich eine Extraportion Nudeln dazu bekomme«, sagte er zu Seongwon, damit dieser das Essen bestellte.

Die Fleischsuppe war bestellt und geliefert, und Doyeong hatte seine Schüssel bereits etwa zur Hälfte geleert, als sich Dr. Tak Seongjin mit der Nachricht meldete, er sei mit der Obduktion der zwölf Leichen fertig und die Ermittler sollten zu ihm herunterkommen. Doyeong war hin und weg von dieser Suppe, vor allem hatte er noch so viel davon übrig, dass er sie unmöglich stehen lassen konnte. Daher löffelte er in aller Hast sein Essen weiter in sich hinein, weil er ohnehin nicht einmal zwei Minuten brauchen würde, bis er die Fleischsuppe geleert hätte, während Yang Changgeun, der gutem Essen keinen Respekt zu zollen wusste, auf der Stelle den Löffel hinlegte und zum Obduktionssaal eilte.

Möglicherweise wegen der Konzentration auf sein Essen bekam Doyeong den exakten Augenblick nicht mit. Ausgerechnet in dem Moment, in dem er eine besonders große Portion der Fleischsuppe mit dem Löffel in den weit aufgerissenen Mund beförderte, erschien etwas vor ihm. Es geschah innerhalb eines Lidschlags.

Es war ein Mensch. Groß und sehr hübsch sah er aus, wie ein Gigolo. Der Kerl schaute sich mit einem Gesicht um, als habe er selbst keine Ahnung, warum er hier erschienen sei. Selbstverständlich traf sein Blick ganz kurz den von Doyeong, aber der Gigolo löste sich daraufhin sofort wieder in Luft auf.

* * *

Für Dr. Tak hatte es sich um eine langweilige Obduktion gehandelt. Er dachte, dass es für ihn nichts mehr zu tun gebe, sobald die Identität der Toten festgestellt sei. Doch zwölf Leichen vor sich ausgebreitet zu sehen war keine behagliche Angelegenheit. Wohin waren sie überhaupt unterwegs gewesen, auch wenn sie letzten Endes ihr Ziel niemals erreichen durften und tot an den Strand zurückkehren mussten? Dr. Tak fühlte sich unwohl. Zum Glück hatte er hier im Obduktionssaal irgendwo noch eine Flasche Schnaps. Er suchte danach mit der Absicht, sich nur einen kleinen Schluck davon zu gönnen, bevor die Ermittler hereinstürmten.

Möglicherweise deswegen bekam Dr. Tak den exakten Augenblick nicht mit. Ausgerechnet in dem Moment, als er, ein kompetenter Gerichtsmediziner und zugleich hervorragender Obduzent, seine Schnapsflasche fand, die irgendwo im Obduktionssaal herumstand, erschien der Kerl. Innerhalb eines Lidschlags tauchte er auf, und das war der Augenblick, in dem ihn der Gerichtsmediziner sah.

Er stellte die gefundene Schnapsflasche zurück an ihren Platz. Er musste bei klarem Verstand bleiben. Der Kerl hatte die Ruhe weg. Vielleicht wäre »der Junge« die passendere Bezeichnung für ihn gewesen. Der Junge überprüfte also gelassen alle zwölf Leichname, nein, nicht gelassen, sondern vielmehr völlig beherrscht. Er sah sich alle zwölf Gesichter einzeln und aufmerksam der Reihe nach an. Er betrachtete alle Gesichter, und zwar jedes für sich. Währenddessen musterte Dr. Tak den Jungen. Er dachte einzig daran, dass er bei klarem Verstand bleiben müsse. Etwas anderes kam ihm nicht in den Sinn.

Der Junge hatte einen gewissen Reiz an sich, sodass er – angefangen mit seinem Auftritt bis zu seinem Verhalten – die vollständige Aufmerksamkeit von Dr. Tak auf sich zog. Als der Junge das letzte Gesicht betrachtete, öffnete Changgeun die Tür des Obduktionssaals und betrat den Raum. So sah auch er den Jungen.

In diesem Augenblick hatte sich der Junge gerade die letzte Leiche angesehen. Er machte ein beunruhigtes Gesicht. Da trafen sich die Blicke des Jungen und des Ermittlers. Changgeun kam kein Wort über die Lippen, und es ging auch keine erkennbare Bewegung von ihm aus; ebenso wenig konnte man sagen, woran er momentan dachte. Er stand wie angewurzelt da, und der Junge tat es ihm für ein paar Sekunden mit einem beunruhigten Gesicht gleich. Danach löste er sich in Luft auf.

Changgeun rannte los. Aus dem Polizeirevier hinaus. Er dachte einfach, dass er zuerst nach draußen rennen musste. »Vielleicht kann ich ihm wieder begegnen oder ihn sogar schnappen, bevor er sich erneut verflüchtigt. Zumindest könnte ich ihn noch einmal sehen.«

Er stürmte die Treppen hoch und bog in den Flur ein. Dort tauchte der Kerl gerade auf. Er schien immer noch fassungslos zu sein. Changgeun rannte und warf sich dem Kerl entgegen. Er war der Meinung, dass er ihn gefangen hätte. Aber bevor ihm das tatsächlich möglich gewesen wäre, hatte sich sein Zielobjekt wieder in Luft aufgelöst.

* * *

Lee Uhwan war nicht unter ihnen gewesen. Bei den zwölf Leichnamen, die den Obduktionssaal in Beschlag genommen hatten, war er nicht dabei gewesen. Hwayeong kannte die Gesichter der anderen nicht, aber das Uhwans schon. Er hatte gehofft, dass er ihn dort nicht finden würde, allerdings hatte er nun die Gewissheit, dass Uhwan die Person war, die auf Kosten von zwölf anderen Menschen überlebt hatte.

Uhwan hatte ihm gesagt, dass er hierhergekommen sei, um zu lernen, wie man Knochensuppe kocht. Er sah nicht wie jemand aus, der in der Lage wäre, jemanden zu töten.

Warum also hatte er das getan?

Nein, der Grund war für Hwayeong unwichtig. Er musste Uhwan töten.

Er hatte noch nie einen Menschen umgebracht. Er wusste gar nicht, ob er zu einer solchen Tat fähig wäre. Aber jetzt wurde ihm immer deutlicher bewusst, dass er tatsächlich jemanden töten musste.

Als Erstes musste er Lee Uhwan jedoch finden. Es mochte sein, dass es einige Zeit in Anspruch nehmen würde, bis er herausfand, wo er sich aufhielt. Wenigstens besaß Uhwan hier keine Identität. In dieser Zeit konnte er sich nicht völlig frei bewegen. Hwayeong war der Überzeugung, dass er ihn letzten Endes finden würde, wenn er alle Gaststätten in Busan abklappern würde, die Knochensuppe anboten. Er bemühte sich, sich an alles zu erinnern, was er über Uhwan wusste.

* * *

Ermittler Yang hatte nicht mit einem Jungen gerechnet. Nein, mit einem dermaßen jungen Mann hatte er wirklich nicht gerechnet. Selbstverständlich hatte dieser Junge auf dem Polizeirevier kein Loch in den Körper eines anderen geschossen. Trotzdem dachte Changgeun, dass der Junge, den er gerade beinahe schon umklammert hatte, der potenzielle Mörder des Mannes war, der in einer Oberschule erschienen war und mit seinem Blut die Kleidung eines Schülers durchtränkt hatte. Changgeun war nicht alleine mit diesem Gedanken. Alle, die den Jungen im Polizeirevier gesehen hatten, dachten das.

Aber Changgeun war klar, dass er nicht einfach so annehmen durfte, dass der Junge diesen Mann umgebracht hatte. Möglicherweise stand er mit jenem Fall nicht mal in einem Zusammenhang. Dennoch konnte Changgeun nicht umhin, weiter eine Verbindung mit dem Tod des Mannes im Klassenzimmer zu sehen, denn nicht jeder konnte auf diese Weise wie der Junge erscheinen und wieder verschwinden.

Es gab aber auch noch Kang Doyeong, der, obwohl er den Jungen direkt vor der Nase gehabt hatte, von einer optischen Täuschung redete und behauptete, dass der Junge schlichtweg jemand sei, der sich wahnwitzig schnell bewegen könne. Dann stellte er eine ebenso wahnwitzige Frage:»Wer hat den Jungen gesehen, wie er die Treppe runtergehuscht ist?«

Was gerade geschehen war, war schwer zu glauben. Changgeun fühlte sich überfordert. Wie einst in Incheon fühlte er sich einfach überfordert. Der Fall schien die Grenze des Fassbaren zu überschreiten. Heute musste er sich mit den zwölf Toten auseinandersetzen, die an den Strand gespült worden waren und deren Identität er immer noch nicht hatte herausfinden können, dazu mit einem Mann, der das Gesicht eines anderen gestohlen hatte und sich weiter in Schweigen hüllte, und mit einem Tatverdächtigen, der ein Loch in den Körper eines Menschen geschossen haben könnte. Zu allem Überfluss war der Tatverdächtige noch ein Junge. Er war in aller Ruhe aufs Polizeirevier gekommen, bis zum Obduktionssaal vorgedrungen, indem er wiederholt aus dem Nichts erschienen und verschwunden war, und hatte sich jedes einzelne Gesicht der Toten angesehen.

Changgeun hatte nicht den geringsten Schimmer, warum der Junge, der eventuell vor mehr als einem Monat mit einer unbekannten Waffe einen Mann getötet hatte, sich heute unbedingt die Gesichter der Leichen ansehen musste, die vom Meer angeschwemmt worden waren. Ebenso wenig wusste er, warum ein Mann, dessen Identität nicht über seine Fingerabdrücke herauszufinden war und dessen früheres Aussehen niemand kannte, ausgerechnet wie Ryu Jeonghun, der kein Star war, aussehen wollte. Und warum er dafür auch noch das Gesicht von Jeonghun vollständig hatte enthäuten müssen. Was überhaupt in letzter Zeit geschah und worauf all diese Ereignisse hinausliefen, davon hatte Changgeun keinen blassen Schimmer. Wenn es irgendwie möglich gewesen wäre, hätte er liebend gerne alles Geschehene und die damit verbundenen Emotionen wenigstens für ein paar Tage von sich geschoben.

Aber ihm fiel da wieder der Junge ein. Wieso hatte er sich die Gesichter der Toten angesehen? War er etwa auf der Suche nach einer bestimmten Person gewesen? Dr. Tak zufolge war der Junge zunehmend nervöser geworden, während er eine Leiche nach der anderen betrachtet hatte. Warum war er mit einem beunruhigten Gesicht aus dem Obduktionssaal gegangen?

Changgeun beantwortete sich seine Frage selbst: Die Person, nach der der Junge gesucht hatte, war nicht dabei gewesen. Das war die einzige Erklärung, warum er auch noch fassungslos ausgesehen hatte, als er auf dem Flur erneut erschienen war.

Weil die Person, nach der er suchte, nicht dort gewesen war. Er hatte gehofft, unter den Toten jemanden zu finden.

Changgeun dachte lange an das Gesicht des Jungen.

Dann fragte er sich an der Stelle des Jungen: »Warum ist er noch am Leben, während die anderen alle gestorben sind?«

* * *

Letzten Endes wurde keine einzige der zwölf Leichen identifiziert.

Es war spät in der Nacht. Seine innere Unruhe hatte sich ein wenig gelegt. Sein Wunsch stand fest. Der Tod der zwölf Menschen durfte nicht umsonst gewesen sein. 17 Jahre hatte er im Waisenhaus und 26 Jahre neben der Vorratskammer gelebt. Während alle danach eiferten, glücklich zu werden, hatte Uhwan kein einziges Mal einen solchen Wunsch gehegt.

Alle Menschen streben nach ihrem eigenen Glück. Alle. Es gibt Menschen, die das Glück der anderen begehren, um selbst glücklich werden zu können. Unterschiedlich ist bloß das Ausmaß des Begehrens und Strebens. Alle waren so. Er musste unbedingt glücklich werden. Uhwan musste glücklich werden, auch für diejenigen, die ihm zum Opfer gefallen waren.

Sunhee war immer noch nicht zurück.

Uhwan wartete auf seinen Vater.

2

Ryu Jeonghun saß immer noch im Vernehmungsraum. Er empfing den Morgen, ohne eine Sekunde geschlafen zu haben. Man hatte ihm einen besseren Schlafplatz zur Verfügung stellen wollen, aber er fühlte sich in diesem Raum wohl genug. In den letzten paar Jahren hatte er zwar ein anderes, komfortableres Leben geführt, doch die dreißig Jahre davor konnte er nicht gänzlich vergessen. Daher war der Vernehmungsraum durchaus ein behaglicher Ort für ihn.

Die zehn Jahre nach seinem 20. Geburtstag stellten die schlimmste Zeit seines Lebens dar. Es war die Zeit, nachdem er bei einem Tsunami alles verloren hatte, was jedoch nicht hieß, dass er vorher sonderlich viel besessen hätte. Sein älterer Bruder und er waren noch jung, und ihre jungen Körper stellten mehr als die Hälfte ihres Besitztums dar. Die andere Hälfte ihres Vermögens bestand aus der Erde, die das Meer nach dem Tsunami freigegeben hatte. Mit der Zeit verwandelte sich diese Erde nämlich in etwas Weißes. Die Leute sammelten dieses weiße Etwas und verkauften es. Es war Salz, das auf dem Boden, aus dem das Meerwasser verschwunden war, natürlicherweise zum Vorschein gekommen war. Für einige Jahre lebten sie gut von dem Geld, das sie mit dem Salzhandel verdienten. Aber danach wurde der Boden wieder dunkel.

Auf diesem dunklen Boden bauten die Leute Häuser. Auch der vermeintliche Ryu Jeonghun baute zusammen mit seinem Bruder ein Haus in einer Gegend, die einigermaßen weit vom Meer entfernt war. Sichtlich erfreut erzählte ihm sein Bruder, er habe einen guten Ort für ihr Haus entdeckt, und machte Witze, sie seien jung, deswegen bräuchten sie nur schnell in Richtung Festland zu rennen, wenn eine Welle in der Ferne sichtbar werde. Auch das würden sie also überleben können, und es gebe jetzt keine Probleme mehr in ihrem Leben.

Der erste Tsunami hatte den Menschen bereits vieles geraubt. Sehr viele Menschen hatten alles verloren. Die Stadt Busan bestand förmlich nur noch aus Tsunamiopfern. Doch die staatliche Unterstützung hatte ihre Grenzen, und die Regierung warnte die Bürger mehrmals, dass man jederzeit mit einer neuen Katastrophe rechnen müsse, weil die Erdkruste dort, wo die ozeanischen Platten aufeinandertrafen, nach wie vor sehr instabil sei.

Sieben Jahre nachdem die zwei Brüder ein Haus gebaut hatten, in dem sie seither lebten, suchte ein neuer Tsunami die Stadt Busan heim. Es war gerade die Zeit, in der die Einwohner so oft über den matschigen Boden gelaufen waren, dass nun endlich so etwas wie ein fester Untergrund daraus geworden war. Und es war die Zeit, in der der jüngere seinen älteren Bruder verlor. Er wurde Zeuge, wie alles, was seinem Bruder und ihm gehörte, vom Meer verschluckt wurde. Sein Bruder rannte über den Boden davon, den er selbst kultiviert hatte, und wurde ebenfalls von den Wellen verschluckt.

Nach dem zweiten Tsunami hieß es, dass sich die Erdkruste etwas stabilisiert habe, aber nicht viele interessierten sich für diese Worte. Man baute auf dem freigegebenen Boden, als dieser nicht mehr mit Salz bedeckt und wieder dunkel geworden war, einfach erneut Häuser.

Der jüngere Bruder stieg ins Boot mit dem Auftrag eines Geschäftsmannes. Dieser wünschte sich Instantnudeln im Becher, die er in seinen jungen, harten Lebensjahren gegessen hatte und die heute nicht mehr hergestellt wurden. Ein Auftrag, der viel zu lächerlich war, um dafür jemanden sein Leben riskieren zu lassen. Dieser Auftrag wäre eigentlich innerhalb von ein paar Stunden zu erledigen gewesen. Aber seitdem waren vier Jahre vergangen.

Zumindest damals, als der jüngere Bruder von jenem Ort abgereist war, hatte er gedacht, dass er einfach das mitbringen musste, was der Auftraggeber haben wollte, und dass er dafür Geld bekommen würde. Ob es sich um Instantnudeln im Becher handelte oder etwas anderes, das war ihm völlig egal. Aber als er hier ankam, waren sechs Menschen ums Leben gekommen. Die Hälfte der Mitgereisten.

Er füllte seine Tasche bis obenhin mit Instantnudeln im Becher, aber sie wog kaum etwas. Dieses geringe Gewicht beschäftigte ihn permanent. Deshalb stopfte er noch mehr Nudeln in die Tasche. Dennoch blieb die Tasche leicht. Er trug diese leichte Tasche über der Schulter und wartete auf das Boot am nächtlichen Strand, das ihn in die Zukunft zurückbringen sollte. Das geringe Gewicht bereitete ihm weiter Kopfzerbrechen. Er fühlte sich miserabel, weil er für dieses geringe Gewicht sein Leben auf der Rückfahrt noch einmal aufs Spiel setzen musste. Während der Rückreise würde wieder die Hälfte der Mitreisenden im Boot den Tod finden. Es gab keine Garantie, dass er nicht auch zu dieser Hälfte gehören würde. Was hätte er außerdem davon, wenn er lebendig zurückkehren würde? Wen hatte er dort? Er wandte sich um. Er kehrte dem Meer den Rücken.

Danach arbeitete er auf einer Baustelle, da er ohne Identität keinen anderen Job finden konnte. Etwa zwei Monate verbrachte er dort, bis Park Jongdae ihn eines Tages aufsuchte. Und ihm alles ermöglichte, was er heute hatte. Allerdings hatte er nicht vorgehabt, so weit zu gehen. Weder sein verstorbener Bruder noch er, der den Tsunami überlebt hatte, waren von Natur aus gierige Menschen. Park Jongdae hatte ihn zu dem gemacht, der er heute war. Für ihn war es Zeit, Jongdae zur Rechenschaft zu ziehen.

* * *

Schon am frühen Morgen hatte sich das gesamte Ermittlerteam Eins im Besprechungszimmer versammelt. Der Teamleiter stellte seine Männer zur Rede und fragte, wie ein Kerl, der noch grün hinter den Ohren war und jemanden ermordet hatte, indem er ihm ein Loch in die Seite verpasst hatte, bis in die Büroräume des Polizeireviers vordringen könne. »Wie konnte er dort auf Sie, Herr Kang Doyeong, treffen und dann noch bis zum Obduktionssaal gelangen und das Gesicht von nicht einer, sondern sage und schreibe zwölf Leichen einzeln unter die Lupe nehmen und auf dem Flur auch noch Ihnen, Herr Yang Changgeun, begegnen und dann trotzdem entkommen?« Seine Fragen stellte er allen Anwesenden, sie galten aber insbesondere Doyeong und Changgeun. Was er wirklich sagen wollte, war im Grunde genommen: »Was haben Sie beide eigentlich bisher geschafft? Nichts!«

Der Teamleiter hatte auch die Szene, in der der Eindringling aus heiterem Himmel erschienen und verschwunden war, anhand der Aufnahmen der Überwachungskameras gesehen. Aber er schien nicht zu glauben, was er sah. Die Szene, in der Changeun auf den Verdächtigen zusprang und auf dem Flurboden ins Leere fiel, fand er besonders erbärmlich.

Die Obduktion brachte keine neuen Erkenntnisse. Alle Opfer waren definitiv ertrunken. Sie waren bereits im Meer tot gewesen. Keiner wies äußere Verletzungen auf. Sehr wahrscheinlich waren sie bei einem Schiffbruch ums Leben gekommen. Beim Abgleich mit dem Ort, an dem sie zur Todeszeit vermutlich ertrunken waren, ließ sich kein Schiff ermitteln. Was ein noch größeres Problem darstellte, war, dass keiner von den zwölf Toten zu identifizieren war.

Mit bloßem Auge betrachtet, sahen alle zwölf zumindest volljährig aus. Das bedeutete, sie mussten beim Einwohnermeldeamt registriert sein, und auch ihre Fingerabdrücke sollten zu finden sein. Aber nirgendwo gab es einen Menschen, dessen Fingerabdrücke mit einem der zwölf übereinstimmten. Das Ganze war äußerst rätselhaft.

Natürlich war es nicht völlig ausgeschlossen, dass eine Person, aus welchem Grund auch immer, nicht registriert war. Aber alle zwölf? Das erschien schon sehr merkwürdig. Überdies war auch die Person, deren Fingerabdrücke mit denen von Ryu Jeonghun aus dem Vernehmungsraum übereinstimmten, im Computer einfach nicht zu finden. Yang Changgeun hatte bereits die Klinik »Hoffnung« um Hilfe beim Abnehmen der Fingerabdrücke des Mannes ohne Gesicht gebeten und diese dann überprüfen lassen; daraus hatte sich ergeben, dass der Mann ohne Gesicht zweifelsohne Ryu Jeonghun war. All das erzählte Changgeun dem selbst ernannten Ryu Jeonghun im Vernehmungsraum. Dennoch kam von diesem keine Reaktion. Er schien auch weiterhin nicht vorzuhaben, eine Aussage zu machen.

Der Teamleiter war am Ende seiner Nerven. Er wies seine Mitarbeiter an, unter den Vermisstenfällen weiterzuschauen, ob einer der zwölf infrage käme, und ansonsten abzuwarten. Sie sollten erst einmal abwarten. Auch die zwölf hätten Familie, und wenn ein Familienmitglied mehrere Tage nicht nach Hause komme, könnte sich der eine oder andere vielleicht bei der Polizei melden. Was den Eindringling betraf, so entschied man sich für eine öffentliche Fahndung. Er war auf mehreren Videos der Überwachungskameras im Polizeirevier zu sehen; darunter gab es auch einige, auf denen man sein Gesicht gut erkennen konnte. Man wollte auf eine Meldung der Bürger warten und gleichzeitig hoffte man, dass die Überwachungskameras der Stadt, die über eine Gesichtserkennungssoftware verfügten, den Jungen erkennen würden.

Die Anweisungen des Teamleiters waren für Changgeun nicht zufriedenstellend. Alle anwesenden Ermittler waren derselben Meinung. Wahrscheinlich empfand es der Teamleiter selbst, obwohl er die Anweisungen erteilt hatte, nicht wesentlich anders. Trotzdem war das mehr oder weniger alles, was die Ermittler momentan unternehmen konnten.

Im nächsten Augenblick ging die Tür des Besprechungszimmers sehr zaghaft auf. Es war Choi Seongwon. Er hatte jenseits des Einwegspiegels im Vernehmungsraum ein Nickerchen gemacht, weil Ryu Jeonghun ebenfalls geschlafen hatte.

»Herr Yang, Herr Kang, Ryu Jeonghun möchte Ihnen etwas sagen.«

* * *

Gestern war Park Jongdae vollkommen ins Leere gelaufen. Er konnte Zeitverschwendung nicht leiden. Kim Juhan war bei seiner Partei ein hochgeschätzter Kandidat gewesen, hatte die Wahl aber nicht gewonnen. Nun war er lediglich einfaches Parteimitglied, und dann sollte er vor lauter Arbeit keine Zeit für Park Jongdae haben? Jongdae hatte den gestrigen Nachmittag ausschließlich damit verbracht, auf Juhan zu warten. Er glaubte nicht an die Tugend des Wartens. Für ihn stellte das Warten die schlimmste Form von Zeitvergeudung dar. Wenn man dazu noch die Person, auf die man gewartet hatte, nicht traf, war das für ihn einfach unerträglich.

Zurück im Büro, las Jongdae den Artikel über die Leichen, die an den Strand getrieben worden waren. Insgesamt zwölf Tote. Ihm war sofort klar, dass das bestimmt diejenigen sein mussten, die auf dem Boot gewesen waren. Das Boot war jedoch für dreizehn Personen konzipiert. Das bedeutete, dass es einen einzigen Überlebenden gab, und er hatte eine Vermutung, wer dieser Jemand war. Aber warum waren die Menschen ums Leben gekommen? Es hieß, dass sie ertrunken seien. Hätten sie aber nicht im Meer auf der anderen Seite sterben müssen? Hätten die Leichen nicht an den jenseitigen statt an den diesseitigen Strand getrieben werden müssen? Wieso also? Jongdae ahnte etwas.

Er ahnte, dass Lee Uhwan seine Meinung zu spät geändert hatte. Er hatte den Schalter für den Notausstieg gedrückt, und zwar erst, nachdem sich das Boot bereits tief im Meer befunden hatte. So hatte er zwölf Menschen ermordet.

Jongdae hatte sich stets um die Toten im Boot »gekümmert«. Er hatte immer die »Verwaltung« jener Leichen übernommen.

Seitdem er hier war – er war der erste Reisende aus der Zukunft –, hatte es keinen einzigen Vorfall gegeben, bei dem ein Leichnam an den hiesigen Strand getrieben worden war. Leichen ohne Identität stiften Unruhe. Unruhe ruft Anspannung bei den Bürgern hervor, und wegen einer solchen Anspannung arbeiten Ermittler dann noch fleißiger als sonst. Das war nichts, was auf Park Jongdaes Wunschliste stand. Aus diesem Grund war er immer äußerst sorgfältig gewesen. Er kümmerte sich gewissenhaft und pedantisch um die Toten, obwohl das nicht seine Aufgabe war. Jetzt waren sage und schreibe zwölf Leichname an den Strand getrieben. Das konnte durchaus zu einem Problem werden. Nein, das war bereits zu einem Problem geworden.

Jongdae dachte kurz nach. Man würde bei keiner der zwölf Leichen klären können, um wen es sich handelte. Sie würden schließlich in Vergessenheit geraten. Sie waren bereits tot. Im Gegensatz zu ihnen hatte Uhwan überlebt und war zu ihm gekommen.

Jongdae musste um jeden Preis Uhwan für sich gewinnen.

Bis tief in die Nacht machte er sich Gedanken darüber, welche Rolle er Uhwan zuweisen sollte. Jeder hatte eine Rolle, die ihm während des Lebens in der Welt gegeben wurde. In der Welt, die Jongdae erschaffen wollte, war die Rolle jedes Einzelnen noch bedeutsamer.

Heute verließ er schon am frühen Morgen das Immobilienbüro. Er dachte kurz darüber nach, ob er Lee Uhwan aufsuchen solle, aber er ließ diesen Gedanken wieder fallen, weil er meinte, dass der Mann, der mit solch einer Handlung im Endeffekt zwölf Menschen umgebracht hatte, nicht innerhalb einiger Tage seine Meinung ändern und doch zurückgehen würde.

Die euphorische Sicherheit der Menschen, die zu ihm kamen und erzählten, sie hätten ihre Meinung geändert und wollten hierbleiben, fand Jongdae immer lächerlich. Ihn nervten die naiven Gesichter, in denen der Glaube geschrieben stand, dass sie das Leben hier quasi umsonst, ja praktisch geschenkt bekommen würden.

»Ich muss um jeden Preis Uhwan für mich gewinnen. Dann wird die Sache ihren geordneten Gang gehen«, dachte Jongdae noch einmal bei sich, so wie schon in der Nacht. Da er nun seine Gedanken geordnet hatte, machte er sich wie gestern auf den Weg zu Kim Juhan in der Hoffnung, dass das Treffen heute zustande kommen würde.

Das Parteibüro war noch geschlossen. Jongdae wartete daher in der Lobby auf den Politiker. Dieser erschien sogar etwas früher als erwartet. Er betrat die Lobby und hielt dabei sein Handy ans Ohr. Von dem Telefonat bekam Jongdae ein bisschen mit, beispielsweise dass Juhan den Abgeordneten Jeon Gwangyong treffen wollte, aber dieser nicht auf seinen Wunsch einging. Das war verständlich, weil Gwangyong jetzt die Zügel in der Hand hielt. Juhan telefonierte anscheinend nicht einmal mit dem Abgeordneten selbst, sondern mit seinem Sekretär. Er bettelte den Sekretär beinah sklavisch um ein Treffen mit dem Abgeordneten an. Wahrscheinlich lag es paradoxerweise auch an diesem kriecherischen Charakterzug Juhans, dass Jongdae die Position des Stärkeren in Zukunft lange würde beibehalten können.

»Abgeordneter Jeon wird in wenigen Jahren sein Amt abgeben wegen eines Skandals«, sagte Jongdae, während er sich Juhan näherte, der gerade genervt das Telefongespräch beendete.

»Und Sie sind?«

Park Jongdae bemühte sich sehr, seriös zu erscheinen und

nicht wie jemand, der sinnlos schwadronierte. Er erzählte Juhan von den tiefgreifenden Änderungen des politischen Schauplatzes in den kommenden Jahren. Er erwähnte aber nicht, dass in zehn Jahren Kim Juhan Präsident Koreas sein würde und Jongdae ihn aktiv ausnutzen wollte. Er redete zunächst möglichst nur von seinen jetzigen Unternehmungen, die im Rahmen des Legalen lagen. Dabei versäumte er nicht, anzudeuten, dass er zu allem bereit und fähig war. Wie erwartet, lachte Kim Juhan auf.

Je detaillierter Jongdae sein Vorhaben ausführte, desto weniger vertraute Juhan ihm. »Werde ich bei der nächsten Wahl dann Bezirksabgeordneter? Muss ich mich jetzt freuen?«, fragte Juhan ihn, nachdem er auf die Worte Jongdaes hin einige Male gelacht hatte, als ob er mit einer Witzfigur sprechen würde. Es dauerte weniger als dreißig Minuten, bis die beiden die Lokalität gewechselt hatten, von der Lobby in ein Café. Jongdae empfand die Haltung dieses Politikers als äußerst beleidigend, aber er ertrug es. Danach sagte er, dass Juhan nicht nur Bezirksabgeordneter, sondern in zehn Jahren sogar Präsident werde. Bis dahin werde er ihm sehr nützlich sein und für ihn unersetzbar werden.

Kim Juhan lachte Jongdae nach Strich und Faden aus. Allerdings änderte sich sein Blick. Zum ersten Mal seit dem Beginn des Wortwechsels schaute er sein Gegenüber ernsthaft an. Er werde Präsident. Obwohl diese Worte das Absurdeste von dem sein mussten, was der Mann, den er kaum kannte, in der letzten halben Stunde gesagt hatte, waren es genau diese Worte, die ihn seine Haltung ändern ließen.

»Warum sollte ich so etwas glauben?«, fragte er.

»Das Unglück der Hochstraße. Sie können doch die Liste der Verunglückten in die Hand bekommen. Das dürfte für Sie kein

Problem darstellen, obwohl Sie die Wahl verloren haben. Nicht wahr? Auf dieser Liste steht Seo Seyeong«, sagte Jongdae und erzählte von diesem Mann, der der junge und stärkste Gegner Kim Juhans bei seiner Kandidatur zum Präsidenten gewesen wäre. Seyeong hätte die politische Karriere von Juhan bei jener Wahl beinahe endgültig beendet. Auch nach seiner Niederlage wäre er Juhan bis ans Ende seiner Tätigkeit als Politiker stets ein Dorn im Auge gewesen. Jongdae teilte seinem Gegenüber mit, dass er diesen Dorn bereits eliminiert habe. Seo Seyeong sollte eigentlich bei diesem Unglück nicht ums Leben kommen, sondern mehrere Menschen retten und dadurch zum Lokalhelden werden. Das sei ursprünglich vorgesehen gewesen, doch Jongdae selbst habe diesen Helden aus dem Leben ausradiert, und zwar für Kim Juhan. Das sei nur ein Beispiel dafür, dass Juhan viele Vorteile dadurch haben würde, mit ihm zusammenzuarbeiten. Der Politiker hörte konzentriert zu. Trotzdem konnte er dem, was ihm erzählt wurde, nicht richtig folgen.

»Seo Seyeong? Von so jemandem habe ich noch nie gehört.«

Was genau, welche Fakten musste Jongdae noch darlegen, damit er den Menschen, der vor ihm saß, überzeugen konnte? Waren die Biografien der zahlreichen Machthaber, die er in der Bibliothek in der Zukunft auswendig gelernt hatte, solch unnütze Information? Jongdae wurde ein wenig nervös.

In diesem Augenblick klingelte sein Handy. Eine ihm unbekannte Nummer. Eigentlich wollte er den Anruf nicht annehmen, jedoch wäre ein kurzes Telefongespräch eine gute Ablenkung, um seine Nervosität etwas unter Kontrolle zu bringen. Er bat Juhan um Verständnis und erhob sich.

Der Anrufer stellte sich als Ermittler Yang Changgeun vor. Jongdae erinnerte sich an ihn. Sofort fiel ihm Ryu Jeonghun ein, mit dem er gestern telefoniert hatte. Dieser hatte ihm gesagt, er werde in ein paar Stunden freigelassen. Von vornherein war es ausgeschlossen gewesen, dass ein Haftbefehl ausgestellt würde. Denn es gab nichts, was die Ermittler in Erfahrung bringen konnten; ebenso wenig konnte sich inzwischen an der Situation etwas geändert haben. Gleichwohl war der Anrufer ein Ermittler. Und dieser meldete sich auch noch direkt auf seinem Handy.

»Ich rufe Sie an, weil Sie nicht in Ihrem Büro sind. Ich dachte, dass wir vielleicht zusammen zu Mittag essen könnten.«

Jongdae war klar, dass Changgeun schon wieder sein wahres Anliegen verheimlichte und ihm lediglich eine Ausrede auftischte. So etwas hatte er noch nie leiden können. Der würde ihn doch nicht anrufen, nur weil er mit ihm essen wollte. Der hatte etwas in der Hand. Hatte man den Zyklopen wieder festgenommen? Nein, nicht deswegen. Das Problem war viel schwerwiegender als die Festnahme des Zyklopen: Ryu Jeonghun steckte immer noch im Vernehmungsraum fest. Und er hatte über ihn geredet. Mit dieser Vermutung lag er richtig. Changgeun teilte ihm nämlich mit, dass Ryu Jeonghun wörtlich gesagt habe: »Lassen Sie mich bitte mit Park Jongdae sprechen.«

Unweigerlich fragte sich Jongdae: »Welche Fakten kann Jeonghun ausgepackt haben? Wie gefährlich ist die Lage jetzt für mich? Wie ist es dazu gekommen? Womit steht das alles in Zusammenhang?«

»Soll ich zu Ihnen kommen und Sie abholen? Oder finden Sie alleine den Weg zu uns?«

Der Ermittler genoss diesen Moment offenbar. Das bedeutete, dass er definitiv etwas in der Hand hatte. Nur deswegen konnte er so locker daherreden.

»Ich finde den Weg zu Ihnen allein.«

Jongdae ging zu Kim Juhan zurück. Der zeigte offen, dass er gelangweilt war, da er kurz auf ihn hatte warten müssen. Allerdings war Jongdae mittlerweile noch nervöser als vor dem Anruf. Er musste Juhan etwas anbieten, damit dieser ihm bedingungslos vertrauen konnte.

Doch von den geschichtlichen Ereignissen, die für ein Individuum besonders erinnerungswürdig waren, gab es nicht sehr viele. Außerdem musste es sich um eines handeln, das exklusiv in Busan stattfand, und zwar in den nächsten Tagen. Jongdae durchforstete seinen Kopf. Er musste unbedingt etwas finden. Er musste sich ein einprägsames Ereignis, das bald stattfinden und an das sich jeder erinnern würde, ins Gedächtnis rufen. Er musste Juhan ein Stück der nicht allzu weit entfernten Zukunft offenbaren und dadurch sein Vertrauen gewinnen. Das musste ihm gelingen, bevor er aufs Polizeirevier ging. Die Rolle von Kim Juhan war für ihn wichtig – und sie war nach dem Anruf noch wichtiger geworden.

Doch Jongdae fand nichts. In den nächsten Jahren geschah kein Unglück in Busan, an das sich jeder erinnern würde. Er war verzweifelt. Jetzt erhob sich Kim Juhan auch noch.

Also sagte Park Jongdae: »In zehn Tagen.« Er sah auf seine Uhr, dann: »Um 10.48 Uhr.« Er schaute sich um und fuhr fort: »Das GSH-Building wird einstürzen. Teilen Sie mir Ihre Entscheidung innerhalb von zwei Tagen mit. Ob Sie an einer Zusammenarbeit interessiert sind. Sie können nachprüfen, ob Seo Seyeong auf der Liste der Toten steht und wer er war. Wenn Sie allerdings zehn Tage warten und sich erst bei mir melden, nachdem Sie den Einsturz des GSH-Buildings gesehen haben, dann bin ich bereits bei jemand anderem. Ein Präsident wird ja

33

schließlich geformt, nicht wahr? Suchen Sie mich auf, wenn Sie Ihre Entscheidung getroffen haben.«

Kim Juhan hörte ihm wortlos zu. Der Immobilienmakler spürte, dass er Juhan überzeugt hatte. Bis zu einem gewissen Grad zumindest.

Jongdae ging aus dem Café und hielt auf einmal in seinen Schritten inne. Er hatte nicht vorgehabt, das GSH-Building zum Einsturz zu bringen. Für ihn war eigentlich nur das Polizeipräsidium der Stadt Busan von Bedeutung gewesen. Das GSH-Gebäude war das höchste unter denen, die sich in der Nähe des Polizeipräsidiums befanden. Außerdem sah es gar nicht so übel aus. Wenn das GSH-Gebäude einstürzen sollte, würde sich das sicher in die Erinnerungen der Menschen einprägen.

Nun brauchte Jongdae nur noch für den Einsturz zu sorgen. In seiner Nervosität hatte er ohne Zögern eine Entscheidung getroffen. Er war mit sich selbst zufrieden.

* * *

Nach dem Telefongespräch mit Jongdae stellte Changgeun sich vor das Immobilienbüro und blickte auf den Yeongjin Apartmentkomplex.

Ihm kam kurz in den Sinn, dass er sich nach wie vor mit einem Fall auseinandersetzen musste, dessen wahres Wesen weiter völlig im Dunkeln lag, aber vielleicht war er der Sache inzwischen schon etwas näher, als er vermutete. Bei der nicht zufriedenstellenden Teambesprechung am Vormittag hatte er sich zermürbt gefühlt, am Nachmittag aber ging es ihm schon viel besser. Er wollte schnell dafür sorgen, dass sich Park Jongdae und Ryu Jeonghun gegenübersaßen.

Daraufhin dachte er darüber nach, neben wem er Platz nehmen sollte. Er mochte es nicht, in der Mitte zu sitzen. In seinen Augen war es dumm, wenn man bei einem Kreuzverhör in der Mitte Platz nahm und zwei Gesichter abwechselnd anschaute. Die meisten Ermittler bevorzugten diesen Platz, aber nicht Yang Changgeun. Er setzte sich stets neben einen der beiden. Dann beobachtete er aus der Perspektive seines Nachbarn konzentriert dessen Gesprächspartner. So gelangte er an die Informationen, die er benötigte. Wenn er das Gesicht der Person betrachtete, die ihm gegenübersaß, konnte er nicht nur die innerlichen Regungen des Zuhörers, sondern auch die Lügen des Sprechers ausmachen. Im Gesicht eines Menschen offenbart sich vieles, jedoch nur in winzigen Nuancen. Dies ist nicht mit Augen zu erkennen, die hin und her schauen. Man darf nur einen Punkt fixieren. Konzentriert auf eine Stelle schauen. Nur so kann man das sehen, was einen interessiert. Changgeun gefielen diese Momente. Ihm gefielen die Minuten, in denen er sich überlegte, neben wem er Platz nehmen wollte. Bis morgen hatte er dafür Zeit. Ihm blieb genug Zeit zum Genießen.

* * *

Hwayeong gelangte auf eine Straße des Marktplatzes, die in Busan ziemlich berühmt sein sollte. Er bildete sich ein, dass er heute noch Uhwan finden könne, wenn er mehrere Passanten nach einer Gaststätte fragen würde, die Knochensuppe anbot. Bei den Lokalen, die Knochensuppe auf der Karte hatten, konnte man auch Eintopf mit Schweinefleisch bekommen. Die Möglichkeit, dass eine Gaststätte für Eintopf mit Schweinefleisch auch Knochensuppe anbot, war nicht komplett auszuschließen; deshalb betrug die Anzahl der Lokale, bei denen Hwayeong einen Stopp einzulegen hatte, schließlich über einhundert. Mehr als die Hälfte dieser Lokale behaupteten auch noch, das »Original« zu sein. Allerdings war Hwayeong zur Teleportation fähig. Die Gaststätten waren auf der Stadtkarte sehr gut gekennzeichnet. Er würde etwa zehn Lokale pro Tag besuchen können, wenn er sich die Karte im Internet einprägen und sich dann dorthin teleportieren würde, selbst wenn die Möglichkeit bestand, dass er nicht genau in der Nähe des Lokals auftauchte. Also würde er innerhalb von etwa zehn Tagen Uhwan über den Weg laufen. Er begann mit den Lokalen, die sich in der Nähe seiner Wohnung befanden. Er stand vor einer Gaststätte, von der es hieß, ihre Knochensuppe sei sehr berühmt. Er drückte die Tür der Gaststätte auf.

* * *

Die Tür ging auf. Jongin schaute den Kunden an, der hereinkam. Ein junger Mann. Jongin dachte zuerst, dass er alleine sei, aber direkt hinter ihm folgte eine Frau. Ein Paar. Jongin empfing seine Gäste: »Guten Tag!«

Bei diesen Worten beugte er zwar nicht den Kopf vor und neigte auch nicht den Hals, aber er machte doch irgendwie den Eindruck, als ob er sich sehr höflich verbeugen oder vertraut den Hals neigen würde. Mit so einer Begrüßung empfing er seine Gäste immer. Die Original-Jongin-Begrüßung, die in ihm seit langer Zeit festsaß.

Uhwan war in der Küche. Er machte seit einer halben Ewigkeit einen langen Hals und schaute in den Gästebereich. Als in dem Moment die Tür aufging und Kunden eintraten, schaute er nicht zu ihnen hin. Während Jongin sie grüßte, warf Uhwan keinen Blick auf die Kunden. Er beobachtete den Chef. Er hatte durchgehend nur ihn im Blick.

Die Gäste bestellten zweimal Knochensuppe, Jongin saß wieder an der Kasse und begann, eine Zeitung zu lesen. Mit den Ohren nahm Uhwan die Bestellung auf und folgte mit den Augen weiter Jongin. Uhwan holte zwei Suppenschüsseln, schnitt das Fleisch klein und gab es in die Schüsseln. Bevor er aber mit einer Kelle die Brühe schöpfte, murmelte er etwas. Er machte dazu auch eine eigenartige Bewegung. Hätte jemand ihn dabei gesehen, hätte er wahrscheinlich nicht gewusst, was er davon halten sollte.

Uhwan stellte sich jetzt aufrecht hin und machte wieder eine Bewegung. Eine eigenartige Bewegung, bei der er weder richtig den Kopf vorbeugte noch den Hals neigte. Gleichzeitig murmelte er, diesmal etwas lauter: »Guten Tag!«

3

Die Sonne stand hoch am Himmel, als Kanghee aus dem Haus in den Hof trat, sodass keinerlei Schatten zu sehen war. Ein bisschen Regen genügte, den Boden des kleinen Hofs schnell in eine sumpfartige Landschaft zu verwandeln, doch ebenso schnell wurde er wieder trocken und fest, sobald die Sonne darauf schien. Kanghee schritt über den Hof. Da stieß ihr Fuß gegen etwas, das in der getrockneten Erde stecken geblieben war. Durch Zufall hatte Kanghee es im Vorbeigehen frei getreten. Ein Schlüssel. Sie ging näher heran und schaute ihn sich genauer an. Ein Motorradschlüssel. Sie wurde misstrauisch. Dieser Schlüssel war in den Hof gefallen, über dem der Fluch ihrer Großmutter hing, und diese Tatsache beunruhigte sie. Hastig hob sie den Schlüssel auf, bevor jemand ihn zu sehen bekam, und steckte ihn in ihre Tasche.

Sie versuchte, sich einzureden, dass jemand ihre Hausmauer für keine richtige Hausmauer gehalten habe, weil sie so niedrig und heruntergekommen war, und den Schlüssel wie Abfall einfach über die Mauer und somit in ihren Hof geworfen habe. Dennoch führten ihre Schritte sie, getrieben von innerer Unruhe, immer schneller in eine Gasse, die für Sunhee und sie eine besondere Bedeutung hatte. Die Gasse befand sich in der Nähe ihres Hauses, und dort war sie mit Sunhee stets noch einmal stehen geblieben, bevor sie ins Haus gegangen war, weil sie das immer Überwindung gekostet hatte.

In dieser Gasse stand das Motorrad. Das Flitzbike von Sunhee. Das Kostbarste für ihn auf der Welt. Kanghee betrachtete das, was ihr Freund für sie dagelassen hatte. Ohne zu zögern, fuhr sie mit dem Flitzbike zu Park Jeonggyu, Sunhees engstem Freund. Von ihm hörte sie aber nur, dass er keine Ahnung habe, wo Sunhee stecke. Es war genauso, wie sie vermutet hatte.

Sunhee war nicht auffindbar. Er war spurlos verschwunden.

Kanghee überlegte sich, ob sie sich auf den Weg zur »Busaner Knochensuppe« machen sollte. Bisher war sie mehrmals bis in die Nähe der Gaststätte gefahren, hatte dann aber immer wieder kehrtgemacht. Auf einmal fragte sie sich, ob Onkel Uhwan vielleicht Bescheid wisse, was mit Sunhee los war, aber das erschien ihr sehr unwahrscheinlich. Ob er ihrem Freund von ihrer Schwangerschaft erzählt und ihn unangemessenerweise getadelt hatte, er solle vernünftig werden, da seine Freundin sein Kind im Bauch trage? Nein, auch das hielt sie für realitätsfern.

Sie kannte Sunhee ein wenig. Sie wusste, dass er seit dem Tod seiner Mutter stets eine gewisse Nervosität in sich trug. Wenn er morgens aufstand, fragte er sich, wieso er immer noch nicht erwachsen war und was er tun sollte, wenn er auch am nächsten Morgen nicht erwachsen geworden wäre. Diese Nervosität plagte ihn unentwegt. Kanghee kam in den Sinn, dass er vielleicht gerade jetzt etwas unternahm, um ein bisschen schneller erwachsen zu werden. Sie konnte auch die Möglichkeit nicht ausschließen, dass er nie wieder zurückkam.

»Ein Baby und ein Motorrad habe ich also von ihm bekommen …«, dachte sie. Sie erhöhte die Geschwindigkeit des Flitzbikes ein wenig. »Auch ich war eines der Dinge, die kostbar für ihn waren«, dachte sie noch.

Wie gerne sie gewusst hätte, wo er jetzt war und was er machte, nachdem er alles Kostbare hinter sich gelassen hatte!

* * *

Park Jongdae betrachtete die Uhr, die an der Wand seines Immobilienbüros hing. Er überlegte sich, wann es am besten passen würde, und wartete auf eine angemessene Uhrzeit. Yang Changgeun hatte ihn gestern vor dem Mittag angerufen, das hieß, dass seitdem etwa 24 Stunden vergangen waren. Er dachte an eine bestimmte Person und meinte, dass 24 Stunden genug Zeit für sie wären, wenn sie einen starken Willen hätte. Und die Vorbereitungen? Ja, auch die musste sie bereits abgeschlossen haben. Jongdae fand es sehr interessant, wie die Welt so funktionierte. Als die Person, die er so dringend benötigt hatte, allmählich durch Unfähigkeit glänzte, tauchten andere auf, die er gut gebrauchen konnte.

Nun war es Zeit für ihn, persönlich nach Ryu Jeonghun zu schauen und herauszufinden, in welchem Zustand er sich befand. Für diesen Schritt musste Jongdae sich auch selbst auf etwas vorbereiten.

Seit mehreren Stunden bewegte er ununterbrochen seine rechte Hand hin und her, und genau so sah seine Vorbereitung aus. Seine Augen wanderten immer wieder zur Wanduhr, während er die Hand unablässig auf dem Schreibtisch vor und zurück bewegte. Seine Finger waren vollständig gespreizt und kräftig auf den Tisch gedrückt; unter ihnen lag Schleifpapier. Die Oberfläche des Schleifpapiers war grobkörnig. Jongdae hielt seine fünf Finger fest gegen das Schleifpapier gedrückt und schob sie wiederholt vor und zurück.

Die Finger hatten längst angefangen zu bluten. Dennoch hörte er nicht auf, sie über das Schleifpapier zu reiben. Seine linke Hand, die er unter dem Tisch hängen ließ, offenbarte ebenfalls Blut an allen fünf Fingern.

* * *

Auf dem Polizeirevier mangelte es nie an Ein- und Ausgangsverkehr. Jeder hatte ein konkretes Anliegen und konzentrierte sich auf seine eigenen Angelegenheiten. Einige bemerkten die kleinen roten Punkte auf dem Boden; während die meisten weitergingen, folgte der eine oder andere von ihnen mit dem Blick diesen Punkten und sah irgendwann auf, danach Ausschau haltend, was ihre Quelle war. Vor ihnen lief ein Mann, und dieser hinterließ die roten Tropfen auf dem Boden.

Der Auftritt Park Jongdaes auf dem Polizeirevier bot ein kurioses Bild. Er trug einen Anzug, der nicht sehr teuer aussah, aber sauber und gut gebügelt war, und seine Schritte setzte er sehr vorsichtig. Sein Blick war ruhig. Aber von seinen Fingern fielen rote Blutstropfen zu Boden, wo sie chaotische Linien malten. Am Ende dieser Linien stand Park Jongdae. Er ließ beide Arme locker hängen und betrat das Büro des Ermittlerteams Eins. Yang Changgeun erkannte ihn. Sobald Jongdae das wahrgenommen hatte, hob er seine beiden Hände so, dass Changgeun seine blutenden Handflächen sehen konnte, und winkte ihm zu.

Die Identität Jongdaes wurde lediglich anhand seines Personalausweises überprüft, den er bei sich trug. Es gab keinen Finger, von dem man einen Fingerabdruck gewinnen konnte.

Später, wenn die Wunden geheilt waren, könnte man wahrscheinlich seine Fingerabdrücke abnehmen, aber zumindest jetzt war das nicht möglich. Er hatte sich erst auf den Weg zu Changgeun gemacht, nachdem er seine Finger mithilfe grobkörnigen Schleifpapiers restlos gehäutet hatte. Eine klassische und verwegene, aber todsichere Methode für jemanden, der seine Identität verbergen will. Gemäß Einwohnerregistrierung war er unbestritten ein Bürger Busans.

Seine Maßnahme war für Yang Changgeun zuerst unverständlich, brachte ihn jedoch sogleich auf die Idee, dass es sich bei dem, was dieser Makler zu verheimlichen suchte, möglicherweise um wesentlich mehr handelte als das, was er vermutete. Er ließ Choi Seongwon kommen, damit er alle zehn Finger Jongdaes nacheinander sorgfältig verband, und anschließend nahm er den Makler in den Vernehmungsraum mit.

* * *

Seo Seyeong stand in der Tat auf der Liste der Verunglückten des Hochstraßeneinsturzes, wie Park Jongdae gesagt hatte. Und für Kim Juhans Referenten war Seo Seyeong ein bekannter Name. (Die Bezeichnung Referent war nicht ganz korrekt, weil er im strengen Sinne des Wortes keiner war. Aber für den Mann, welcher der Chefsekretär von Kim Juhan war und sich auch nach der Wahlniederlage bereit erklärt hatte, weiter bei ihm zu bleiben, gab es keine andere Bezeichnung, die seine Position passend beschrieben hätte.) Der Referent sagte Juhan, dass man in politischen Kreisen über den Tod von Seo Seyeong bei jenem Unglück rede, und berichtete: »Der Mann war ziemlich berühmt. Er war während seiner Studienzeit der Präsident des Studierendenparlaments einer renommierten Universität gewesen und als Person an sich sehr beliebt unter seinen Kommilitonen, weil er eloquent war und auch gut aussah. Er war also in jeglicher Hinsicht ein hervorragender Mensch. Er hat inzwischen kleinere und auch etwas größere Wahlkämpfe hinter sich gehabt, bei denen er für sein Talent einige Anerkennung geerntet hat; dadurch hat er in der Welt der Politik Aufmerksamkeit auf sich gezogen. Nicht wenige Politiker hatten mit ihm Kontakt aufgenommen, um ihn in ihr Lager zu holen, aber er schien seinen Weg bereits festgelegt zu haben. Sein Vater war nämlich Seo Uhmin, der Vorsitzende der regierenden Partei.«

Nachdem er von seinem Referenten etwas über jenen Mann erfahren hatte, konnte Kim Juhan sich ebenso an diesen Namen erinnern. Er hatte sogar einen Kondolenzbesuch abgestattet. Wie es die Etikette vorschrieb, hatte er trotz seiner Wahlniederlage beim Vorsitzenden der regierenden Partei sein Beileid zum Tod seines Sohnes bekundet. Es war ein allzu förmlicher Kondolenzbesuch gewesen, sodass er nicht einmal den Namen des Verstorbenen im Gedächtnis behalten konnte.

»Wäre er in zehn Jahren zum Präsidenten gewählt worden, wenn er nicht bei diesem Unglück ums Leben gekommen wäre?«, fragte Juhan.

Auf diese unerwartete Frage wirkte der Referent konsterniert, antwortete jedoch, dass das vorstellbar sei; er habe ihn einmal gesehen, und dieser Mann habe einen gewissen Charme gehabt und sei auffallend beliebt bei den jungen Wählern gewesen, aber man wisse ja nie.

»Und ich? Meinen Sie, dass ich in zehn Jahren Präsident werden kann?«, fragte Kim Juhan weiter.

»Selbstverständlich werden Sie das«, antwortete der Referent.

Juhan lachte ein bisschen vor sich hin, weil sowohl er selbst, der eine solche Frage stellte, als auch sein Referent, der unverzüglich eine solche Antwort gab, ihm lächerlich vorkamen. Anschließend versank er in ernsten Gedanken und traf für sich eine Entscheidung:»Ob Herr Jeon auch heute wieder keine Zeit für mich hat? Versuchen Sie mal bitte, mich telefonisch mit ihm zu verbinden.«

Wenn der Abgeordnete Jeon Gwangyong in ein paar Jahren tatsächlich nutzlos werden sollte, wie Park Jongdae gestern gesagt hatte, musste Juhan ihn ausnutzen, solange er noch brauchbar war.

* * *

Park Jongdae betrat den Vernehmungsraum. Das war der Moment für Yang Changgeun, in dem er seine Entscheidung traf, neben wem er Platz nehmen wollte. Ryu Jeonghun stand augenblicklich unter wesentlich stärkerer Anspannung, als die beiden Ermittler vermutet hatten.

Jongdae benahm sich nicht wie jemand, der zur Vernehmung gekommen war, sondern eher wie ein schaulustiger Tourist, der den Vernehmungsraum der Polizei besichtigte. Er setzte sich ganz gelassen Ryu Jeonghun gegenüber.

Er hatte bereits den Entschluss gefasst, so nahm Changgeun an, was er erzählen wollte und was nicht. Er würde nicht allem zustimmen, was Jeonghun sagen würde, und ihn auch nicht aussprechen lassen. So gesehen empfahl es sich, Jeonghuns Mimik zu beobachten. Sein Gesicht wäre für den Ermittler ein offenes Buch. Er würde sofort erkennen, wenn Jongdae etwas erfand, von dem noch nie die Rede gewesen war, und ebenfalls, wenn er etwas leugnete, was tatsächlich geschehen war. Das alles würde Jeonghuns Gesicht verraten.

Changgeun nahm neben Park Jongdae Platz.

Jongdae legte beide Hände, alle Finger verbunden, auf den Tisch, sobald er sich hingesetzt hatte. Damit sorgte er dafür, dass Ryu Jeonghun seine Finger deutlich zu sehen bekam. Er sagte nichts, musterte nur schweigsam sein Gegenüber. Er erkundigte sich, wie es ihm gehe, hörte ihm zu, stellte ihn zur Rede und machte auch seiner Wut Luft. All das tat er nur mit seinen Augen. Ryu Jeonghun saß ebenfalls wortlos da und reagierte auf jeden einzelnen Blick Jongdaes.

Die beiden kratzten sich am Nacken oder hinter den Ohren. Nicht gleichzeitig. Und dann doch wiederum gelegentlich gleichzeitig.

Worüber redeten sie mit den Blicken? In welchem Verhältnis standen die beiden zueinander? Changgeun fing an, über diese beiden Menschen nachzudenken. Auch Kang Doyeong sagte seit geraumer Zeit nichts mehr und wirkte irgendwie unzufrieden.

Da nun auch Changgeun schwieg und nur abwartete, herrschte absolute Stille im Vernehmungsraum. Das Schweigen dauerte an. Fand gerade eine Vernehmung statt oder nicht? Wann würde diese Stille ein Ende finden? Ging es hier um ein ganz gewöhnliches Blickduell? Solche Fragen gingen Changgeun durch den Kopf, dennoch gefiel ihm das Warten gut, denn diese Stille würde einem von beiden wie eine Last auf den Schultern liegen. Ryu Jeonghun wahrscheinlich mehr als Park Jongdae, wobei das jedoch keine Rolle spielte. Erst einmal saßen die beiden jetzt hier im Vernehmungsraum, und Changgeun hatte fest vor, weiterhin aufmerksam zu bleiben. Es gab weder für die beiden die räumliche Möglichkeit, die Flucht zu ergreifen, noch für Changgeun einen zeitlichen Moment, den er verpassen würde.

Auf Ermittler Kang, der getrennt von den anderen dreien im Raum saß, schien die Stille allerdings am schwersten zu lasten. Von Natur aus war ein kein Freund der Stille.

»Ihr seid aus Südostasien, richtig?«

Aha, das war also seine erste Frage.

»Ihr redet miteinander in eurer Muttersprache, nicht wahr? Und ihr habt euch einfach ein anderes Gesicht zugelegt aus Angst, dass euer illegaler Aufenthalt auffliegen könnte. Habe ich recht oder habe ich recht?«

Die hintereinander folgenden Fragen brachen nicht das Schweigen der beiden, aber die Stille, was sowohl Jeonghun als auch Jongdae ein wenig entlastete. Es würde eine Weile dauern, bis die Stille wieder bedrückend werden würde. Changgeun wurde aus seinem Kollegen nicht schlau.

»Ach so! Seid ihr Koreaner aus China? Hm, hat es ein Koreaner aus China wirklich nötig, sich ein anderes Gesicht verpassen zu lassen?«, fragte Doyeong.

Die Stille machte ihn langsam zum Idioten. Er führte letzten Endes ein Selbstgespräch. Changgeun überlegte sich, ob er ihm sagen solle, dass er hier sehr gut allein zurechtkomme und er deswegen gehen könne, wenn er frische Luft schnappen wolle.

In diesem Moment ging die Tür des Vernehmungsraums auf, und Choi Seongwon kam herein. Grinsend. Für Changgeun war es nicht nachvollziehbar, wie die Ermittler derart entspannt sein konnten!

»Herr Kang, da ist jemand, den Sie sehr gernhaben«, sagte Seongwon zu Doyeong und grinste weiterhin blöd.

Doyeong war ein bisschen verwirrt. Er machte ein naives

Gesicht, das den Betrachter in noch mehr Verwirrung stürzen musste. Das Gesicht von jemandem, der sich überlegte, wen er denn sehr gernhabe. Ein hochgradig dämliches Gesicht eben. Mit dem Gesicht eines Schwachsinnigen dachte er kurz weiter nach, bis er sich sicher schien: »Lee Sunhee?«

Seongwon nickte. Doyeong bat Changgeun um Entschuldigung, was völlig unnötig war, und verließ den Vernehmungsraum. Changgeun freute sich selbstverständlich darüber, dass sein Kollege nun gegangen war.

* * *

An seinem Schreibtisch angekommen, lächelte Doyeong strahlend, als freute er sich unermesslich über das Treffen mit seinem besten Freund. Lee Sunhee war zu ihm zurückgekehrt! Ihm waren Handschellen angelegt worden, und er wartete auf seine Vernehmung. Doyeong empfing ihn überaus herzlich, indem er vergnügt seinen Namen rief: »Hey, Lee Sunhee!«

Diesmal ging es nicht um eine Schlägerei in einem Klassenzimmer. Keine Prügelei unter Freunden. Nein, diesmal war das Gesicht eines anständigen Bürgers, eines erwachsenen Mannes, malträtiert worden, der direkt neben Sunhee saß. Abhängig davon, was das Opfer verlangte, könnte Sunhee diesmal nicht nur in Polizeigewahrsam bleiben, sondern auch ins Gefängnis wandern. Es war wahrlich eine freudige Situation für Doyeong. Tatsächlich konnte er seine Freude kaum unterdrücken, hatte sich doch seine Menschenkenntnis erneut als goldrichtig erwiesen.

Moment mal! Er wurde stutzig. Plötzlich schien ihm, dass das gesamte Bild, das sich ihm darbot, nicht richtig zusammenpasste.

In seinen Augen war Sunhee doch der Verdächtige für den Mordfall im Klassenzimmer gewesen. Folglich müsste er längst einer reichen kriminellen Organisation beigetreten sein. Denn aus seiner Sicht hatte der Junge unter der Bedingung, von dieser Gang aufgenommen zu werden, ein Loch in den Körper eines Mannes geschossen, der an dieser Verletzung dann gestorben war. Die Angelegenheit mit dem Loch klang zwar vollkommen absurd, aber das tat hier doch wirklich nichts zur Sache. Jedenfalls hätte sein erneutes Zusammentreffen mit Sunhee wenigstens nicht wegen so einer einfachen Gewalttat, sondern wegen eines organisierten Verbrechens in erheblich größerem Rahmen stattfinden müssen. Er verlor ein wenig das Interesse an dem Fall. Hatte er sich geirrt und dieser Junge spielte doch nicht in der Profiliga?

»Also, Lee Sunhee, lange nicht mehr gesehen. Aber Hauptsache, du bist wieder da und fühlst dich hier auch wohl, nicht wahr?«

Sunhee erwiderte nichts. Doyeong warf einen Blick auf dessen Schuhe. Dieselben hohen weißen Sneaker wie beim letzten Mal. Doyeong trat ein paarmal gegen diese Schuhe, als wäre es eine alte Angewohnheit, und sagte: »Du spielst nicht Volleyball, trägst aber trotzdem solche Schuhe. Weil du cool aussehen willst, was?«

Erst jetzt schaute er sich das Gesicht des Opfers genauer an. Es sah schrecklich aus. Wieso hat er nicht wenigstens etwas Wundsalbe darauf gegeben und einen großen Verband angelegt? Die Naivität des Opfers rief bei Doyeong Mitleid hervor.

»Hey, Herr Choi!«

Da kam Choi Seongwon, trug Salbe auf die Wunde des Opfers auf und klebte mehrere Pflaster darüber. Die Wunde benötigte eigentlich eine viel bessere medizinische Versorgung, aber Seongwon tat einfach, was ihm befohlen wurde.

Der Mann sagte, dass er ohne einen Grund geschlagen worden sei. Er sei auf einer ruhigen Straße unterwegs gewesen und dort diesem jungen Mann begegnet. Die Blicke der beiden hätten sich getroffen, wenn er sich nicht irre, und dieser junge Mann habe, urplötzlich und ohne irgendetwas zu sagen, einfach angefangen, auf ihn einzuschlagen. Diese Unverfrorenheit könne er immer noch nicht verstehen.

»Nicht nur Sie, guter Mann, keiner kann diesen Bengel hier verstehen«, feuerte Doyeong das Opfer an. »Wenn ein Junge wie Lee Sunhee weiter auf der Straße herumlungerte, würde er uns ohnehin nur mehr Arbeit machen.«

Das Opfer erzählte weiter in aller Ausführlichkeit, welches Unrecht ihm widerfahren sei.

»Was haben Sie mit ihm vor? Eine Einigung, das kommt ja wohl nicht infrage?«, wollte der Ermittler von dem Mann wissen.

»Hm … Dürfte ich erst einmal kurz auf die Toilette?«, fragte der Mann und ging alleine aus dem Büro.

Was er aber danach tat, hätte auch einem zufälligen Beobachter suspekt vorkommen können. Doch niemand interessierte sich für ihn. Er war auf der Suche nach der Toilette, schaute sich dabei aber an verschiedenen Orten um. Selbst nachdem er die Toilette gefunden hatte, lief er noch weiter durch die Räume des Gebäudes. Er tat so, als ob er immer noch auf der Suche nach der Toilette sei, machte verschiedene Türen auf und warf einen Blick in die Räume dahinter. Irgendwann kam er bis vor den Vernehmungsraum. Und auch diese Tür riss er ungestüm auf.

* * *

Yang Changgeun und Park Jongdae, die nebeneinander mit dem Blick zur Tür saßen, sahen den Mann als Erste. Auch Ryu Jeonghun, der mit dem Rücken zur Tür saß, drehte sich um und sah den Mann. Dieser entschuldigte sich für die Störung, verbeugte sich und machte die Tür wieder zu.

Das Opfer, das angeblich zur Toilette gegangen war, kam zu Doyeong und Sunhee zurück und nahm wieder Platz. Er dachte kurz nach und fragte Sunhee aus heiterem Himmel nach seinem Alter. Der Junge antwortete. Daraufhin schien der Mann erneut nachzudenken. »So jung noch, also … hm …«, sagte er schließlich und erklärte sich völlig unerwartet bereit zu einer Einigung, während er wieder meinte: »So jung noch, hm …« Für die Einigung wollte er auch nur so viel Geld haben, wie er für die medizinische Behandlung tatsächlich auszugeben hätte. Danach fragte er überraschend die Ermittler im Raum: »Wir alle haben es doch nicht leicht, was?«

Doyeong dachte, dass er gleich wahnsinnig würde. Er fragte sich, ob dieser Mann auf der Toilette vielleicht einem katholischen Priester begegnet sei und von ihm eine Predigt über Vergebung erhalten habe. Doch waren ihm die Hände gebunden. Was hätte er auch tun können? Denn der Mann, der zusammengeschlagen worden war, sagte, wenn er genau überlege, habe er wohl Vorurteile gegenüber diesem jungen Mann gehabt und ihn voller Missachtung angeschaut. Daher wolle er nicht, dass der Täter bestraft werde. Überdies erschien es schließlich auch Doyeong richtig, wenn Sunhee jetzt nicht hinter Gitter käme. Seinem Gefühl nach würde der Junge bestimmt ein wesentlich übleres Verbrechen begehen und als viel schlimmerer Straftäter als jetzt wieder bei ihm landen. Außerdem warteten im Moment Park Jongdae und Ryu Jeonghun im Vernehmungsraum auf ihn. Er war froh, Sunhee wiederzusehen, aber jetzt war nicht der richtige Zeitpunkt, sich mit den Schlägereien des Jungen zu beschäftigen.

Das Opfer verließ zusammen mit dem Täter das Büro. Doyeong sah weiter erwartungsvoll Sunhees verbrecherischer Zukunft entgegen.

* * *

Der Täter und das Opfer blieben weiter zusammen, auch nachdem sie das Polizeirevier verlassen hatten. Es konnte sein, dass sie nur zufällig in dieselbe Richtung gingen, auf jeden Fall trennten sie sich nicht. Einer lief vorne und der andere hinten. Sie gingen so lange zu Fuß hintereinander, dass jemand, der die beiden sah, sich ernsthaft gefragt hätte, warum sie um Himmels willen für diese lange Strecke nicht den Bus nahmen. Der Täter, der hinter dem Opfer lief, holte dieses irgendwann ein, und die beiden schritten nun nebeneinanderher. Sie steuerten ihre Schritte an einen verlassenen Platz und blieben gleichzeitig stehen. Das Opfer holte eine Zigarette hervor und steckte sie zwischen die Lippen. Der Täter kramte ein Feuerzeug aus seiner Hosentasche und gab dem Opfer Feuer. Das Opfer nahm einen tiefen Zug und stieß den Rauch aus.

»Hör mir gut zu«, begann das Opfer.

Der Täter konzentrierte sich mit glänzenden Augen auf die Worte des Opfers.

4

Lee Jongin hatte Schwierigkeiten beim Einschlafen, weil er sich Sorgen um seinen Sohn machte. Es war einige Tage her, dass Sunhee aus dem Haus gegangen war. Hin und wieder war er mehrere Tage von zu Hause ferngeblieben, und das hatte bisher keine außergewöhnliche Angelegenheit dargestellt. Es hatte Zeiten gegeben, zu denen er sich sogar ein paar Monate lang nicht hatte blicken lassen. Er übernachtete entweder bei Freunden oder irgendwo anders, ohne dass er es seinem Vater mitgeteilt hatte. Aber jedes Mal war er irgendwann nach Hause zurückgekehrt. Weil das immer so gewesen war, versuchte Jongin sich jetzt selbst einzureden, dass sein Sohn auch diesmal wiederkommen würde und er bis dahin einfach auf ihn warten könne. Doch das wollte ihm nicht richtig gelingen. Er wurde unruhig. Er überlegte sich sogar, eine Vermisstenanzeige bei der Polizei aufzugeben, aber irgendetwas hielt ihn davon ab.

Vor ein paar Tagen hatte er gesehen, dass Sunhee in der Morgendämmerung aus dem Haus gegangen war. Er hatte eine Extratasche dabei. Und das beschäftigte Jongin. Am selben Morgen war Uhwan klitschnass nach Hause gekommen. Die Tür hatte Jongin nicht abgeschlossen, weil er auf Sunhee wartete. Uhwan hatte nach Meersalz gerochen. Und jener Geruch beschäftigte

Jongin. Er fragte sich, ob Sunhee vielleicht von einem Boot ins Meer geworfen worden war; er fragte sich, ob Uhwan seinen Sohn vielleicht im Meer zurückgelassen hatte. Obwohl Jongin nur zu gut wusste, dass das völliger Unsinn war und unmöglich wahr sein konnte, war er beunruhigt.

In Jongins Augen schien es, dass Uhwan sich nicht besonders um Sunhee sorgte, obwohl er auf ihn zuvor den Eindruck gemacht hatte, dass er und Sunhee eine sehr innige Beziehung hatten; Jongin hatte ab und zu heimlich beobachtet, wie sein Sohn tief in der Nacht zusammen mit Uhwan am Tisch saß und Knochensuppe aß. Der Vater dachte, wie schön es wäre, wenn er an der Stelle von Uhwan dort säße, aber es kam ihm nie in den Sinn, dass sein Angestellter ihm seinen Platz streitig machen wollte. Er war ihm dankbar. Er dachte kein einziges Mal, dass Uhwan ihn langsam von seinem Platz verdrängte. Und ausgerechnet dieser Mann war jetzt so sorglos, obwohl Sunhee wie vom Erdboden verschluckt war! Da erkannte Jongin, dass schließlich doch er selbst der Vater von Sunhee und Uhwan letzten Endes nur ein Fremder war. Das war vielleicht ein Trost, wenn es überhaupt einen Trost geben konnte, nachdem Sunhee verschwunden war. Für Jongin war einmal mehr klar geworden, wer seine Familie war. Er hatte auf der Welt nur seinen Sohn Sunhee, sonst niemanden.

Bis zum Abendessen blieb noch viel Zeit. Jongin öffnete die Zimmertür und schaute sich im Gästebereich seiner Gaststätte um. Dort in einer Ecke befand sich ein großer Spiegel, und davor stand Uhwan. Er trug Kleidung, die Jongin nur zu bekannt vorkam. Es war seine.

Der Chef hüstelte. Weil er den Eindruck hatte, dass Uhwan sich sonst nie umdrehen würde. Denn dieser war tief in sein eigenes Spiegelbild versunken. Er drehte sich um, nachdem er Jongin gehört hatte, und die Blicke der beiden trafen sich. »Ach so, ich habe meine Klamotten gewaschen, und sie sind noch nicht trocken. Zum Glück waren da deine Klamotten, und ich habe sie angezogen. Ich dachte, dass du damit kein Problem hättest.«

»Warum sollte ich damit ein Problem haben? Klamotten sind halt Klamotten«, dachte Jongin für sich. Ihn störte nicht so sehr, dass Uhwan seine Kleidung trug, sondern wie klein er sich vor ihm machte. Zurzeit zeigte Uhwan ihm auffallend häufig ein fröhliches Lächeln. »Was macht ihn so fröhlich, wo Sunhee doch von zu Hause abgehauen ist?«, rätselte er hin und wieder.

Es kamen bereits erste Gäste, obwohl es für ein Abendessen eigentlich etwas zu früh war. Wie immer übernahm Jongin die Kasse und Uhwan die Küche. Zumindest während der Arbeit spürte er nicht die Lücke, die sein Sohn hinterlassen hatte. Sowohl im Gästebereich als auch in der Küche hatte es nie einen Platz für Sunhee gegeben. Auch heute nicht.

Das galt aber nicht, wenn es um seine Kunden ging. Wenn ein Kunde zur Kasse kam, um zu zahlen, aber Jongin gerade auf der Toilette war, wartete der Kunde in der Regel auf ihn. Es kam natürlich selten vor, dass der Inhaber nicht an seinem Platz war, aber wenn so etwas vorkam, hatte kein Kunde ein Problem damit, ein paar Minuten auf ihn zu warten. Heute war Jongin bereits zweimal auf der Toilette gewesen. Es lag an dem Bier, das er am Nachmittag allein in seinem Zimmer getrunken hatte.

Und bei beiden Malen stand dann Uhwan an der Kasse. Routiniert nahm er das Geld der Kunden entgegen und verabschiedete sich von ihnen.

Einige Kunden wechselten mit ihm sogar ein paar Worte: »Oh, was? Ich dachte, dass Sie der Chef sind!«

»Ja, ging mir genauso«, sagte ein weiterer Kunde.

»Das liegt daran, dass ich heute seine Kleidung trage, hehehe«, erwiderte Uhwan.

»Nur deswegen? Nein, Sie und der Chef sehen sich schon sehr ähnlich. Wie Brüder!«

»Oh, na ja, hehehe.«

Wenn Jongin zurückkam, machte Uhwan für ihn sofort wieder den Platz an der Kasse frei.

Was Jongin heute auch nicht entging, war, dass Uhwan mehrmals falsche Bestellungen ausgegeben hatte. Jongin hatte die Bestellung zwar richtig weitergeleitet, aber Uhwan brachte beispielsweise drei Portionen Knochensuppe an einen Tisch, an dem zwei Gäste saßen, oder er servierte nur drei Knochensuppen an einen Tisch mit vier Personen. Erst da merkte Jongin, dass auch Uhwan innerlich unruhig war und auch er sich Sorgen um Sunhee machte.

Der Vater war niemand, der großen Wert darauf legte, von anderen verstanden zu werden. »Ich kann dich verstehen«, waren Worte, auf die er leicht verzichten konnte, da sie für ihn leere Worte waren, die von Ahnungslosigkeit und Faulheit zeugten. Diese Worte konnten von Anfang an keinen Sinn enthalten. Wer soll wen, wie, warum verstehen können? Dem schenkte Jongin schlichtweg keinen Glauben. Jedoch bemühte er sich stets, Missverständnisse zu vermeiden. Aus seiner Sicht stellten Missverständnisse eine andere Form der Zeitvergeudung dar, genauso wie die Zeit, die man aufwandte, um andere zu verstehen.

Uhwan schien mehr Interesse an der Kasse zu haben als an der Küche, also mehr am Kundenkontakt als am Kochen. So sah es eindeutig aus, aber Jongin bemühte sich, das nicht wahrzuhaben. Er glaubte lieber, dass auch Uhwan sich um Sunhee sorgte.

* * *

Es war Nacht. Sunhee war immer noch nicht nach Hause gekommen. Bis zur Morgendämmerung wartete Uhwan auf ihn, aber er kam nicht. Uhwan war sich alles andere als sicher, ob er Sunhee, wenn dieser die Tür der Gaststätte öffnen und eintreten würde, sagen könnte: »Es besteht absolut kein Zweifel mehr, dass ich dein Sohn bin. Es ist wirklich wahr, dass du mein Vater bist. Man hat mir ganz klar gesagt, dass wir eine Familie sind. Du, Kanghee und ich, wir drei sind eine Familie.« Uhwan war sich nicht sicher, ob es richtig wäre, diese Worte an Sunhee zu richten. Denn der stand gerade kurz vor dem Abschluss der Oberschule und hatte noch gar keinen Plan, welchen Weg er nach der Schule beschreiten sollte. Und ob er ihm überhaupt glaubte, wenn er ihm das erzählen würde? Auch dahinter stand ein großes Fragezeichen.

Außerdem gab es eine Maxime für Reisende aus der Zukunft. Ein Reisender spricht nicht von der Zukunft. Ein Reisender darf über nichts sprechen, was Einfluss auf die Zukunft haben könnte. Diese Maxime galt auch für diejenigen, die nie wieder in die Zukunft zurückkehren würden. Es gab Regeln, die ein Reisender unbedingt einhalten musste. Obwohl Uhwan das alles beiseiteschieben würde, sah es nicht danach aus, als sei er in der Lage, Sunhee zu sagen, dass er sein Sohn war.

Trotz allem wartete er auf ihn. Auch an dem Tag, an dem er voller Euphorie aus dem Meer gestiegen und zurückgekommen war, ohne zu realisieren, dass dafür zwölf Menschen aus dem Leben gerissen wurden, und auch an dem Tag, an dem er erfuhr, wer seine Eltern waren, fehlte ihm Sunhee sehr. Er wollte sich seinen Vater genau ansehen. Es ging nicht darum, dass er ihm Vorwürfe machen wollte. Er wünschte sich einfach nur, seinen Vater zu sehen. Sunhee, also seinen Vater betrachtend, wollte er einschätzen, ob das Glück, nach dem er sich sehnte und das er begehrte, fassbar war.

Möglicherweise ging es weniger darum, dass er seinen Vater sehen wollte, als vielmehr darum, dass er wissen wollte, ob es möglich wäre, hier mit Kanghee und Sunhee zu dritt als Familie leben zu können, ob es hier einen Platz für ihn gäbe. Er war zurückgekommen – und diese Rückkehr hatte er gegen zwölf Menschenleben eingetauscht. Daher musste er glücklich werden; ob das möglich war, hätte er gerne in Erfahrung gebracht.

Sunhee war zwar noch zu jung dafür, doch er war Vater. Uhwan meinte, dass er einiges an Klarheit erlangen könnte, wenn er ihn sehen würde.

Doch sein Vater kam nicht zu ihm nach Hause.

»Mein Gott, ich mache jetzt, was ich selbst im Waisenhaus nicht gemacht habe …«, murmelte Uhwan.

Während er im Waisenhaus gewohnt hatte, hatte er nie auf seine Eltern gewartet. Niemals hatte er die vage Hoffnung gehabt, dass sie ihn irgendwann abholen würden. Doch jetzt, nachdem er längst ein erwachsener Mann geworden war, wartete er auf seinen Vater.

Es belastete ihn, dass er zu viel in die Waagschale geworfen hatte und seinetwegen viele Menschen ums Leben gekommen waren.

Wenigstens Sunhee musste er sehen. Er wünschte sich, von

seinem Vater zumindest zu hören:»Willkommen zurück. Schön, dass du da bist. Von nun an werden wir zusammenleben.« Aber er kam nicht.

»Hat es in meinem Leben jemals einen Vater gegeben?«, fragte Uhwan sich selbst und war sich augenblicklich sicher, dass Sunhee auch in Zukunft nicht kommen würde. Er wurde unruhig. Diese innere Unruhe sorgte dafür, dass er ein voreiliges Urteil fällte:»Mein Vater hat mich also noch einmal verlassen!« Das stand für ihn nun unwiderruflich fest.

Park Jongdae war die einzige Person, mit der er rechnen konnte.

Er rief sich Jongdaes Worte ins Gedächtnis. Worte, die bisher von dem Satz, dass die drei eine Familie seien, überdeckt worden waren. Er hatte gesagt, dass es sehr viel zu tun gebe. Er werde immer für ihn da sein. Er sei von nun an die einzige Person, der Uhwan hier sein Vertrauen schenken solle. Man brauche vieles, um hier den Rest seines Lebens zu verbringen, und er wolle ihn deswegen demnächst wiedersehen. Zum Schluss hatte er gesagt:»Versuchen Sie, Ihrem Chef weiter näherzukommen.«

Doch auch Park Jongdae hatte sich seit mehreren Tagen nicht mehr bei ihm gemeldet. Er hatte gedacht, dass Jongdae ihn gleich am nächsten Tag aufsuchen würde. Das war jedoch nicht der Fall gewesen. Er hatte angenommen, dass Jongdae wohl beschäftigt gewesen sei, aber er war auch am darauffolgenden Tag nicht erschienen. Ihm kam die Idee, Jongdae könne ihn fallen gelassen haben, nachdem er erfahren hatte, dass Uhwan zwölf Menschen umgebracht hatte.

Je verlassener er sich fühlte, desto notwendiger und unersetzbarer wurde Jongdae für ihn, der Mann, dem er vertrauen sollte.

Die Menschen hier würden sowieso nicht in Erfahrung bringen können, wer die verstorbenen zwölf Personen waren. Doch Jongdae wusste Bescheid. Dementsprechend war er die einzige Person, der Uhwan vertrauen konnte und der er seine Aufmerksamkeit schenken musste. Er hatte nur Park Jongdae.

Er fasste den Entschluss, zu glauben, dass er weniger auf Sunhee als vielmehr auf Jongdae warte. Während er bewusst auf diesen Mann wartete, rief er sich ausschließlich und wiederholt die Worte ins Gedächtnis, die dieser Mann gesagt hatte. Seine Worte ließen sich folgendermaßen zusammenfassen: Uhwan könne als Familienmitglied von Sunhee hier leben, wenn er Jongin sehr nahekommen würde.

Aus diesem Grund entschied sich Uhwan, dem Chef, also »dem großen Bruder« Lee Jongin, weiter näherzukommen und dabei auf Park Jongdae zu warten.

Der Vater wartete nur auf seinen Sohn, aber der Sohn entschloss sich, nicht mehr auf seinen Vater zu warten.

Zu dieser Entscheidung gelangte Uhwan innerhalb von ein paar Tagen.

5

Es war schon die siebte Portion Fleischsuppe. »Schluss für heute, genug für heute«, sagte Hwayeong sich zwar, aber gleichzeitig nahm er einen weiteren Löffel von der Suppe. Mittlerweile brauchte er die Bedienung nicht extra zu fragen, um zu wissen, ob er eine Suppe mit Schweinefleisch oder Rindfleisch vor sich hatte. Der Geruch des Gerichts reichte ihm völlig aus. Er war auf einem guten Weg, Experte für Fleischsuppen zu werden.

Fleischsuppe ließ sich im Großen und Ganzen in drei Sorten einteilen, je nach Farbe der Brühe: die weiße, die rote und diejenige, die zunächst weiß war und dann in die rote überging. Die weiße Suppe hatte viele Möglichkeiten, zur roten zu werden. Zur Verfügung standen dafür unter anderem Chilipulver und Marinade, die aus Chilipulver, Knoblauch, Frühlingszwiebeln, Ingwer und Sojasoße bestand. Jedoch gab es auch Fleischsuppe, die beharrlich bei ihrer weißen Farbe blieb, weil sie geschmacklich so am besten zur Geltung kam. Er hatte den Mann, den er unbedingt finden musste, noch nicht ausfindig gemacht und war dabei, sich lauter unnötige Kenntnisse anzueignen. Was er allerdings interessant fand, war, dass die Erfahrungen mit den verschiedenen Fleischsuppen ihm weder langweilig noch unangenehm waren.

Die Gaststätten, die schmackhafte Fleischsuppe anboten, sprühten eine starke Vitalität aus. Sowohl die Bedienung als auch die Gäste waren voller Lebenskraft.

Einmal sah Hwayeong einen Mann, der sehr alt war und dazu noch ziemlich erschöpft aussah. Dieser saß vor einer Schüssel mit weißlich-trüber Fleischsuppe, nahm sie zu sich und ließ sich dabei sehr viel Zeit. Er aß nicht nur die Suppe, sondern auch den dazu servierten Reis restlos auf. Nach dem Essen war er wie zuvor zwar immer noch sehr alt, sah aber nicht mehr so erschöpft aus. Auch danach erlebte Hwayeong mehrmals, wie eine Mahlzeit einen Menschen regelrecht verwandelte. Dieser Anblick behagte ihm sehr.

Wenn er eine Gaststätte entdeckte, die Fleischsuppe anbot, brachte er als Erstes in Erfahrung, ob eine Liefermöglichkeit bestand, über die die Lokale meistens am Fenster oder an der Tür informierten. Nach dem Betreten einer Gaststätte fand er schnell heraus, wo die Küche war. Falls nämlich Uhwan in einem Lokal arbeiten sollte, würde er in der Küche sein, wo man auch lernen konnte, wie man Knochensuppe kochte. Dann fand Hwayeong irgendwie einen Weg, in die Küche zu schauen. Erst wenn Uhwan unter dem Küchenpersonal nicht zu sehen war, fragte er, ob dort jemand arbeitete, der Lee Uhwan heiße. Und bei den Lokalen, die einen Lieferservice anboten, erkundigte er sich anschließend, ob es vielleicht unter den Mitarbeitern, die wegen der Essenslieferung gerade unterwegs waren, einen Mann gebe, der Lee Uhwan heiße. Wenn seine Fragen definitiv verneint wurden, was bis jetzt der Fall gewesen war, spürte er eine gewisse Erleichterung und konnte auch das Essen, das er bestellt hatte, in Ruhe genießen.

Er aß seine Knochensuppe nie auf, selbst wenn er Hunger

hatte. Denn er wusste nicht, wie viele Portionen er an diesem Tag noch zu essen hatte. Er hörte häufig:»Mehr schaffen Sie nicht, obwohl Sie noch so jung sind?« Wenn man ihm das oder Ähnliches sagte, dachte er anfangs, dass man sich geärgert habe, weil er das Essen nicht aufaß. Mittlerweile klang jedoch ein solcher Satz in seinen Ohren wie ein netter Gruß. Lokale, in denen er ausnehmend leckere Fleischsuppe bekam, waren selten; ebenso selten waren Gaststätten, in denen ihm die Suppe besonders schlecht schmeckte. Meistens genoss er die Knochensuppe. Wenn er nach dem Essen wieder auf die Straße trat, vergab er gelegentlich Noten für die Suppe. Er verglich damit auch die Gerichte der verschiedenen Gaststätten untereinander. Es kam auch vor, dass er gespannt auf die Lokale war, die er am nächsten Tag besuchen würde.

* * *

Gegen 17.00 Uhr erhielt der Leiter des Ermittlerteams Eins einen Anruf in seinem Büro. Der Anrufer erklärte zunächst die Umstände seines Anrufs. Es war eine dem Teamleiter unbekannte Stimme. Die unbekannte und langweilige Stimme am anderen Ende der Leitung gab den Hörer an einen anderen Mann weiter.

Die Stimme dieses Mannes kam dem Teamleiter irgendwie bekannt vor. Er glaubte nicht, ihn irgendwann einmal getroffen zu haben, aber seine Stimme klang für ihn dennoch vertraut. Er hatte sie wohl im Fernsehen oder Radio gehört. Eine Stimme, die man einfach kannte, weil man sie häufig hörte, und an die man sich erinnerte; das galt selbst für den Teamleiter, der kein nennenswertes Interesse an Politik hatte. Der zweite Mann war nicht gerade höflich. Er legte auch als Erster auf. Ein unangenehmer Anruf. Jedoch begann der Teamleiter unmittelbar nach dem Telefonat darüber nachzudenken, warum so ein Anruf nicht an den Direktor des Polizeireviers, sondern direkt an ihn gegangen war. »Bedeutet das, dass mein Chef nicht weiß, dass er mich angerufen hat? Der muss davon auch nichts erfahren, und ich kann machen, was ich für richtig halte. Ist so etwas damit gemeint?«, fragte sich der Teamleiter und war schließlich ziemlich sicher, dass sich diese Botschaft in dem Anruf versteckte. Sonst hätte er auch nicht begründen können, warum der Politiker sich direkt an ihn gewendet hatte. Der Anrufer wollte also nicht dem Direktor, sondern ihm bei seiner zukünftigen Karriere behilflich sein. Seiner langen Erfahrung entsprechend, verstand er schnell die Lage. Er erkannte, dass der Anruf, den er gerade eben geführt hatte, auf lange Sicht bedeutungsvoll für seine berufliche Laufbahn sein könnte. Dennoch grübelte er. Weil die Möglichkeit bestand, dass dadurch der Fall, in dem sein Team momentan ermittelte, unter die Räder kam. Der Fall stand zurzeit im Brennpunkt des öffentlichen Interesses. Die Neugier der Bürger war entfacht. Sie wollten mehr darüber erfahren.

Doch das öffentliche Interesse war wankelmütig.

Das wusste er und grübelte trotzdem weiter. Er stellte sich die Frage: »Kann die Macht des Anrufers mir zu einem schnelleren Aufstieg verhelfen, auch wenn ich dafür am Ende selbst einen Strich unter den Fall ziehen müsste?« Was er jetzt vorhatte, war keine Sache, die er nach Anweisung des Direktors durchführte; von daher würde er die Verantwortung dafür auch auf die eigene Kappe nehmen müssen. Vor allem durfte das dem Direktor nicht zu Ohren kommen.

Der Teamleiter stellte sich in Gedanken eine Frage: »Habe ich einen Mitarbeiter, der mich übergehen und sich direkt an den Direktor wenden würde? Gibt es jemanden unter meinen Männern, der mich ignorieren und mit ihm direkt kommunizieren würde?« Die Antwort lautete Nein. Die Ermittler standen alle unter ihm. Es war auch eine Seltenheit, dass der Direktor nicht über ihn, sondern direkt mit den Teammitgliedern redete. Der Direktor vertraute ihm. Es könnte funktionieren, wenn er die Sache in Gang bringen würde. Dafür benötigte er eine ausgefeilte und gute Story.

Nein. Zum Glück stocherten alle, die in dem Fall ermittelten, im Nebel. Also brauchte er doch keine sonderlich gute Story. Egal, was für eine Story, sie würde funktionieren.

* * *

Zwei Stunden waren vergangen, seitdem Park Jongdae hier saß. Das Kreuzverhör hatte noch nicht begonnen. Changgeun wollte ihn und Jeonghun langsam dazu bringen, in Plauderlaune zu kommen.

Da fing Ryu Jeonghun einfach an zu reden: »Sie würden mir sowieso nicht glauben.«

»Na, das passt ja. Ein annehmbarer Anfang«, dachte Changgeun.

»Ich bin bereit, alles zu glauben, auch wenn du behaupten würdest, dass du aus Südostasien bist, du Mistkerl«, dachte Doyeong, der wieder im Raum war, aber er nahm sich zusammen und sagte nichts.

Und Park Jongdae? Der blickte auf die Uhr und dann wieder zu Ryu Jeonghun.

Letzterer schaute Jongdae jetzt nicht mehr in die Augen. Er fuhr fort: »Was die Größe unserer Organisation betrifft, so ist sie vielleicht nicht so groß, wie Sie annehmen. Aber sie ist anders, als Sie denken. Und niemand weiß, wie groß sie in Zukunft werden könnte.«

»So ein Blödsinn! Ist das bei anderen Gangsterbanden etwa anders? Anfangs sind sie alle nicht groß, werden aber immer größer. Und sie sind immer größere Arschlöcher, als man gedacht hat. Das ist doch immer so! Überspringen Sie das und kommen Sie zur Sache! Also, seid ihr alle aus Südostasien?«, unterbrach Doyeong den Verdächtigen. Was er gesagt hatte, war alles gut, bis auf das Letzte, ob sie alle aus Südostasien seien. Seine Aktion unterbrach allerdings die Aussage eines Verdächtigen. Changgeun konnte seinen Kollegen nicht ausstehen.

Zum Glück wollte Jeonghun fortfahren, aber diesmal unterbrach ihn Jongdae:»Als wir zum ersten Mal hierhergekommen sind, war alles fremd für uns. Man sagt zwar, dass die Orte, wo Menschen leben, im Großen und Ganzen gleich sind, aber das stimmt nicht ganz. Wir mussten eines nach dem anderen komplett neu lernen, um nur das nackte Überleben zu sichern. Deshalb habe ich auch das Immobiliengeschäft mit großem Fleiß geführt. Ich habe das Vertrauen von den Bewohnern des Yeongjin Apartmentkomplexes gewonnen, mühsam und Stück für Stück, und einige haben irgendwann angefangen, mich zu mögen. Unter den Bewohnern sind nicht wenige, die alt sind, aber alleine leben. Dementsprechend gab es viele Angelegenheiten, bei denen ich ihnen behilflich sein konnte.«

»Und was ist mit Ihren Händen? Sie haben das gemacht, um Ihre Fingerabdrücke unkenntlich zu machen. Auch Sie haben eine Gesichtsoperation von dem Zyklopen bekommen, richtig? Sie sind also nicht Park Jongdae! Der Park Jongdae, der im Personalausweis steht, den Sie uns vorgelegt haben, sind nicht

Sie, und das wäre herausgekommen, wenn wir Ihre Fingerabdrücke überprüft hätten. Deswegen haben Sie sie weggeschliffen und deswegen sind Sie auch so spät hierhergekommen! Wieso erfinden Sie plötzlich so eine Geschichte? Wer sind Sie?«, stellte Changgeun seine erste Frage.

Jongdae antwortete nicht. Stattdessen wurde Ryu Jeonghun sichtlich nervös. Er sah aus, als würde er im nächsten Augenblick irgendetwas preisgeben.

Jedoch bekam er keine Chance dafür, denn Jongdae redete weiter: »Meine Hände habe ich mir verletzt. In einer Wohnung des Yeongjin Apartmentkomplexes gibt es einen großen alten Kühlschrank. Der Kühler ist defekt, und ich wollte Eis aus dem Gefrierfach entfernen. Da klebten alle meine zehn Finger an dem Eis fest, und ich habe sie mit Gewalt vom Eis losgerissen. Dabei ist diese Verletzung zustande gekommen. Und die Narbe in meinem Gesicht, die habe ich seit meiner Kindheit. Ich kann Ihnen das leider nicht vorführen, aber als Kind bin ich auf dem Spielplatz mit einem Sitzkarussell gefahren und dann runtergefallen. Ich lag mit dem Gesicht unter dem Karussell, während es sich über mir weiterdrehte. Ich wollte aufstehen und bin mit dem Kopf gegen die Unterseite des Karussells gestoßen; deswegen ist die Narbe so tief.«

Das hörte sich glaubhaft an. Daher wurden alle Anwesenden still. Vor allem Doyeong schien Jongdae bereits zu glauben. Auch Jeonghun war die Überraschung anzumerken. Er machte ein Gesicht, als hätte er von einem Freund eine Geschichte gehört, die dieser ihm noch nie erzählt hatte. Changgeun fehlte ebenso ein Argument, mit dem er Jongdae auf Anhieb hätte konfrontieren können. Denn es war für jedermann vorstellbar, was dieser Mann da erzählt hatte.

Narben entstehen auf eine solche Art und Weise, eben meistens, wenn man immer mehr will oder sich übertrieben amüsiert. In diesem Moment wurde an die Tür geklopft. Sie öffnete sich. Es war wieder Ermittler Choi.

Yang Changgeun ging hinaus; währenddessen ließ er sich mögliche Gründe einfallen, warum der Teamleiter ausgerechnet jetzt unbedingt ihn zu sich zitierte. Gerade führte er doch ein Kreuzverhör durch, und darüber war sein Chef informiert. Er wollte Changgeun sehen, entweder um noch einmal hervorzuheben, wie wichtig diese Vernehmung war, oder weil er inzwischen neue Informationen über Park Jongdae erhalten hatte und sie sofort an ihn weitergeben wollte. Sonst gab es keinen Grund, warum er ihn jetzt zu sich bestellte. Dafür, ihm eine andere Anweisung zu erteilen, war jetzt für den Teamleiter der denkbar schlechteste Zeitpunkt, denn es war der Moment, in dem er auf den Bericht von Changgeun zu warten hatte. Es mochte sein, dass sein Chef wie Doyeong die Warterei satthatte. Aber er fühlte sich doch bei Doyeong, mit dem er seit Langem zusammenarbeitete, wohler als bei Changgeun, der neu hier war. Warum wollte er also unbedingt von Changgeun einen Zwischenbericht?

Bis zum Büro des Teamleiters war es kein langer Weg. Die Liste der möglichen Gründe, die Changgeun sich ausmalen konnte, warum der Teamleiter gerade jetzt und ausdrücklich ihn zu sich bestellte, war auch nicht sehr lang. Und alle stellten sich als falsch heraus. Vielleicht hatte Changgeun zumindest in einem Punkt recht gehabt. Der Teamleiter fühlte sich bei Doyeong wohler als bei ihm. Genau deswegen schien er bei ihm sichergehen zu wollen, dass die beiden die gleiche Sprache sprachen.

»Und? Haben Sie etwas aus Park Jongdae herausbekommen?«

»Nein, noch nicht.«

»Lassen Sie ihn frei.«

Changgeun konnte seinen Ohren nicht trauen, als er hörte, was sein Chef gerade von ihm verlangt hatte. Er beruhigte sich erst einmal und argumentierte, warum es keine gute Idee sei, den Mann freizulassen. Es gebe da bestimmt etwas. Park Jongdae sei nur noch nicht so weit, um auszupacken. Bald könne er ihn zum Reden bringen. Genau genommen, habe Park bereits damit angefangen.

Indes wurde die Angelegenheit mit dem Teamleiter immer rätselhafter, je mehr Gegenargumente Changgeun vortrug. Als er die Geschichte um die Narbe in Jongdaes Gesicht schilderte, wurde die Meinung des Teamleiters noch gefestigt, dass bei diesem Mann nicht der geringste Verdacht bestand. Dann sagte er zum zweiten Mal, dass man keinen unschuldigen Bürger grundlos lange festhalten dürfe, sondern ihn umgehend freilassen solle. Park Jongdae sei auch nicht in flagranti ertappt worden. Es gehe außerdem auch nicht um eine zwangsläufige Festnahme, einen Haftbefehl habe man auch nicht in der Hand, und es sei schon schlimm genug, dass ein Ermittler einen Bürger, der freiwillig zum Kreuzverhör erschienen war, über mehrere Stunden festgehalten habe. Wenn man in den letzten Stunden nichts herausgefunden habe, bedeute das, dass es nichts herauszufinden gebe. Da also die Geschichte über die Narbe aus der Kindheit alles sei, was Changgeun bis zu diesem Zeitpunkt herausgefunden habe, könne man sich die weitere Lebensgeschichte jenes Mannes getrost schenken.

»Was ist dann mit Ryu Jeonghun? Was glauben Sie, warum er ausgerechnet Park Jongdae haben wollte?«

»Ryu Jeonghun hat nur das Problem, dass seine Fingerabdrücke nicht registriert sind. Die Klinik ›Hoffnung‹ ist ein Irrenhaus und, Herr Yang, haben Sie die Informationen über ihn nicht etwa durch die Patienten dieser Klinik bekommen? Also, bei dieser Gelegenheit können Sie seine Fingerabdrücke abnehmen und beim Bürgeramt registrieren lassen. Dann gibt es für ihn keine Probleme mehr. Oder irre ich mich?«

Changgeun war vollkommen ratlos.

»Und der Arzt, der sich der Zyklop nennt oder so ähnlich, den nehmen Sie gefälligst wieder fest. Einen Kerl, der in flagranti ertappt wurde, lassen Sie frei und dafür nehmen Sie jemanden fest, den dieser Verbrecher wahllos genannt hat. Was soll denn das? Oder sehe ich da etwas falsch?«

»Chef, was ist plötzlich passiert?«

»Einer von denjenigen, die Ihnen angeblich Anhaltspunkte geliefert haben, ist ein verrückter Arzt, der den Bauch von Menschen aufschneidet und die inneren Organe herausnimmt, und der andere ist ein Verrückter, der in einem Irrenhaus sitzt. Solchen Kerlen haben Sie geglaubt und nehmen gerade zwei unschuldige Zivilisten in die Mangel!«

»Chef, ist etwa von oben Druck ausgeübt worden?«

»Was? Wie Herr Kang schon gesagt hat: Kann es sein, dass Sie vielleicht zu viel Fantasie haben? Jetzt hören Sie endlich mal auf, an Ihrem Roman zu schreiben! Gehen Sie und lassen Sie diesen Mann sofort frei!«

Changgeun schwieg.

»Es kann sein, dass Ryu Jeonghun und Park Jongdae Dreck am Stecken haben, so wie Sie vermuten. Aber zwölf Leichen sind an den Strand gespült worden. In der Stadt reden die Leute nur noch über diese Toten. Und was ist mit dem Mordfall im Klassenzimmer? Der Verdächtige hat problemlos einen schönen Spaziergang bis in unser Revier gemacht. Machen Sie bitte die Augen auf, bei welchem Fall unsere Prioritäten liegen sollten. Ja?!«

Der Teamleiter war sehr eigensinnig, aber was er sagte, war im Grunde genommen ausnahmslos richtig. Kang Doyeong dachte vielleicht bereits genauso wie der Chef. Wie der Teamleiter meinte, lehnte sich Changgeun jetzt möglicherweise viel zu weit aus dem Fenster. Dennoch lag es völlig klar auf der Hand, dass Park Jongdae nicht wieder in den Vernehmungsraum zu bekommen war, wenn man ihn jetzt freilassen würde. Es war darüber hinaus definitiv ein Fehler von Changgeun gewesen, den Teamleiter zu fragen, ob von oben Druck ausgeübt worden sei. Aber er hatte sich aufgeregt.

»Hab verstanden, Chef.«

Changgeun verabschiedete sich vom Teamleiter und ging zurück zum Vernehmungsraum. Sein Kopf war völlig leer. Er verspürte plötzlich großen Hunger. Er wollte die Anweisung seines Chefs schnell ausführen und mit Kang Doyeong irgendwo etwas essen gehen, egal was. Das Menü würde Doyeong aussuchen. Auch der durfte gelegentlich mal bei irgendwas hilfreich sein.

Doch als Changgeun tatsächlich die Tür des Vernehmungsraums öffnete und Jongdaes Gesicht sah, fiel es ihm schwer, auszusprechen, was er sagen musste. Erst einmal ging er an seinen Platz zurück und setzte sich hin. Er sollte Jongdae etwas sagen, und daher wäre es besser gewesen, wenn er neben Jeonghun Platz genommen hätte, aber aus irgendeinem Grund wollte er Jongdae nicht ansehen, während er redete. Deswegen hatte er sich wieder auf seinen ursprünglichen Platz neben ihn gesetzt.

»Herr Park, vielen Dank für Ihre Kooperation. Sie dürfen jetzt gehen.«

Als Erster war Ryu Jeonghun überrascht. Jedoch nicht so sehr wie Kang Doyeong. Dennoch war dieser imstande, Blickkontakt mit Changgeun aufzunehmen und die Lage blitzschnell zu erfassen.

Park Jongdae schaute einmal auf die Uhr und sagte: »Alles klar.«

»Und was ist mit dem anderen?«, fragte Doyeong seinen Kollegen mit dem Blick.

Was Ryu Jeonghun betraf, gab es keine konkrete Anweisung vom Teamleiter. Seinen Worten zufolge war der Verdacht gegen ihn auch nicht ganz klar. »Soll ich ihn wegen Personenstandsfälschung ins Gefängnis stecken? Verdammt, was mache ich mit ihm?«, überlegte sich Changgeun. Für einen Moment kam ihm alles ungemein lästig vor. »Soll ich auch ihn einfach freilassen?«

Das ging nicht. Er konnte Jeonghun nicht freilassen. Dieser war momentan seine einzige Spur und hatte gerade angefangen zu reden. Außerdem war seine innere Anspannung jetzt wesentlich größer als zuvor. Changgeun betrachtete Jeonghuns Gesicht. Das Gesicht von jemandem, der direkt davorstand, alles zu gestehen; so ein Gesicht hatte dieser Kerl gerade. Die Möglichkeit, dass er alleine hier zurückblieb und nur Park Jongdae gehen durfte, schien ihn unter großen Druck zu setzen. Changgeun dachte, dass das wahrscheinlich gut so sei und er Jongdae schnell wegschicken sollte. In dem Augenblick, in dem Jongdae durch die Tür des Vernehmungsraums hinausgehen würde, würde Jeonghun beginnen zu reden. Über alles, alles, was er über die Gang wusste, würde er auspacken.

»So ein Mistkerl. Gehen Sie also alleine und lassen Ihren kleinen Handlanger hier zurück? Sie haben wohl noch nie was von Loyalität gehört?«, warf Doyeong dem Freigelassenen vor, der sich gerade erhoben hatte.

Warum wollte Doyeong die Sache unbedingt vermasseln! Changgeun war gereizt. Jetzt konnte es nur hilfreich sein, dass Jongdae schnellstmöglich aus diesem Raum verschwand, bevor sein Handlanger sich wieder beruhigte.

Allerdings schien es Park Jongdae gar nicht eilig zu haben. Er schaute erneut auf die Uhr und sagte:»Sie haben recht. Ich kann doch nicht einen guten Nachbarn zurücklassen und alleine gehen. Hm … Was soll ich da machen?« Dann trat er einen Schritt zurück.

»Ja, was? Wollen Sie ihm vielleicht hier Gesellschaft leisten und mit ihm zusammen verhört werden? Tun Sie sich keinen Zwang an«, provozierte Changgeun ihn, um seine eigene Nervosität zu überspielen.

»Er ist für mich ein kostbarer Mensch. Ich kann ihn nicht hier zurücklassen und alleine gehen«, erwiderte Jongdae in aller Ruhe. Dabei betrachtete er Changgeun völlig unbekümmert.

Erst jetzt erkannte Changgeun, dass Jongdae auf Zeit spielte.

Da war plötzlich von irgendwoher ein Schrei zu vernehmen. Fast gleichzeitig wurde die Wand des Vernehmungsraums durchbohrt, die aus einem Spiegel bestand, und in der gegenüberliegenden Wand, unweit der Tür direkt hinter Ryu Jeonghun, entstand ein Loch. Durch das Loch der Spiegelwand strömte Licht herein. Nein, nicht durch das Loch, sondern während das Loch entstand, strömte Licht herein. Das Licht ging knapp an Jeonghuns Rücken vorbei, durchbohrte die Wand auf der anderen Seite des Raums und stoppte dann. Das Licht verschwand. Es war nicht auszumachen, wo es seinen Anfang genommen hatte. Was jedoch feststand: Der Schrei war aus der Richtung gekommen, aus der das Licht hereingeströmt war.

Das alles passierte innerhalb eines Lidschlags. Alle waren

fassungslos. Über Jongdaes Gesicht huschte so etwas wie Enttäuschung. Anschließend trat er noch mal einen Schritt zurück. Damit stand er von Ryu Jeonghun ein bisschen weiter entfernt. Doyeong war vollkommen geschockt und stand auf. Changgeun und Jeonghun dagegen rührten sich nicht vom Fleck. Unmittelbar danach entstand ein neues Loch. Gleichzeitig strömte auch das Licht herein.

Diesmal war das Loch etwas weiter von der Tür entfernt und in den Innenbereich des Raums gerichtet, was bedeutete, dass es geradewegs durch Jeonghuns Kopf ging, der in Schockstarre auf seinem Stuhl gesessen hatte. Ein Teil seines Gesichts war augenblicklich von dem Licht ausgelöscht worden. Der fehlende Teil hatte genau dieselbe Größe wie das Loch in der Seite des Mannes, der tot im Klassenzimmer aufgefunden worden war. Die Stelle, durch die das Licht geschossen war, war nunmehr schwer als Gesicht zu bezeichnen. Das Licht stoppte diesmal, ohne die andere Wand durchbohrt zu haben. Wie beim ersten Mal war der genaue Weg des Lichts nicht auszumachen, aber aus der Richtung, von der das Licht hereinströmte, waren erneut Schreie zu hören.

Hätte man durch das Loch hinausgeschaut, hätte man den Ursprung des Lichts ausfindig machen können. Aber weder Doyeong noch Changgeun wagten es, sich dem Loch zu nähern.

Allein Park Jongdae blieb gelassen. Jeonghun saß unverändert an seinem Platz. Auch den Kopf hielt er aufrecht. Bei einem Toten senkte sich in der Regel der Kopf. Aber dafür war bei Jeonghun einfach nicht genug davon übrig geblieben.

Danach entstanden zwei weitere Löcher, denen jeweils ein Schrei vorausgeschickt war, und erneut strömte Licht herein.

Von jenseits der Löcher waren die Schreie nun deutlich zu hören. Sonst herrschte Stille, keine Explosion oder Ähnliches. Es fühlte sich so an, als ob irgendjemand, der monumental groß war, zum Spaß Löcher in das Gebäude des Polizeireviers bohren würde. An den Stellen, durch die das Licht ging, entstanden Löcher in einheitlicher Größe, aber das an sich verursachte kein Geräusch. Für die Stellen, die jenseits der Linie der Löcher lagen, stellte das Licht gar keine Bedrohung dar.

Alle zitterten vor Angst mit angehaltenem Atem. Ein fünftes Loch entstand jedoch nicht. Jongdae blieb noch eine kleine Weile stehen und ging dann aus dem Vernehmungsraum hinaus. Changgeun und Doyeong starrten auf Ryu Jeonghun, dem das Gesicht abhandengekommen war.

* * *

Im Polizeirevier spielten sich Szenen wie in einer kleinen Hölle ab, obwohl es nicht einmal eine Explosion gegeben hatte. Während der Laser die Wand durchbohrte und vom einen in den nächsten Raum drang, hatte er weitere Tote und Verletzte gefordert. Trotzdem durfte das Ereignis von heute nicht ohne Weiteres an die Öffentlichkeit gelangen. Park Jongdae verließ das Polizeirevier und dachte daran, wie hoch der Tagesumsatz der »Busaner Knochensuppe« wohl sein würde. Wie viel Geld konnte eine kleine Gaststätte schon abwerfen, selbst wenn sie berühmt war? Die Sache mit dem Geld bereitete ihm ein bisschen Kummer. Das Geschäft könnte vielleicht etwas erweitert werden. Kim Juhan würde ihm wohl weiter behilflich sein, da er den Anruf an den Leiter des Ermittlerteams Eins getätigt hatte. Jongdae versuchte, positiv zu denken. Insgesamt lief alles nach

Plan. Ryu Jeonghun war seine Geldquelle gewesen, von daher war er eigentlich ein Mann, auf den Jongdae nicht hatte verzichten können. Einen Mann, den er unbedingt gebraucht hatte, hatte er gerade töten lassen. Dementsprechend musste Jeonghuns Stelle neu besetzt werden. Er musste dafür sorgen, dass die Menschen, die ihm zur Verfügung standen, ihm sehr nützlich waren und auf ihn nicht verzichten konnten. Lee Uhwan war zu so jemandem geworden. Jongdae musste ihn bald aufsuchen.

Eine Welt zu gestalten stellt kein leichtes Unterfangen dar. Die meisten Menschen denken, dass die Welt einfach so existiert; allerdings gibt es auch solche, die eine Welt neu erschaffen müssen. Park Jongdae lebte jetzt an diesem Ort, aber es gab eine Welt, die er erschaffen musste und wollte – und von der er bereits eine konkrete Vorstellung hatte. Den Anfang hatte er schon in die Wege geleitet. In seiner Welt würden Menschen leben, die ein bisschen anders waren als diejenigen, die heute in dieser Welt lebten. Jongdae war der einzige Mensch, der jene Welt von Anfang an formte und leitete. In seiner Welt musste jeder Einzelne eine Rolle übernehmen, damit die Menschen zusammenleben konnten. An diese Menschen Rollen zu verteilen, auch das war die Aufgabe von Jongdae. Dabei handelte es sich um Menschen, die nichts besaßen. Damit einhergehend gab es Dinge, die Jongdae sich von den hiesigen Bürgern leihen musste, viele Dinge. Schließlich würden die Leute von hier und von dort aber in der Welt zusammenleben, die Jongdae erschaffen würde.

Der Junge wartete auf Park Jongdae. Er schaute sich um. Es war ein Ort, an dem es nicht eigenartig erscheinen würde, wenn jemand die beiden zusammen sehen sollte. Jongdae blieb stehen und schaute den Jungen kurz an. Diesen Heranwachsenden, um den viele Gangsterbanden konkurriert hatten. Er hatte gehört, dass es nicht leicht gewesen war, diesen Jungen für seine Gruppe zu gewinnen. Jongdae war sehr zufrieden mit ihm. Er wusste nicht, warum der Junge auf einmal seine Meinung geändert hatte und doch seiner Gang beigetreten war. Das spielte jedoch gar keine Rolle, denn er stand jetzt hier vor ihm.

Jongdae ging wieder weiter. Der Junge lief neben ihm her. Er konnte sich dem Tempo von Jongdaes Schritten schnell anpassen. Er holte aus seiner Jackentasche etwas hervor und überreichte es Jongdae. Es war in ein Stofftaschentuch gewickelt. Jongdae nahm es entgegen.

»Bin ich jetzt fertig?«, fragte der Junge.

»Es war gut, dass du unsicher warst und mehrmals geschossen hast.«

Jongdae gab das, was er von dem Jungen bekommen hatte, wieder an ihn zurück und sagte: »Das steht dir viel besser als mir.«

6

Sunhee war vor drei Tagen hierhergekommen. Der Gegenstand, der seit gestern Nacht auf dem Schreibtisch lag, sah aus wie ein Vogel, allerdings wie ein toter Vogel, denn er lag völlig bewegungslos da. Hielt man diesen toten Vogel an den Beinen fest und drückte auf den Bauch, kam aus seinem Schnabel ein heißes Licht herausgeschossen. So sah die Laserpistole aus. Sunhee hatte eine solche Pistole noch nie gesehen. Das war überhaupt das erste Mal gewesen, dass er eine echte Pistole gesehen hatte.

An dem Morgen, als er mit einer weiteren Tasche von zu Hause fortgegangen und in den Minibus gestiegen war, hatte er gedacht, dass er zu einer alten Lagerhalle oder einem heruntergekommenen Laden in einer Gasse mitgenommen würde. Wohin er jedoch gefahren wurde, war ein Wohngebäude, das wie ein Mehrfamilienhaus aussah. Der Mann, der ihn dorthin mitgenommen hatte, sagte ihm, dass er von nun an hier wohnen werde. Es war kein Reihenhaus, das aus mehreren Gebäuden zusammengesetzt war, die neben- und hintereinander standen und alle gleich aussahen, weswegen man sich in der Gegend leicht verlaufen konnte. Das Mehrfamilienhaus, zu dem Sunhee geführt wurde, bestand aus einem einzigen Gebäude. Sieben Stockwerke, und in jedem Geschoss gab es drei Wohnungen. Insgesamt 21 Haushalte. Das Gebäude hatte auch nur einen Ein- und Ausgang mit einer Doppelflügeltür, die man sowohl ziehen als auch drücken konnte. Neben der Tür hing ein altes Schild aus Holz. Auf diesem stand geschrieben: Yeongjin Apartmentkomplex.

»Hier? Und wo genau hier werde ich wohnen?«, hatte Sunhee den Mann gefragt. Es war der Mann gewesen, der stets auf dem Fahrersitz des Minibusses gesessen hatte. Er war groß und kräftig gebaut. Und damals hatte sein Gesicht noch normal ausgesehen. Denn es war zu einem Zeitpunkt gewesen, als Sunhee es noch nicht eingeschlagen hatte.

Anstatt eine Antwort zu geben, hatte der Mann Sunhee zu einem Büro in der Nähe des Yeongjin Apartmentkomplexes gebracht. Es war ein Immobilienbüro. Darin saß lediglich ein Mann. Obwohl er die einzige anwesende Person war, machte er auf Sunhee den Eindruck, als säße er nur zufällig in diesem Büro. Er stellte sich auch nicht vor, sondern nahm eine Visitenkarte, die auf dem Tisch vor einer kleinen Sitzgruppe für Kunden lag, und übergab sie Sunhee. Auf der Visitenkarte stand »Yeongjin Immobilienbüro. Park Jongdae«. Dann sagte der Mann: »Wir kommen zwar von ganz woanders und sind ganz andere Menschen, aber wir werden sicher gut zusammenleben können.«

Sunhee war in Nr. 602 einquartiert worden. Als er feststellte, dass das Gebäude keinen Aufzug hatte, dachte er: »Über die Treppe bis in den sechsten Stock, das ist aber heftig.«

Die Wohnung sah aus, als hätte jemand bis gestern hier gewohnt. Sie war nicht nur voll möbliert, sondern es gab im Badezimmer schon benutzte Zahnbürsten, und auch im Kleiderschrank hingen viele Kleidungsstücke sowohl für junge als auch alte Menschen. Klamotten für Kinder waren allerdings nicht dabei. Hier und da entdeckte er sogar Fotos, die wie Familienfotos aussahen. Hauptsächlich ein altes Ehepaar, aber auf einigen Fotos war auch ein Mann dabei, anscheinend der Sohn des Ehepaars. Insgesamt wirkte die Wohnung auf Sunhee, als ob die Leute, die hier gewohnt hatten, nur kurz ausgegangen wären und jeden Moment zurückkommen würden. Daher packte er seine Tasche nicht aus, wobei er eigentlich auch nichts dabeihatte, was als »Gepäck« bezeichnet werden konnte. Die Tasche, die er mitgebracht hatte, stellte er in einer Ecke des Zimmers ab und nahm aus ihr die Dinge, die er gerade brauchte, verstaute sie aber danach wieder darin. In der zweiten Nacht in dieser Wohnung suchte Jongdae ihn auf und nahm ihn mit aufs Dach des Gebäudes.

Da führte Jongdae ihm zum ersten Mal die Pistole vor. Er drehte und wendete sie vor Sunhee hin und her, als ob er sie ihm genau präsentieren wolle. Sie glänzte, wenn das Licht auf sie fiel.

Jongdae ließ den Blick über die Umgebung streifen und drückte gleichzeitig den Abzug. Die Pistole begann, sich durch das Licht komplett zu erhellen. Jongdae schaute sich immer noch um und richtete die Pistole schließlich gen Himmel. Offenbar hatte er kein passendes Zielobjekt gefunden. Ein paar Sekunden lang erhellte sich die Pistole, als ob sie gleich explodieren würde, und dann strömte aus ihr das Licht in den weiten Nachthimmel hinein. Für Sunhee sah es so aus, als würde das Licht, das sich in der Pistole befand, mit einem Mal restlos aus ihr herausfluten.

»Wunderschön«, dachte Sunhee. Wie heiß dieses Licht und wie gefährlich diese Waffe war, wusste er nicht. Zumindest an diesem Tag noch nicht.

Jongdae überreichte ihm die Pistole und sagte: »Sie trifft

haargenau das Ziel, auf das du die Mündung gerichtet hast, auch wenn es sich sehr weit entfernt befindet. Aber nachdem du den Abzug gedrückt hast, dauert es vier, fünf Sekunden, bis sie abfeuert. Wenn du einmal mit ihr geschossen hast und wieder schießen willst, dann braucht sie genauso lange, bis sie wieder einsatzbereit ist, also vier, fünf Sekunden. Denke immer an diese Zeitspanne.«

Sunhee zögerte, weil er nicht wusste, ob er solch eine geniale Pistole verdient habe. Obendrein hatte man ihm auch nicht erzählt, wozu er sie bekam. Dennoch nahm er sie an.

Am Vormittag des nächsten Tages kam der Fahrer des Minibusses zu ihm. Er sagte, dass Sunhee etwas zu erledigen habe und auch die Pistole mitnehmen solle, die er gestern bekommen habe. Der Mann führte ihn in eine verlassene Gasse, die sich in der Nähe des Polizeireviers befand. Anschließend forderte er ihn auf, ihm ins Gesicht zu schlagen. Dabei solle er absolut keine Rücksicht auf ihn nehmen. Sunhee tat, was von ihm gefordert wurde; seine legendäre linke Faust kam zum Einsatz, und der Mann ging k. o. Nachdem er wieder zu sich gekommen war, gingen die beiden zusammen aufs Polizeirevier, und zwar in den Rollen von Opfer und Täter. Unterwegs dorthin erklärte das Opfer, sich mit einer Hand die blutende Nase zuhaltend, was der Täter gleich zu tun hatte.

Während Sunhee dem Ermittler Kang Doyeong Gesellschaft leistete, schaute sich der Mann in den Räumen des Reviers um. Er fand den Vernehmungsraum und warf einen Blick hinein. Als die beiden aus dem Revier gingen, beschrieb der Mann Sunhee den Raumplan des Polizeireviers und wies auf eine bestimmte Stelle hin, an der jemand saß. Sunhee konnte nicht vollständig verstehen, was ihm geschildert wurde, aber er ging daraufhin in einen Krämerladen und kaufte verschiedene Dinge, so wie es der Mann angewiesen hatte.

Die beiden gingen im Anschluss auf das Dach eines zweistöckigen Gebäudes, das direkt gegenüber dem Polizeirevier auf der anderen Straßenseite stand. Sunhee war skeptisch hinsichtlich dessen, was der Mann vorhatte. Aber dieser sagte, dass das, was er plante, problemlos möglich sei. Selbstverständlich konnte Sunhee die Person, die im Revier an einer bestimmten Stelle sitzen sollte, nicht sehen, aber er stellte sich trotzdem zunächst über den Daumen gepeilt an die Position, die mit jener Stelle im Polizeirevier eine schnurgerade Linie bildete. Dann schloss er ein Auge und schätzte noch einmal etwas sorgfältiger und genauer; der Mann markierte auf dem Boden des Dachs die Stelle, die mit jener bestimmten Position im Revier eine exakte Linie bildete, und ging zurück nach unten. An diesem markierten Punkt drehte Sunhee sich langsam um, damit er mit dem Rücken zum Revier stand. Dort stehend, hielt er mit dem Fuß das Ende einer Nylonschnur fest und warf dann deren Spule in gerader Linie über das Dach, sodass sich die Spule abrollte und auf der anderen Seite des Daches zu Boden fiel. Der Mann fing die Spule unten auf und zog fest daran, damit sich die Schnur spannte. Nachdem Sunhee sichergestellt hatte, dass die Schnur gerade über das Dach gespannt war, ging auch er nach unten, weil der Mann ihn gerufen hatte, und sah eine x-förmige Markierung an der Wand des Gebäudes.

»Hier ist es. Hierauf musst du schießen«, sagte der Mann, auf die Markierung weisend. »Wenn du das Ziel verfehlst, und sei es nur um einen Zentimeter, ist es aus mit uns. Eine winzig kleine Abweichung nach oben oder unten ist in Ordnung, aber nach links oder rechts nicht. Du darfst das Ziel auf keinen Fall in die linke oder rechte Richtung verfehlen! Deine Zielscheibe steht von hier aus etwa fünfzig Meter entfernt. Leg die Mündung einfach direkt auf diese Markierung. Denk an die Uhrzeit und sei präzise. Du darfst weder zu früh noch zu spät abfeuern!«

Der Mann verließ den Ort. Sunhee wartete und behielt dabei ununterbrochen die Uhr im Auge. Das Ganze fühlte sich für ihn wie ein Spiel an, trotzdem wollte er seine Arbeit gut machen. Es war sein erster Auftrag, und Wohnung Nr. 602 gefiel ihm nicht schlecht.

Es wurde Zeit, und er legte die Mündung exakt auf die Markierung an der Wand an. Dann drückte er ab. Die Pistole begann, langsam heller zu werden. Ein paar Sekunden später feuerte sie. In der Wand entstand ein ziemlich großes Loch. Durch dieses Loch konnte er die Räume sehen, die das Licht passiert hatte. Er erinnerte sich an die Lichtsäule, die letzte Nacht schnurgerade zum Himmel hinaufgestiegen war.

Er schaute durch das Loch. Mit einem Blick konnte er zwei Gebäude und deren Innenräume erspähen. Aber seine Augen trafen nicht auf die von irgendjemand anderem. Anscheinend war außer ihm niemand gewillt, durch das Loch zu schauen.

Das Licht hatte die hintere Wand des Gebäudes durchbohrt, hinter dem er stand, dann weiter die Wand, die sich zur Straßenseite befand, die Außenwand des Polizeireviers zur Straßenseite und noch zwei, drei weitere Wände im Polizeirevier selbst. In dem Gebäude, hinter dem Sunhee stand, war es still, aber aus dem Polizeirevier auf der gegenüberliegenden Straßenseite drangen Schreie herüber. Sah man von diesen Schreien ab, war es auch in dem Revier ruhig.

Was danach geschah, daran konnte sich Sunhee nicht genau erinnern.

Was er gerade überhaupt getan hatte; ob er jemanden getroffen hatte, nachdem er die Knarre abgedrückt hatte; ob deshalb die Person, die er töten sollte, gestorben war; ob er seinen Auftrag zufriedenstellend erledigt hatte, rein gar nichts davon kam in seinem Kopf richtig an.

In jenem Moment fiel ihm sein Wunsch ein, dass er seinen ersten Auftrag gut erledigen wollte. Nur dieser Wunsch hatte in seinem Kopf Platz. Die Markierung war längst verschwunden, aber ausgehend von dort, wo sie gewesen war, änderte er seine Position und feuerte drei weitere Schüsse ab. Die Schreie aus dem Revier wurden lauter.

»Wenn die Leute so laut schreien, dann muss die Person, die ich töten sollte, schon tot sein«, dachte er.

Er umwickelte die Pistole mit einem Stofftaschentuch, steckte sie in die Jackentasche und ging fort. Er lief in die zum Revier entgegengesetzte Richtung, intuitiv in die Richtung seiner Verabredung. Während er lief, dachte er, dass er die Pistole wieder zurückgeben sollte. Da er seine Aufgabe erledigt hatte, wollte er sie nicht weiter behalten. Die Pistole war doch nicht so wunderschön, wie er gestern Nacht gedacht hatte.

Er blieb an einem Platz stehen, der ihm ungefähr der richtige schien; der Mann hatte ihm gesagt, dass Park Jongdae in etwa hier vorbeikommen würde. Sunhee wartete, bis er ihn endlich auf sich zukommen sah. Er gab ihm die Pistole zurück.

Allerdings reichte Jongdae ihm die Waffe mit den Worten wieder, dass sie Sunhee viel besser stehe als ihm. Was dieser Satz bedeutete, konnte der Junge nicht verstehen. Er ahnte lediglich, dass jemand gestorben war, denn Jongdae sah zufrieden aus.

Sunhee war von zu Hause weggelaufen. Und danach waren nicht einmal drei Tage vergangen, bis er jemanden getötet hatte.

Dieser Jugendliche, der von zu Hause weggelaufen war, war innerhalb von ein paar Tagen zu einem Verbrecher geworden, der Menschenleben auf dem Gewissen hatte. Das konnte er noch nicht wirklich realisieren.

»Wen habe ich mit diesem Licht durchlöchert?«, fragte er sich. Auf einmal fiel ihm sein Klassenzimmer ein. Ein Ort, an den er nie wieder zurückgehen würde. Er erinnerte sich an den Mann, der ein Loch im Körper gehabt hatte und wohl daran verblutet und gestorben war.

Daraufhin sah er sich selbst, wie seine Kleidung damals von dem Blut des Mannes vollständig durchtränkt war und er über den Boden strampelnd weggekrochen war. Ihm traten Tränen in die Augen. Er weinte.

Das Weinen holte alles aus ihm heraus, was er unterdrückt hatte. Ihm fehlte Kanghee. Er vermisste Onkel Uhwan. Er hatte Lust auf Knochensuppe.

Er vermisste die Mahlzeit, die er in später Nacht mit Kanghee am Tisch in der »Busaner Knochensuppe« genossen hatte. Er sehnte sich nach Onkel Uhwan, der ihm jene Mahlzeit zubereitet hatte. Ob es Kanghee gut ging? Er würde nie wieder zurückgehen können, das wurde ihm jetzt klar, nun, da er weinte. Um das Geschehene vergessen zu können, war die Pistole vor seinen Augen viel zu real.

Das alles eben war tatsächlich geschehen.

7

Kanghee fuhr nun nicht mehr mit dem Motorrad bis vor die Schule. Sie stieg in der Nähe ab und ging die letzten Meter zu Fuß. Das war ihre Entscheidung. Ihr war nicht mehr gleichgültig, dass sie deswegen von den Lehrern geschimpft wurde, wobei sie das selbst nicht richtig begründen konnte. Sie meinte außerdem, dass sie ein kleines Bäuchlein bekommen habe. Vielleicht kam das aber nur ihr so vor.

Nach der Schule lief sie zum Motorrad zurück, verließ damit das Stadtzentrum und fuhr ein bisschen durch kleinere Gassen. Sie erreichte die »Busaner Knochensuppe« und fuhr daran vorbei über die Straße, die zum Meer führte, bis sie zu Hause war. Wenn sie an der »Busaner Knochensuppe« vorbeifuhr, schaute sie nie in die Gaststätte hinein. Nie. Sie dachte nur gelegentlich, dass es nicht schlecht wäre, wenn jemand aus dem Lokal treten und ihr zurufen würde: »Hey, Kanghee!«

Aber wie immer war auch heute niemand aus der Gaststätte herausgekommen. Und genauso wenig hatte jemand sie gerufen.

* * *

Es war kein langer Weg bis zur nächsten Gaststätte. Hwayeong entschied sich daher, ein bisschen zu laufen. Und wenn er das schon tat, dann doch besser über eine Straße, von der er auf das Meer blicken konnte. Er ging an einigen Menschen vorbei und genoss den freien Ausblick.

Plötzlich sah er in der Ferne ein Motorrad. Innerhalb eines Wimpernschlags war es da, und er erkannte, dass es von einer Schülerin gefahren wurde. Sie schien etwa so alt zu sein wie er. Vielleicht auch etwas jünger, also so alt wie seine Schwester. Selbstverständlich kannte er sie nicht. Das Motorrad fuhr mit unverändert hoher Geschwindigkeit an ihm vorbei. Er schaute zurück. Das Motorrad entfernte sich immer weiter von ihm.

Er schaute weiter in die Richtung, in die sich das Motorrad fortbewegte. Dann verschwand er. Als er wieder auftauchte, fuhr das Motorrad abermals an ihm vorbei. Er starrte erneut die Straße entlang in die Fahrtrichtung des Motorrads. Und er verschwand. Ein weiteres Mal tauchte er auf der Straße auf, die er entlanggestarrt hatte. Das Motorrad war aber nicht mehr zu sehen. Er ließ den Blick schweifen und entdeckte das Motorrad, das mit geringfügig reduzierter Geschwindigkeit in eine Gasse abbog. Er verschwand erneut. Und erschien am Ende jener Gasse. Das Motorrad erhöhte auf der Hauptstraße, auf die es danach einbog, wieder sein Tempo und entfernte sich. Und verschwand schließlich.

Hwayeong kannte die Schülerin nicht, aber das Motorrad schon. Es war jenes, mit dem jemand weggefahren war und Uhwan alleine in einer Gasse am Meer zurückgelassen hatte. Damals hatte nicht eine Schülerin, sondern ein Schüler auf dem Motorrad gesessen. Aber es wäre fast ein Wunder gewesen, wenn Hwayeong dieses dermaßen gepimpte Motorrad hätte vergessen können. Er war vollkommen davon überzeugt, dass dieses Motorrad in irgendeinem Zusammenhang mit Uhwan stand. Möglicherweise kannte diese Schülerin ihn. Sie könnte ihm Auskunft geben, wo er ihn finden konnte. In dieser Erwartung wiederholte Hwayeong mehrere Dutzend Male sein Verschwinden und Auftauchen, um dem Motorrad zu folgen, das sich mit überaus hoher Geschwindigkeit fortbewegte. Er wusste irgendwann nicht mehr, wo ihm der Kopf stand.

Im Zuge dessen wurde er von vielen Menschen gesehen. Nicht wenige Leute nahmen die unglaubliche Szenerie mit ihren Handys auf. Es war allerdings schwierig für sie, den Moment abzupassen, in dem er verschwand. Den Moment seines Erscheinens einzufangen war eigentlich so gut wie unmöglich. Man wollte gerade den Auslöser drücken, da war er schon nicht mehr da; man war sich sicher, dass man ein Foto gemacht hatte, und hatte es auch tatsächlich, aber das Ergebnis war zu verschwommen. Irgendjemand schaffte es dennoch, einige Fotos von ihm zu machen, und es gab sogar welche, denen eine Videoaufnahme gelang. Ein anderer begann, seine Aufnahme in einem sozialen Netzwerk hochzuladen. Und wieder ein anderer meldete diesen Fall der Polizei. Weil diese Person direkt vor einem Plakat mit polizeilich gesuchten Personen stand, auf dem ausgerechnet das Gesicht von Hwayeong abgebildet war, das die Polizei seit seinem unerwarteten »Besuch« auf dem Revier aufhängte, wollte sie dringend die zuständige Polizeibehörde über die erstaunlichen Geschehnisse benachrichtigen.

Für Menschen war alles, was andere Personen betraf, ein großartiges Ereignis, das man unbedingt weitererzählen musste.

* * *

Changgeun sah das Loch in der Wand. Ein präziser Kreis, als hätte man ihn mit einem Zirkel gezeichnet. Er malte sich aus, wie er durch das Loch kroch und den weiteren Löchern folgte. Sie waren nicht groß genug für einen erwachsenen Mann, um problemlos hindurchzukriechen, aber in Gedanken passte er irgendwie hindurch, und so ging er weiter durch das nächste Loch auf der einen Seite hinein und auf der anderen wieder heraus, als wäre er eine Katze.

Das Loch hatte seinen Anfang in der Wand eines zweistöckigen Gebäudes genommen, das gegenüber dem Polizeirevier stand und hinter dem sich eine Gasse befand. Die Wand des Gebäudes, das zur Straßenseite zeigte, war durchbohrt, und das Loch hatte dann den Anschluss an das Polizeirevier gefunden. Im Revier wurde zuerst die Wand des Umkleideraums durchlöchert, der sich am nächsten zur Straße befand. Danach gab es eine perfekte Linie von Löchern quer durch das Büro des Teamleiters, den Mitarbeiter-Pausenraum und die Wand des Vernehmungsraums. Zum Schluss war die Wand, die den Vernehmungsraum und das Büro des Ermittlerteams Eins voneinander trennte, halb durchlöchert worden. Erst dann gab es keine Löcher mehr in den Wänden. Durch die Löcher war das heiße Licht eingedrungen. Natürlich war das Licht, wenn man es genau nehmen wollte, ins Reviergebäude eingedrungen, indem es erst selbst Löcher durch die Wände gebohrt hatte.

Während das Licht die Löcher schuf, raubte es dem Leiter des Ermittlerteams Eins die rechte Hand, ließ den Unterarm des Polizisten verschwinden, der sich im Pausenraum ausgestreckt hatte, durchlöcherte die Brust des Ermittlers Choi Seongwon, der jenseits des Einwegspiegels das Kreuzverhör beobachtet hatte, und nahm von Ryu Jeonghuns Schultern, der sich im Kreuzverhör befunden hatte, etwas von der Last seines Kopfes. Demzufolge starb er immer noch kerzengerade sitzend; dabei war ihm sein Gesicht, an dem einst herumgedoktert worden war, fast vollständig abhandengekommen.

Die Pistole, bei der es sich sehr wahrscheinlich beziehungsweise mit Sicherheit um eine Laserpistole handelte, hatte vier Löcher zustande gebracht; auf diese Weise waren zwei Menschen ums Leben gekommen und zwei weitere verletzt worden. Die Polizisten standen völlig neben der Spur, konnten das, was geschehen war, nicht fassen, waren aufgebracht, zutiefst erschüttert – und vor allem schnürte ihnen Angst den Hals zu.

Yang Changgeun stand vor einem Loch. Hinter ihm wollte gerade ein Kind an ihm vorbeigehen, doch es blieb stehen und blickte neugierig zum Loch. Das Kind, nicht einmal zehn Jahre alt, konnte seine Neugier nicht beherrschen. Davon bekam Changgeun jedoch nichts mit. Es lief also vor den Ermittler und wollte seinen Kopf in das Loch hineinschieben. Changgeun erschrak und zog das Kind hastig an den Armen einen Schritt zurück. Das Kind verstand ihn nicht und entfernte sich mit fragendem Gesicht. Der Ermittler hatte Angst. Immer noch. Er hatte sich zwar vor das Loch gestellt, aber dort noch einmal hindurchzuschauen und die ganze Szenerie zu sehen, dafür fehlte ihm der Mut.

Als er schließlich doch äußerst vorsichtig durch das Loch schaute, traf sein Blick den der Person, die vor dem letzten Loch stand. Kang Doyeong.

Doyeong warf einen zornigen Blick durch das Loch. Er stand an der Stelle, wo Ryu Jeonghun im Vernehmungsraum ums Leben gekommen war, und blickte grimmig zu der imaginären Person, die hinter Changgeun gestanden haben musste. Erst sehr spät nahm er wahr, dass am Ende der Reihe aus Löchern an dem Gebäude, das sich auf der anderen Straßenseite des Polizeireviers befand, sein Kollege Yang Changgeun stand.

Die Entfernung zwischen den beiden Ermittlern betrug mehr als fünfzig Meter. Die zwei sahen einander an. Sie konnten zwar die Mimik des anderen nicht genau erkennen, aber sie murmelten dieselben Worte. Worte, die sie ungern laut aussprechen wollten, die sie jedoch einfach nicht losließen: »Keine Ahnung ... Ich habe absolut keinen Schimmer, was hier vor sich geht!«

* * *

Einige Polizisten bekamen Anrufe von Bürgern mit Informationen zu einer polizeilich gesuchten Person. Über diese Anrufe wurden jedoch weder Changgeun noch Doyeong unterrichtet. Changgeun sah sich gerade den Pausenraum an, der durchlöchert worden war, und sackte schließlich zu Boden, weil seine Beine komplett ihren Dienst versagten. Auf dem Boden war noch Blut zu sehen, das anscheinend von dem Kollegen stammte, der seinen Unterarm verloren hatte. Changgeun hörte schwach, dass irgendwo Leute gut gelaunt plauderten und sogar lachten. Er blickte sich um, versuchte, das Plaudern und Lachen zu verorten. Es war der Fernseher, der lief, obwohl außer ihm niemand hier war. Changgeun sah sich das Programm an. Personen auf dem Bildschirm spielten eine Videoaufnahme ab, redeten, man solle nachprüfen, ob diese Aufnahme ein zusammengeschnittener Film sei, und amüsierten sich in höchstem Maße. Menschen lachten also wegen so etwas.

»Wissen Sie, was erstaunlich dabei ist? Der Mann in diesem Video wird polizeilich gesucht!«, feuerte jemand die anderen weiter an. Dann folgten übertrieben theatralische Reaktionen.

Changgeun sah weiter fern. Es gab auch nichts, was er sonst hätte tun können. In dem Video, das die Leute zum Spaß mehrmals abspielten, schien ein Mann wiederholt aufzutauchen und zu verschwinden.

Moment mal, dieser Mann war doch der Tatverdächtige im Mordfall des Mannes aus dem Klassenzimmer! Genau der Junge, der aufs Polizeirevier gekommen war und dem auch er selbst begegnet war! Changgeun erkannte den Jungen. Sein Blick blieb auf dem Bildschirm haften. Er hatte das vage Gefühl, dass er in baldiger Zukunft ohnehin nichts Dringliches zu unternehmen hatte.

* * *

»Man sagt ja hin und wieder, dass im Untersuchungsnetz der Polizei Schlupflöcher entstanden sind, Löcher … Aber diesmal sind wirklich ein paar Löcher entstanden! Ist das nicht zum Totlachen? Man denkt, dass das Untersuchungsnetz löchrig ist, aber wer hätte gedacht, dass die Wände des Polizeireviers ebenso löchrig sind? Mein Gott! Und so wie es aussieht, will die Polizei nicht, dass dieser Vorfall an die Öffentlichkeit gelangt, was ihr auch einigermaßen gelungen ist. Na ja, was man alles so erlebt … Aber bei dieser Sache, da kann man sich wirklich nur totlachen! Da gibt es also tatsächlich Löcher in den Wänden!«

Kim Juhan lachte mehrmals laut auf, während er von den Löchern redete, die jetzt die Wände des Polizeireviers schmückten. Anscheinend hatte er einen riesigen Spaß an seinem »Löcher-

Vergleich«, aber für Park Jongdae, der seinen Männern befohlen hatte, jene Löcher zu machen, war das nicht gerade amüsant. Trotzdem lachte er ein paarmal mit, um sein Gegenüber bei Laune zu halten. Was man auch sagen mochte, Juhan hatte den Anruf getätigt, und dank diesem Telefonat konnte er jetzt hier sitzen. Es war die Macht, die für ihn tatsächlich zum Totlachen war!

Wer die Macht hat, denkt nicht daran, sie mit anderen zu teilen. Aber Menschen erwarten, dass sie einen Teil dieser Macht abbekommen können, und in dieser Erwartung gehorchen sie den Machthabenden. Wer Geld hat, gibt es nur in dem Fall aus, in dem es im Endeffekt für ihn selbst notwendig ist. Das gilt auch für die Macht. Ein Machthabender übt seine Macht für einen anderen ausschließlich in dem Fall aus, in dem es letztlich für ihn selbst notwendig ist. Die Macht wird nicht verteilt, sondern bloß verwendet.

Dieser Verhältnisse war sich Jongdae bewusst. Kim Juhan hatte seine Macht nicht für ihn, sondern für sich gebraucht, und das bedeutete, dass er ihn, Jongdae, nun als jemanden betrachtete, den er brauchte.

Daneben schien Juhan sich über Seo Seyeong erkundigt zu haben, den potenziellen Präsidentschaftskandidaten in etwa zehn Jahren, den Park Jongdae beim Hochstraßen-Unglück vorsorglich im Bus ermordet hatte. Trotzdem war Jongdae weder dumm noch naiv. Er dachte keine Sekunde daran, dass sich Juhan für ihn so weit aus dem Fenster gelehnt hatte, weil er Seo Seyeong früh aus dem Weg geräumt hatte. Der Politiker hatte bereits mehrmals gesagt, dass er es sehr hasse, etwas zu tun, worauf er gar keine Lust habe. Den Abgeordneten Jeon Gwangyong anzurufen war eine der Sachen gewesen, auf die er die geringste

Lust gehabt hatte. In der Tat hatte er, der einst innerhalb seiner Partei hohe Anerkennung genossen und eine aufsteigende Macht dargestellt hatte, die kleine Abgeordnetenwahl des Bezirks verloren; und so war es verständlich, dass er momentan nichts in der Hand hatte, was man als nennenswerte Gewalt beziehungsweise brauchbare Macht bezeichnen konnte. Doch obwohl er am kürzeren Hebel saß, war Jeon Gwangyong, den man durchaus als den gegenwärtigen Machthabenden bezeichnen konnte, auf ihn eingegangen. Und genau das war es, was aus der Sicht von Park Jongdae kurios war. Von daher ging er davon aus, dass Juhan sich beim Telefonat mit Gwangyong ausgesprochen untertänig aufgeführt hatte. Möglicherweise hatte er ein Angebot gemacht, auf das Jongdae niemals kommen würde.

Was aber waren Juhans Beweggründe? Diese Frage interessierte Jongdae. »Schenkt er allein aufgrund des Todes von Seo Seyeong meinen Worten grenzenloses Vertrauen? Möglicherweise. Aber man weiß doch, dass Politiker die Worte anderer nicht so bereitwillig glauben. Dennoch hat er etwas getan, worauf er gar keine Lust gehabt hat, und hat mich somit aus dem Polizeirevier geholt. Warum nur?«

Der Beweggrund Juhans, der Park Jongdae verborgen blieb, war die Faszination, die dem Wort »Präsident« innewohnte.

»Sie werden in zehn Jahren Praäsident!«, hatte Park Jongdae ihm gesagt, und zwar unmittelbar nach seiner Niederlage bei der kleinen Bezirkswahl. So etwas konnte theoretisch jeder zu jedem sagen, aber bestimmt nicht zu einem einfachen Parteimitglied und schon gar nicht direkt nach einer Wahlniederlage. Das waren für die Leute, die in der Politik tätig waren, Worte, die man niemandem gegenüber, auch nicht zum Spaß, ohne Weiteres über die Lippen brachte, weil sie im Endeffekt belasten konnten. Und das war jedem bekannt. Allerdings hatte Park Jongdae sie einfach so ausgesprochen.

Darüber hinaus hatte er noch weitere drei Punkte genannt. Zunächst einmal hatte sich einer der drei Punkte schon bestätigt. Auf der Liste der beim Unglück der Hochstraße Verstorbenen stand Seo Seyeong. Juhan konnte selbstverständlich nicht herausfinden, ob dieser in zehn Jahren wirklich Kandidat für das Präsidentschaftsamt geworden wäre. Unabhängig davon war er aber bereits ein junger Mann mit vielversprechender Zukunft gewesen. Das hatte Juhan herausbekommen, und damit hatte sich Jongdae für ihn zumindest vorläufig als vertrauenswürdig erwiesen.

Zweitens könne der Abgeordnete Jeon Gwangyong wegen eines Skandals seine politische Karriere nicht weiter ausbauen, und zwar schon in ein paar Jahren. Es würde noch ein wenig dauern, bis sich herausstellte, ob Park Jongdae auch damit recht hatte.

Auf den dritten Punkt musste Juhan jedoch nicht allzu lange warten. Er hoffte sehr, dass sich der dritte Punkt bewahrheitete. Er wollte die Worte dieses Mannes glauben, mit dem er gerade sein Abendessen zu sich nahm. Er wollte Präsident werden.

»Übrigens, wie kann jemand, der lediglich ein Immobilienbüro betreibt, solche Sachen vorhersehen? Kennen Sie einen guten Wahrsager? Oder können Sie selbst die Zukunft sehen? Na ja, das geht mich eigentlich nichts an. Sie haben längst gute Grundstücke gekauft, deren Preise in den Himmel schießen werden, nehme ich an?«

Jongdae hasste diesen Tonfall. Der Politiker machte sich über seinen Gesprächspartner lustig und zeigte ihm seine Geringschätzung; gleichzeitig hielt er es für opportun, ihm nicht auf die Nerven zu gehen oder ihn offensichtlich zu beleidigen. Und auch das Lachen, das zwischen seinen Worten und Sätzen sinnlos aus ihm herausbrach, konnte Jongdae nicht leiden. Denn mit seinen sarkastischen Bemerkungen versuchte dieser Politiker seinem Gesprächspartner klarzumachen, dass er nicht viel von ihm hielt, ohne sich dabei selbst als allzu überlegen darzustellen. Nur deshalb lachte er unnötig häufig. Währenddessen trug er unmissverständlich zur Schau, dass er sich für den Immobilienmakler eingesetzt hatte. Wie schwer es gewesen sei, den Abgeordneten Jeon Gwangyong um diesen Gefallen zu bitten! Wie sehr dieser Abgeordnete so etwas hasse! Ob Jongdae das bewusst sei?

Allerdings war Jongdae offiziell kein Schwerverbrecher. Es hätte durchaus sein können, dass er auch ohne die Hilfe des Politikers freigelassen worden wäre. Er war lediglich freiwillig auf die Forderung der Polizei nach Kooperation beim Kreuzverhör eingegangen. Das war zumindest die offizielle Version. Sicher hätte das auch schiefgehen können. Trotzdem war es nicht gerade ansehnlich, dass Juhan seine Tat dermaßen zur Schau trug. Ein kleiner Mann. Wie so jemand wie Kim Juhan in zehn Jahren zum Präsidenten würde, auch das war Jongdae ein Rätsel.

Trotzdem brauchte Park Jongdae diesen Politiker. Derjenige, der Präsident werden sollte, war nicht er selbst, sondern Kim Juhan. Er brauchte ihn.

»Es gibt ein paar Leute, mit denen ich zusammenarbeite. Wissen Sie, ich gehe nebenbei auch noch anderen Beschäftigungen nach«, erklärte Jongdae. Bewusst erzählte er nicht, welche genau das waren. Mit Worten und einer Aktentasche mit Bargeld bekundete er seine Dankbarkeit dafür, dass Juhan ihn aus der Polizeistation herausgeholt hatte; weiterhin bedankte er sich in aller Form für das Abendessen. Er sagte auch, in Zukunft werde es viele Gelegenheiten geben, bei denen er ihm seine Dankbarkeit zeigen könne, und er möge ihm bitte dazu die Chance geben. Er ergänzte noch, es wäre schön, ihn öfter treffen zu können. Danach fragte er ihn, ob es ihm etwas ausmachen würde, wenn er jetzt ginge. Ein frischgebackenes Ehepaar habe bei ihm einen Termin für eine Wohnungsbesichtigung, und zwar nach Feierabend am späten Abend, da das Paar berufstätig sei. So sehe die Arbeit eines Immobilienmaklers eben aus. Er machte sich absichtlich klein. Der Politiker winkte ab. Schon in Ordnung.

»Dann wird das GSH-Building bald einstürzen? Ich habe über dieses Gebäude ein bisschen nachforschen lassen. Es wurde erst vor ein paar Jahren gebaut, und von mangelhaften Bauarbeiten oder Ähnlichem ist bisher auch nicht die Rede. Warum sollte dieses Gebäude also einstürzen? Wenn Sie das aber trotzdem sagen, Herr Park … Wenn es wirklich einstürzen würde und Sie damit wieder recht haben sollten, könnte ich Ihnen mein volles Vertrauen schenken, was Sie auch sagen würden. Sie als Geschäftspartner, so etwas könnte ich mir gut vorstellen.«

»Es wird einstürzen«, antwortete Jongdae kurz und knapp. Ein Mitarbeiter des Restaurants öffnete ihm die Tür; er verließ das Etablissement und fuhr lange mit dem Aufzug hinunter. Er schritt durch die Lobby und ging aus dem Hotel.

Mittlerweile war er der Meinung, dass es gut gewesen war, Juhan nicht vor der Wahl, sondern erst nach seiner Wahlniederlage aufgesucht zu haben. Er hätte keinen guten Eindruck gemacht, wenn er mitten im nervenaufreibenden Wahlkampf zu ihm gegangen wäre und ihm gesagt hätte: »Sie werden die Wahl verlieren. Kontaktieren Sie mich, wenn ich damit richtiggelegen haben sollte.« Juhan schien Jongdae nun für jemanden zu halten, der ihm bei der Bewältigung der Schwierigkeiten unmittelbar nach der Wahlniederlage möglicherweise behilflich sein könnte. Aber hätte Jongdae ihn schon vor der Wahl aufgesucht, hätte er sich von diesem Opportunisten vielleicht völligen Unsinn anhören müssen wie:»Sie haben mir Unglück gebracht! Sie sind schuld, dass ich die Wahl verloren habe!« Auch hätte es sich wie Blödsinn angehört, dass er in zehn Jahren Präsident würde. Aber jetzt schien er das zu glauben. Denn Menschen glauben immer, was sie glauben wollen.

Der Einsturz des GSH-Buildings, der ursprünglich nicht auf Jongdaes Plan gestanden hatte, stellte schlicht eine Arbeit dar, die ein bisschen umständlich, aber problemlos umsetzbar war.

* * *

Erst am späten Abend schaute Changgeun bei seinem Teamleiter im Krankenhaus vorbei. Dieser schlief noch nicht und setzte sich nun auf. An der Stelle, an der seine rechte Hand sein sollte, war ein Verband angelegt. Das Ende des rechten Arms war ein Stumpf, der spitz zulief. Der Teamleiter hob ganz natürlich diesen Arm an und wollte sich damit am Hinterkopf kratzen. Doch er schaffte es selbstverständlich nicht, und so sank sein Arm mitten in der Luft wieder hinab. Er richtete seinen Blick auf diesen Arm. Eigentlich wollte er nicht den Arm, sondern seine Hand betrachten. Die war jedoch nicht mehr vorhanden. Er führte dieselbe Handlung noch einmal aus. Seine Hand hätte den Hinterkopf berühren und ihn auch kratzen müssen, aber der Arm, der seine Hand verloren hatte, sank noch in der Luft hängend erneut herab.

Changgeun fragte seinen Vorgesetzten nicht, wie es ihm gehe. Solche Worte konnte er nicht an diesen Mann richten. Auch beim dritten Versuch konnte der Arm des Teamleiters ohne die Hand ihn nicht dort kratzen, wo es ihn juckte. Er lachte aus Ratlosigkeit.

»Das … kann ja ganz schön unpraktisch werden.«

Changgeun wusste nicht, ob der Teamleiter ein Selbstgespräch führte oder von seinem Mitarbeiter eine Antwort darauf erwartete.

»Diese Kerle hatten nicht vor, mich zu töten. Sie hatten es auf Ryu Jeonghun abgesehen. Das können Sie mir glauben, Herr Yang. Allerdings schert es diese Typen einen Dreck, ob dabei noch jemand anders den Löffel abgibt oder nicht. So sind diese Scheißkerle.« Der Teamleiter machte eine kleine Pause und fuhr fort. »Als das Ding mich getroffen hat, wurde es unwahrscheinlich heiß, auch wenn es nur für den Bruchteil einer Sekunde war. Ja, es wurde hell und heiß. Ich bin eine Niete in den Naturwissenschaften, aber war das ein Laser? Welche Scheißkerle haben so etwas, und das auch noch mitten in Busan?«

»… Chef, können Sie mir jetzt vielleicht sagen, wer Druck gemacht hat?«, fragte Changgeun seinen Vorgesetzten.

Der Teamleiter wendete den Blick, den er auf Changgeun gerichtet hatte, wieder ab. Anscheinend wollte er auf die Frage keine Antwort geben. Changgeun verstand ihn nicht. Er war wütend. Für ihn war es nicht nachvollziehbar, wie man lieber schweigen wollte, obwohl man eine Hand verloren hatte und dabei auch hätte draufgehen können.

»Bestimmt hat irgendein Idiot Sie angerufen und Ihnen gesagt, dass Sie Park Jongdae freilassen sollen! Auch Sie waren doch glücklich darüber, als Ryu Jeonghun nach Park Jongdae verlangt hatte. Sie haben doch selbst gesagt, dass wir unbedingt einen neuen Anhaltspunkt finden müssen, egal, was! Ermittler Choi Seongwon ist deswegen gestorben!«

Der Teamleiter schwieg weiter. Nach einer guten Weile murmelte er vor sich hin: »Jetzt, da ich eine Hand weniger habe, wird mein Leben in Zukunft noch schwieriger werden. Nicht wahr?« Das war das Einzige, was er sagte. Danach legte er sich wieder hin und drehte sich um, sodass sein Rücken Yang Changgeun zugewandt war.

8

Der Mann klopfte an die Tür von Nr. 602. Niemand meldete sich. Er klopfte noch ein paarmal, ehe er einen Schlüssel hervorholte und die Tür aufschloss. Er ging in die Wohnung und warf einen Blick in jedes Zimmer. Niemand war da.

»Oh Mann, ich habe ihm doch gesagt, dass wir heute ein paar Stunden vor Tagesanbruch etwas zu erledigen haben!«

* * *

Uhwan war sich alles andere als sicher, ob das hier der richtige Ort war. Er war losgegangen, als es gerade dämmerte, und stand jetzt hier im Stockdunklen. Er hörte die Wellen, aber das Meer war nicht zu sehen. Er blickte sich in der Gegend um. Außer ihm war niemand da. Das hier konnte unmöglich der richtige Ort sein. Was konnte man an so einem Ort überhaupt unternehmen?

Park Jongdae, der eigentlich irgendwann auftauchen sollte, hatte sich noch nicht gezeigt.

Am späten Nachmittag hatte Uhwan einen Anruf erhalten. Es war nicht Park Jongdae gewesen. Jedoch sagte der Mann, dass er diesen Anruf in dessen Auftrag ausführe.

Uhwan, der sich in der Stadt Busan nicht gut auskannte, fragte den Anrufer mehrmals nach dem genauen Wo und Wann, schrieb sorgfältig auf, was er gehört hatte, und war nun an den Ort gekommen, den er notiert hatte. 03:00 Uhr. Die Uhrzeit stimmte auch. Trotzdem war niemand hier.

Erst jetzt hörte er aus der Ferne ein Auto. Das Motorengeräusch wurde lauter. Es war ein kleiner Lastwagen mit großräumiger, offener Ladefläche. Die Scheinwerfer waren aus. Der Wagen hielt in der Nähe des Strandes. Sogleich gingen die Türen auf, und zwei Männer stiegen aus. Von der Ladefläche sprang ein weiterer Mann herunter. Drei Männer insgesamt. Zwei von ihnen holten aus dem Wagen einen dunklen Gummiklumpen hervor. Direkt darauf ratterte eine Maschine. Ein Generator war angeworfen worden. Während das Geräusch des Generators ertönte, vergrößerte sich der Gummiklumpen langsam. Es war ein aufblasbares schwarzes Gummiboot. Inzwischen kam der dritte Mann in Uhwans Richtung. Um seinen Hals hing ein Fernglas. Es war Park Jongdae.

»Guten Abend, Herr Lee. Ursprünglich war geplant, dass wir zu viert kommen. Na ja, denjenigen, der heute fehlt, können Sie auch ein anderes Mal kennenlernen. Denn die Arbeit heute duldet keinen Aufschub, sondern muss wirklich heute erledigt werden.«

»Welche Arbeit eigentlich genau?«

Jongdae schaute auf die Uhr. Uhwan kannte diese Uhr. Das Äußere war ein bisschen anders, aber es war zweifellos die gleiche Uhr, die auch er vom Reisebüro erhalten hatte.

Jongdae hob das Fernglas und schaute hindurch in die Weite. Anfangs sah es so aus, als würde er zum Strand blicken und anschließend auf das Meer. Dann gab er das Fernglas an Uhwan weiter und wies mit dem Finger in die Richtung, in die er zu schauen hatte. Mitten hinaus aufs Meer. Uhwan sah durch das Fernglas. Es war dunkel, und er sah nichts. Als sich aber seine Augen an die Dunkelheit gewöhnt hatten, begannen sich Umrisse abzuzeichnen.

Es waren Menschen. Menschen, die schwammen. Das Bild von schwimmenden Menschen um drei Uhr nachts war Uhwan nicht fremd. Mit dem Blick folgte er diesen Personen bis zum fernen Strand. Zwei hatten den Strand schon erreicht, und fünf schwammen noch. Es waren sieben. Immerhin sieben hatten diesmal die Bootsfahrt überlebt. Uhwan dachte, dass Jongdae ihn hierher bestellt hatte, damit auch er diesen Leuten zur Hand gehen konnte.

Jongdae wartete, bis alle sieben am Strand angekommen waren. Inzwischen war das Gummiboot fertig vorbereitet. Es war ziemlich groß. Zwei Männer luden sechs große schwarze Taschen auf das Gummiboot. Jongdae, Uhwan und noch ein Mann stiegen ins Boot. Ein anderer Mann blieb am Strand.

Das Gummiboot fuhr durch die Dunkelheit des Meeres.

»Wissen Sie, wie oft Menschen von drüben hierherkommen?«, fragte Jongdae urplötzlich.

»Einmal im Jahr? Zehnmal? Nein, nein, einmal im Monat?« Jongdae lachte kurz auf. »Jeden Tag kommen sie, jeden Tag!« Das Gummiboot fuhr langsamer. Und dort war es. Das Boot, mit dem auch Uhwan hierhergekommen war. Die Luke stand offen. Sechs Personen saßen darin auf ihren Plätzen.

Der Mann und Park Jongdae luden routiniert die leblosen Körper in das Gummiboot. Zu zweit legten sie eine Leiche hinein, dann nahm einer von den beiden die große schwarze Tasche aus dem Gummiboot und stellte sie auf einen der leeren

Plätze im Boot, wo zuvor der Tote gesessen hatte. Uhwan half ihnen, ohne den Sinn und Zweck dieser Arbeit zu erkennen. Als alle sechs Leichname in das Gummiboot geladen waren, waren ihre ursprünglichen Plätze von sechs Taschen besetzt.

Auch nachdem alles erledigt worden war, wartete Jongdae noch weiter ab, bis sich die Luke automatisch senkte und das Boot begann, langsam abzutauchen, wobei es sanfte Wellen bildete.

Der Mann und Park Jongdae ließen den Motor des Gummiboots an. Sie fuhren zum Abfahrtsort zurück. Es gab viele Dinge, die Uhwan brennend interessierten. Er wusste nicht, was er als Erstes fragen sollte. Dann aber fragte er doch zuerst das, was ihn am meisten interessierte: »Aber, wozu müssen die toten Menschen ...?«

»Weil sie hier nützlicher sind als dort.«

Uhwan hätte gerne gefragt, warum um alles in der Welt eine Leiche nützlich sein sollte, aber es gab etwas, was er dringender wissen wollte als das.

»Was war in den Taschen drin?«

Jongdae erwiderte, dass die Taschen ihm als Möglichkeit dienten, das Reisebüro zu grüßen. Anfangs waren die Menschen, die als Leichen hier ankamen, wahrscheinlich mit dem Boot wieder zurückgefahren. Anhand dieser Leichen hatte man dort wiederum wohl erfahren, wie viele Menschen auf der Zeitreise gestorben waren. Aber irgendwann kam das Boot mit den Taschen anstatt den Leichen zurück. Zuerst verstand man wohl nicht, was das bedeutete. Aber der Inhalt der Taschen war dort wesentlich nützlicher als die Rückkehr der Toten.

Was die Taschen die Leute von dort noch zusätzlich erkennen ließen, war, dass es hier jemanden gab, der sich um diese

Arbeit kümmerte, und das war für Park Jongdae das Wichtigste dabei.

Die Taschen teilten den Leuten von drüben also drei Dinge mit: Erstens war einer von denen, die in die Vergangenheit gesandt worden waren und bei denen es keine Rolle gespielt hatte, ob sie während der Reise starben oder nicht, hier ansässig geworden und kümmerte sich um diese Arbeit; zweitens wurde die Botschaft übermittelt, dass Menschen aus der Zukunft hier eine Gruppe gebildet hatten, weil diese Arbeit nicht von einem einzelnen Mann zu bewältigen war. Und drittens, dass der Mann, der in der Lage war, diese entsetzliche Arbeit jeden Tag auszuführen, der Anführer jener Gruppe war und dass man diese Gruppe auf keinen Fall unterschätzen durfte.

Die Zukunft wurde immer düsterer. Aus der Sicht Park Jongdaes war es nicht auszuschließen, dass irgendwann noch mehr Menschen, die »dort« lebten, hierherkommen wollten. Unzählige Menschen könnten mit einem Mal diese Zeit stürmen, und das könnte auf der anderen Seite Chaos verursachen. Wenn es so weit kommen sollte, wäre es gut vorstellbar, dass die Leute dort drüben einen Repräsentanten wählen würden. Wenn dieser Repräsentant ein Quäntchen Vernunft hätte, würde er sich einerseits Gedanken über den Ort in der Vergangenheit machen, an dem seine Leute für ihr neues Leben Fuß fassen sollten. Andererseits wäre er neugierig, was für Menschen dort bereits lebten.

Im Zuge dessen würden diese Leute von einer Gruppe erfahren, die schon vor langer Zeit die Zukunft hinter sich gelassen hatte, in der Vergangenheit lebte und bis heute Tag für Tag mit dem Zeitreiseboot die Dinge, die in der schwarzen Tasche waren, in die Zukunft schickte. Wenn eines Tages jemand aus der Zukunft in die Vergangenheit kommen würde, um mehr über diese

Gruppe zu erfahren und den Anführer dieser Gruppe persönlich kennenzulernen, würde er die, die aus der Zukunft »fortgegangen« waren und mittlerweile hier lebten, niemals geringschätzen, wie die Leute in der Zukunft es schon einmal getan hatten, als die Mitglieder dieser Gruppe, deren physische Existenz ihr gesamtes Vermögen gewesen war, einst die Zukunft verlassen hatten.

Diese Leute, die aus der Zukunft hierherkommen würden, hätten bereits jetzt Furcht vor dieser Gruppe.

»Der erste Eindruck, der ist wichtig, Herr Lee«, sagte Park Jongdae abschließend.

Das Gummiboot kam am Strand an. Zwei Männer ließen wieder die Luft heraus. Jongdae und Uhwan hievten die Leichen auf die Ladefläche des Lastwagens und deckten sie mit einem Tuch zu. Während die Luft aus dem Boot gelassen wurde, erzählte Jongdae in Kurzfassung, wofür die Leichen verwendet wurden: Es werde alles verkauft, was verkauft werden könne.

Uhwan starrte Jongdae mit völlig verstörtem Gesicht an. Daraufhin folgte eine etwas detailliertere Erklärung: »Es gibt Leichen, von denen viel verkauft werden kann. Es gibt daneben auch welche, bei denen das nicht so ist. Allerdings ist die Todesursache bei denen, die durch die Zeitreise ums Leben kommen, meistens ein überhöhter Gehirndruck. Nur selten werden die Organe in Mitleidenschaft gezogen. Was viel Geld bringt, sind die inneren Organe. Überdies wird alles Gewebe und alle Haut restlos von den Knochen getrennt, gesammelt und zurückgeschickt. Daher gibt es so gut wie nichts, was man wegwerfen muss. Es ist ein ziemlich gutes Geschäft. Die Lieferung der Ware ist sicher und zuverlässig. Das trägt dazu bei, dass das Geschäft auch vielversprechend bleibt. Bei der Entnahme der inneren Organe aus einem toten Leib ist die Zeit der entscheidende Faktor.

Wir müssen von Glück sprechen, dass es Leichen gibt, aus denen wir innerhalb so kurzer Zeit die inneren Organe entnehmen können. Und noch besser: Es handelt sich dabei nicht um Mord. Das ist tatsächlich ein großes Glück.« Jongdae beendete seine Erklärung mit dem Satz: »Wir sind zwar mit leeren Händen hierhergekommen, aber wir haben unbeschreiblich großes Glück!«

Während Uhwan sich das Geschäftsmodell von Park Jongdae anhörte, war die Luft vollständig aus dem Gummiboot gelassen worden. Der Gummiklumpen wurde wieder auf den Wagen geladen. Die zwei Männer saßen vorne, während Jongdae und Uhwan auf die Ladefläche stiegen, auf der sich auch die Leichen befanden.

Wie spät es wohl war? Es herrschte Stille. Der Lastwagen fuhr ab, und Uhwan hatte den Eindruck, dass der Fahrer tunlichst die Innenstadt vermied. Er fuhr relativ schnell, was bestimmt damit zusammenhing, was der Lastwagen gerade geladen hatte. Uhwan hatte keine Ahnung, wohin der Wagen fuhr. Er konnte sich außerdem kein konkretes Bild von seinem weiteren Leben hier machen. Er vermochte die Ereignisse vor einigen Minuten nicht einzuordnen. Die Worte von Park Jongdae konnte er einfach nicht glauben.

Er warf einen Blick auf das Tuch, unter dem die toten Leiber lagen, die jetzt zusammen mit ihm unterwegs waren, und fragte sich, wer zuständig dafür war, in diesen Leuten herumzuwühlen. Er rief sich die zwölf Menschen ins Gedächtnis, die sterben mussten, weil er sich entschieden hatte, hier zu leben. In ihm kam die ihn peinigende Frage auf, ob es außer ihm selbst noch jemanden gebe, der eine so üble Entscheidung treffen würde.

»Haben Sie nicht gewusst, dass die Mitreisenden, die im Boot zurückgeblieben sind, sterben müssen, wenn Sie alleine aus dem

Boot steigen würden? Wenn Sie einfach so aussteigen, nachdem das Boot bereits abgefahren ist?«, fragte Jongdae ihn, als hätte er seine Gedanken bis ins Detail erraten.

Uhwan brachte kein Wort heraus.

An seiner Stelle gab Jongdae eine Antwort: »Natürlich haben Sie das gewusst! Damals hat sich bereits etwas in Ihnen verändert. Sie hatten sich schon in einen völlig anderen Menschen verwandelt. Sie wollten um jeden Preis hier leben, in der hiesigen Gegenwart. Sie wollten mit allen Mitteln glücklich werden!«

Uhwan konnte nur weiter schweigen.

»Sie sind zwar der Erste, der das getan hat, aber meiner Meinung nach sind Sie nicht der einzige Mensch, der so handeln würde. In Zukunft werden es mehr sein. Jedermann will glücklich sein, und man kann seine Entscheidung auch einmal etwas zu spät treffen. Ich werde sowohl Sie als auch diejenigen, die zukünftig ihre Entscheidung nicht rechtzeitig getroffen haben und vor mir erscheinen, nicht abweisen. Weil für mich der eine Mensch, der sich dafür entscheidet, sein Leben hier zu führen, kostbarer ist als die zwölf, die auf das hiesige Leben verzichtet haben.«

Uhwan wurde nachdenklich.

»Fortan müssen Sie sich sehr viel Mühe geben, wenn Sie hier leben wollen. Denken Sie mal nach. Wie war es denn, als wir im Unteren Viertel gelebt haben? Auch dort haben wir uns bis aufs Äußerste anstrengen müssen. Dennoch waren wir stets unglücklich. Aber hier, wissen Sie, hier können wir glücklich werden, wenn wir uns darum bemühen.«

Uhwan schwieg.

»Hier können wir ein Leben führen, das wir selbst wählen.«

Uhwan verstand das alles nicht ganz.

»Außerdem haben Sie, Herr Lee, hier Ihre Familie getroffen. Haben Sie eine Vorstellung, was für ein großes Glück Sie haben? Das ist wirklich einmalig! Sie sind ein Sohn, der älter ist als sein Vater. Wäre es daher nicht besser, wenn Sie als Vater leben würden? Zu dritt wird eine Familie daraus!«

Jetzt verstand Uhwan langsam, wovon Park Jongdae redete.

* * *

Der kleine Lastwagen hielt an. Es war in einer Tiefgarage. Dort warteten weitere Personen auf den Wagen. Unter ihnen war auch eine Frau. Sie luden schnell die Leichen ab, und jeder trug eine von ihnen über der Schulter. So verschwanden sie ins Gebäude. Sie zögerten nicht. Sie achteten auch nicht auf ihre Umgebung. Sie schienen zu der Gruppe zu gehören.

Uhwan blieb still im Wagen sitzen, bis die Leute komplett im Gebäude verschwunden waren.

Jongdae, der ausgestiegen war, wartete auf Uhwan. Als auch dieser ausstieg, bot Jongdae ihm an, zusammen mit ihm hoch ins Gebäude zu gehen. Er lehnte das Angebot aber ab und erwiderte, dass er zurückgehen müsse, weil die Arbeit in der Gaststätte auf ihn warte. In ein paar Stunden werde schon der erste Kunde kommen. Jongdae sagte ihm, dass das in Ordnung sei. Am besten solle er sich gleich auf den Weg machen. »Für mich ist es ohnehin viel wichtiger, dass Sie in der Gaststätte Ihrer Arbeit nachgehen, als dass Sie uns hier helfen.«

Jongdae war bereits unterwegs zum Treppenhaus. Wie ein Bauer, der seine morgendliche Arbeit abgeschlossen hatte, klopfte er sich lässig die Kleidung ab. Weil seine Schritte dermaßen leichtfüßig waren, betrachtete Uhwan ihn gedankenverloren.

»Sind die Leute, die ich eben gesehen habe, alle, die zu der Gruppe gehören?«, fragte Uhwan den Anführer direkt, bevor er ins Treppenhaus verschwand.

»Nein, Herr Lee, wir sind nur das aktive Einsatzteam. Hier wohnen noch einige andere. Wir werden in Zukunft alle zusammenleben. Zunächst einmal hier in diesem Gebäude.«

* * *

Uhwan ging den Weg zurück, den der Lastwagen genommen hatte. Er verließ die Tiefgarage, schritt weiter geradeaus, schaute zurück und konnte dann das gesamte Gebäude sehen. Ein Mehrfamilienhaus. Ein heruntergekommenes Mehrfamilienhaus.

* * *

Ein Ladenschild mit der Aufschrift »Glas und Spiegel Namhae«. Park Jeonggyu hatte gehört, dass seine Eltern Meinungsverschiedenheiten gehabt hatten, als sie auf der Suche nach einem neuen Namen für ihren Laden gewesen waren. Sie diskutierten darüber, ob die Stadt Busan sich am Ostmeer oder am Südmeer, das auf Koreanisch Namhae hieß, befand. Der Vater war für Namhae und die Mutter für Ostmeer. Der Vater meinte, dass sie ihren Sohn, den klügsten Burschen auf der Welt, fragen sollten, und das wurde auch getan; seine Eltern fragten also Park Jeonggyu, der die Elektronikklasse an einer technischen Oberschule besuchte, ob das Meer vor der Stadt Busan Ostmeer oder Namhae heiße. Daraufhin fragte Jeonggyu zurück: »Namhae? Gibt es so etwas?« Sichtlich erfreut sagte der Vater sofort zu seiner Frau:

»Siehst du? Er sagt Namhae!« Nach dieser Episode wurde der Laden, der seit mehr als zehn Jahren »Glas und Spiegel Busan« geheißen hatte, nun in »Glas und Spiegel Namhae« umbenannt. Der Vater meinte, »Glas und Spiegel Namhae« sei vielleicht etwas gewagt, unterscheide sich aber von den anderen Läden, die alle irgendwie Busaner Dingsbums heißen, veranschauliche ein hohes Bildungsniveau und eröffne ihnen somit eine breitere Kundschaft. Vor allem, dass dabei die Meinung seines Sohnes mit eingeflossen war, bereitete dem Vater Genugtuung. Seine große Zufriedenheit führte wiederum dazu, dass auch die Mutter mit diesem Namen überglücklich war. Park Jeonggyu war wie Lee Sunhee ein Einzelkind, aber er wohnte mit Eltern zusammen, mit denen ihn eine solch positive Erinnerung verband.

Diesen Freund suchte Sunhee auf. Es war fast drei Uhr nachts, dennoch war er sich sicher, dass dieser Freund ihm jederzeit die Tür öffnen würde, wenn er bei ihm vorbeischauen würde. Der Rollladen des Geschäfts war heruntergelassen. Einen anderen Eingang konnte er nicht finden. Sunhee schlug sanft gegen den Rollladen, aber dieser sanfte Schlag brachte ihn in eine Wellenbewegung und verursachte einen Heidenlärm. Er schlug noch zwei-, dreimal dagegen. Der Rollladen wurde nicht hochgezogen. Dafür erreichte ihn jedoch eine Stimme von oben.

»Heyyy, Sunhee!« Es war Park Jeonggyu. Er lächelte über beide Ohren, während er zu seinem Freund hinuntersah. Dann winkte er ihm. Sein Oberkörper hing fast vollständig aus dem Fenster, und Sunhee fürchtete, dass er gleich auf die Straße fallen würde, dieser Idiot. Wie Jeonggyu es ihm beschrieb, kam Sunhee daraufhin über die schmale Gasse an der Seite des Ladens hinter das Gebäude. Dort befand sich eine separate Tür, die direkt in den zweiten Stock führte. Im Erdgeschoss war der Laden, im zweiten Stock die Wohnung von Familie Park; darüber das Dach und zugleich das Lager von »Glas und Spiegel Namhae«. Jeonggyu nahm Sunhee in sein Zimmer mit, um gleich darauf zusammen mit ihm aufs Dach zu gehen. Dort standen sie zufrieden mit sich und der Welt, und jeder steckte sich eine Zigarette zwischen die Lippen. Sie zogen geräuschvoll daran, und bis sie die Zigarette fertig geraucht hatten, erzählte Jeonggyu, dass Kanghee sich seinetwegen Sorgen mache, fragte ihn, ob er nie wieder zur Schule kommen wolle, und brachte seine Begeisterung zum Ausdruck: »Mann, du bist erst ein paar Tage weg, hast dich aber irgendwie schon total verändert!«

»Was redest du da, ich habe mich verändert? Ich bin immer noch derselbe«, erwiderte Sunhee. Was er ausließ, war: »Ich glaube, dass ich ein paar Menschen umgelegt habe.« Oder: »Ich glaube, dass ich tatsächlich ein anderer Mensch geworden bin, ohne es richtig mitbekommen zu haben.«

Der Mann, der immer auf dem Fahrersitz saß, hatte Sunhee gesagt, dass es ein paar Stunden vor der Morgendämmerung etwas zu erledigen gebe und er ihn rechtzeitig abholen werde. Sunhee wusste nicht, worum es ging, aber er wollte nicht noch einmal etwas »erledigen«. Was er am Nachmittag erlebt hatte, allein damit war er längst überfordert. Wegen dieser einen Sache hatte er viel zu viel geweint. Bis in die späte Nacht hatte er geweint. Kurz bevor der Mann zu ihm kommen wollte, war er aus der Wohnung gegangen und hatte sich dann auf den Weg zu seinem Freund gemacht.

Er nahm wahr, dass Jeonggyu in der Tat derselbe war. Selbstverständlich war er derselbe. Es war nicht einmal eine Woche verstrichen, seitdem Sunhee von zu Hause abgehauen war. Nicht viele werden innerhalb einer Woche ein völlig anderer Mensch.

Vielleicht war auch er nach wie vor derselbe, obwohl er im Moment diese Meinung nicht teilen konnte. Er dachte, wie schön es wäre, wenn er wieder ein Schüler sein könnte, der herumalberte und mit Jeonggyu auf gleicher Wellenlänge lag wie früher.

Er erzählte seinem Freund ganz nüchtern davon, was er in den letzten Tagen so gemacht hatte. Als er zu dem Punkt kam, dass er eine Wohnung zur Verfügung gestellt bekommen habe, wurde Jeonggyu ganz neidisch auf ihn. Dafür, dass Sunhee sein cooles Flitzbike Kanghee geschenkt hatte, hatte er vollstes Verständnis. Sunhee beschrieb danach Park Jongdae, der ganz normal zu sein schien, aber trotzdem einen irgendwie eigenartigen Eindruck auf ihn machte. Dann zeigte er seinem Freund die Pistole, die er in seine Jackentasche gesteckt hatte. Möglicherweise wollte er ein wenig angeben.

Jeonggyu hielt den Mund fest geschlossen. Er machte keine Anstalten, die Pistole zu berühren. Er betrachtete sie lediglich, sehr ernsthaft. Dann sagte er: »Das sind bestimmt Aliens.«

»Nein, das sind ganz normale Menschen.«

»Schwachkopf! Das Gesicht von Aliens ist wie so eine Gesichtsmaske, die sie sich einfach drüberstülpen und wieder abnehmen können. Du Trottel! Was hast du eigentlich in der Schule gelernt?«

Sunhee sagte nichts.

»Was hat er dir gesagt? Sag schon! Wie war das, als du ihn zum ersten Mal gesehen hast?«

Sunhee dachte kurz nach. Dann sagte er: »Ach, in etwa ›wir kommen zwar von ganz woanders und sind ganz andere Menschen, aber wir werden sicher gut zusammenleben können‹, so was hat er gesagt. Wieso?«

»Mann, ich bekomme ja richtig Gänsehaut! Was für ein Penner – dieser verdammte Penner ist ein Alien! Ganz klar, Alter! Sieht so aus, als hätte er schon ein paar Immobilien gekauft. Geld hat er also! Mann, auch noch Immobilien? Wow, und du hast eine Wohnung bekommen, krass, das ist verdammt krass, Junge!« Jeonggyu, der mittlerweile ziemlich aufgeregt war, fing plötzlich an, Sunhee überall zu betasten: »Haben die Arschlöcher dir auch nichts angetan? Hast du eine Spritze bekommen? Oder warst du morgens irgendwo anders, als du aufgewacht bist? Red schon! Hast du irgendwo Nähte an deinem Kopf gefunden? Fäden, ja Mann, ich rede von Fäden, hast du irgendwo Fäden an deinem Schädel entdeckt? Die Dreckschweine sind bestimmt nur mit einem Ziel hierhergekommen.«

Jeonggyu konnte sich kaum wieder beruhigen. Er war nicht einfach nur aufgeregt, sondern auch sehr wütend. Dafür argumentierte er allerdings wieder eigenartig logisch. Auf jeden Fall präsentierte er Sunhee in dieser Nacht seine klügste Seite, seitdem er ihn kannte. Anschließend nahm er völlig furchtlos die Pistole in die Hand, als ob er verstanden hätte, was hier vor sich ging.

»Das ist bestimmt eine Laserpistole, was? Wenn man abdrückt, dann fliegt ›ptschiu‹ Licht heraus. Habe ich recht?«

»Woher weißt du das?«

»Glaubst du, dass dir so ein Alien-Penner eine Spielzeugpistole in die Hand drückt? Du Flachbildhirn!«, sagte Jeonggyu und drückte dann ab.

Sunhee wäre in dem Moment fast gestorben. Jeonggyu aber blieb gelassen. Er hatte eine wichtigtuerische Haltung eingenommen, und gerade als er in dieser Pose verharrte, feuerte er die Pistole ab. Das Licht, das aus der Mündung kam, drang in das Lager auf dem Dach ein und verschwand.

Dieses Lager war ein mithilfe einiger Betonwände mehr schlecht als recht zusammengezimmerter Raum. Daher musste Sunhee annehmen, dass das Licht die dünnen und instabilen zwei Wände des Lagerhauses vorne und hinten durchlöchert hatte und weiter durch die Luft zischen würde. Aber das Licht, das ins Lager eingedrungen war, kam auf der anderen Seite nicht wieder heraus.

Jeonggyu fiel die Kinnlade herunter. Aus seinem Mund flossen wie ein Speichelfaden die Worte »Mein Alter bringt mich um …«

Sunhee fragte ihn, was sich im Lager befinde.

»Das gesamte Vermögen meines Vaters!«, erwiderte Jeonggyu.

Die zwei Jungs traten näher an das Lager heran. Sunhee ging zunächst zur hinteren Seite. Er kontrollierte an der Wand, ob dort irgendwo ein Loch entstanden war, durch das das Licht nach außen gedrungen war. Aber er sah nichts. Lediglich an der Vorderseite des Raums war der Türknauf verschwunden, und an seiner Stelle klaffte ein Loch. Es war wesentlich kleiner als das Gesicht Jeonggyus, jedoch groß genug für seine Hand, sodass er es wie einen Griff nutzte und so die Tür öffnete. Er und Sunhee betraten das Lager. Jeonggyu schaltete das Licht ein.

Dort standen in Reihen hintereinander unzählige Glasscheiben und Spiegel. Das könnte wirklich das gesamte Vermögen seines Vaters sein, dachte Sunhee. Das Licht aus der Pistole hatte einige Glasscheiben und einen Spiegel durchbohrt, schien aber vom zweiten Spiegel gestoppt worden zu sein.

Jeonggyu wurde erneut ernst.

»Ein Laser also …!«

»Wie viel kostet so eine Glasscheibe? Ist ein Spiegel teurer als eine Glasscheibe? Dieses Einscheiben-Sicherheitsglas, so etwas soll doch richtig ins Geld gehen.« Während Sunhee ausschließlich zahllose solcher Fragen durch den Kopf gingen, sah sich Jeonggyu die Löcher in den Glasscheiben genauer an, betastete den Spiegel, von dem das Licht gestoppt worden war, und murmelte unablässig etwas vor sich hin. Obwohl Sunhee ihn nicht komplett verstehen konnte, schaute er zusammen mit seinem Freund in den Spiegel, durch den das Licht nicht hindurchgegangen war.

* * *

»Besorgt Park Jongdae den Leuten, die aus der Zukunft kommen, etwa eine Wohnung und nennt das dann die Arbeit eines Immobilienmaklers?«, fragte sich Uhwan. Als er zur »Busaner Knochensuppe« zurückkam, war es nach fünf Uhr morgens. Jongin schien noch zu schlafen. Uhwan setzte sich an einen Tisch im Gästebereich. Im Zimmer würde er sich wie eingesperrt fühlen. Schließlich ging er in die Küche, trank ein Glas Wasser und noch ein weiteres. Dabei sah er nach der Flamme unter dem Eisenkessel. Danach ging er wieder aus der Küche. Er blickte zu Jongins Zimmer hinüber. Aus diesem war immer noch kein Laut zu vernehmen.

In Uhwans Kopf geriet alles aus den Fugen. Viel zu spät kam in ihm das Gefühl des Entsetzens hoch. Was er mit den drei Männern tief in der Nacht am Meer gemacht hatte, war für ihn entsetzlich. Das schwarze Gummiboot, in das die Toten geladen wurden, war für ihn entsetzlich. Er ahnte, was die Leute jetzt in jenem Gebäude taten, und das war für ihn entsetzlich. Die Unbekümmertheit der Menschen, die einen leblosen Leib über die Schulter geworfen trugen, als handelte es sich um einen Sack Reis, war für ihn entsetzlich. Der verstohlene Blick der Frau, den sie ihm zugeworfen hatte, als er es nicht gewagt hatte, aus dem Lastwagen auszusteigen, war für ihn entsetzlich. Die Worte von Park Jongdae waren für ihn genauso entsetzlich.

Aber seine Worte waren auch überzeugend. Die Leute lebten bereits hier. Sie wohnten zusammen in einem ganz gewöhnlichen Wohngebäude, in dem auch Menschen von hier wohnten, als ob es das Normalste auf der Welt wäre. Jongdae zufolge könnte auch Uhwan hier leben. Über all das dachte er nach – und dass er darüber nachdachte, war für ihn ebenfalls entsetzlich.

* * *

Jongin hatte Fieber. Er nahm wahr, dass jemand zwischen dem Gästebereich und der Küche hin- und herlief. Er schätzte, dass es Uhwan war, und rief auch nach ihm, um ihn darum zu bitten, ihm wenigstens ein Glas Wasser zu bringen. Aber dieser konnte ihn anscheinend nicht hören, denn er kam nicht. Irgendwann schlief er wieder ein.

Erst nach sechs Uhr wachte er auf. Sein Fieber war etwas gesunken. Er hatte das Gefühl, dass er eine Grippe hatte. Er ging in die Küche und holte sich ein Glas Wasser. Irgendwo in einer der Küchenschubladen fand er auch Grippe-Tabletten und nahm sie ein. Uhwan war nicht da.

Das bedeutete für ihn, dass derjenige, der heute am frühen Morgen zwischen dem Gästebereich und der Küche hin- und hergelaufen war, nicht Uhwan gewesen war. Als Jongin dieser Gedanke kam, ging er auf der Stelle zu Sunhees Zimmer und öffnete die Tür. Doch das Zimmer war leer. Er kehrte zurück in den Gästebereich. Ein Stuhl war vom Tisch zurückgerückt. Er setzte sich darauf.

Zurzeit kümmerte sich Uhwan eigentlich ausnehmend viel um Jongin. Das lag offenbar daran, dass Sunhee nicht mehr da war. Er schien bewusst viel Rücksicht auf Jongin zu nehmen. Er sagte auch mehr oder weniger offen: »Wenn nicht einmal Sunhee da ist …« oder »Wenigstens ich kann mich um dich …« Damit meinte er wahrscheinlich nur, was er wirklich dachte und dass er für ihn da sein wolle. Dennoch wurde Jongin nicht richtig warm mit Uhwan. Er mochte Menschen generell nicht, die sich grundlos zu schnell annäherten und dabei einen viel zu offensichtlichen Vorwand vor sich herschoben. Uhwan war für Jongin in einer belastenden Position. Er kam ihm zu nah.

»Die Leute sagen, dass wir wie Brüder aussehen!«, sagte Uhwan, und auch das mochte Jongin nicht hören. Er war ein Einzelkind. Dementsprechend gefiel es ihm auch nicht, dass Uhwan seine Kleidung anzog. Wer ohne Geschwister aufwächst, kennt es nicht, dass man seine Kleidung mit jemand anderem teilt. Ihm kam in den Sinn, dass Uhwan seine Kleidung tragen und so irgendwo hingehen könnte, ohne dass er es wusste. Ihm gefiel ebenfalls nicht, dass er so etwas dachte.

Uhwan war auf dem Markt. Wie Jongin vermutete, trug er ein T-Shirt seines Chefs. Ein altes T-Shirt, das Jongin häufig angezogen hatte, nichts Besonderes. Uhwan sah jetzt wirklich wie Jongin aus, als er an dem Tag, der mittlerweile länger als einen Monat zurücklag, begleitet von Sunhee und Uhwan über den Marktplatz gelaufen war. Uhwan ging von einem zum anderen Geschäftspartner, genauer gesagt, zu Jongins Geschäftspartnern. Sah man ihn nur von hinten, war nicht zu erkennen, dass es Uhwan war. Man hätte ihn einfach für Jongin gehalten.

»Weil der Chef krank ist« oder »Weil Jongin sich nicht wohlfühlt«, ließ Uhwan die Händler wissen, bevor sie sich nach Jongin erkundigen konnten. Doch Händler sind Personen, die Kunden ihre Ware verkaufen. Ob Uhwan kam oder Jongin, das war ihnen gleichgültig. Die Person, die gerade vor ihnen stand, nur die zählte für sie.

Alle hatten Uhwan etwas zu sagen. Meistens war es etwas Nettes. »Sie sehen Jongin sehr ähnlich«, »Wieso ähnlich, absolut gleich sehen Sie aus«, »Sie könnten den Chef direkt ersetzen«, »Oh, Ihr Chef hat aber eine fantastische Aushilfe«, »Ihr Chef hat endlich mal Glück im Leben«, »Er hat kein Glück mit dem Kind, aber immerhin mit dem Bruder«, so etwas sagten die Händler. »Aber wer sind Sie denn? Doch nicht etwa sein echter Bruder?«, »Woher kommen Sie?«, »Stimmt es, dass Sie sein Cousin sind?«, »Nein, wie respektvoll er seinem großen Bruder gegenüber doch ist!«, »Nein, er ist nicht sein Cousin«, »Die beiden sind nicht verwandt.« Das Interesse der Händler an Uhwan kannte keine Grenzen. Er war unbekümmert und ausgelassen. Der Markt war erfüllt von Vitalität. Genauso wie Uhwan.

9

Ein Tag war seit dem Vorfall vergangen, und auf dem Revier ging es schon um einiges lauter zu als gestern. Zunächst einmal klingelte das Telefon häufiger als zuvor. Mehrere Anrufe von Bürgern gingen ein, die Hinweise auf den jungen Mann geben wollten, der polizeilich gesucht wurde. Diese Person hatte mittlerweile den Spitznamen SEV (»der Schönling, der erscheint und sofort wieder verschwindet«, wie ihn die Medien nannten) bekommen und war berühmt geworden. Je mehr Menschen ihn erkannten und der Polizei meldeten, desto hilfreicher war das natürlich für die Ermittler. Das Lustige daran war jedoch, dass die Orte, an denen der SEV auftauchte und sich wieder in Luft auflöste, entgegen der Erwartung der Bürger quasi hauptsächlich Gaststätten waren.

»Ja, ich melde mich bei Ihnen, weil ich mir ziemlich sicher bin, dass er das wirklich war. Er hat am Tisch direkt gegenüber gesessen und Suppe mit Rinderkopf gegessen«, »Er sah wirklich nicht so aus wie jemand, der so etwas essen würde, aber auf dem Marktplatz in Haeundae, da ist eine Gaststätte für Knochensuppe mit Schweinefleisch, wissen Sie? Dort habe ich ihn gesehen. Mein Gott, er strahlt wirklich etwas Besonderes aus.« So ungefähr lauteten die Meldungen.

»Weil der Kerl so jung ist, kann der pausenlos durch die Gegend rennen und wie ein Weltmeister fressen. Wie viele Mahlzeiten verputzt der eigentlich pro Tag!«, regte sich Doyeong auf.

Aber jedes Mal, wenn die Polizei bei der Gaststätte ankam, über die die Meldung eingegangen war, war der SEV schon wieder weg. Ein einziges Mal sah ein Polizist, wie er direkt vor seinen Augen verschwand. »Wow, das war wirklich fantastisch!«, lautete schlicht die Aussage des Beamten.

Gleichzeitig wurde hitzig darüber diskutiert, ob die Löcher in den Wänden im Polizeirevier gespachtelt werden sollten oder nicht. Eine Partei vertrat den Standpunkt, dass man die Löcher als eine Art Mahnmal eine Weile so belassen solle. Die andere meinte, dass im Moment Sommer sei, was man nicht vergessen dürfe, und es unsäglich viele Stechmücken durch diese Löcher ins Gebäude schaffen würden und man daher die Löcher unbedingt beseitigen müsse, und zwar umgehend. Die beiden Parteien blieben beharrlich bei ihrem jeweiligen Standpunkt. Changgeun und Doyeong hielten diese Auseinandersetzung für erbärmlich und beschämend und suchten Dr. Tak auf, damit sie sich diesen Kindergarten nicht weiter antun mussten. Allerdings hatte auch Dr. Tak nicht mehr alle Sinne beisammen.

»Das wird womöglich unser Ende sein, wenn das so weitergeht, oder?«, begrüßte er die beiden Ermittler. Vor ihm auf den Obduktionstischen lagen die Leichen von Ryu Jeonghun, dem der größte Teil des Gesichts fehlte, und von Choi Seongwon mit einem Loch in der Brust.

»Unser Ende? Wir sind schon längst am Ende«, antwortete Doyeong.

»Nein, das meine ich nicht. Ich frage mich, ob sich die Menschheit bald ihrem Ende gegenübersieht, wenn das so weitergeht.«

Doyeong wusste nicht, wie er auf diese Worte reagieren sollte. »Sind das vielleicht wirklich Außerirdische? Ich meine das jetzt vollkommen ernst!«

In Anbetracht des Zustands der zwei Leichen auf den Obduktionstischen, der auch einem erfahrenen Ermittler wie Yang Changgeun tatsächlich völlig neu war, konnte er nachvollziehen, warum Dr. Tak solchen Unsinn redete. Für diesen Mann, der sich die ganze Nacht mit dem Zustand dieser Leichen auseinandergesetzt hatte, hätte Changgeun alles Verständnis dieser Welt, was er auch sagen würde. Denn auch auf ihn wirkten die beiden leblosen Körper irreal, obwohl er mit eigenen Augen gesehen hatte, wie Ryu Jeonghun gestorben war. Offenbar hatte Dr. Tak Mitleid mit dem jungen Ermittler Choi, denn er betrachtete dessen Leiche und seufzte wiederholt. Doyeong tröstete ihn, während Changgeun wortlos seinen Blick auf der Leiche von Ryu Jeonghun ruhen ließ.

Sein Kopf war nicht vollständig verschwunden. Der Bereich um den Mund war noch da. Der Mund stand offen. Changgeun hatte sich große Mühe gegeben, aus diesem etwas herauszubekommen. Er dachte, dass der Verdächtige zu Lebzeiten mit diesem Mund wirklich etwas mehr hätte ausplaudern können. Dann dachte er an den echten Ryu Jeonghun in der Psychiatrie.

»Herr Kang, soll ich vielleicht mal Ihren Kopf öffnen und das dort reinstecken? Nur so können Sie den Kerl festnehmen, der den Ermittler Choi getötet hat, oder?«, fragte der Doktor Doyeong, der im Begriff war, aus dem Obduktionsraum zu gehen. In der Hand hielt Dr. Tak eine Beweismitteltüte, in der sich der kleine Chip befand, der aus dem Kopf des im Klassenzimmer gestorbenen Mannes stammte. Dr. Tak sagte das in vollem Ernst.

Doch die beiden Ermittler verließen wortlos den Obduktionssaal.

Sie wechselten zwar kein Wort miteinander, aber sie vermuteten vage, dass der SEV, der so unverschämt im Revier erschienen und wieder verschwunden und jetzt eine Berühmtheit geworden war, die beiden Menschen, die in diesem Moment bei Dr. Tak lagen, getötet hatte. Diese Vermutung begründeten sie für sich damit, dass jemand, der in der Lage war, beliebig zu erscheinen und zu verschwinden, auch eine solche Waffe besitzen konnte. Aber jetzt gerade standen den beiden Ermittlern keinerlei Mittel zur Verfügung, diesen jungen Mann zu fangen.

* * *

Die Pflegedienstleitung der Klinik »Hoffnung« half Changgeun, wo sie nur konnte. Er hatte ihr von den Ereignissen der letzten paar Tage so ausführlich erzählt, wie er das durfte; dabei gewann er den Eindruck, dass sie verstanden hatte, dass die momentane Lage äußerst ernst war.

Changgeun besuchte zunächst die Mutter des echten Ryu Jeonghun. Wie sie es gegenüber der Pflegedienstleitung behauptet hatte, beteuerte sie auch ihm gegenüber energisch, dass der Mann, der sich in dieser Klinik aufhielt und dessen Gesicht gehäutet worden war, ihr leiblicher Sohn sei. Sie erzählte auch von der Narbe auf dem Arm ihres Sohnes, die er seit seiner Kindheit hatte. »Der Ryu Jeonghun, der sich hier in der Klinik befindet, ist der echte Ryu Jeonghun. Bestimmt haben diese Kerle ihn gekidnappt und sein Gesicht gehäutet. Wer würde denn nicht wahnsinnig werden, wenn er sein eigenes entstelltes Gesicht sehen würde! Es ist doch klar, dass sich mein armes Kind deshalb heute in so einem Zustand befindet. Es wird alles rauskommen, alles von dem, was genau mit ihm passiert ist, sobald man diese verdammten Kerle nur endlich gefasst hat. Warum nimmt niemand diese Dreckskerle fest, die das Gesicht meines Sohnes derart entstellt haben? Das ist doch die Aufgabe der Polizei!« Die alte Mutter konnte ihre Aufregung nicht unter Kontrolle bringen. Sie betonte auch, dass sie nicht an Demenz erkrankt sei. Nicht nur sie, sondern alle alten Menschen, die man aus dem Yeongjin Apartmentkomplex hierher in diese Klinik eingeliefert habe, seien nicht dement. Changgeun erkundigte sich bei der Pflegedienstleitung hinsichtlich dieses Punkts und erfuhr, dass die besagten Personen tatsächlich alle an Demenz beziehungsweise Alzheimer erkrankt waren.

»Haben Sie schon ein Treffen zwischen der Mutter und dem Sohn veranlasst?«, fragte Changgeun die Pflegedienstleitung.

Sie bejahte und ergänzte, dass das Gespräch nicht sehr effektiv gewesen sei. Anfangs hätten sie mehr oder weniger miteinander geredet. Die Mutter wollte unbedingt, dass die Täter gefasst würden. Der Sohn versuchte, sich an »den Tag« zu erinnern, an dem man an ihm herumoperiert hatte, und während er sich darum bemühte, begann er, unruhig zu werden. Dennoch drängte die Mutter ihn unnachgiebig, dass er sich an den Tag erinnern solle, da man die Schurken nur so zu fassen bekäme. Schließlich fing der Sohn an, eine Fortführung des Gesprächs mit seiner Mutter zu verweigern, und sie beteuerte dabei zunehmend energischer und fieberhafter, dass er wirklich ihr leiblicher Sohn sei. Schließlich bekam er einen Anfall.

Changgeun hätte gerne mit dem Mann ohne Gesicht gesprochen, aber die Pflegedienstleitung ließ das nicht zu mit der Begründung, dass sich sein Zustand seitdem weiter verschlechtert habe. Sie fügte hinzu, dass er in den nächsten Tagen nicht mit einem Treffen mit dem Sohn rechnen könne. Aber sobald sich der Zustand des Patienten verbessert habe, werde sie sich bei ihm melden. Er fragte sie, ob es bei dem, was der Patient in Bezug auf »den Tag« gesagt habe, etwas gebe, was ihrer Meinung nach für die Ermittlung hilfreich sein könnte. Sie erwiderte, dass sie dazu nichts Genaues sagen könne. Ob das Gespräch zwischen der Mutter und dem Sohn irgendwo mitgeschrieben worden sei, wollte Changgeun noch wissen; daraufhin zeigte sie ihm den Pflegetagesbericht.

Darin waren der Zustand von Ryu Jeonghun und die Begebenheiten notiert, an die er sich erinnern konnte. Es standen jedoch nur einige Wörter darin, die im Zusammenhang mit dem Gespräch zu stehen schienen: »Ein fremder Ort. Ein ihm bekannter Ort. Schrei. Erinnerung. Mutter. Psychiatrie. Ein runder Spiegel. Monster. Monster. Schrei. Monster.« Aus der Sicht Changgeuns war unklar, ob der Bericht deswegen so dürftig war, weil das Gespräch nicht lange gedauert hatte, oder ob man nicht alles niedergeschrieben hatte, was gesagt worden war. Er schrieb diese Wörter in seinen Notizblock.

* * *

Man erkannte Hwayeong mittlerweile, wenn er auf die Straße ging. Mehrmals konnte er nur sehr knapp der Polizei entkommen, die offenbar nach Anrufen von Bürgern angerückt war. Einmal begegnete ihm sogar tatsächlich ein Polizist. Nun war es unumgänglich geworden, etwas vorsichtiger zu sein. Er trug eine Kappe und eine Mundschutzmaske. Es war gleichzeitig viel zu riskant geworden, etwas in einer Gaststätte zu essen. Denn er

wusste jetzt, dass in den Gaststätten oft Zettel für polizeilich gesuchte Personen an der Wand hingen und unter den Gesichtern,
die auf solchen Zetteln abgedruckt waren, konnte er auch sein
eigenes ausmachen. Er wollte die Gaststätte, in der Uhwan arbeitete, selbst finden, aber nun sah es unglücklicherweise so aus, als
würde aus seinem Vorhaben nichts werden.

Schließlich kam er auf die Idee, dass er daher die Schülerin
finden musste, die das gepimpte Motorrad fuhr. Seiner Meinung
nach war das der einzige Weg, Uhwan zu kriegen. Für ihn stellte
die Schülerin – im Grunde genommen das Motorrad, mit dem
sie fuhr – momentan den einzigen Anhaltspunkt dar, der mit
Uhwan in Verbindung stand. Nach dieser Überlegung begab er
sich in die Straße, in der er die Schülerin einst aus den Augen
verloren hatte. Dort wartete er auf sie.

Es stellte sich als eine gute Idee heraus. Um ungefähr die gleiche Uhrzeit wie damals tauchte die Schülerin wieder auf. Hwayeong behielt sie diesmal fest im Auge. Er verfolgte sie bis zu ihr
nach Hause.

Die Hofmauer ihres Hauses war sehr niedrig. Er brauchte
nur dort zu stehen, um ins Haus blicken zu können. Das Haus
hatte einen kleinen Hof. Er nahm Platz auf dem Dach des gegenüberliegenden Hauses, von wo aus er auf das der Schülerin
hinunterschauen konnte. Einem fahrenden Motorrad die Straße
hinterherzujagen, das war eine Zumutung gewesen. Außerdem
wurde er dabei von zu vielen Leuten gesehen. Das wusste er jetzt
aus eigener Erfahrung. Sich von einem Dach zum anderen zu
bewegen, das war dementsprechend die Methode, für die er sich
nun entschieden hatte. Darauf hoffend, dass die Schülerin ihn
morgen zu Uhwan führte, empfing er auf dem Dach eines ihm
völlig unbekannten Gebäudes die Nacht.

* * *

»Was man dazu so sagt, ist alles schön und gut, aber ich behaupte, dass alle diese Kerle ausnahmslos nicht von hier, sondern von irgendwo außerhalb Busans sind. Und dieser Lee Sunhee geht mir nach wie vor einfach nicht aus dem Kopf!« Das war Kang Doyeongs Zusammenfassung des Falls.

Changgeun war zur Klinik »Hoffnung« gefahren, um den lebenden Ryu Jeonghun zu treffen, während Doyeong wieder Dr. Tak aufgesucht hatte. Er nahm ihn in ein Lokal in der Nähe des Reviers mit und trank etwas mit ihm. Das tat er, weil auf der Hand lag, dass Dr. Tak sich sonst alleine im Obduktionssaal volllaufen lassen würde. Es war nicht einmal 24 Uhr, als Dr. Tak völlig betrunken war. Dann redete er immer wieder wirr daher, er wolle den Kopf von Doyeong öffnen und ihm den Chip einpflanzen. »Das kann ich problemlos schaffen. Herr Kang, Sie müssen doch den Mörder von Ermittler Choi festnehmen. Sie müssen wenigstens etwas abnehmen, wenn Sie mir schon nicht erlauben wollen, Ihren Kopf aufzumachen. Mit dieser Figur kommen Sie doch schon nach drei Schritten ins Schnaufen. Wie wollen Sie denn da den Täter schnappen?«

Während Dr. Tak konfus daherredete, fasste Doyeong in Gedanken ein weiteres Mal den Fall zusammen. Seine Zusammenfassung durfte nicht kompliziert werden. Nur an das, was hundert Prozent sicher war, und nur an das, was ihn am meisten beschäftigte, dachte er. Hundert Prozent sicher war, dass es sich um Kerle handelte, die von einem fremden Ort stammten, und das, was ihn am meisten beschäftigte, war Lee Sunhee, obwohl er selbst zugeben musste, dass er zwischen dem Jungen und diesem Fall keinen handfesten Zusammenhang herstellen konnte.

Doyeong kümmerte sich darum, dass ein Taxi Dr. Tak nach Hause fuhr, und er selbst nahm ebenfalls eines. Er hatte keinen großen Hunger, aber Appetit auf etwas Bestimmtes.

Das Taxi hielt vor einer Gaststätte an. Doyeong stieg nicht aus, sondern schaute nur aus dem Fenster in die Gaststätte. Das Ladenschild der »Busaner Knochensuppe« war ausgeschaltet. Er überlegte sich, ob er trotzdem aus dem Taxi steigen und in die Gaststätte gehen sollte, ließ es aber bleiben. Er war der Meinung, dass es besser wäre, zu einer Uhrzeit wiederzukommen, zu der die Gaststätte geöffnet und am besten gut gefüllt mit Gästen war. Es ging schließlich um eine Person, die auch morgen und in Zukunft noch durchgehend dort sein würde. Schließlich war sie auch bis heute immer dort anzutreffen gewesen.

Doyeong hatte nicht vergessen, was er von den Jungs aus Sunhees Clique gehört hatte, während er ihnen hart zugesetzt hatte. An dem Tag, an dem einer aus der Clique erzählt hatte, Sunhee lerne wegen eines Mädchens, wie man Knochensuppe kocht, hatte ein anderer mit schülerhaftem Kichern gesagt: »Oh, bei sich zu Hause hat er jetzt einen Knecht!« An diese Worte erinnerte sich Doyeong in diesem Augenblick. Der Knecht kam zweifelsohne von außerhalb. Ein Fremder, der von irgendwo außerhalb in Sunhees Familie untergekommen war.

10

Als Hwayeong die Augen öffnete, sah er eine Katze. Sie erschrak. Anscheinend hatte sie neben ihm geschlafen und war von ihm geweckt worden. Er blickte in ihre Augen. Sie machten auf ihn den Eindruck – wenn man berücksichtigte, dass sie gerade aufgewacht war –, dass es eine ziemlich flinke Katze war. Ihre Augen waren fast dunkelblau und hätten wahrscheinlich auch geleuchtet, wäre es dunkel gewesen. Es war aber schon hell geworden. Die Katze musterte ihn eine Zeit lang, obwohl es zunächst so ausgesehen hatte, als würde sie sich gleich aus dem Staub machen.

Er schaute auf die Uhr. Kurz nach acht. Auch bei Morgendämmerung war es kein bisschen kühler geworden. Wegen der Hitze hatte er nicht gut schlafen können. Sich hin und her wälzend, hatte er bis jetzt eigentlich nur herumgelegen.

Er hörte von unten, wie der Motor eines Motorrads angelassen wurde. Blitzschnell richtete er sich auf und schaute vom Dach zum Haus der Schülerin hinüber. Die Katze bekam erneut einen Schreck und suchte diesmal wirklich das Weite.

Die Schülerin entfernte sich bereits mit dem Motorrad. Hwayeong teleportierte sich über die Dächer dem Motorrad hinterher. Diese Art der Verfolgung, sich von einem Dach zum nächsten zu bewegen, war wesentlich leichter und sicherer, als sich auf den Straßen fortzubewegen. Gebäude gab es überall, außerdem waren auf den Dächern auch kaum Menschen. Der Haken an der Sache war, dass sich die Dächer generell alle ähnlich sahen, weswegen Hwayeong immer wieder einmal ungewollt auf einem Dach erschien, auf das er überhaupt nicht wollte, beispielsweise auch mal auf dem Außengeländer eines Gebäudes, sodass er beinahe hinuntergefallen wäre. Er hatte alle Mühe, dem Motorrad hinterherzukommen, das unglaublich schnell dahinraste. Aber diesmal verlor er die Schülerin nicht.

Sie parkte ihr Motorrad in einer Hintergasse. Dort standen bereits einige andere, die ebenfalls schräg gepimpt waren wie das der Schülerin. Sie lief von dort zu Fuß weiter. Hwayeong konnte ahnen, wohin sie ging. Auf der anderen Straßenseite sah er eine Schule.

* * *

Die Mittagszeit rückte näher. Changgeun telefonierte mit verdattertem und peinlich berührtem Gesichtsausdruck und dazu auch noch in einem Flüsterton, während Doyeong die pure Friedlichkeit verkörperte, weil er sich schon für sein Mittagsmenü entschieden hatte. Dennoch ging ihm Changgeun auf die Nerven. »Wieso so eine zärtliche Stimme, obwohl er unmöglich mit einer Frau telefonieren kann?«, fragte er sich und sah seinen Kollegen an. Er sah ihn jedoch nicht wirklich an, sondern warf ihm eher einen bösen Blick zu. Dann sagte er völlig unbewusst, aber laut: »Obwohl, der aus Incheon ist …«

Er mochte Changgeun nicht, weil er hochkoreanisch sprach, obwohl er aus Incheon kam. Es interessierte ihn kein bisschen, wie genau der Incheon-Dialekt klang, aber auf jeden Fall konnte er sich nicht so lächerlich und billig anhören wie bei Changgeun. Er hatte eigentlich vorgehabt, weiter auf ihn zu warten und zusammen mit ihm essen zu gehen, aber es sah nicht so aus, als wäre sein Telefonat bald beendet. Also verließ er alleine das Revier. Heute musste er ein gutes Stück mit dem Auto fahren. Als Mittagsmenü hatte er Knochensuppe gewählt.

* * *

Es war Mittagszeit, aber Kanghee hatte niemanden, mit dem sie zu Mittag essen konnte. Die anderen Schülerinnen aßen zu zweit oder zu dritt im Klassenzimmer, und es war unglaublich laut. Kanghee versank in Gedanken. Das Schwangerschaftserbrechen plagte sie nicht mehr. Eine Zeit lang hatte sie Schwierigkeiten wegen der Übelkeit gehabt. Allerdings konnte sie die körperlichen Probleme besser ertragen als die Blicke ihrer Mitschülerinnen. Während die Übelkeit allmählich nachließ, wurde ihr Bauch langsam dicker, so meinte sie. Und sie mochte es nicht, angeschaut zu werden. Obwohl sie gar keinen Appetit hatte, überlegte sie sich, ob sie eine Packung Instantnudeln im Becher oder ein Gebäck vom Schulkiosk holen sollte. Dann sagte sie sich, dass sie auf jeden Fall irgendetwas essen müsse. Mit diesem Gedanken erhob sie sich. Da kam eine Schülerin zu ihr: »Hey, Kanghee! Unser Klassenlehrer will, dass du sofort ins Beratungszimmer kommst.«

Dort wartete der Klassenlehrer alleine auf sie. Er mochte sie nicht besonders, womit er keinen Einzelfall darstellte. Die Lehrer mochten sie generell nicht. Sie hatte das Gefühl, dass ihr Klassenlehrer sie für ein bisschen flittchenhaft hielt. Von den meisten Lehrern hatte sie das Gefühl, dass sie so über sie dachten.

Sie setzte sich dem Lehrer gegenüber. Der Tisch zwischen ihnen kam ihr irgendwie zu groß vor. Er sagte nichts und betrachtete sie nur. Er schien mit dem Blick möglichst unauffällig ihr Gesicht und ihren Bauch in Augenschein zu nehmen.

»Äh … bist du …«, begann er sehr vorsichtig.

»Ich muss nicht weiter zur Schule kommen, nicht wahr?«, sagte Kanghee fast gleichzeitig mit dem Lehrer, stand auf und ging aus dem Beratungszimmer.

Sie hatte keine Ahnung, warum Schülerinnen in der Mittagspause lediglich im Klassenzimmer hockten. Der Schulhof war vollkommen leer. Über diesen leeren Schulhof lief nur Kanghee. Er war unbeschreiblich groß, und es kam ihr wie eine Ewigkeit vor, bis sie ihn hinter sich gelassen hatte.

*　*　*

Die »Busaner Knochensuppe« war voll besetzt. Doyeong wartete, bis ein Tisch frei wurde. Er schaute zur Küche hinüber. Sunhee war nicht zu sehen. Dafür war ein Mann dort, den er nicht kannte. Er nahm an, dass dieser Mann »der Knecht« war. Jongin, der an der Kasse saß, eilte wie vor den Kopf geschlagen zu Doyeong. Einmal Verbrecher, immer Verbrecher, und einmal Vater eines Verbrechers, immer Schuldiger. Dieser Schuldige grüßte Doyeong mehrmals mit seiner für ihn typischen Begrüßungsgeste.

»Ermittler Kang, oje, im Moment ist kein Tisch frei, wenn Sie ein bisschen warten könnten …«

»Sunhee ist wohl nicht da?«

»Ach, um diese Zeit ist er natürlich in der Schule …«

»Ich habe gehört, dass er zurzeit nicht mehr zur Schule geht. Neulich habe ich ihn aber gesehen, und zwar in meinem Büro.«

»Ach ja, was rede ich denn da! Er liefert gerade Bestellungen aus. Momentan ist hier sehr viel los, und er sagt auch, dass er nicht mehr zur Schule möchte, deswegen habe ich ihm gesagt, dass er dann auch nicht mehr zur Schule muss.«

»Lieferungen? Sie haben angefangen zu liefern? Da werden Sie ja bald im Geld schwimmen! Aber trotzdem, wie können Sie deswegen Ihren Sohn nicht mehr zur Schule schicken?«

Zwei Gäste waren gerade fertig mit dem Essen. Jongin kassierte schnell ab und führte Doyeong zu dem Tisch. Während er den Tisch abräumte, blickte er in Richtung Küche. Es war eigentlich der Zeitpunkt für Uhwan, aus der Küche zu treten und den Tisch abzuwischen. Aber als ob er davon nichts wüsste, stand er mit dem Rücken zum Gästebereich und machte geschäftig irgendetwas anderes.

Doyeong hatte die Reaktion des Mannes in der Küche bereits mitbekommen, als Jongin ihn mit »Ermittler Kang« angesprochen hatte. Der Besitzer fragte ihn, ob er eine Portion Knochensuppe haben wolle, und er nickte. »Tut mir leid, dass ich den ganzen Tisch für mich alleine vereinnahme«, heuchelte er Höflichkeit. Jongin heuchelte ebenso höflich zurück: »Oh nein, ich freue mich immer sehr, wenn Sie uns beehren.« Danach schrie er zur Küche hinüber: »Einmal eine extragroße Portion Knochensuppe!«

»Das ist wohl der Knecht?«, sagte Doyeong wie nebenbei und mehr zu sich selbst.

Jongin, der bereits unterwegs zur Kasse war, hielt inne, drehte sich um und fragte: »Der Knecht?«

Doyeong erzählte, dass die Freunde Sunhees den Mann in der Küche so nannten. Jongin lächelte kurz unbeholfen und ging dann zur Kasse.

Der Ermittler wartete auf seine Knochensuppe. Und gleichzeitig auch auf den Knecht. Der Mann kam mit der Knochensuppe auf einem Tablett und stellte sie vor Doyeong hin. Dieser betrachtete den Mann aus der Nähe. Von Größe und Körperbau her war er Jongin ähnlich, und da die beiden ein durchschnittliches Gesicht hatten, konnte man auch sagen, wenn man so wollte, dass sie einander ähnlich sahen. Es waren viele Gäste da, von daher war es nicht außergewöhnlich, dass der Knecht schnell zurück in die Küche wollte. Aber in Doyeongs Augen, denen kein Detail entging, stimmte irgendetwas nicht mit ihm.

Die Gaststätte war voll besetzt mit Kunden, trotzdem war es nicht ausnehmend laut. Niemand schien Zeit für etwas anderes zu haben, als Knochensuppe zu essen. Die Suppe wurde in den Mund gelöffelt, es wurde gekaut und geschluckt. Das war das Einzige, was man hörte.

»Sehr viel los hier, nicht wahr?«, fragte Doyeong den Mann, und auch Jongin an der Kasse hörte ihn.

»Wie bitte? Ach, ja, ja, das stimmt wohl.«

»Und woher kommen Sie? Auch aus Busan?«

»Ach, ja, ja, aus Busan.«

»Die Freunde des Sohnes des Inhabers sind so frech und nennen Sie ›Knecht‹. Haben Sie das gewusst?«

»Wie bitte? Ach, ja, das ist kein Problem.«

An diesem Punkt im Gespräch näherte sich Jongin. Er schickte Uhwan wieder in die Küche. Dieser wollte auch gehen, aber der Ermittler hielt ihn am Arm fest. Anschließend sagte er sehr umständlich: »In der letzten Zeit will die Ausländerbehörde wegen der Leute, die sich hier illegal aufhalten, andauernd die Unterstützung von allen Ermittlern. Aber wenn ich Sie so sehe, bin ich mir sicher, dass Sie zu einhundert Prozent Koreaner sind.

Würden Sie mir trotzdem erlauben, dass ich einfach mal kurz einen Blick in Ihren Personalausweis werfe?«

Uhwan stand augenblicklich entsetzliche Angst ins Gesicht geschrieben.

»Er ist ein Cousin meiner Frau. Seit Kurzem ist er hier bei mir, weil hier so viel los ist und ich keine andere Hilfe bekomme«, mischte sich Jongin ein.

»Haben Sie nicht gesagt, dass Sunhee Ihnen hilft und er deswegen nicht einmal in die Schule geht? Ihr Cousin also? Okay, aber Ihr Cousin hat doch sicher auch einen Personalausweis?« Doyeong ließ nicht locker, obwohl der Besitzer für Uhwan gebürgt hatte.

Jongin schaute kurz Uhwan an und fragte ihn: »Wo hast du deinen Ausweis? In deinem Zimmer? Hast du ihn vielleicht in deinem Zimmer gelassen?«

Auf keinen Fall hatte Uhwan seinen Ausweis irgendwo im Zimmer gelassen. Er hatte ja in dieser Zeit nie einen Personalausweis besessen. Dennoch sagte Jongin ihm, dass er ins Zimmer gehen solle, wo er sicher seinen Ausweis liegen habe, und gab ihm dabei auch immer wieder einen leichten Rippenstoß.

Uhwan schaute Jongin irritiert an.

Der Ermittler aß seine Knochensuppe und warf den beiden wiederholt verstohlene Blicke zu. Er verkörperte in diesem Augenblick die reinste Ruhe und eine undefinierbare Zufriedenheit.

»Was ist denn in meinem Zimmer?«, fragte sich Uhwan für einen Moment, schaute kurz seinen Chef an und verstand, was dieser ihm mitzuteilen versuchte. Er ging aber nicht in sein Zimmer, sondern sammelte zuerst die Schüsseln vom Tisch zusammen, der in diesem Moment frei wurde, und nahm sie in die Küche mit. Anschließend ging er auf die Toilette, die von der Küche aus direkt zu erreichen war. Er schloss die Tür von innen ab und zog sich hoch zum kleinen Fenster, das der Lüftung diente. Zuerst schob er den Kopf durch das Fenster. Es war wirklich sehr klein. Es sah nicht danach aus, dass er hindurchpassen würde. Aber wenn er jetzt erwischt würde, wäre alles vorbei.

Er schob den Kopf und auch den Rest seines Körpers irgendwie durch das Fenster hindurch.

* * *

An einem Tag wie heute hätte sie es wunderbar gefunden, wenn jemand, gleichgültig wer, aus der »Busaner Knochensuppe« herausgekommen wäre und sie gerufen hätte, während sie an ihr vorbeifuhr. Am liebsten Sunhee, aber auch Onkel Uhwan wäre mehr als in Ordnung gewesen. Und wenn es sein musste, wäre sie auch mit dem Alten des öffentlichen Badehauses zufrieden gewesen. Es wäre gut gewesen, wenn irgendjemand sie gerufen hätte und sie ihr Motorrad hätte anhalten und sich umdrehen müssen und diese Person dann mit ihr geschimpft hätte: »Wohin bist du unterwegs? Müsstest du nicht in der Schule sein?« Oder wenn jemand sie gefragt hätte: »Hast du etwa geweint?« Oder sich Sorgen um sie gemacht hätte: »Ist was passiert?« Das alles hätte ihr sehr gutgetan.

Für sie war es rätselhaft, warum alle Menschen auf der Welt weiter wie bisher so fremd und derart unfreundlich zu ihr waren. Mit diesen Gedanken fuhr sie mit dem Flitzbike, das Sunhee bei ihr stehen gelassen hatte, bevor er abgehauen war, auch heute wie an den anderen Tagen nach Hause, ließ nun die Innenstadt hinter sich und fuhr durch kleine Gassen. Es war dieselbe Strecke, die sie immer nach Hause nahm, nur war es einige Stunden früher als gewöhnlich. Obwohl sie weinte, ja, obwohl sie eindeutig spürte, dass sie gerade weinte, flossen keine Tränen. Sie kam der »Busaner Knochensuppe« immer näher.

* * *

Die Knochensuppe war lecker. Die Brühe schmeckte sehr intensiv, aber nicht würzig, und das Fleisch war unbeschreiblich zart und bot gleichzeitig beim Kauen einen besonderen Geschmack. Darüber hinaus schmeckte es auch nussig. Auch heute war Doyeong mit dem Essen sehr zufrieden. Die reine Freude für seinen Gaumen. Er dachte, dass er öfter hierherkommen sollte, unabhängig vom Knecht. Es wäre fantastisch, wenn diese Gaststätte tatsächlich einen Lieferservice anbieten würde. Er wusste jedoch sehr gut, dass Jongin damit gelogen hatte und der Mann, der als Cousin von dessen verstorbener Frau vorgestellt worden war, keinen Personalausweis hatte. Wäre der Knecht ein Cousin von dessen Frau und brächte wirklich seinen Ausweis mit, wollte sich Doyeong nicht mehr Ermittler nennen. Da war er voller Zuversicht.

Da er öfter hier war, wusste er, dass diese Gaststätte nur einen Ein- und Ausgang hatte. Er hatte beobachtet, dass der Mann in die Küche verschwunden war. Seitdem hatte er sich nicht mehr gezeigt. Ein einziger Ausgang. Aber was war mit den Zimmern? In eines der Zimmer und dann durch ein Fenster? Doyeong hatte jedoch alles im Auge behalten. Der Mann war in keines der Zimmer gegangen. Er war in die Küche gegangen und nicht wieder herausgekommen. Und dort gab es kein Fenster.

Unvermittelt stand Doyeong vom Stuhl auf und ging in Richtung Küche. Jongin versuchte, ihn aufzuhalten. Das ignorierte er jedoch und ging unbeirrt weiter. Die Küche war leer. Er sah die Toilette, die sich am Ende des schmalen Gangs befand, der von der Küche aus verlief. Er steuerte darauf zu. Ein ungutes Gefühl überkam ihn. Die Tür war abgeschlossen. Er klopfte. Keine Reaktion von innen. Mit einem gewaltsamen Fußtritt öffnete er die Tür, anstatt noch einmal zu klopfen.

Dort gab es ein kleines Fenster. Für Doyeong war das zwar unvorstellbar, aber jenes Fenster könnte durchaus als Ausgang dienen.

* * *

Uhwan rannte. Er musste von hier abhauen. Mit welchen Mitteln auch immer musste er an den Ort gelangen, an dem er Hilfe bekommen konnte. Um jeden Preis musste er zu den Leuten, die sich in der gleichen Lage befanden wie er. Nicht einmal das Fahrrad hatte er. Er rannte nach Yeongdo. Er rannte zu Park Jongdae.

Hätte er in diesem Augenblick nicht die Stimme gehört, wäre er möglicherweise vom Ermittler gefasst worden. Wäre in diesem Augenblick die Stimme nicht ertönt, wäre für ihn möglicherweise der Zeitpunkt gekommen, an dem er den Wunsch, glücklich zu werden, endgültig aufgegeben hätte. Wenn er die Stimme nicht gehört hätte und er folglich sein Verlangen, hier leben zu wollen, aufgegeben hätte, wäre er möglicherweise eher glücklich geworden.

»Onkel! Onkel Uhwan!«

Als er aber diese Stimme hörte, schaute Uhwan zurück. Er

entdeckte das Flitzbike von Sunhee. Auf diesem saß Kanghee und fuhr gerade an ihm vorbei. Sie schaute zu ihm zurück, wendete das Motorrad und kam in schnellem Tempo auf ihn zugefahren. Er sah sich panisch um und war völlig am Ende mit den Nerven. Kanghee stoppte vor ihm.

»Wo gehst du hin? Du rennst ja fast schneller, als ich mit dem Motorrad bin! Geht es dir gut?«, fragte sie. Sie erkundigte sich tatsächlich nach seinem Wohlergehen.

Uhwan starrte für eine Weile wortlos das Gesicht der jugendlichen Mutter an, die ihm mitten auf der Straße begegnet war. Er betrachtete genauestens ihre Augen, ihre Nase und ihren Mund. »Was davon habe ich von ihr?«, fragte er sich. Auf das Gesicht seiner Mutter konzentriert, vergaß er das Hier und Jetzt.

»Onkel? Hey, Onkel!«, rief Kanghee ihn wieder.

Er erwachte aus seinen Gedanken. »Ich, ich muss, ich muss jetzt dringend wohin … Geht es Ihnen gut?«

»So sehe ich ihn also wieder. Heute ist doch kein so übler Tag«, dachte Kanghee. Aber er schien es wirklich sehr eilig zu haben. Er stotterte und siezte sie sogar. Sie lächelte.

»Komm, steig auf. Im Gegensatz zu dir habe ich alle Zeit der Welt.«

Mit lächelndem Gesicht saß sie auf dem Motorrad und wartete auf ihn. Weil ihr lächelndes Gesicht so wunderschön aussah, verspürte Uhwan plötzlich ein freudiges Herzklopfen.

In dem Moment, als er auf das Motorrad steigen wollte, sauste ein Lichtstrahl vom Himmel. Ein gerader und heißer Lichtstrahl bohrte sich vor ihm in den Boden. Direkt vor seinen Füßen grub das Licht ein tiefes Loch in die Straße und zerstreute sich dann. Erschrocken schauten Uhwan und Kanghee zu der Stelle hinauf, von wo das Licht gekommen war. Zunächst konnten sie die Stelle nicht ausmachen. Jedoch entdeckte Uhwan dort bald jemanden. Er stand auf dem Dach des Gebäudes, das sich direkt vor ihnen befand. Wäre das Gesicht nicht gewesen, wäre Uhwan nicht auf die Idee gekommen, dass der Lichtstrahl von dort seinen Ursprung genommen hatte. Doch er kannte dieses Gesicht.

Auf dem Dach stand Kim Hwayeong, der Junge, der mit ihm zusammen hierhergekommen war und den er mit ein paar Ohrfeigen zurück ins Leben geholt hatte.

Der Junge hielt etwas in der Hand und richtete es auf ihn. Es begann, langsam in seiner Hand zu leuchten. Es sah wie eine Pistole aus. Warum er damit auf ihn zielte, wieso er ihn töten wollte, verstand Uhwan nicht.

Er spürte, dass er von hier verschwinden musste. Er stieg hinter Kanghee auf das Motorrad und dieses fuhr unverzüglich ab. Der Lichtstrahl, der aus der Pistole Hwayeongs kam, traf die Stelle, von der das Motorrad soeben abgefahren war. Dort entstand erneut ein tiefes Loch im Boden. Kanghee erhöhte die Geschwindigkeit. Das Motorrad, auf dem Uhwan saß, raste durch die Gassen.

Hinter ihnen ertönte ein Geräusch, das darauf hindeutete, dass noch etwas anderes den beiden hinterherjagte. Eine Sirene. Ein Wagen mit Blaulicht und Sirene verfolgte Uhwan. Kang Doyeong saß am Steuer.

* * *

Hwayeong verfolgte Uhwan. Das Motorrad, auf dem dieser saß, raste unglaublich schnell davon. Die Schülerin fuhr jetzt wesentlich schneller als zuvor, als sie alleine unterwegs gewesen war. Dazu schien sie die Straßen und Gassen in Busan sehr gut zu kennen. Hwayeong musste selbst während des Verschwindens und Erscheinens rennen. Er rannte über das eine Dach, verschwand und tauchte auf einem anderen Dach rennend wieder auf.

* * *

Ermittler Kang Doyeong konnte nicht fassen, dass der Mann so verzweifelt fliehen musste. Allerdings war diese Tatsache Grund genug für ihn, ihn zu verfolgen. Das Motorrad jagte wie eine Rakete durch die schmalen Gassen. Auch Doyeong erhöhte seine Geschwindigkeit. Als die Fahrerin das Tempo wegen eines Wagens reduzierte, der sie plötzlich überholte und vor sie fuhr, kam Doyeong ganz nah an das Motorrad heran. Er konnte die Fahrerin aus der Nähe sehen. Es war eine Schülerin. Sogleich aber überholte sie den Wagen vor sich und gab weiter Gas. Doyeong übernahm den Platz, an dem soeben das Motorrad gewesen war, und gleichzeitig schoss ein Licht in die Motorhaube seines Wagens. Es war der gleiche Lichtstrahl, den er vor ein paar Tagen mit eigenen Augen im Vernehmungsraum des Polizeireviers gesehen hatte. Sein Wagen blieb auf der Stelle liegen. Er bewegte sich keinen Zentimeter mehr. Doyeong schlug mit der Faust auf das Lenkrad. Er stieg aus und schaute hinauf.

Dort oben sah er eine Person, die von einem Dach zum anderen rannte, immer wieder verschwand und wieder erschien. Das Gesicht war nicht zu sehen, aber Doyeong konnte ahnen, wer es war.

Das Motorrad fuhr über die Yeongdo-Brücke. Hwayeong hielt auf dem Dach des vor der Brücke stehenden Gebäudes inne. Das nächste Gebäude war auf der anderen Seite der Brücke. Daneben gab es kein anderes Haus, das gerade in Sichtweite war. Er zögerte. Währenddessen hatte das Motorrad bereits die Hälfte der Brücke hinter sich gelassen. Da Hwayeong nicht wissen konnte, wann er Uhwan wieder ausfindig machen könnte, sollte er ihn jetzt verlieren, wenn er eine Teleportation unternahm, die er noch nie ausprobiert hatte. Vom Dach des Gebäudes betrachtete er einen Lastwagen, der gerade auf die Brücke einfuhr. Dann verschwand er.

Kurz danach tauchte ein junger Mann auf dem fahrenden Lastwagen auf. Dort konnte er sein Gleichgewicht allerdings nicht halten und fiel auf die Fahrbahn. Der Fahrer des Lastwagens sah durch den Seitenspiegel, wie ein Junge von seinem Wagen fiel. Er trat hastig auf die Bremse. Danach bremsten abrupt und in waghalsigen Manövern weitere Autos, die hinter dem Lastwagen fuhren. Der Lastwagenfahrer stieg aus, blickte sich um und sah auch unter seinem Wagen nach. Es war aber niemand zu sehen.

Der Fahrer entdeckte den Jungen schließlich rennend auf dem Seitenstreifen. Dann sah er, wie der Junge einfach verschwand.

* * *

Für Kanghee war es etwas ernüchternd, dass es ein Immobilienbüro war, zu dem sie unter Einsatz ihres Lebens gefahren war. Sie hatte keine Ahnung, was das Licht bedeutete, wer der junge

Mann war und warum Onkel Uhwan solche gefährlichen Dinge widerfuhren. Schlagartig wurde ihr bewusst, dass sie über Onkel Uhwan gar nichts wusste. Sie hätte sehr gerne vieles über ihn erfahren, aber er ermahnte sie nur, dass sie schnell weiterfahren solle.

»Das hier eben, die Kosten für diese Fahrt … Ich komme später irgendwann zur Gaststätte, um zu kassieren. Also unbedingt einmal Knochensuppe, gratis!«, sagte sie und fuhr weg.

Uhwan hatte sie weggeschickt, weil er fürchtete, dass nicht nur er selbst, sondern auch Kanghee in Gefahr hätte geraten können. Nein, nicht hätte, die Situation war bereits gefährlich genug für sie gewesen. Hwayeong jagte ihn, da bestand nicht der geringste Zweifel. Solange Kanghee nicht mit ihm zusammen war, war sie in Sicherheit. Das hoffte er zumindest. Er hatte zwar keinen Schimmer, warum er derjenige geworden war, den der Junge töten musste, aber zumindest nach dem, was er von dem Jungen wusste, war dieser niemand, der Menschen willkürlich umbringen würde. »Er würde nur mich töten«, dachte Uhwan.

Er stand direkt vor dem Yeongjin Immobilienbüro. Er würde Park Jongdae alles erzählen, was ihm heute passiert war. Ob Jongdae ihm danach auch noch sagen würde, dass sie alle zusammenleben sollten? In dieser Hinsicht machte Uhwan sich Sorgen. Er hatte letztlich zu viele Menschen getötet. Und jetzt gab es auch noch jemanden, der ihn töten wollte, und dieser Jemand besaß eine gefährliche Waffe. In Anbetracht seiner momentanen Situation fragte er sich, ob er für Park Jongdae trotz allem jemanden darstellen würde, den er unbedingt in seine Gruppe aufnehmen wollte, um ihm wie all den Leuten, die aus der Zukunft kamen, hier ein Leben zu ermöglichen. Mit einigen großen Fragezeichen im Kopf stand er geistesabwesend da.

* * *

Hwayeong konnte Uhwan sehr gut sehen. Wie er apathisch vor einem Immobilienbüro stand, nachdem er die Schülerin hastig weggeschickt hatte, sah er irgendwie mitleiderregend aus. Woran dachte er, wenn er jetzt keinen Schritt mehr machen konnte?

»Ohne ihn wäre ich im Boot nicht mehr aufgewacht«, dachte Hwayeong. Uhwan hatte ihn geweckt, ihm seine Hand angeboten und ihn hochgezogen. Dieser Mann war ihm immer vorausgeschwommen, während sie sich durch das Meer gekämpft hatten; er war diesem Mann gefolgt und schließlich an den Strand gekrochen. All das hatte er nicht vergessen und er wusste auch, dass er alleine zurückbleiben würde, wenn dieser Mann nun sterben würde. Er fragte sich, ob auch er so mitleiderregend aussehen würde, wenn er alleine wäre?

Der Blick dieses Mannes, der besorgt auf ihn gerichtet gewesen war, als er im Boot die Augen geöffnet hatte, schob sich in sein Bewusstsein. Er zögerte weiter.

Aber schließlich richtete er seine Pistole auf ihn.

»Ich muss dich töten, nur so kann ich zurück. Und ich will zurück und wieder mit meiner Familie zusammenleben. Ich habe nicht vor, alleine hier zurückzubleiben und so mitleiderregend auszusehen wie du jetzt. Es tut mir leid.« So richtete er an Uhwan auch jetzt nur in Gedanken eine Entschuldigung dafür, was er tun würde, so wie er einst diesem Mann gegenüber, der ihm im Boot seine Hand angeboten hatte, seine Dankbarkeit nur in Gedanken zum Ausdruck gebracht hatte.

Er drückte den Abzug. Das Licht fing an, sich in seiner Pistole zu sammeln.

Bevor das Licht jedoch aus der Mündung herausströmte, flog

ein ähnliches Licht von irgendwo anders auf ihn zu. Es streifte sein Ohr. Augenblicklich war ein Stück davon weg. Er fasste mit der Hand an sein entsetzlich schmerzendes Ohr und bemühte sich, die Stelle zu orten, von der das Licht auf ihn zugeflogen war. Es gelang ihm jedoch nicht. In diesem Augenblick spürte er die Angst wesentlich intensiver als den Schmerz am Ohr.

Jemand war hier.

Jemand, der dieselbe Waffe besaß wie er, war hier! Und diese Person war ihm gegenüber feindselig gesinnt. Er hatte schreckliche Angst vor diesem plötzlichen anonymen Feind, dessen er nun zum ersten Mal gewahr wurde. Wenn dieser Feind ihn jetzt im Auge hatte, würde in den nächsten Sekunden ein weiteres Licht auf ihn zufliegen.

Mit seiner Vermutung lag er vollkommen richtig. Das Licht schoss erneut auf ihn zu. Aber da war er bereits verschwunden.

Hätte er sich ein bisschen genauer beziehungsweise eine Sekunde länger umgeschaut, hätte er erkannt, woher das Licht gekommen war. Doch sein verletztes Ohr schmerzte unbeschreiblich, und diese plötzliche Situation hatte ihn in einen unsäglichen Zustand der Angst versetzt.

Er hätte ein Wohnhochhaus gesehen, das quer zum Dach des Gebäudes stand, auf dem er sich aufgehalten hatte. Hätte er noch genauer hingesehen, hätte er dort jemanden ausfindig gemacht, der im Außenflur im sechsten Geschoss stand. Auch diese Person war ein Junge. Lee Sunhee.

* * *

Sunhee hatte eine Zigarette zwischen den Lippen und stand auf dem Außenflur. Mit der linken Hand hielt er die Zigarette und mit der rechten befingerte er die Pistole in seiner Jackentasche. Er schaute in die Ferne und sah sich auch in der näheren Umgebung um. Plötzlich entdeckte er einen Mann, der nicht weit entfernt unten auf der Straße stand. Vor dem Immobilienbüro. Es war Onkel Uhwan.

Er freute sich riesig und winkte ihm. Jedoch war die Entfernung etwas zu groß, als dass er ihn hätte sehen können. Er wollte die Zigarette wegschnippen und zu Uhwan rennen, allerdings hatte er sie gerade erst angezündet. Sie einfach wegzuwerfen, das wäre zu schade gewesen. Er dachte, dass er noch ein paar Züge nehmen und dann hinuntergehen könne. Als er den letzten Zug inhalierte, sah er einen Mann auf dem Dach eines Gebäudes gegenüber. Dieser sah ebenso nach unten. Er schaute zu Onkel Uhwan. Der Mann holte etwas aus seiner Tasche hervor. Sunhee konnte trotz der großen Entfernung genau erkennen, was der Mann in der Hand hielt. Den gleichen Gegenstand hatte auch er in seiner Tasche. Instinktiv holte er die Pistole hervor und drückte dabei den Abzug. Er richtete die Mündung auf den Mann. Und er war schneller als dieser.

Währenddessen zielte der Mann weiter mit seiner Pistole auf Onkel Uhwan. Als das Licht begann, sich in seiner Pistole zu sammeln, schoss der Lichtstrahl aus der Mündung von Sunhees Pistole hinüber. Der Strahl schoss quer über den Himmel. Aber der Mann fiel nicht zu Boden. Sunhee legte seine Waffe erneut an. Diesmal zielte er viel sorgfältiger als zuvor auf den Mann und hatte das Gefühl, dass er ihn nun auf jeden Fall treffen würde. Aber der Lichtstrahl erreichte ihn nicht. Der andere war verschwunden, bevor der Strahl ihn berühren konnte.

Sunhee konnte ahnen, wer der Mann war.

Er hatte ihn schon einmal gesehen. Es war der »Zack-und-

Weg-Mann«. Es bereitete ihm große Sorgen, dass ausgerechnet so ein Mann Onkel Uhwan im Visier hatte. Er konnte natürlich nicht wissen, wer der Mann war und warum er es auf Onkel Uhwan abgesehen hatte. Eines stand jedoch fest: Niemand sollte eine solche Person als Feind haben.

* * *

Uhwan hatte den ersten Lichtstrahl, der über seinen Kopf hinwegflog, nicht gesehen. Den zweiten aber sah er, denn sein Blick war geradewegs zum Himmel gerichtet. Wohin der Strahl verschwand, konnte er nicht ausmachen. Wo er aber begann, konnte er mit Sicherheit erkennen. Es war das Wohnhochhaus. Er realisierte, dass er zu dem Wohnhochhaus zurückgekehrt war, von dem er gestern bei Tagesanbruch fortgegangen war.

Er ging in Richtung des Wohnhochhauses und schaute hinauf. Jemand winkte ihm zu und rief sogar seinen Namen. Für eine Weile schaute er dorthin. Derjenige, der ihm winkte, stand im Außenflur des obersten Stocks. Es war Sunhee. Sein junger Vater!

Zu seiner großen Überraschung hatte Uhwan sich auf dem Motorrad hinter seiner Mutter wiedergefunden und war von ihr hierhergefahren worden; und nun wurde er von seinem Vater herzlich empfangen.

11

» Mein Gott, letztes Mal haben Sie mich zum Essen eingela-
den, deswegen will ich mich jetzt revanchieren und Sie
einladen. Wo ist das Problem? Essen Ermittler etwa nichts?«
Niemand, der seine Dankbarkeit zeigen wollte, benahm sich
so. Noch dazu waren es schon wieder Spaghetti. Yang Changgeun hatte seine Gründe für das in die Länge gezogene Telefongespräch gehabt, sodass Doyeong nicht mehr auf ihn hatte
warten können und alleine gegangen war. Die Beamtin vom
Bürgeramt. Aus Changgeuns Sicht gab es keinen Grund, warum
er noch mal mit ihr zum Essen gehen sollte. Sie sagte auch nicht,
dass sie in der Nähe seines Arbeitsplatzes sei und sie daher mit
ihm zusammen irgendwo hingehen könne, wenn er das möchte.
Nein, sie sagte, sie wolle ihn zum Essen einladen, daher solle
er den weiten Weg bis nach Yeongdo machen, damit sie ihn zu
Spaghetti einladen könnte – etwas, das er in der Regel überhaupt
nicht aß. Dieses Verhalten der Beamtin konnte er einfach nicht
nachvollziehen. Und was tat er? Er saß jetzt zusammen mit ihr
in einem italienischen Restaurant in Yeongdo und aß Spaghetti.
»Und? Wollen Sie mir erzählen, was aus dem Typen vom Immobilienbüro geworden ist? Ist er wirklich ein übler Kerl? Sag
mal.«

Die Beamtin hieß Park Hyeonju. Seitdem sie Changgeun ihren Namen gesagt hatte, begann sie irgendwie, sich an der Schwelle zwischen Siezen und Duzen hin und her zu bewegen. Das tat sie ohne Vorankündigung, womit sie ihn etwas irritierte. Aber er tat so, als hätte er kein Problem damit.

»Nein, Frau Park. ›Der Typ vom Immobilienbüro‹, wie Sie ihn nennen, ist kein übler Kerl. Wir haben ihn freigelassen, weil er zur Oberschicht gehört. Während er bei uns war, hat er sehr elegant seine Autobiografie vorgetragen, und dann hat Herr Park uns verlassen und bei manchem von uns in der Brust eine gewisse Leere hinterlassen.«

Changgeun fühlte sich wohl bei Hyeonju, weil sie sich für den Fall interessierte, mit dem er sich momentan befasste. Er wählte mit Bedacht einiges von dem aus, was Park Jongdae im Vernehmungsraum gesagt hatte, und erzählte es ihr.

Sie hielt den Löffel und die Gabel im rechten Winkel, wickelte die Nudeln auf der Gabel auf und sagte einfach so: »Hat er wirklich gesagt, dass er in dem Immobilienbüro seinen Maklerberuf erlernt hat? Das ist aber seltsam. Ich dachte, dass er in dieser Arbeit andere ausgebildet hat. Was musste er denn noch lernen? Das Yeongjin Immobilienbüro hat seinem Vater gehört, und dort hat er doch schon sehr früh und oft gearbeitet. Nein, er hat sogar seinen Kollegen unterrichtet. Entweder hast du ihn falsch verstanden, oder er hat gelogen. Er hat dort nicht gelernt, sondern gelehrt.«

Changgeun hörte dem, was Hyeonju so unbedacht erzählte, sehr konzentriert zu und fragte sie: »Wie war dieser Kollege so, der von Herrn Park die Arbeit erlernt hat? Erzählen Sie mal ein bisschen über ihn.«

»Er war … ähnlich groß wie Herr Park, hatte auch eine ähnliche Statur, denke ich. Die beiden sind unzertrennlich gewesen, sodass man fraglos geglaubt hätte, dass sie Brüder sind, wenn sie das gesagt hätten. Nicht selten hat man sie auch tatsächlich miteinander verwechselt.«

»Na ja, aber was Herr Park uns so erzählt hat, hat sich nicht nach einer Lüge angehört …«, murmelte Changgeun, der aufmerksam zugehört hatte, während die Beamtin Park Jongdae und dessen Kollegen beschrieb.

»Er hat dir was auf die Nase gebunden, was sonst? Jemandem eine Arbeit beizubringen und sie selbst zu lernen, das sind doch zwei genau entgegengesetzte Sachen. Er hat gelogen.«

Hyeonju wickelte wieder Nudeln auf der Gabel auf. Changgeun ließ die Worte Revue passieren, die Park Jongdae im Vernehmungsraum gesagt hatte: Ihm sei alles fremd gewesen, als er zum ersten Mal hierhergekommen sei. Man sage zwar, dass die Orte, wo Menschen leben, im Großen und Ganzen gleich seien, aber das stimme nicht ganz. Er habe eines nach dem anderen komplett neu lernen müssen, um nur das nackte Überleben zu sichern. Die Arbeit, die er vorher gehabt habe, sei auch nichts Besonderes gewesen. Er sei zumindest sehr fleißig gewesen.

Changgeun war sich sicher, dass der Immobilienmakler nicht gelogen hatte. Er hatte nämlich von der Zeit erzählt, bevor er »Park Jongdae« geworden war.

Er war ein anderer gewesen, als er hierhergekommen war, und erst danach war er Park Jongdae geworden. Er kam von einem anderen Ort, der diesem hier ähnlich war. Dort hatte er ein kümmerliches Leben geführt, und hier tat er nun alles, um auch weiterhin hier leben zu können. Und das mit großem Fleiß. So fasste der Ermittler Jongdaes Aussage zusammen.

Aber was war dann mit der Verletzung an seinen Fingern?

Changgeuns Meinung nach war der Zweck, die Fingerabdrücke nicht preiszugeben. Da bestand gar kein Zweifel. Er durfte nicht zulassen, dass seine Fingerabdrücke überprüft wurden, weil er nicht die Person war, für die er sich ausgab. War das dann alles eine Lügengeschichte gewesen, was er bezüglich seiner Hände erzählt hatte?

»Der Kühlschrank!«

»Was? Welcher Kühlschrank? Hast du vergessen, etwas in den Kühlschrank zu stellen? An so einem heißen Tag? Das kannst du vergessen, das ist längst verdorben.«

War die Geschichte von dem »großen alten Kühlschrank«, den es in einer Wohnung des Yeongjin Apartmentkomplexes geben sollte, auch völlig frei erfunden? Seine Erzählung zur Herkunft der Gesichtsnarbe, die als Kind beim Fahren in einem Sitzkarussell auf dem Spielplatz entstanden sein sollte, war mit Sicherheit eine Lüge gewesen. Die Narbe im Gesicht stammte zweifellos von einer Operation. Aber der Kühlschrank? War auch das eine Lüge gewesen? Gab es auch keinen Kühlschrank? Changgeun ließ es keine Ruhe, dass Park Jongdae sich ausgerechnet eine Geschichte von einem großen alten Kühlschrank ausgedacht haben sollte.

Im Falle, in dem man die Wahrheit erzählt und dann auf einmal lügen muss, wählt man in der Regel als Ausgangspunkt der Lüge einen Fakt. Das bedeutet, dass sich eine Lügengeschichte nicht komplett aus Lügen zusammensetzt. Zwischen verschiedenen Lügen steckt selten die »Wahrheit«, dahingegen verbergen sich dazwischen häufig »Fakten«.

Beispielsweise war die Verletzung an den Fingern von Park Jongdae nicht durch den Kühler eines Kühlschranks hervorgerufen worden, aber es war möglich, dass er einen Kühlschrank im

Yeongjin Apartmentkomplex hatte. Ebenso rührte die Narbe in seinem Gesicht zwar von einer Operation her, aber es war möglich, dass er als Kind von einem Klettergerüst gefallen war.

Solche Lügengeschichten zu erzählen, die ihren Ausgangspunkt in einem Fakt haben, kann niemand, der schlecht lügen kann, sondern nur derjenige, der brillant im Lügen ist. Man sagt viel Wahres und lügt nur, wenn es notwendig ist. Man lügt und fügt noch einige Fakten hinzu. Dadurch erscheint das Erzählte dem Zuhörer insgesamt irgendwie glaubwürdig. So jemand ist ein geübter Lügner. Weil die Lügen auf Fakten basieren, kann man so auftreten, als sei man ehrlich. Weil man auch die Wahrheit erzählt, kann man in den Augen anderer als aufrichtiger Mensch erscheinen. Wenn das in einem Vernehmungsraum geschieht und die Zuhörer Ermittler sind, muss man seine Lüge natürlich mit viel Raffinesse präsentieren.

Park Jongdae war ein fantastischer Lügner. Er lebte schließlich bereits als Park Jongdae, obwohl er gar nicht der echte Park Jongdae war!

Changgeun stellte sich gerade ein Apartment vor, in dem ein großer Kühlschrank stand, der zwar in die Jahre gekommen war, dessen Kühlung allerdings immer noch einwandfrei funktionierte.

* * *

Uhwan schaute zu Sunhee hinauf. »Onkel Uhwan, ich komme runter!«, schrie der Junge und verschwand. Er war unterwegs nach unten, und Uhwan wartete auf ihn.

Es dauerte länger, als Uhwan gedacht hatte, bis Sunhee vom sechsten Stock zu ihm heruntergekommen war. Anscheinend verfügte das Gebäude über keinen Aufzug. Während sich das Warten in die Länge zog, wurde ihm bewusst, dass er vergessen hatte, wie er sich Sunhee gegenüber verhalten sollte. Genau genommen hatte er das nicht vergessen, vielmehr hatte er von Anfang an keinen Schimmer gehabt. Durch den DNA-Test hatte er zwar erfahren, dass Sunhee, der noch ein Jugendlicher war und die Schule besuchte, sein Vater war. Musste er deswegen aber anders mit ihm sprechen und sich vor ihm auch anders benehmen? Er hatte keine Ahnung.

Die Schritte Sunhees, der die Treppe herunterkam, drangen an sein Ohr und wurden immer lauter. Endlich tauchte er vor ihm auf, schaute ihn an und lächelte sichtlich erfreut. Bevor Uhwan etwas sagen konnte, kam er auf ihn zugerannt und umarmte ihn. Damit hatte er nicht gerechnet. Er stand wie zur Salzsäule erstarrt da. Sunhee umarmte ihn zuerst kurz und noch einmal gewollt cool. Dann schaute er ihn an. Er schaute ihn an wie einen Freund, den er nach langer Zeit wiedersah, oder wie ein Familienmitglied, mit dem er unter demselben Dach lebte.

»Aber was machst du eigentlich hier? Bist du etwa gekommen, weil du herausbekommen hast, dass ich hier bin?«, fragte Sunhee.

Uhwan geriet in Erklärungsnot. Genauso wie Sunhee freute er sich sehr, den anderen wiederzusehen, aber es gab so vieles, was er den Jungen fragen wollte.

»Äh, nein, und du? Was machst du hier?«

Diese Frage ließ wiederum Sunhee stocken.

Zum Glück mischte sich genau in diesem Moment eine weitere Stimme ein: »Genau, Sie zwei kennen sich ja bereits!« Es war Park Jongdae.

Sunhee und der Mann begrüßten einander kurz. Uhwan fragte sich, woher die beiden sich kannten. Er hatte nun noch mehr Fragen als vorher.

Kurze Zeit später saßen im Yeongjin Immobilienbüro Uhwan, Sunhee und Jongdae auf der Sitzgruppe für Besucher beisammen. In der Mitte stand ein kleiner Tisch. Uhwan erzählte alles, was sich vor einer Stunde bei ihm ereignet hatte. Dabei vermied er einige Details, aus Rücksicht auf Sunhees Gegenwart. Jongdae schien darauf aber keine Rücksicht zu nehmen. Auch das war Uhwan ein Rätsel. Als dieser mit seiner Erzählung fertig war, fasste Jongdae alles Gesagte in einem Satz zusammen: »Er ist ein Treiber!«

* * *

Hwayeong kam zurück in seine Wohnung. Er wusch das Blut von seinem Ohr. Anschließend desinfizierte er es einigermaßen und schaute es sich im Spiegel an. Die Wunde war nicht groß. Es handelte sich auch weniger um eine richtige Wunde, vielmehr war ein Teil seines Ohrs schlichtweg verschwunden. Das Ganze hätte aber auch viel schlimmer ausgehen können, wenn er daran dachte, dass sich das Ohr nur einige Zentimeter über dem Hals befand. Wäre er nur ein paar Sekunden länger dort geblieben, um den anderen auf Teufel komm raus ausfindig zu machen, hätte er sterben können. Ja, sogar sehr wahrscheinlich wäre er jetzt tot.

Er verstand nicht, wie jemand anderer im Besitz der gleichen Pistole sein konnte wie er. Er hatte auch keine Ahnung, warum dieser andere ihn töten wollte. Das änderte aber nichts daran, dass er erst dann zurückgehen konnte, sobald er den Mann getötet hatte, mit dem zusammen er hierhergekommen war.

Der Angestellte des Reisebüros hatte ihm klar und deutlich

gesagt, der Chip werde ausschließlich denjenigen, die vom Reisebüro eingestellt werden, in den Kopf implantiert. Allerdings hatte Hwayeong die Pistole nicht vom Reisebüro erhalten. Er meinte, höchstwahrscheinlich die einzige Person zu sein, die zur Teleportation fähig war und zugleich eine derartige Pistole besaß. Wäre sein Feind ein Treiber gewesen, hätte dieser nicht versucht, ihn zu töten, während er selbst nur seinem Treiberjob nachging. Nichts von dem, was hier vor sich ging, ergab für ihn Sinn. Doch er war sich zumindest recht sicher, dass sein Feind kein Treiber war. »Von wem er engagiert worden ist und diese Pistole bekommen hat, weiß ich nicht, aber er ist kein Treiber und somit niemand, der sich frei von einem Ort zum anderen bewegen kann so wie ich.« Das beruhigte ihn etwas.

»Ich hätte draufgehen können. Aber genauso hätte ich auch den anderen ausschalten können«, schoss es ihm als Nächstes durch den Kopf. Er hatte nur nicht gewusst, wo sich der andere befand. Hätte er das gewusst, wäre er durchaus in der Lage gewesen, auf ihn zu schießen, indem er verschwand, bevor seine Pistole aufgeladen war, und dann wieder erschien, und zwar an einer Stelle, die sich dem Blick des anderen entzog. Er hätte seinen Gegner töten können!

Er hatte gesehen, dass Uhwan die Schülerin zurückgeschickt hatte. Das bedeutete, dass der Ort, an dem dieser heute angekommen war, auch sein Zielort gewesen war. Dieser Ort war Hwayeong jetzt bekannt. Er nahm sich vor, beim nächsten Mal vorsichtiger zu sein.

Ihm fehlten seine Mutter und Schwester. Und sein Ohr tat ihm weh. Er musste nur eine Person töten, daran hatte sich nichts geändert. Aber wenn nötig, wäre er auch bereit, mehrere Menschen zu töten.

* * *

Doyeong erstattete dem Revier per Funk Bericht. Er blieb noch
weiter im zerstörten Wagen sitzen und wartete auf Hilfe. Als ihm
zu heiß wurde, stieg er aus, ließ den Wagen dort stehen und begann zu laufen. Er ging den Weg zurück, den er hierhergefahren
war. Niemandem wurde kühler, wenn man unter der sengenden
Sonne lief. Jedoch fühlte Doyeong die Hitze bald nicht mehr,
denn er war sauer.

Er war wütend, weil er nicht einschätzen konnte, was überhaupt passiert war. Er ärgerte sich über sich selbst. Darüber, dass
er den Mann, den man den Knecht nannte, unterschätzt hatte.
Er hatte wirklich nicht damit gerechnet, dass der Knecht fliehen würde. Aber wieso hatte er nicht damit gerechnet? Auch
darüber ärgerte er sich. Er fragte sich, warum jener Junge mit
der kuriosen Waffe den Knecht verfolgte. Warum half die Schülerin dem Knecht? Hatte es sich so ergeben oder war es wirklich
ihre Absicht gewesen, ihm bei der Flucht zu helfen? Dass sie
mitten in der Stadt Busan, wo die Polizeipräsenz unverkennbar hoch war, völlig unbekümmert mit einem Motorrad durch
die Gegend raste und jener Junge Löcher in den Asphalt schoss,
machte ihn zornig. Wegen alldem spürte er in sich eine unge-
meine Wut. Er hatte das Gefühl, dass diese Halbwüchsigen sich
über ihn lustig machten. Ihn auf den Arm zu nehmen, und das
auch noch in Busan, das war für ihn schlichtweg eine unver-
zeihliche Frechheit. So etwas hatte es nicht mehr gegeben, seitdem er die Mittelschule besuchte und die Größe von 1,70 Meter überschritten hatte. Er lief weiter, weil er immer zorniger
wurde.

Er fasste die momentane Lage in einfachen Worten zusammen: Der Knecht hatte zunächst einmal keinen Personalausweis, also keine Identität. Die Schülerin mit dem Motorrad war wahrscheinlich mit Sunhee in Verbindung zu bringen, vielleicht war sie dessen neue Freundin. Von daher kannte sie wohl auch den Knecht. Dieser hatte einen Fluchtort im Sinn gehabt und war weggerannt. Er wusste bereits, wohin er wollte, als er sich durch das kleine Lüftungsfenster auf der Toilette der »Busaner Knochensuppe« gequetscht hatte. Er war vor nicht allzu langer Zeit von irgendwo außerhalb hierhergekommen und hatte schon einen Zufluchtsort in Busan. Das bedeutete letztendlich, dass er dort jemanden hatte, bei dem er Unterschlupf finden konnte. Vielleicht war es der Ort, an dem diese merkwürdigen Typen zusammen wohnten, deren Identität nicht einmal über ihre Fingerabdrücke festgestellt werden konnte. Ja, vielleicht.

Und wie es ihm sein Instinkt die ganze Zeit gesagt hatte – und er hatte ihn bis jetzt nie im Stich gelassen –, meinte Doyeong auch in diesem Moment, dass auch Lee Sunhee in diesen Fall verwickelt war. Der Knecht und die Freundin Sunhees kannten sich so gut, dass sie zusammen auf einem Motorrad durch die Gegend rasten. Aber der Knecht stand Sunhee bestimmt viel näher als ihr, so schlussfolgerte Doyeong. Er musste in Erfahrung bringen, wohin der Knecht geflohen war.

Deswegen war es nötig, eine Weile weiterzulaufen. Er war völlig durchgeschwitzt. Seit mehr als drei Stunden war er zu Fuß unterwegs, und es war die Tageszeit, wo die Sonne am heißesten brannte. Diese Sinnlosigkeit, dass er gerade jetzt laufen musste, war ein Teil seiner Routine, und in ihr steckte auch etwas ihm Eigentümliches, das andere nicht verstanden und das er sich nur dank seiner langen Ermittlertätigkeit angeeignet hatte.

Als er wieder in der »Busaner Knochensuppe« ankam, glühte

sein gesamter Körper vor Hitze. Seine Kleidung war vollkommen durchgeschwitzt, und angefangen mit dem Gesicht war seine entblößte Haut komplett von einem Sonnenbrand gerötet. Er war zudem größer als 1,80 Meter. Fast ein Hüne. Eine riesige Masse an Mann, die vollständig rot war und Hitze ausstrahlte, stand also vor der Eingangstür der Gaststätte. Doyeong betrat sie und setzte sich wortlos an einen Tisch. Der Chef der Gaststätte brachte ihm zuerst ein Glas kaltes Wasser. Er bestellte noch einmal eine Portion Knochensuppe, so wie vor vier Stunden schon. Er hatte in der Tat riesigen Hunger. Nachdem er seine heiße Suppe aufgegessen hatte, kam Jongin zu ihm und stellte sich an den Tisch.

»Wo ist sein Zimmer?«, fragte ihn der Ermittler.

Jongin führte ihn zu Uhwans Zimmer. Es war eine kleine Vorratskammer. Doyeong ging hinein und sagte:»Kümmern Sie sich um Ihre Sachen.«

Jongin machte die Tür zu und entfernte sich.

Der wütende Ermittler fing an, das Zimmer zu durchsuchen. Aber ein kleiner Rucksack war alles, was er fand. Er überprüfte den Rucksack genauestens. Es waren hauptsächlich Kleidungsstücke darin. Eine digitale Armbanduhr war auch dabei. Sie ging nicht an. Defekt. Auf dem Display war schwarze Tusche oder Ähnliches zu sehen. Doyeong hatte eine Ahnung, wie diese Uhr kaputtgegangen sein könnte. Als er klein gewesen war, war auch er einmal im Meer geschwommen und hatte dabei vergessen, seine nicht wasserdichte Armbanduhr abzulegen. Er steckte die Uhr erst einmal in seine Tasche.

Dann suchte er weiter. Er drehte den Rucksack um und schüttelte ihn. Da fiel ein Papierstück heraus; es war rechteckig, klein, dünn, aber stabil. Eine Visitenkarte.

Sein Instinkt, dem er stets sein größtes Vertrauen schenkte und auf den er sich am meisten verließ, sagte ihm: Volltreffer! Er hob die Visitenkarte vom Boden auf und sah sich den Namen auf der Karte an.

* * *

Park Jongdae sagte, dass Uhwan ihm die Sache mit dem Treiber überlassen solle. Ein Treiber stelle ohnehin einen Feind für alle dar, die von drüben hierhergekommen und geblieben seien. Daher könne man nicht sagen, dass der Treiber ausschließlich Uhwan verfolge, und folglich brauche Uhwan kein schlechtes Gewissen zu haben, dass er Jongdae zur Last falle. Anschließend sagte er ihm, wo er wohnen konnte. Es war die Wohnung, in der Sunhee wohnte. Yeongjin Apartmentkomplex Nr. 602. Das war nun der Ort, an dem Uhwan vorübergehend oder vielleicht für lange Zeit mit seinem jungen Vater zusammenleben würde.

Sunhee ging vor und schaute zwei-, dreimal hinter sich nach Uhwan. Auch er musste viele Fragen haben und von nun an hätten sie genug Zeit, miteinander zu reden, dachte Uhwan. Sunhee zog die Eingangstür des Gebäudes auf und hielt sie offen, damit Uhwan hineingehen konnte. Dieser blieb jedoch vor der Tür stehen. Er hatte eine Frage, die er unbedingt jetzt Park Jongdae stellen wollte, bevor er dieses Gebäude betrat. Er lächelte Sunhee an und ging zurück zum Immobilienbüro.

Park Jongdae war allein in seinem Büro.

»Was hat der Junge hier zu suchen? Er ist doch anders als wir«, fragte Uhwan.

Jongdae erwiderte, als ob er diese Frage vorhergesehen und sich die beste Antwort überlegt hätte: »Nicht alle meine Leute sind Reisende aus der Zukunft. Aber sie alle sind Personen, die ich brauche.«

Uhwan verstand nicht, was er gerade gehört hatte. Der Immobilienmakler betrachtete ihn für eine Weile wortlos und leicht amüsiert und stellte dann seinerseits eine Frage:»Wissen Sie, Herr Lee, was für ein Mensch Ihr Vater, na ja, Vater ist ein bisschen merkwürdig, wie auch immer, also wissen Sie, was für ein Mensch Lee Sunhee eigentlich ist?«

* * *

Changgeun lehnte klipp und klar ab, indem er sagte, dass es zu früh für das Abendessen sei. Er ergänzte noch, warum er unbedingt zu ihm kommen müsse, wenn er wiederum später sowieso aufs Revier kommen werde, und zeigte damit auch offensichtlich seine Unlust, irgendwo hinzufahren. Er war genervt, weil ihn heute andauernd jemand außerhalb treffen wollte. Daneben berichteten alle Fernsehsender von den Löchern im Asphalt, und auch über den Lichtstrahl, der vom Himmel geschossen worden war, wurden diffuse Meinungen geäußert. Bei einigen Sendern wurden sehr behutsam, aber trotzdem unmissverständlich Außerirdische als Ursache erwähnt. An so einem Tag war Changgeun nicht gewillt, noch einmal auszugehen, wenn es nicht unbedingt sein musste; und mit einem Kollegen, der wie ein Ringer aussah, zu Abend zu essen, darauf hatte er erst recht keine Lust. Obendrein war es auch nicht die Uhrzeit, zu der man langsam Hunger bekam. Dennoch blieb Doyeong trotzig und bestand unbeirrt weiter darauf, dass Changgeun zu ihm kam und mit ihm zu Abend aß. Changgeun gab auf, nahm ein Taxi und fuhr zu der Gaststätte, die ihm sein Kollege beschrieben hatte.

Vor der »Busaner Knochensuppe« stieg er aus. Da erkannte er die Gaststätte wieder. Vor nicht allzu langer Zeit war er mit Doyeong hier gewesen. Dieser saß jetzt an einem Tisch und schaute fern. Der Gaststättenbesitzer empfing Changgeun. Es war der Vater von Lee Sunhee. Wie ein Schwerverbrecher achtete er darauf, bei keinem der beiden anzuecken. Schnell kam er herbeigeeilt, als Doyeong die Hand hob. Während er die Bestellung aufnahm, was nur wenige Sekunden dauerte, zeigte er eine unterwürfige Haltung. Genau das hasste Changgeun. Es war schließlich nicht der Vater, sondern der Sohn gewesen, der hin und wieder von Ermittlern aufs Revier mitgenommen worden war. War ein Familienmitglied ein Verbrecher, wurde die gesamte Familie zu Verbrechern. Changgeun hasste diesen »Brauch« zutiefst.

Er fühlte sich äußerst unwohl. Daher wollte er aufstehen und gehen.

Doyeong aber hielt ihn mit einem Blick davon ab und sagte: »Heute sorge ich hier für den Umsatz von drei Knochensuppen. Wenn ich auch die Rechnung für Sie übernehme, dann macht das sogar vier.«

»Herr Kang, haben Sie denn die Rechnung für die zwei Knochensuppen, die Sie bereits gegessen haben, auch wirklich bezahlt?«

Sein Kollege antwortete nicht und schmunzelte nur. Das Essen wurde sogleich serviert. Man sah sofort, dass die Portionen ausnehmend groß waren. Doyeong wünschte Changgeun einen guten Appetit und begann zu essen. Die Suppe schmeckte ihm offenbar außerordentlich gut, obwohl er sie heute schon zum dritten Mal innerhalb weniger Stunden aß, wie er seinem Gegenüber mitgeteilt hatte. Im Gegensatz zu ihm hatte Changgeun keinen Appetit. Er hatte diese Suppe schon einmal probiert, aber konnte sich nicht mehr genau erinnern, wie sie damals geschmeckt hatte. Doyeong sagte ihm mehrmals, dass die Suppe in dieser Gaststätte wirklich fantastisch sei und er ordentlich reinhauen solle. »Warum ist er heute so nett zu mir?«, fragte sich Changgeun und nahm den Löffel in die Hand.

Wie vermutet, konnte er keinen besonderen Geschmack wahrnehmen. Zugegeben, die Brühe war etwas dezenter als in anderen Gaststätten und das Fleisch nussiger. Aber eigentlich nichts, wofür man extra eine so lange Strecke fahren müsste. So oder so hatte er eine Mahlzeit zu sich nehmen müssen, von daher aß er einfach ohne große Erwartung weiter. Während er die Suppe aß, dachte er, dass sie immerhin genießbar sei.

»Guuut, essen Sie, essen Sie. In Seoul, nein, Sie sind ja gar nicht aus Seoul, also in Incheon haben Sie so eine Knochensuppe noch nie bekommen, nicht wahr? Die Leute dort sind so durchtrieben und eigennützig, dass sie eine Suppe nicht so liebevoll kochen können wie diese hier, nicht wahr?«

Schnell war Changgeuns Schüssel geleert. Er hatte im Handumdrehen eine ganze Schüssel Knochensuppe aufgegessen, eine extragroße Portion, um genau zu sein! Das war ihm ein bisschen peinlich. Während des Essens hatte er gar nicht bemerkt, welche Gaumenfreude die Suppe ihm bereitete, aber dafür sah seine Schüssel nun wie sauber geleckt aus. Er überlegte sich, ob er trotzdem sagen sollte, so besonders sei die Suppe nicht gewesen und es nicht stimme, was Doyeong gemutmaßt habe, denn in Incheon bekomme man ohne Probleme eine solche Suppe. Mit diesen Gedanken hob er den Kopf. Dabei entdeckte er etwas auf dem Tisch. Doyeong grinste.

Dort lag eine Visitenkarte. Erst jetzt verstand er, warum sein

Kollege so nett zu ihm war, und vor allem, warum er ihn unbedingt hier hatte treffen wollen. Auch wenn er wie ein Ringer aussah und pro Tag genauso viel Knochensuppe aß wie ein solcher, war er letzten Endes doch ein Ermittler. Changgeun betrachtete die unauffällige Visitenkarte sorgfältig.

Yeongjin Immobilienbüro. Park Jongdae.

»Wollen Sie mir sagen, dass Sie das wirklich hier gefunden haben? Das hier, wirklich?«

Doyeong nickte. Er erzählte Changgeun die Geschichte, wie es dazu gekommen war, dass er an einem einzigen Tag drei Schüsseln Knochensuppe gegessen hatte. Dass er mittendrin gewesen war, als der Lichtstrahl vom Himmel geschossen war und ein Außerirdischer Löcher in den Asphalt gebohrt hatte. »Der Angestellte dieser Gaststätte ist vor dem Außerirdischen abgehauen, der die Lichtstrahlen abgeschossen hat. Er ist um sein Leben gerannt! Und genau in seinem Zimmer habe ich diese Visitenkarte gefunden!«

Auch nachdem er die Erzählung von Doyeong gehört hatte, betrachtete Changgeun die Visitenkarte noch lange.

»Bekommen wir mit diesem Beweisstück einen Haftbefehl?«

»Das sollten wir versuchen.«

* * *

Jongdaes Frage, ob er wisse, wer sein Vater eigentlich sei, konnte Uhwan immer noch nicht beantworten. Wie hätte er auch wissen können, was für ein Mensch sein Vater war?

Jongdae fuhr fort: »Wie haben Sie sich vorbereitet, bevor Sie in das Boot gestiegen sind? Wissen Sie, wie meine Vorbereitung ausgesehen hat? Von dem Tag an, an dem ich erfahren habe, dass ich abreisen werde, bis zum Abreisetag bin ich täglich in die Bibliothek gegangen. Dort habe ich alle Fakten auswendig gelernt, die es auswendig zu lernen galt. Es gibt Menschen, die sind notwendig, um eine neue Gesellschaft zu erschaffen. Mein Gedächtnisvermögen ist ziemlich gut, und weil ich von Anfang an nicht vorhatte, wieder in meine Zeit zurückzukehren, habe ich die Fakten auswendig gelernt, die ich meiner Meinung nach unbedingt wissen sollte, und auch die Namen der Menschen, die ich auf jeden Fall kennen sollte. Wir sind hier Fremde, was wir auch tun oder lassen mögen. Hier sind wir diejenigen, für die die Hilfe der hiesigen Menschen unabdingbar ist. Aber keiner gibt sein eigenes Leben, alles, was er besitzt, ohne nennenswerte Gegenwehr ab. Dennoch brauchen wir genau das. Was können wir also deswegen machen? Wir müssen den hiesigen Menschen, deren Hilfe wir benötigen, im wahrsten Sinne des Wortes alles wegnehmen, was sie besitzen. Sonst müssen wir ein Leben führen, in dem wir bis ans Ende unserer Tage einen Teil von uns verheimlichen müssen.« Jongdae hielt seine Hände vor Uhwan. Um die Finger war noch ein Verband. »Keiner will sein Alles weggeben, aber genau dieses Alles brauchen wir. Da kann es nur zur Konfrontation kommen. Wir müssen kämpfen, wenn nötig mit Gewalt. Dafür brauchen wir jemanden, der gewalttätig ist und gut kämpfen kann. Nein, jemanden, der sehr gut kämpfen kann, einen gefährlichen Menschen!«

Uhwan konnte ihm immer noch nicht richtig folgen.

»Lee Sunhee gehört zu den Menschen, dessen Namen ich damals in der Bibliothek auswendig gelernt habe.«

Uhwan war entsetzt.

»Ein sehr gefährlicher Mann, den wir brauchen.«

* * *

Auf dem Spielplatz war kein Kind mehr zu sehen. Uhwan fühlte sich hier einsam. Ihn hatte gestört, dass der Immobilienmakler seinen Vater mit an Bord geholt hatte. Nachdem er jetzt von ihm den Grund erfahren hatte, warum Sunhee hier war, gab es keinen Ort mehr, an den er gehen konnte. Er konnte Sunhee nicht gegenübertreten. Daher war er zum Spielplatz gekommen und dort bis zum späten Abend geblieben.

Als er vorhin seinen Vater gesehen hatte und von ihm herzlich empfangen worden war sowie kurz danach erfahren hatte, dass er mit ihm zusammen in ein und derselben Wohnung leben werde, hatte er gedacht, von nun an werde er viel Zeit mit ihm verbringen können und endlich wirklich glücklich werden. Es war zugleich der Moment gewesen, in dem seine innere Unruhe zum ersten Mal aus ihm gewichen war, seitdem er mit dem Entschluss aus dem Meer gestiegen war, hier zu leben und glücklich zu werden. Aber ein Moment war immer nur von kurzer Dauer. Er hatte nicht anders gekonnt, als Jongdae zu fragen, warum Sunhee hier war. Und jetzt, nachdem er die Antwort gehört hatte, blieb nur noch die innere Unruhe, die sich wieder in ihm eingenistet hatte.

Was für ein Erwachsener würde aus Sunhee werden, wenn jemand wie Park Jongdae ihn so schnell für sich gewonnen hatte?

Auf einmal sah er glasklar, warum sein Leben derart elendig war. Sunhee würde zu einem gefährlichen Mann heranwachsen, so gefährlich, dass selbst ein Monster wie Park Jongdae Angst vor ihm hatte. Aus diesem Grund konnte Sunhee kein Vater werden, der für sein Kind da war. Der Sohn eines solchen Erwachsenen war Uhwan, an den sein Vater keine Erinnerung haben würde.

Uhwan saß eingehüllt von der Dunkelheit auf dem Kinderspielplatz.

In allen 21 Wohnungen des Yeongjin Apartmentkomplexes brannte Licht. Uhwan hörte, wie Leute miteinander redeten. Einige von ihnen lachten auch. Er fragte sich, wie viele Menschen hier lebten, die wie er nicht in die Zukunft zurückgingen und aus Gier hierblieben.

Hatten sie alle das Leben von jemandem beobachtet, nachgeahmt und schließlich geraubt, wie es auch Uhwan möglicherweise tun würde? Würde er letzten Endes Jongin sein Leben rauben müssen? Musste er schließlich Jongin werden? Musste er letztlich nicht der Sohn seines Vaters, sondern der Vater seines Vaters werden?

Uhwan schaute hinauf. Auch in Nr. 602 brannte Licht. Sunhee würde auf ihn warten. War es der Sohn oder der Vater, den Sunhee brauchte? Diese Frage stellte er sich einen Moment lang.

Erst am späten Abend ging Uhwan hoch in die Wohnung. Es gab tatsächlich keinen Aufzug. Bis zum sechsten Stock stieg er also die Treppen hoch. Ab dem dritten Stock fing er an zu schwitzen. Die Tür von Nr. 602 war nicht abgeschlossen. Ihm fiel die Tür der »Busaner Knochensuppe« ein, die ebenfalls nicht abgeschlossen war, als er aus dem Meer wieder zurückgekehrt war. War es damals auch Sunhee gewesen, der jene Tür offen gelassen hatte?

Sein Vater war auf dem Wohnzimmersofa eingeschlafen. Für das Sofa war er zu groß. Es tat Uhwan leid, ihn dort so liegen zu sehen. Auf dem Wohnzimmerboden stand ein kleiner Topf mit Spuren von Instantnudeln, die Sunhee wohl gegessen hatte. Uhwan erledigte den Abwasch. Bis er ihn beendet hatte, war Sunhee nicht wieder aufgewacht. Er ging in ein anderes Zimmer, brachte eine dünne Decke mit und deckte damit seinen Vater zu. Anschließend saß er kurz neben ihm, beobachtete ihn beim Schlafen, ging in eines der anderen Zimmer und legte sich hin.

* * *

Ein Treiber kam nicht mit jedem Boot, aber es war auch nicht das erste Mal, dass einer aufgetaucht war. Wenn nötig, hatte Park Jongdae den Treiber umgebracht. Ein paar Tage zuvor hatte er auch einen getötet, wobei sich der Treiber in dem Moment, als er von Jongdaes Pistole getroffen worden war, wegteleportiert hatte. Aber er war sicher dabei gestorben. Es wäre zwar besser gewesen, wenn Jongdae seine Arbeit sauberer abgeschlossen hätte, jedoch gab es nicht viel, was ein Sterbender erzählen konnte. Auch diesmal sah es so aus, dass er den Treiber aus der Welt schaffen musste. Wie das vonstattengehen sollte, stellte eine Nebensache dar. Was ihn eigentlich überraschte, war nicht der Auftritt eines neuen Treibers, sondern die Waffe, die dieser mit sich führte.

Bevor die Treiber, die vom Reisebüro engagiert wurden, auf das Boot stiegen, bekamen sie einen Chip in den Kopf implantiert, und zwar zu dem Zweck, den Druck im Gehirn zu senken sowie Teleportation zu ermöglichen. Das war Jongdae auch bekannt. Allerdings war er bisher keinem einzigen Treiber über den Weg gelaufen, der neben dem Chip im Gehirn auch diese Laserpistole mitbekommen hatte. Für Jongdae war es keine leichte Angelegenheit gewesen, die Pistole zu bekommen, die er jetzt Sunhee übergeben hatte. Er hatte dafür die Hälfte des Geldes ausgegeben, das er für den Auftrag jener Frau damals erhalten hatte. So ungemein teuer war die Waffe. Jongdae hatte zwar seinem Vater gesagt, dass er ihm das gesamte Geld gebe, das er als

Preis für sein Leben bekommen hatte, aber er konnte nicht mit leeren Händen an einen fremden Ort gehen. Vor allem wusste er, dass eine Laserpistole hier in der Vergangenheit eine mächtige Waffe sein würde. Daran bestand nicht der geringste Zweifel. Es war ausgeschlossen, dass ein Treiber eine solch teure Pistole selbst gekauft beziehungsweise vom Reisebüro erhalten hatte. Jemand hatte sie ihm gegeben. Eindeutig. Wer das gewesen war, interessierte Jongdae jedoch nur am Rande. Was jetzt für ihn ein ernsthaftes Problem darstellte, war, dass der Treiber, der jetzt getötet werden musste, sowohl zur Teleportation fähig als auch im Besitz einer solch gefährlichen Waffe war.

Lee Sunhee hatte momentan auch eine solche Waffe. Aber er konnte sich nicht wie der Treiber fortbewegen. Wie konnte man dieses Problem lösen? Jongdae grübelte. Zwei Dinge waren klar: Der Treiber musste getötet werden, gleichgültig wie, und diese Aufgabe musste Lee Sunhee übernehmen.

Die Bedingungen für die bevorstehende Auseinandersetzung sollten für beide Parteien gleich sein. Das Aufladen der Pistole dauerte länger als das Verschwinden bei der Teleportation. Wenn die Auseinandersetzung jetzt stattfinden würde, wäre die Wahrscheinlichkeit hoch, dass Sunhee den Kürzeren zog. Doch Jongdae konnte auf ihn nicht verzichten. Er durfte nicht zulassen, dass der Junge jetzt starb. Er musste dafür sorgen, dass Sunhee unter fairen Bedingungen gegen den Treiber antreten konnte.

12

Kang Doyeong und Yang Changgeun betraten das Büro des zuständigen Staatsanwalts, noch bevor dieser zur Arbeit erschienen war, und warteten dort auf ihn. Doyeong hatte Changgeun erzählt, dass er den Staatsanwalt seit Langem kenne und mit ihm eine kumpelhafte Beziehung habe. Von daher könne sich Changgeun auf ihn verlassen, denn der Staatsanwalt werde zumindest einen Durchsuchungsbefehl des Yeongjin Apartmentkomplexes erlassen, wenn Doyeong den Fall vernünftig schildere. Ja, vernünftig, obwohl der Fall selbst wie an den Haaren herbeigezogen wirke. »Und Sie sind sich auch sicher, dass es in dem Gebäude etwas geben muss?«, vergewisserte er sich noch einmal bei Changgeun.

Changgeun nickte. Er strahlte Zuversicht aus und versuchte, seinen Kollegen noch einmal zu überzeugen: »Wir können Park Jongdae zwar auch ohne Haftbefehl vorläufig festnehmen, dann brauchen wir aber innerhalb von 48 Stunden einen. Jetzt werden wir den Haftbefehl höchstwahrscheinlich nicht bekommen. Davon gehe ich aus, weil wir im Moment keine konkreten Beweise in der Hand haben. Folglich müssten wir Park Jongdae wie beim letzten Mal leider wieder freilassen. Und ihn danach wieder bei der Polizei vorzuladen, da sehe ich schwarz. Wenn wir jedoch einen Durchsuchungsbefehl hätten und die einzelnen Wohnungen des Hochhauses tatsächlich durchsuchen könnten, würden wir bestimmt belastendes Material finden. Da bin ich mir todsicher. Mit diesen Beweisen sollten wir dann Park Jongdae verhaften können. Das bedeutet auch, dass wir seine gesamte Organisation hochnehmen könnten.«

Der Staatsanwalt, der Anfang fünfzig zu sein schien, freute sich tatsächlich, als er Doyeong sah. Die beiden schienen wirklich eine gute Beziehung zu haben.

Zuerst sprach der Staatsanwalt die Fälle an, die sich in der letzten Zeit ereignet hatten, und brachte seine Sorgen zum Ausdruck:»Wie sieht es mit den Leichen aus? Sind sie identifiziert? Nein? Immer noch nicht? Nicht ein Einziger von den zwölf? Und die Einschusslöcher im Revier? Haben Sie die beseitigt? Ach so, und der Mann, der in einer technischen Oberschule zu Tode gekommen ist. Stimmt es, dass der Tatverdächtige für den Mord an diesem Mann auf dem Revier war? Ist er auch für die Einschusslöcher bei Ihnen verantwortlich? Auch für die Löcher im Asphalt bei dem ganzen Chaos gestern? Wer ist das überhaupt? Und was soll denn das mit diesen ganzen Löchern? Wenn ich so die Nachrichten im Fernsehen sehe, neige selbst ich dazu, zu glauben, dass es sich um einen Außerirdischen handelt. Was meinen Sie?«

Ob diese Fragen, die der Staatsanwalt ohne Unterlass stellte, wirklich als Fragen gemeint waren oder ob er nicht viel eher ein Selbstgespräch führte, dessen war sich Changgeun nicht sicher. Zunächst hatte er die erste Frage beantworten wollen, doch darauf folgte direkt die nächste, und zwischen den zahllosen Fragen eine Antwort unterzubringen war einfach nicht möglich. Doyeong hingegen erwiderte auf die Fragen schlicht entweder

»leider nicht« oder »leider ja« und versuchte, irgendwie damit durchzukommen.

»Aber jetzt haben Sie etwas in der Hand, nehme ich an, wenn Sie zu mir gekommen sind?«

Changgeun spürte, dass nun der Moment eingetreten war, in dem man die richtige Antwort präsentieren musste. Auch Doyeong erkannte das. Er holte seine Trumpfkarte aus der Tasche hervor und legte sie auf den Tisch des Staatsanwalts. Es war die Visitenkarte. Der Staatsanwalt nahm die Karte in die Hand und schaute sie sich an. Sein Gesicht wirkte ernst.

»Yeongjin Immobilienbüro? Ist das in der Nähe vom Yeongjin Apartmentkomplex? Park Jongdae? Ist das der Täter?«

Doyeong erklärte, dass alle Spuren in den letzten Fällen zu Park Jongdae führten und dass der Yeongjin Apartmentkomplex anscheinend seine Operationsbasis war. »Wir, Herr Yang und ich, sind der Meinung, dass Park Jongdae zweifellos der Anführer der Gang ist. Wir nehmen an, dass er momentan auch gerade seine Gang ausbaut; dafür nimmt er nicht einfach jeden in seine Organisation auf. Viele von seinen Leuten haben keine eindeutig feststellbare Identität. Wenn man berücksichtigt, dass sich auch die Leichen, die am Strand gefunden worden sind, nicht identifizieren lassen, ist es durchaus gerechtfertigt, davon auszugehen, dass sie mit Park Jongdae in Zusammenhang stehen. Sofort einen Haftbefehl zu erlassen, das würde für Sie wahrscheinlich ein Wagnis darstellen, und wir erwarten auch nicht von Ihnen, dass Sie uns sofort einen in die Hand drücken. Ich möchte ganz offen sein. Wir können Ihnen keine konkreten Beweise vorlegen. Das alles ist nur ein begründeter Verdacht. Aber wir sind sicher, dass wir in diesem Apartmentkomplex die Beweise finden werden, die wir brauchen. Das Gebäude per se wird als Beweis herhalten können.

Der potenzielle Tatverdächtige, der überall Löcher hineinschießt, ist in Wirklichkeit in der Lage zur Teleportation; außerdem ist er im Besitz einer Laserpistole. Ich weiß, dass sich das alles nicht glaubwürdig anhört. Genau aus diesem Grund ist es aber nicht leicht, ihn zu schnappen. Gleichzeitig muss ich erwähnen, dass wir keine Zeit verlieren dürfen, wenn dieser Tatverdächtige ein Mitglied der Gangsterbande von Park Jongdae sein sollte. Wir müssen den Apartmentkomplex sofort stürmen und Beweise sicherstellen. Dafür benötigen wir einen Durchsuchungsbefehl von Ihnen.«

Die Erklärung war sehr lang. Aber logisch aufgebaut. Changgeun hätte nie gedacht, dass sein Kollege so gut argumentieren konnte. Er war beeindruckt und hatte das Gefühl, den Durchsuchungsbefehl so gut wie in der Tasche zu haben.

»Ich denke, dass wir auch Lee Sunhee dort finden werden«, fügte Doyeong zu seiner langen Schilderung der Lage mit Nachdruck hinzu.

»Und dort gibt es mit Sicherheit auch einen großen alten Kühlschrank«, fügte Changgeun hinzu. Es war das erste Mal, dass er den Kühlschrank erwähnte, und er war davon überzeugt, dass sein Beitrag den ausschlaggebenden Faktor bei der Ausstellung des Durchsuchungsbefehls spielen würde. Doch seine Worte schienen Doyeong irgendwie irritiert zu haben.

Der Staatsanwalt hörte sich die lange Erklärung Doyeongs und Changgeuns Erwähnung des Kühlschranks schweigend an. Dann ergriff er das Wort: »Teleportation? Glauben Sie im Ernst, dass so etwas möglich ist? Eine Laserpistole? Also gehören auch Sie beide zu den Leuten, die daran glauben, dass es sich um einen Außerirdischen handelt. Wir leben in einer Welt, in der Typen wie Hacker und was es sonst noch so gibt, alles manipulieren können, wenn sie nur eine Codezeile ändern, nur eine Zeile! Die Aufnahmen der Überwachungskameras? Die können auch manipuliert worden sein. Die Hinweise, die die Bürger den Fernsehsendern geliefert haben? Wie kann man das ernsthaft glauben? Das sind Boulevardsendungen. Warum betrachten Sie die momentane Lage ausschließlich im Rahmen eines solch absurden Ammenmärchens? Dass die Polizei inkompetent ist, was ja wahrlich nichts Neues ist, lassen wir mal beiseite. Wenn Sie die Füße stillhalten, können Sie wenigstens sagen, dass Ihre Untersuchung noch andauert. Aber was glauben Sie, wie es aussieht, wenn die Polizei die einzelnen Wohnungen im Yeongjin Apartmentkomplex, den jedermann kennt, der in Busan lebt, auf den Kopf stellt, nur weil sie Dingen wie Teleportation und Laserpistolen Glauben schenkt, und sich letztlich nur auf diesen Unsinn stützend am Ende sagen muss: ›Ups, da war wohl doch kein Außerirdischer‹? Die Telefonleitungen werden wegen Hinweisen heiß laufen, weil die Leute wieder mal einen Außerirdischen gesehen haben wollen, der diesen Apartmentkomplex betritt. Sollten Sie nicht vielleicht eine andere Herangehensweise wählen und den Fall aus einem realistischen Blickwinkel betrachten, auch wenn alle anderen einen an der Waffel haben und die Fernsehsender wie verrückt von einem Sturm im Wasserglas berichten? Schließlich sind Sie in erster Linie Ermittler! Oder nicht?«

* * *

Der Durchsuchungsbefehl wurde abgelehnt. Yang Changgeun und Kang Doyeong fuhren aufs Revier zurück. Sie schwiegen im Wagen ziemlich lange.

»Verdammt noch mal! Wer braucht schon einen Durchsuchungsbefehl!«, zischte Changgeun auf einmal. »Der Yeongjin Apartmentkomplex, das ist zweifellos die richtige Adresse. Darauf verwette ich meinen Hintern! Wir nehmen einfach von allen, die dort wohnen, Fingerabdrücke. Dann finden wir hundert Prozent einige Kerle, die nicht registriert sind. Diese Typen nehmen wir richtig in die Mangel, dann wird zumindest einer von denen was ausplaudern. Diesmal werden wir jemanden dazu bringen können, zu singen, bevor er ein Loch in seinen Schädel bekommt. Das muss jedoch alles hinter dem Rücken von Park Jongdae ablaufen. Er darf davon nichts erfahren. Ohne Durchsuchungsbefehl oder Haftbefehl und heimlich, niemand darf davon Wind bekommen. Wir können das ganz unauffällig in einer Nacht-und-Nebel-Aktion durchziehen. Was meinen Sie? Herr Kang? Hey! Denken Sie das nicht auch? Hey!«

Doyeong erlebte Changgeun zum ersten Mal in solch einer aufgebrachten Verfassung. Erst jetzt erkannte er, welchen Eindruck der Staatsanwalt von ihm und seinem Kollegen beim Gespräch eben bekommen haben musste. Doyeong hatte bestimmt versucht, möglichst kühl und ruhig zu sprechen. Doch er befand sich definitiv in einem aufgebrachten Zustand. Für den Staatsanwalt musste der aufgeregte Gemütszustand der beiden Ermittler einer Emotion gleichgekommen sein, die meilenweit entfernt von der war, mit der er mitfühlen und die er auch befürworten konnte. Er hatte nie mit seinen eigenen Augen gesehen, wie die Ermittler den Tatverdächtigen verfolgt hatten. Den Worten, die ihnen ihr Instinkt in den Mund gelegt hatte, konnte der Staatsanwalt kein Gehör schenken. Genauso erging es Doyeong gerade, als er Changgeun zuhörte. Er konnte zwar nachvollziehen, dass sein Kollege aufgebracht war. Aber ihm auf Anhieb zustimmen, das vermochte selbst er nicht.

Sie kamen auf dem Revier an, aber auch dann hatte sich Changgeun noch nicht beruhigt. Er murmelte irgendetwas vor sich hin und suchte andauernd die Zustimmung von Doyeong, der in seiner Nähe saß. Dieser ging seinem Kollegen, der völlig außer sich war, schließlich aus dem Weg.

* * *

Es mochte vielleicht an der Atmosphäre liegen, auf jeden Fall war es im Obduktionssaal immer kühl. Dr. Tak war nicht da. Doyeong entschloss sich, auf ihn zu warten. Wenn er es sich so überlegte, schien Dr. Tak von Anfang an gewusst zu haben, dass es sich bei der Waffe, mit der dem Mann im Klassenzimmer die halbkreisförmige Wunde zugefügt worden war, um einen Laser handelte. Aber damals hatte Doyeong diese Annahme genauso ignoriert wie der Staatsanwalt heute Morgen seine Ansicht. Dr. Tak war möglicherweise bereits das Wort Teleportation eingefallen, als er den Chip aus dem Kopf des Toten hatte analysieren lassen. Hätte er jedoch Dr. Tak damals geglaubt, wenn dieser ihm davon erzählt hätte? Nein, bestimmt nicht. Es konnte sein, dass Dr. Tak, der von alldem wusste, wesentlich früher als alle anderen angefangen hatte, es mit der Angst zu tun zu bekommen. Doyeong wollte ihm nun ernsthaft die Frage stellen, ob es im Kopf des Mannes, der im Klassenzimmer gestorben war, noch etwas anderes außer dem Chip gegeben hatte. Ob er vielleicht Tentakel oder Ähnliches gefunden hatte. Ob die Möglichkeit bestand, so winzig sie auch sein mochte, dass die Täter Außerirdische waren. Er wollte die Täter unbedingt festnehmen und dafür alles in seiner Macht Stehende unternehmen. Er dachte, dass er jetzt keine andere Wahl mehr hatte, als alles zu glauben, wer beziehungsweise was auch immer ihm als Täter vorgesetzt würde. Seiner Meinung nach war es an der Zeit, einen kühlen Kopf zu bewahren und alles zu akzeptieren, was man ihm sagen würde, anstatt sich darüber aufzuregen, dass das früher in seinen Ohren wie völliger Quatsch geklungen hätte. Es war für ihn sogar akzeptabel, sich über die Andromedagalaxie zu informieren, wenn jemand, der ihm vertrauenswürdig erschien, beispielsweise Dr. Tak, sagen würde, dass die Kerle von dort stammten. Der Staatsanwalt hatte ganz und gar keine Ahnung; es handelte sich hier um keinen Fall, der wie von ihm geraten aus einem realistischen Blickwinkel zu betrachten war. Der Fall spielte sich längst jenseits der Realität ab. Doyeong musste seine Fantasie spielen lassen, obwohl ihm das ziemlich fremd war. Er nahm sich vor, zu einem ruhigen und äußerst rationalen Träumer zu werden.

Allmählich öffnete er einer neuen Philosophie Tür und Tor und machte sich eifrig Gedanken darüber, wie er die Täter dingfest machen könnte. Dr. Tak war inzwischen aber immer noch nicht zurückgekommen. Doyeong nahm an, dass er heute seine Lehrveranstaltung an der Universität hatte. Er war eine Persönlichkeit, und ihm wurde von verschiedenen Universitäten eine Professorenstelle auf dem Silbertablett serviert. Zugleich war er ein eigenartiger Kauz, der sich in diesem Obduktionssaal am wohlsten fühlte. Er war unverheiratet, hatte weder Kinder noch Geschwister, und seine Eltern waren bereits verstorben. Er hatte niemanden, den er als seine Familie betrachten konnte. Irgendwann hatte er gesagt, dass er zwar nicht viel Geld verdiene, aber unabhängig davon könne sein Geldbeutel auch niemals durch

Entführer erleichtert werden. Denn in seinem Umfeld gebe es niemanden, für dessen Freilassung man von ihm Lösegeld fordern konnte. Daher führe er ein ungemein unbeschwertes Leben. Zu den Menschen, die ihm kostbar seien, seien etwa einzig die Freunde aus der Zeit seines Medizinstudiums zu zählen.

Doyeong war gelegentlich neugierig, wie es im Kopf dieses Rechtsmediziners aussah. Er lächelte vor sich hin, weil ihm die Worte einfielen, die Dr. Tak vor Kurzem gesagt hatte, nämlich dass er Doyeongs Kopf öffnen und dort den Chip implantieren wolle.

Da ihm gerade der Chip eingefallen war, suchte er ihn im Obduktionssaal. Er wollte ihn sich einmal genauer anschauen, wenn es schon hieß, dass man damit zu einem waschechten Ninja werde. Es wäre hilfreich, um seine Fantasie zu beflügeln. Er konnte den Chip jedoch nicht finden. Schließlich kam ihm die Idee, dass Dr. Tak ihn womöglich als Beweisstück in die Asservatenkammer geschickt hatte, auch wenn das höchst unwahrscheinlich war. Denn dieser Kauz bewahrte alle Beweise, die er selbst gefunden hatte, ausnahmslos dort auf, wo er sie gefunden hatte, nämlich im Obduktionssaal. Das war seine Art von Eigensinn.

Der Chip war aber definitiv nicht hier. Und Dr. Tak Seongjin war auch nicht zurückgekommen. Noch nicht.

* * *

Drei Gehirnoperationen, die bereits hätten durchgeführt sein müssen, standen immer noch aus. Zwei davon waren Notfälle. Alle im Krankenhaus suchten händeringend nach Dr. Seo Yuheon, dem Gehirnspezialisten. Er war aber nirgends auffindbar.

* * *

Es war der Mittag eines sonnigen Sommertages, aber für ihn war alles dunkel. Über seinen Kopf war eine dunkelgelbe Papiertüte gezogen worden. Seine Augen waren zwar offen, doch konnte Dr. Tak nichts sehen. Daher schloss er die Augen einfach. Der Wagen war irgendwohin unterwegs.

* * *

Sein Zustand ähnelte dem Verliebtsein eines Mannes. Ein solcher denkt permanent an seine Traumfrau, bevor sie ihm begegnet, und er sehnt sich nur noch nach ihr, nachdem er sie das erste Mal gesehen hat. Er erträgt die Minuten nicht, in denen er nicht mit ihr zusammen ist. Er stirbt beinahe vor Sehnsucht nach ihr und wird regelrecht krank, bevor sie ihm vollständig gehört. Wenn sie ihm aber endlich gehört, beginnen seine Sehnsucht nach ihr und seine Liebe zu ihr langsam zu schwinden. Schickt er sie dann in die Ferne, vergisst er sie. Eine Fernbeziehung. Er sagt zwar, dass er sie besuchen würde, aber Yang Changgeun war noch nie in ein Gefängnis gegangen, um einen Verbrecher zu besuchen, den er festgenommen und hinter Gitter gebracht hatte.

Es gab so viele Menschen, die Changgeun vermisste. Er sehnte sich nach dem anonymen Jungen, der sich direkt vor seinen Augen in Luft aufgelöst hatte; ihm fehlte Ryu Jeonghun schrecklich, und er wünschte sich, ihn nur noch ein einziges Mal wiederzusehen, obwohl er mit eigenen Augen gesehen hatte, wie das Gesicht dieses Mannes verschwunden und sein Wunsch somit nunmehr unmöglich war; er war kurz davor, wegen Park Jongdae wahnsinnig zu werden, der gesund und munter aus dem Polizeirevier hinausstolziert war und Changgeun kaltherzig zurückgelassen hatte.

Und es gab noch weitere Personen, die er bis jetzt nicht kennengelernt hatte und die irgendwo mit Park Jongdae zusammenlebten, die er sehr gerne getroffen hätte. Ohne Ausnahme wollte er diese Menschen kennenlernen, einen nach dem anderen, und ihnen die Hand schütteln. Es müsste unbedingt ein fester Händedruck sein, damit ihre Fingerabdrücke an seiner Hand zurückbleiben könnten. Diese würde er dann abnehmen und überprüfen lassen. So würde er die Kerle, die beim Bürgeramt nicht registriert waren, bestimmt ausfindig machen können. »Nein, nein, die Fingerabdrücke zu bekommen, das könnte sich als schwierig erweisen. Dann vielleicht Schweiß? Ja, natürlich Schweiß!« Er würde die Kerle zu einer Zeit aufsuchen, zu der die Sonne am heißesten auf sie herniederbrannte. Während sie wie wahnsinnig schwitzten, würde er jeden Einzelnen wieder mit einem festen Händeschütteln begrüßen. So hätte er die Möglichkeit, den Schweiß einem DNA-Test unterziehen zu lassen. Das würde ein viel sichereres Ergebnis erzielen als die Sache mit den Fingerabdrücken. »Wieso verdammt noch mal habe ich von Park Jongdae keine DNA-Probe genommen!« Die Menschen, die keine Identität besaßen, würden glasklar herausstechen. Danach würde er, ja, er persönlich, wenn es möglich wäre, diese Leute verhören und könnte dann jeden Einzelnen hinter Gitter bringen. Er, ja, er würde sie alle ins Gefängnis bringen. Diese miesen Schufte.

»Ihr verdammten Schweinehunde!«, schrie Changgeun, der tief in Gedanken versunken war, auf einmal heraus. Im Büro des Ermittlerteams Eins saßen gegen 14.00 Uhr nur ein paar Leute an ihren Schreibtischen. Ein Ermittler starrte den schreienden

Changgeun kurz an. Doyeong war nicht da. Er war bereits weg gewesen, als Changgeun begonnen hatte, vor sich hin zu murmeln. Dafür war ein neuer Ermittler im Büro, der den Platz des verstorbenen Choi Seongwon eingenommen hatte. Er war jünger als sein Vorgänger, hatte gerade den Kopf auf seinen Schreibtisch gelegt und war eingedöst, sodass er nun von seinem Stuhl aufsprang und salutierte: »Zu Befehl!«

Changgeun versank erneut in Gedanken. Das war keine Angelegenheit, die er in einem aufgebrachten Zustand lösen könnte. Er musste auf dem Boden der Tatsachen bleiben.

Er holte seinen Notizblock hervor und wollte seine Gedanken niederschreiben, um sich zu beruhigen. Da entdeckte er die Notizen, die er in der Klinik »Hoffnung« gemacht hatte. Es ging um das Gespräch zwischen dem Mann, dessen Gesicht gehäutet worden war, und der alten Frau, die beteuerte, dass dieser Mann der wirkliche Ryu Jeonghun und ihr leiblicher Sohn sei.

Changgeun las seine Notizen noch einmal durch. »Fremder Ort. Bekannter Ort. Schrei. Erinnerung. Mutter. Psychiatrie. Runder Spiegel. Monster. Monster. Schrei. Monster.«

Anhand dieser Notizen malte Changgeun sich den Tatort aus: Wahrscheinlich war Ryu Jeonghun früher aus der Narkose erwacht, als es von den Leuten, die die Operation vornahmen, beabsichtigt war. Es mochte sein, dass er eine herabgesetzte Empfindlichkeit gegenüber bestimmten Stoffen hatte oder kein Anästhesist bei der Operation zugegen war. Als er aufwachte, befand er sich möglicherweise an einem Ort, der ihm fremd war. Er war in einem Raum operiert worden, der ihm unbekannt war. Aber als er diesen Raum verließ, kam ihm der Ort mehr oder weniger bekannt vor; oder erst als er auf der Flucht war, kam ihm die Gegend irgendwie vertraut vor. Dann Schreie. Die Leute, die sein Gesicht sahen, schrien selbstverständlich auf. Diese Reaktion versetzte ihn in Anspannung, und diese Anspannung überreizte sein Gehirn. Er erinnerte sich an etwas, was er entweder während des Eingriffs oder direkt davor gehört hatte, also bevor man ihn unter Narkose gesetzt hatte. Etwa, dass seine alte Mutter in die Psychiatrie eingewiesen werde. Wenn er ein guter Sohn gewesen wäre, wie seine Mutter behauptete, hätte er sich schon vom Moment seiner Entführung an Sorgen um sie gemacht, da sie ohne ihn alleine wäre. Diese verschwommene Erinnerung und die daraus erwachsende Sorge hatten ihn wohl dazu veranlasst, geradewegs den Weg in Richtung einer Psychiatrie einzuschlagen. Danach der runde Verkehrsspiegel. Wahrscheinlich sah er in einem Verkehrsspiegel, der an einem Gehweg neben der Fahrbahn angebracht worden war, sein Gesicht nach der Operation zum ersten Mal und bekam in seinem benebelten Zustand, da er aus der Narkose noch nicht vollständig erwacht war, einen enormen Schock.

Er begann wohl zu glauben, dass er nicht er selbst sei. »Das bin nicht ich, das ist ein Monster!« Er war nicht bereit, das, was er sah, als sich selbst zu akzeptieren. Erneut schrie jemand auf, der ihn sah. Er floh einfach weiter, um den Blicken der Leute zu entkommen, und während der Flucht entstand in seinem Kopf ein einziger Wirrwarr. Die Zeit, in der er herumirrte, zog sich mehr und mehr in die Länge, und er kam zu der festen Überzeugung, dass das Bild, das er in dem Verkehrsspiegel gesehen hatte, nicht von ihm selbst, sondern von einem Monster war. Und so distanzierte er sich von diesem Monster. Er irrte weiter durch die Straßen und eines Tages machte er sich dann wieder Sorgen um seine alte Mutter. An einem anderen Tag fiel ihm das Wort Psychiatrie ein. Daher suchte er wohl die Klinik »Hoffnung« auf.

Das bedeutete, dass der Ryu Jeonghun, der ein Monster geworden war, schließlich seine Mutter aufsuchte.

Changgeun war sich sicher, dass der Mann in der Klinik »Hoffnung« der wahre Ryu Jeonghun war. Seine Worte waren lediglich Bruchstücke, aber in Changgeuns Ohren hörten sie sich nicht wie eine erfundene Geschichte an. Jeonghun mochte sich an einem ihm fremden Ort wiedergefunden haben, als er aus der Narkose erwachte, aber als er aus jenem Raum ging, gelangte er an einen ihm bekannten Ort. Dieser Ort könnte seine Wohnung gewesen sein, beispielsweise sein Wohnzimmer. Wenn das wirklich so gewesen wäre, müsste der Schock eine umso größere Wirkung auf ihn ausgeübt haben, weil das bedeutete, dass sich jene schreckliche Erfahrung in seinen eigenen vier Wänden zugetragen hatte.

Vielleicht war es auch nicht genau seine eigene Wohnung. Aber er befand sich an einem ihm bekannten Ort, als er aus dem Raum hinaustrat beziehungsweise seine Flucht antrat. Changgeun war vollkommen überzeugt, dass dieser Ort der Yeongjin Apartmentkomplex gewesen sein musste.

Mit dieser Überzeugung öffnete er die Datei über Ryu Jeonghun. Seine Anschrift lautete Yeongjin Apartmentkomplex, Nr. 402. Jeonghun hatte daheim etwas Entsetzliches erlebt, sodass ihm seine Wohnung fortan fremd vorkam. Es mochte sein, dass in Wohnung Nr. 402 noch Spuren dieser Gräueltat zu finden waren. Vielleicht waren die Täter immer noch dort. Sie verübten ihre Schandtaten in einem Wohngebäude, in dem Menschen normal vor sich hin lebten, miteinander aßen, Gespräche über Wichtiges und auch Triviales führten und schliefen.

Changgeun schaute auf die Uhr. Kurz vor drei. Seine gesamten Schlussfolgerungen könnten sich als bloße Vermutungen erweisen. Das mochte durchaus sein, dennoch war jetzt ein guter Zeitpunkt, um ein paar Hände zu schütteln.

* * *

Als Uhwan zum letzten Mal auf die Uhr gesehen hatte, war es gegen fünf Uhr morgens. »Jetzt muss Jongin aufgestanden und in die Küche gegangen sein. Dann wird er sehen, dass ich nicht mehr dort bin«, dachte Uhwan und schlief dabei ein.

Erst am späten Nachmittag wachte er auf. Es war schon eine Seltenheit, dass er so spät einschlief, aber dass er nach 15.00 Uhr aufwachte, erlebte er zum ersten Mal in seinem Leben. Er ging ins Wohnzimmer. Sunhee war nicht da. Er fragte sich, wohin er gegangen sein könnte, ob er vielleicht bei Park Jongdae war und welche Pläne er zusammen mit ihm schmieden würde.

»Wo ist die Grenze, an die ich gehen muss, um hier leben zu können? Will ich das denn? Was will ich überhaupt? Wer will ich werden? Wünsche ich mir das wirklich? …« Uhwan saß auf dem Sofa, auf dem Sunhee gestern geschlafen hatte, und grübelte über das Leben nach.

* * *

Er hatte das Gefühl, dass es an diesem Ort kühl war. Die Papiertüte wurde von seinem Kopf genommen. Dr. Tak schloss instinktiv die Augen, aber der erbarmungslose Sonnenschein, mit dem er gerechnet hatte, blieb aus. Er befand sich im Inneren eines Gebäudes. Eine Leuchtstoffröhre brannte und verströmte helles Licht.

Dr. Tak sah einen Mann. Wahrscheinlich der Mann, der ihn

hierhergebracht und ihm freundlicherweise auch die Papiertüte vom Kopf genommen hatte. Dieser Mann war ziemlich kräftig gebaut. In seinem Gesicht waren Blessuren und blaue Flecken zu sehen, die ihm vor Kurzem zugefügt worden sein mussten. Dr. Tak schaute sich im Raum um. Er war in keinem Krankenhaus, trotzdem sah es hier wie in einem OP-Saal aus. Es gab nicht nur einen OP-Tisch, sondern es lagen auch verschiedene Operationswerkzeuge herum, die in den Augen des ausgebildeten Mediziners ziemlich professionell schienen; die Durchführung einer gängigen Operation würde hier bestimmt kein Problem darstellen. Wo sich dieser Raum befand, konnte er zwar nicht ausmachen, aber er erkannte zumindest deutlich, dass der Raum ursprünglich nicht zu diesem Zweck gebaut worden war. Er hatte das Gefühl, dass er sich in einem Teil eines größeren Raums befand. Um diesen Teil herum waren Vorhänge zugezogen, daher konnte er den Rest des Raums nicht sehen.

Auf dem OP-Tisch lag jemand. Seinem Gesicht nach, auf das Dr. Tak einen kurzen Blick werfen konnte, war er recht jung. Ein junger Mann also. Er schlief. Oder vielleicht war er auch tot. Diesem Jungen gegenüber saß der Mann, nach dem Dr. Tak eigentlich gesucht und wegen dem er sich im Raum umgeschaut hatte. Dr. Seo Yuheon, ein Gehirnspezialist, sein ehemaliger Kommilitone und einer seiner wenigen Freunde. Er sah zwar angespannt aus, war aber ruhig.

Neben Dr. Seo stand ein weiterer Mann. Dieser war nicht wesentlich größer als Dr. Seo, obwohl der auf einem Stuhl saß. Klein, aber dicklich. Sein Gesicht und sein Körper strahlten eine gewisse Gier aus. Der Mann stellte sich neben den OP-Tisch und sagte: »Zuerst wollte ich das einfach selbst durchführen, damit uns allen Umstände erspart bleiben. Aber ich habe doch ziemlichen Respekt gegenüber diesem Fachbereich der Kollegen, und wenn es um den Kopf geht, finde ich es auf jeden Fall ratsam, dass er von Spezialisten geöffnet wird. Ach ja, die Anästhesie habe ich schon in die Wege geleitet. So etwas kann ich auch, müssen Sie wissen. Na ja, zugegeben, ein einziges Mal ist der Patient etwas früher aufgewacht als vorgesehen. Damals habe ich nur kurz etwas Fleisch vom Grill gegessen und als ich zurückgekommen bin, war er einfach verschwunden. Das muss man sich mal vorstellen! Wir konnten ihn bis heute nicht wiederfinden. Aber was soll's. Also meine Herren, Sie brauchen sich daher wegen der Narkose keine Sorgen zu machen. Moment mal, jetzt fällt mir ein, dass ich schon vorher bei ein paar Patienten solche Probleme hatte ... Na ja, Schwamm drüber.« Anschließend lachte der kleine, dicke Mann. Sein Lachen klang ziemlich merkwürdig. Ein scharfer, hoher Ton. Er war äußerst unangenehm, als ob jemand mit den Fingernägeln über eine Tafel kratzen würde.

Ein zweiter Mann näherte sich Dr. Tak. Er war von durchschnittlicher Größe und sah auch gewöhnlich aus. Er vergewisserte sich, ob der Gegenstand, den Dr. Tak mitgebracht hatte, der richtige war. Danach erklärte er ruhig und überzeugend, was mit dem Gegenstand geschehen solle, und schaute dabei ihn und Dr. Seo abwechselnd an. Er vermochte ausnehmend gut zu erklären und was er mit dem Gegenstand beabsichtigte, entsprach haargenau der Vermutung von Dr. Tak, die er angestellt hatte, als er einen Anruf von einem dieser Männer erhalten hatte. Der Anrufer hatte ihm die Entführung Dr. Seos mitgeteilt, und daraufhin hatte er wie verlangt diesen Chip aus dem Obduktionssaal mitgenommen. Dr. Seo sollte jetzt den Kopf des Jungen auf dem OP-Tisch öffnen und den Chip dort implantieren.

»Erinnern Sie sich daran, aus welchem Areal Sie den Chip

herausgenommen haben? Ganz präzise?«, fragte der Mann zum Schluss, nachdem er seine Erklärung abgeschlossen hatte.

Sowohl Dr. Seo als auch Dr. Tak wussten selbstverständlich, an welcher Stelle der Chip im Gehirn des im Klassenzimmer verstorbenen Mannes gewesen war. Einen solchen Chip in einem Kopf zu finden, das erlebten die beiden auch nicht jeden Tag.

In diesem Moment klopfte es an der Tür. Das Klopfen wirkte so, als würde es aus großer Entfernung herüberhallen, wahrscheinlich weil der Raum mit Dämmmaterial ausgekleidet war. Der Mann, der kräftig gebaut war und im Gesicht noch einige nicht verheilte Blessuren hatte, ging in die Richtung des Klopfens.

* * *

Changgeun klopfte an die Tür von Nr. 402. Es wurde nicht geöffnet. Er vermutete, dass die Wohnung möglicherweise leer stand. Yeongjin Apartmentkomplex, Wohnung Nr. 402. Das war eindeutig die Adresse des echten Ryu Jeonghun. Changgeun hatte sich telefonisch auch bei der Klinik »Hoffnung« über die Anschrift der alten Mutter erkundigt, die wegen Demenz dort war. Yeongjin Apartmentkomplex, Wohnung Nr. 402. Die Anschrift war korrekt. Der Ermittler klopfte noch einmal an die Tür und dachte dabei, dass mit sehr großer Wahrscheinlichkeit niemand in der Wohnung war, denn schließlich war der falsche Ryu Jeonghun, der hier gewohnt hatte, ein paar Tage zuvor im Vernehmungsraum gestorben. Kurz darauf öffnete sich die Tür allerdings doch. Changgeun streckte sofort die Hand aus. Er wollte zuallererst einen Händedruck, egal, wer vor ihm auch erscheinen mochte.

Doch was für eine Überraschung! Er konnte seinem Gegenüber nicht einmal weiter den Händedruck anbieten, so irritiert war er. Es war klar, dass er nicht davon ausgegangen war, dass ihm der Tote, der sich fälschlicherweise als Ryu Jeonghun ausgegeben hatte, die Tür öffnen würde. Doch mit der Person, die jetzt vor ihm stand, hätte er wirklich nie im Leben gerechnet. Es war Park Hyeonju vom Bürgeramt.

Sie war nicht weniger überrascht als er. Aus dem Wohnzimmer rief jemand nach ihr und wollte wissen, wer an der Tür sei, und im nächsten Moment schob eine Frau mittleren Alters ihren Kopf zur Tür, sodass er sie sehen konnte. Diese Frau kam ihm bekannt vor. Er hatte sie bestimmt irgendwo schon einmal gsehen. Hyeonju bat ihn zunächst einzutreten, und er fand sich dann in der Wohnung wieder, ohne genau mitbekommen zu haben, wie er dort hingekommen war.

In der Wohnung herrschte das reinste Durcheinander. Jeder konnte sofort erkennen, dass die beiden Frauen gerade dabei waren, in diese Wohnung einzuziehen. Changgeun setzte sich im Wohnzimmer auf den Boden, und Hyeonju bot ihm eine Tasse Instantkaffee-Mix an. Die andere Frau, die wohl ihre Mitbewohnerin war, ging mit Umzugskartons hin und her und warf Changgeun zwischendurch verstohlene Blicke zu. Sie schien ihn überhaupt nicht wiederzuerkennen. Währenddessen bombardierte Hyeonju ihn mit Fragen: was er hier mache; woher er wisse, dass sie hierhergezogen sei; ob er Nachforschungen über sie angestellt habe, weil er Ermittler sei; sie hätte ein Problem damit, wenn das so wäre und er das weiter vorhabe; warum er sie nicht einfach angerufen und gefragt habe, ob sie sich mal wieder mit ihm treffen wolle; ob er dafür zu schüchtern sei; ob er wirklich so großes Interesse an ihr habe. Die andere Frau lachte ein paarmal, während sie mit Umzugskartons und anderem Kram durch die Räume lief. Hyeonju erzählte ihm, dass diese Frau eine gute Freundin von ihr sei, mit der sie nun die Wohnung teile. »Eine Wohnung in diesem Apartmentkomplex zu bekommen ist so gut wie unmöglich. Was für ein Glück wir haben! Wirklich!«, fügte die Mitbewohnerin hinzu.

Jetzt wusste Changgeun, woher er sie kannte. Als er ihr zum ersten Mal begegnet war, hatte sie mit Park Jongdae gestritten. Sie war wütend auf den Immobilienmakler gewesen und hatte ihn angeschrien, warum er sie so ungerecht behandle, obwohl er nur ein lächerlicher Immobilienmakler sei. Geld sei Geld, und Kunden seien Kunden, da gebe es gar keinen Unterschied.

Changgeun erzählte ihr, wie sie ihm einmal begegnet sei. Daraufhin sagte sie: »Wahrscheinlich hat dem Makler damals leidgetan, wie er mich behandelt hat, jedenfalls hat er sich gleich wieder bei mir gemeldet und mir diese Wohnung angeboten. Jetzt bin ich ihm natürlich sehr dankbar.«

Park Jongdae war ein hervorragender Makler, das musste man ihm wirklich lassen. Nur wenige Tage zuvor war der falsche Ryu Jeonghun gestorben, der in diesen vier Wänden gewohnt hatte. Changgeun begann, sich Sorgen darüber zu machen, wie effektiv Park Jongdae auch bei der Durchführung anderer Angelegenheiten sein könnte.

* * *

Während sich Yang Changgeun mit den beiden Frauen unterhielt, gingen Dr. Seo und Dr. Tak mit verbundenen Augen an Wohnung Nr. 402 vorbei. Die Person, die beide führte, war ein kleines Mädchen. Ein Mädchen und zwei Erwachsene spielten ein Versteckspiel. Das Spiel, das am Mittag auf dem Außenflur eines Wohngebäudes stattfand, wirkte friedlich. Zwei erwachsene Männer, die mit dem Enkelkind spielten und dafür sogar Augenbinden trugen, machten auf den Betrachter den Eindruck liebevoller Großväterchen.

Sowohl während der Operation als auch danach wurden die beiden in keiner Weise bedroht. Dr. Tak hatte das Gefühl, dass er unversehrt zurückgeschickt würde, wenn er seine Aufgabe gut erledige. Mit anderen Worten, wenn er alles täte, was man von ihm verlangte.

Die beiden Mediziner hielten ihre Augen selbst hinter der Augenbinde geschlossen. Sie wollten am Leben bleiben. Während sie die Treppen hinunterstiegen, kam es auch dazu, dass sie strauchelten oder sogar stürzten. Aber selbst dann öffneten sie ihre Augen für keine Sekunde. So gingen sie bis in die Tiefgarage, stiegen in einen Wagen, der dort auf sie wartete, und verließen das Gebäude wieder.

* * *

Hwayeong sah einen Minibus, der aus der Tiefgarage des Mehrfamilienhauses hinausfuhr. Seit dem Morgen verweilte er schon auf dem Dach des Gebäudes, auf dem er gestern einen Teil seines Ohrs verloren hatte. Heute hatte er als Erstes auf diesem Dach versucht, das Wohngebäude zu finden, aus dem gestern das Licht auf ihn zugeflogen war. Das gelang ihm auch schnell und problemlos, und nun behielt er dieses Gebäude im Auge. Von dort aus hatte also irgendjemand mit einer Laserpistole auf ihn geschossen. Das Wohngebäude stand in einer aufsteigenden Straße, und ganz in der Nähe jenes Gebäudes befand sich das

Immobilienbüro, vor dem Uhwan gestern gestanden hatte. Ein kleiner Spielplatz war der einzige Ort, zu dem man hier spazieren gehen konnte. Hwayeong überlegte sich, ob er hinuntergehen und sich das Wohngebäude etwas genauer anschauen sollte, aber er entschied sich, es erst einmal vom gegenüberliegenden Dach zu beobachten. Er stand zwar etwa einhundert Meter entfernt von der Stelle, von der das Licht gekommen war, aber die beiden Gebäude waren ähnlich hoch, sodass diese Entfernung die kleinstmögliche darstellte und eine Beobachtung begünstigte.

Am Morgen war ein Umzugswagen gekommen. Ein Leiterwagen war auch dabei gewesen. Dieser entlud Möbel und Kartons in die Mitte des vierten Stocks. Es waren zwei Frauen, die anscheinend neu in eine Wohnung dort einzogen. Die eine war eine junge Frau und die andere etwas älter.

Der Minibus, der gerade aus der Tiefgarage herausfuhr, war heute zweimal aus und ein gefahren. Hwayeong hatte auch beobachtet, dass am Nachmittag ein Mann die Wohnung der Frauen besucht hatte. Etwa um die gleiche Zeit spielten zwei Großväterchen mit ihrem Enkelkind auf dem Außenflur im vierten Stock ein Versteckspiel. Die drei kamen aus der Wohnung direkt daneben.

Im ersten, zweiten und auch fünften Stock gingen Leute ein und aus. Es gab Kinder, die im Außenflur rannten, und Leute, die sich miteinander unterhielten. In Hwayeongs Augen war es ein alltäglicher, in jeglicher Hinsicht gewöhnlicher Morgen und Nachmittag gewesen.

Was er bemerkenswert fand, wenn er unbedingt etwas benennen müsste, waren der Minibus, der zweimal aus und ein fuhr, und ein Mann, der nicht über sechzig, aber auf jeden Fall weit über fünfzig schien. Der Mann hatte bereits auf dem kleinen

Spielplatz gesessen, als Hwayeong hier erschienen war. Mittlerweile war es Nachmittag geworden, und der Mann saß immer noch dort. Er blieb auf einer Bank an einer Ecke des Spielplatzes sitzen und schaute ab und zu zum Wohngebäude hinauf. Das war alles, was er tat. Hwayeong dachte, dass der Mann wohl über vieles nachzudenken hatte oder vielleicht auf jemanden wartete. Das war eigentlich nichts Außergewöhnliches. Denn im Grunde genommen tat auch er selbst den ganzen Tag nichts, außer von dem gegenüberliegenden Wohngebäude hinunterzuschauen.

Was er heute auch alles gesehen oder nicht gesehen haben mochte, in dieser alltäglichen Szenerie hatte sich Uhwan kein einziges Mal blicken lassen. Hwayeong fragte sich, ob Uhwan zu der Gaststätte, in der er gearbeitet hatte, zurückgegangen war oder ob er begonnen hatte, in einer der Wohnungen dort drüben zu wohnen. Er hatte keine andere Wahl, als zu warten, bis Uhwan sich wieder zeigte.

Von dem Dach aus würde er ihn ohne Schwierigkeiten erkennen können. Er nahm sich fest vor, auch morgen und übermorgen und darüber hinaus weiter hierherzukommen, bis er ihm ins Visier lief.

* * *

Der Wagen, aus dem Dr. Seo und Dr. Tak gestiegen waren, fuhr ab, aber noch immer hielten die beiden Männer ihre Augen geschlossen. Sie trugen keine Augenbinde oder Papiertüte mehr über dem Kopf. Dennoch öffneten sie ihre Augen nicht. Der Wagen war längst nicht mehr zu hören, und erst sehr lange danach machten sie ihre Augen auf.

Sie standen vor einer Bibliothek. Einer Blindenbibliothek. Heute war Samstag. Um die beiden herum waren viele Menschen mit Sehbehinderung und deren Familienmitglieder oder Freunde. Keiner fand zwei Menschen eigenartig, die mit geschlossenen Augen aus einem Wagen stiegen und dort standen, die Augen weiter geschlossen.

Dr. Seo fuhr mit dem Taxi direkt zum Krankenhaus, wie es Dr. Tak ihm geraten hatte. Während der Fahrt rief er sich wiederholt die Worte seines Freundes ins Gedächtnis: »Yuheon, hör mir gut zu. Was ändert sich schon großartig, nur weil es einen Jungen gibt, der zur Teleportation fähig ist? Nichts. Aber dich, dich braucht die Welt noch. Ohne dich fangen die Leute sofort an zu sterben. Du bist ein Arzt! Wenn diese Kerle den Fehler gemacht hätten, nicht dich, sondern mich als Ersten zu entführen, wäre es nicht nötig gewesen, dass auch du dort hinkommst. Ich hätte einfach alleine versucht, die Operation durchzuführen. Ich bin niemand, den die Welt unbedingt braucht, da ich niemandem das Leben rette. Diese Kerle sind auf keinen Fall zu unterschätzen. Wie du siehst, haben sie sogar daran gedacht, uns vor einer Blindenbibliothek abzusetzen. Vertrau mir. Es wird nichts weiter passieren. Fahr schnell zum Krankenhaus. Vergiss alles, was geschehen ist! Absolut nichts ist passiert! Die Kerle hätten so oder so den Kopf des Jungen geöffnet – und wenn du nicht da gewesen wärst, wäre der Junge gestorben. Auch dort hast du also ein Menschenleben gerettet!«

Im Krankenhaus angekommen, erfuhr Dr. Seo, dass noch mehrere Operationen durchgeführt werden mussten. Er ging sofort in den OP-Saal. So öffnete er innerhalb einer Stunde noch einen weiteren Schädel.

Auch Dr. Tak kehrte an seinen Arbeitsplatz auf dem Polizeirevier zurück. Es war noch nicht Abend. Er ging hinunter in den Obduktionssaal. Dort fand er Ermittler Kang vor, der bäuchlings auf dem Obduktionstisch schlief. Dr. Tak weckte ihn. Dieser fragte ihn, wo er gewesen sei. Er antwortete, dass er einen Vortrag gehalten habe. Als Doyeong ihm sagte, dass er den Chip nicht finden könne, log er, dass er den Chip in die Asservatenkammer geschickt habe. »Im Alter werden Sie also endlich etwas kooperativer, sehr gut«, erwiderte Doyeong sichtlich erfreut. Dr. Taks Lüge konnte sehr bald ans Licht kommen, oder vielleicht auch nie. Der Chip konnte als Beweismittel keinerlei Hilfe mehr bei den Ermittlungen leisten. Möglicherweise war der Chip jetzt bei dem Menschen, der ihn wirklich am meisten benötigte.

* * *

Mehr als zwei Stunden nach der Chip-Implantation wachte Sunhee auf. Am frühen Morgen war Park Jongdae zu ihm gekommen und hatte ihm die Lage geschildert: »Wie du weißt, will der Treiber Lee Uhwan aus der Welt schaffen. Dieser Treiber besitzt die gleiche Waffe wie du, ist allerdings darüber hinaus auch noch in der Lage, sich zu teleportieren. Wir müssen Uhwan vor ihm beschützen, und dafür musst du gegen diesen Mann antreten. Einen anderen Weg gibt es nicht. Aber ich werde auf keinen Fall zulassen, dass du dich auf einen Kampf einlässt, den du nur verlieren kannst. Es muss zumindest ein Kampf sein, der für beide Parteien unter denselben Bedingungen stattfindet. Daher ist ein medizinischer Eingriff unvermeidbar, der dir die Fähigkeit zur Teleportation verschaffen wird.« Die Erklärung von Park Jongdae war schlüssig und klang überzeugend.

Onkel Uhwan zu beschützen entsprach Sunhees Interesse, und dass man dafür kämpfen musste, lag auf der Hand. Sunhee war vor allem jemand, dem es widerstrebte, einen Kampf zu verlieren. Wenn er unter fairen Bedingungen gegen jemanden kämpfte, würde er ihn besiegen, da war er sich sicher. Deshalb stimmte er dem Eingriff mit Vergnügen zu.

Nun, nach der Operation, spürte er gar nicht, dass sich etwas in seinem Kopf befand. Als er erwachte, stand Jongdae neben dem Bett und fragte ihn, wie es ihm gehe. Der frisch Operierte erwiderte, er fühle sich gut. Jongdae erklärte ihm, wie die Teleportation funktionierte. Sunhee solle sich im Kopf den Ort, an den er wolle, bildlich vorstellen, und dann könne er sich dorthin bewegen. Aber das Bild müsse präzise sein, und vom Verschwinden bis zum Erscheinen würden etwa eineinhalb Sekunden vergehen. Es könne schwierig werden, wenn er an einen sehr weit entfernten Ort wolle, aber innerhalb Busans könne er überallhin.

»Kennst du dich in Busan ein bisschen aus?«, fragte Jongdae.

Sunhee musste lachen und sagte:»In Busan gibt es praktisch keinen Ort, den ich nicht kenne!«

»Okay, dann denk mal an einen Ort.«

»An einen Ort denken«, das gefiel Sunhee sehr.

Jongdae meinte, dass Sunhee ein bisschen Übung benötigen würde, daher solle er sich Zeit lassen und möglichst präzise an einen Ort denken, und daraufhin begann er, einige weitere Erklärungen auszuführen.

Sunhee schloss die Augen und löschte sich vom OP-Tisch aus, bevor Jongdae mit seiner Erklärung fertig war.

13

Bei aller Liebe hätte er wirklich gerne etwas unternommen, um von hier wegzukommen. Wenn es möglich gewesen wäre, dann sogar per Teleportation. Changgeun versuchte mehrmals, den richtigen Zeitpunkt zu erwischen, damit er endlich Hyeonjus Wohnung verlassen konnte. Aber sie redete ohne Ende über alles Mögliche. Ihre Mitbewohnerin war beschäftigt mit dem Ausräumen der Umzugskartons und lief pausenlos durch die Wohnung, aber sie beteiligte sich erstaunlicherweise auch an dem Gespräch mit Hyeonju.

Die Mitbewohnerin sagte, dass sie die Toilette mal einem Fachmann zeigen müsse, woraufhin Hyeonju meinte, ob das nötig sei, denn die Toilette in ihrer letzten Wohnung sei auch so und so gewesen und so weiter. Und als sie mit dem Thema Toilette fertig waren, warf die Mitbewohnerin, die gerade mit einem Umzugskarton an Hyeonju vorbeiging, unvermittelt in den Raum: »Die Tapete, die können wir doch so beibehalten.« Hierauf begann Hyeonju zu erzählen, dass sie einen Arbeitskollegen habe, dessen Eltern Tapeten und dergleichen verkauften; dann ging sie zum Thema ältere, unverheiratete Männer im Bürgeramt über. Daraufhin sagte ihre Freundin: »Ich mag keine

Männer, die geschieden sind.« Und so begannen die beiden über Heirat und Scheidung zu reden.

Währenddessen trank Changgeun eine Tasse Kaffee und ein Glas Saft. Immer wenn er aufstehen wollte, wurde ein neues Thema angeschnitten, und wenn er den Dialog unterbrechen wollte, wurde er nach seiner Meinung gefragt. »Das Putzen von Toiletten … Es wäre eigentlich gut, wenn der Mann das übernehmen würde. Was meinen Sie dazu?«, fragte Hyeonju und fügte hinzu: »Sie sind wohl sehr konservativ«, weil Changgeun gezögert und nicht gleich geantwortet hatte. »Welche Farbe mögen Sie bei Tapeten?«, fragte sie ihn dann, worauf er diesmal schnell eine Antwort gab, aber es war eigentlich ein psychologischer Test gewesen, denn Hyeonju analysierte anschließend seinen Charakter.

Als er gefragt wurde, wie er über Scheidung denke, erwiderte er ganz ehrlich, dass er dazu keine Meinung habe, da er noch nie verheiratet gewesen sei. Infolgedessen musste er sich anhören, dass er ein Mann sei, dem es an Erfahrung mangele. Er hatte absolut keine Chance, es irgendwie aus der Wohnung zu schaffen.

Es war bereits nach 17.00 Uhr. Hyeonju sagte ihm, dass er zum Abendessen bleiben solle. Dieses Angebot brachte ihn zu der Überzeugung, dass sein Tag nicht mehr zu retten wäre, wenn er das weiter mitmachen würde. Gleichzeitig bekamen seine Beine plötzlich Kraft, und sein Hintern erhob sich selbstständig in die Höhe. Hyeonju versuchte, ihn aufzuhalten, und fragte, ob ein Ermittler nicht einmal zu Abend essen würde, aber da stand Changgeun bereits an der Wohnungstür und zog seine Schuhe an.

An der Tür waren übereinander zwei Türschlösser mit rundem Drehknopf angebracht. Changgeun probierte die beiden Drehknöpfe auf jede mögliche Weise, um die Tür zu öffnen. Er ließ sie beide waagerecht stehen, die Tür ging nicht auf. Senkrecht, es klappte auch nicht. Also stellte er den oberen Drehknopf waagerecht und den unteren senkrecht, die Tür blieb dennoch abgeschlossen. Die Tür öffnete sich auch nicht, als er den oberen Drehknopf senkrecht und den unteren waagerecht stellte. Es gelang ihm einfach nicht, die Tür aufzubekommen. Während er vor der Tür stand, einen erbitterten Kampf gegen zwei Türschlösser führte und die Tür endlich doch aufging, schnitt die Freundin wieder ein neues Thema an: »Wieso ist diese Wand feucht? Es kann kein Frost sein, wir haben ja Hochsommer. Ist etwa die Klimaanlage in der Nachbarwohnung zu hoch aufgedreht?«

Changgeun stand an der Tür und schaute kurz ins Wohnzimmer zurück. Die Mitbewohnerin betastete die Wand an der rechten Seite des Wohnzimmers, die an Nr. 403 angrenzte. Bei genauerem Hinsehen konnte selbst Changgeun anhand der Tapetenfarbe die Feuchtigkeit an der Wand erkennen. Tatsächlich war sie minimal, aber eindeutig etwas dunkler als die an den anderen Wänden. Er dachte nicht weiter darüber nach, aber im Vergleich zu ihm sah Hyeonju etwas verwirrt aus. Er vermutete, dass es ihr wohl unangenehm war, dem Mann, der ihr offenbar gefiel, etwas Negatives in ihrer neuen Wohnung zu zeigen. Was ihm erstaunlich vorkam, war das Vorstellungsvermögen der Mitbewohnerin, denn sie stellte einen Zusammenhang zwischen der Klimaanlage in der Nachbarwohnung und ihrer feuchten Wand her. Normalerweise verdächtigte man in solchen Fällen die Wohnung über der eigenen, von der Wasser durch die Decke floss.

Anscheinend wollte die Mitbewohnerin unbedingt feststellen, ob ihre feuchte Wand wirklich auf die Klimaanlage nebenan zurückzuführen war, denn sie presste ihr Ohr an die Wand und lauschte auf das Geräusch einer Klimaanlage. Changgeun verabschiedete sich von Hyeonju, die zunehmend verwirrter aussah, und verließ die Wohnung Nr. 402.

Er ging an Nr. 401 vorbei und dann die Treppe hinunter. Während er hinunterging, dachte er, dass jeder in diesem Stockwerk, sowohl die Bewohner aus Nr. 403 als auch die aus Nr. 402, an Nr. 401 vorbeilaufen musste, wenn man aus dem Gebäude wollte.

Vor dem Gebäude sah Changgeun einen kleinen Spielplatz. Er ging dorthin und setzte sich für einen Moment. Auf einer der drei Bänke saß ein Mann, der etwa Mitte fünfzig zu sein schien. Changgeun warf ihm einen entschuldigenden Blick zu und zündete sich eine Zigarette an. Er schaute zum Yeongjin Apartmentkomplex hinauf und ließ den Blick noch einmal durch die Gegend schweifen. Dann sah er den Mann, der ein paar Meter entfernt von ihm saß, genauer an. Dieser nahm den Blick Changgeuns überhaupt nicht wahr. Er war tief in Gedanken versunken.

Sein Gesicht war alles andere als langweilig. Das animierte den Ermittler wiederum zum Nachdenken. Der Mann rauchte nicht, machte aber ein Gesicht wie ein Raucher, der gerade nachdachte. Sein Gesicht war das von jemandem, der eine Tochter hatte, die er mühsam großgezogen hatte und die bald einen Mann heiraten würde, der ihm gar nicht gefiel; von jemandem, der seinen kränklichen Sohn zum Militärdienst schicken musste; von jemandem, der seine schwer kranke Ehefrau an einen Ort schicken musste, von dem sie nie wieder zurückkehren würde. Das Gesicht von jemandem, dem vor den Dingen angst und bange war, die längst feststanden, weil er keine bessere beziehungsweise andere Lösung fand, der daher verzweifelt war und aus diesem Grund keine Aufmerksamkeit von der Welt bekam. Die Welt interessierte sich nicht für ein Gesicht, das von Kummer und Sorge erfüllt war. Ob man so ein Gesicht automatisch bekam, wenn man Mitte fünfzig geworden war? Das fragte sich Changgeun.

Ihm fiel ein Tag ein, der sehr weit zurücklag. An dem Tag hatte er auf dem Polizeirevier gesessen, wo es wie gewöhnlich nur so von Männern gewimmelt hatte, und wie bei einem Selbstgespräch ausgesprochen, dass er nun vierzig geworden sei. Da hatten die Leute um ihn herum gesagt, dass er sich deswegen keine Gedanken machen müsse und für einen Mann vierzig Jahre nichts seien. Aber obwohl man ihm sagte, vierzig sei nichts, wusste er, dass er sich zehn Jahre von der Dreißig und zwanzig von der Zwanzig entfernt hatte. Wie weit war der Mann, der gerade vor ihm saß, von der Zwanzig oder Dreißig entfernt, wenn er so ein einsames Gesicht machte? Changgeun zündete sich die zweite Zigarette an und sprach den einsamen Mann an.

»Sie wohnen wohl hier?«

Erst jetzt entdeckte der Mann Changgeun, obwohl dieser nur ein paar Meter entfernt saß und bereits seine zweite Zigarette rauchte.

»Ja, so kann man das sagen. Sie wohnen wohl nicht hier?«

»Nein, ich habe jemanden besucht.«

»Ach ja, dann. Wiedersehen.«

Der Mann erhob sich und ging, drehte sich aber dann noch einmal zu Changgeun um, als ob ihm etwas eingefallen wäre, das er vergessen hatte, und fragte: »Was machen Sie beruflich?«

Gewöhnlich antwortete Changgeun auf die Frage nach seinem Beruf einfach irgendetwas, was bedeutete, dass er log. Die übertriebene Neugier oder unnötige Distanz, die die Erwähnung des Ermittlerberufs hin und wieder mit sich brachte, mochte er nicht. Aber diesem Mann gab er jetzt eine ehrliche Antwort. Es lag wohl an dessen Ausstrahlung. »Ich bin bei der Polizei. Ich bin Ermittler.«

Der Mann stand an seinem Platz und dachte kurz nach, dann sagte er: »Wollen Sie mir vielleicht Ihre Visitenkarte geben?«

Changgeun fragte nicht nach dem Grund, sondern holte aus seiner Geldbörse seine Visitenkarte hervor und überreichte sie dem Mann. Danach fragte er ihn: »In welcher Wohnung wohnen Sie?«

»In Nummer 403.«

Der Mann nahm die Visitenkarte entgegen, drehte sich um und ging in den Yeongjin Apartmentkomplex. Kurz danach zeigte er sich im vierten Stock. Er lief über den Außenflur bis zum Ende des Stockwerks und machte anscheinend mit dem Schlüssel die Tür auf. Nr. 403. Changgeun beobachtete ihn, bis er in der Wohnung verschwunden war.

Zurück auf dem Revier, setzte sich Changgeun an seinen Schreibtisch. Er holte sein Handy hervor und legte es vor sich. Er überprüfte, ob der Akku ausreichend geladen war. Dann nahm er den Hörer des Festnetztelefons auf dem Schreibtisch in die Hand und überprüfte, ob die Verbindung einwandfrei funktionierte. Anschließend wartete er.

Es wurde Abend. Seine Kollegen machten Feierabend. Changgeun aber blieb im Büro. Er schlief dort. Bis zum Morgen des nächsten Tages kam der Anruf nicht. Trotzdem dachte er, dass der Mann, den er auf dem Spielplatz vor dem Yeongjin Apartmentkomplex kennengelernt hatte, ihn sicherlich noch anrufen würde.

14

Park Jongdae rief Kim Juhan an. Er dachte, dass ein Mittagessen mit ihm nicht schlecht wäre. Er wollte ihm möglichst schnell näherkommen. Dafür sollte er sich vorzugsweise oft mit ihm treffen, weil es vieles gab, was er über ihn wissen musste. Juhan nahm den Anruf sehr erfreut entgegen, als ob er nur darauf gewartet hätte. Jongdae hatte den Eindruck, dass die Angelegenheit sehr angenehm und glatt voranschritt. Ermutigt fragte er Juhan, ob er mit ihm zu Mittag essen wolle, und fügte hinzu, dass er gerne zu ihm komme, völlig unabhängig, wo er gerade sei.

»Mittagessen? Warum? Heißt es nicht, dass ich erst in zehn Jahren Präsident werde? Wozu ist es nötig, dass wir jetzt schon eine enge Beziehung aufbauen? Die Sache mit dem Gebäude wird nicht mehr sehr lange auf sich warten lassen, nicht wahr? Danach können wir uns mal wiedersehen. Ich melde mich, wenn das Gebäude eingestürzt ist.«

Juhan beendete unvermittelt das Telefonat. In Jongdae kochte Wut hoch. Im Grunde genommen hatte er mehr oder weniger mit dieser Reaktion gerechnet und wusste, dass das Ganze nicht wie geschmiert laufen würde, anders als bei dem Sohn eines Immobilienmaklers, den er einst kennengelernt hatte und mit des-

sen Identität er heute lebte. Doch Juhans Frechheit war wirklich
maßlos.

Jongdae verließ sein Büro. Er überlegte, was besser wäre: sich
allein auf den Weg zum GSH-Building zu machen oder Uhwan
mitzunehmen. Dann entschied er sich für Letzteres. Er hatte
zwar Sunhee für diese Aufgabe vorgesehen, aber er musste sich
auch ein bisschen um Uhwan kümmern, der noch nicht so weit
war, endgültig in seine Rolle zu schlüpfen und sich mit allem zu
arrangieren, was daran geknüpft war.

Es hatte Personen gegeben, die ihre Meinung noch einmal
geändert hatten und schließlich in die Zukunft zurückgekehrt
waren. Sie konnten nicht mit der Tatsache leben, dass unter
Umständen jemand für ihr Glück geopfert werden musste. Es
gab auch welche, die sich an die neue Situation letzten Endes nicht gewöhnen konnten. »Ohne Sie würde ich mich heute nicht in dieser schrecklichen Lage befinden«, beschuldigten
diese Leute Park Jongdae, und zwar mit demselben Ton der
Dringlichkeit, mit der sie ihn einst gebraucht hatten. Sie waren wütend auf ihn und machten ihn für alles verantwortlich.
Diesen Leuten konnte auch er nicht helfen und so schickte er
sie zurück. Es kam auch vor, dass einer von ihnen sich eines
Tages an genau dem Ort, den er von jemand anderem geraubt
hatte, selbst das Leben nahm. Das war jedoch eine absolute
Seltenheit.

Was Lee Uhwan betraf, war er sich sicher, dass er immer noch
grübelte und seine Entscheidung hinauszögerte. Aber er würde
das, was getan werden musste, schließlich akzeptieren. Dieses
Gefühl hatte Jongdae. Uhwan war letzten Endes derjenige, der
vom Boot hierher zurückgekommen war, sehr wohl wissend,
dass zwölf Menschen sterben würden, weil er seine Meinung ge-

ändert hatte. Jetzt musste nur noch eine weitere Person für ihn beziehungsweise seinetwegen getötet werden.

Dass man aus eigener Kraft glücklich werden kann, ist eine Illusion. Um glücklich zu werden, muss man das Glück eines anderen an sich reißen. Davon war Park Jongdae fest überzeugt. Er ging zur Wohnung Nr. 602 und forderte Uhwan auf, mit ihm zu kommen.

* * *

Die Größe und die Innenarchitektur eines Maklerbüros korrelierten damit, ob das Büro ein Hochhaus als Hauptkunden hatte, und wenn ja, was für ein Hochhaus es war. Im Untergeschoss des GSH-Buildings gab es mehrere Immobilienbüros, und jedes einzelne von ihnen machte einen imposanten Eindruck. Park Jongdae betrat das GSH-Immobilienbüro.

Er stellte sich als Geschäftsmann vor, der ein Restaurant-Franchise plane, und Uhwan als den Chefkoch der »Busaner Knochensuppe«. Der Inhaber der »Busaner Knochensuppe« sei beschäftigt, und Uhwan vertrete ihn. Der Makler des GSH-Immobilienbüros kannte die »Busaner Knochensuppe« zum Glück. Er sagte, dass die Restaurants in diesem Hochhaus alle im Untergeschoss seien. Jongdae teilte dem Makler mit, dass er die Räumlichkeiten für eine Filiale der »Busaner Knochensuppe« und ein Büro für sich selbst besichtigen wolle. Der Makler merkte erfreut an, dass es dafür keinen besseren Zeitpunkt gebe als jetzt, denn eine Ladenfläche im Untergeschoss sei gerade frei geworden und für das Büro würde sich eine Bürofläche entweder im 23. oder 27. Stock anbieten.

So kam es dazu, dass Uhwan zusammen mit Park Jongdae

vom Immobilienmakler mehrere Räume des Gebäudes gezeigt bekam. Jongdae schaute sich konzentriert verschiedene Segmente des Gebäudes an und stellte auch einige Fragen: Wer für die Planung dieses Hochhauses verantwortlich gewesen sei; ob die Möglichkeit bestehe, dass es sich bei diesem Gebäude um einen Mangelbau handele; es sehe so aus, als gäbe es mehr als vierzig Stockwerke, wie viele Stockwerke das Gebäude genau habe. Der Makler antwortete: »Dieses Hochhaus wurde von GSH-Bau errichtet, daher gehe ich davon aus, dass GSH-Bau auch für die Planung des Gebäudes verantwortlich war« sowie »Gibt es heute noch irgendwo einen Mangelbau?« und zuletzt »Es hat genau 42 Stockwerke, Herr Park«.

Als die drei in den 27. Stock hochfuhren und aus dem Fenster einer leer stehenden Bürofläche schauten, stellte Jongdae dem Makler in die Ferne weisend eine weitere Frage: »Ist das dort das Polizeipräsidium der Stadt Busan?«

Der Makler bejahte und ergänzte lächelnd: »Aus diesem Grund ist das GSH-Building äußerst sicher!«

»Dort im Polizeipräsidium befindet sich auch das KCSI, das Zentrum der forensischen Ermittlung Koreas. Alle Informationen über die Bürger Busans werden dort gesammelt und verwaltet«, dachte Jongdae und tagträumte: »Wäre es nicht schön, wenn ein großer, ein monumentaler Wind wehen würde, dabei das GSH-Building umkippen und ausgerechnet auf das KCSI fallen würde?«

* * *

Uhwan verstand nicht, warum Park Jongdae ihn überhaupt hierhergeschleppt hatte und er dieses Gebäude besichtigen musste.

Was er aber sicher sagen konnte, war, dass alles, was Jongdae vorhatte, ihm Angst einflößte. Er konnte sich nicht einmal ein vages Bild davon machen, wie weit er noch gehen müsste, um hier leben zu können. Und davor hatte er eine unbeschreibliche Angst, eine Angst, die unentwegt wuchs.

Uhwan und Jongdae liefen durch eine Unterführung. Wie viele gut platzierte neue Hochhäuser war auch das GSH-Building durch eine Unterführung mit einer U-Bahn-Station verbunden. Während sie die Unterführung passierten, beobachtete Jongdae aufmerksam die Umgebung. Uhwan stellte ihm ein paar Fragen wegen des Hochhauses, das sie gerade besucht hatten. Er fragte ihn, was das mit dem Busaner-Knochensuppen-Franchise bedeuten sollte und warum er den Makler angelogen habe. Jongdae sagte, dass nicht alles, was er gesagt habe, eine Lüge gewesen sei. Er habe tatsächlich vor, aus der »Busaner Knochensuppe« ein Franchise zu machen. Selbstverständlich solle Uhwan ihm dabei behilflich sein. Aber zu einer Filiale in diesem Hochhaus werde es nicht kommen. »Weil das GSH-Building bald einstürzen wird. Ach, und Herr Lee, Sie sollten auch demnächst wieder zurück zur Gaststätte.«

Auf dem Rückweg zum Yeongjin Apartmentkomplex bat Uhwan darum, ihn unterwegs aussteigen zu lassen. Man ließ ihn aus dem Minibus und fuhr weiter. Er dachte über Jongdaes Worte nach. Darüber, dass er demnächst zur »Busaner Knochensuppe« zurückgehen solle. Darüber, dass er Jongin werden würde. Er dachte darüber nach, dass Jongin getötet werden musste, damit er dieser Mann werden konnte.

Uhwan dachte über das Glücklichsein nach. Und über die Gier.

Er dachte an das Meer, das er an jenem Tag mit Sunhee gesehen hatte. Dann kam in ihm das Verlangen hoch, jenes Meer noch einmal zu betrachten.

Er nahm ein Taxi und beschrieb dem Fahrer die hügelige, hochgelegene Gegend, wo viele Häuser dicht nebeneinanderstanden. Er kannte zwar die Adresse nicht, aber er wusste, wo sich diese Elendsgegend ungefähr befand. Er erzählte dem Fahrer nicht, dass jene Gegend in mehreren Jahrzehnten das Obere Viertel sein würde, in dem die Reichen wohnten.

Am Rande des Viertels stieg er aus. Die Straße verlief stets aufwärts. Kleine heruntergekommene Häuser standen wie ein einziges gigantisches Haus lückenlos nebeneinander. Die Gassen waren sehr eng. Uhwan stieg mehrere Gassen hinauf und fand endlich jene, zu der er zusammen mit Kanghee und Sunhee gekommen war. Er ging bis ans Ende der Gasse, das zugleich den Beginn einer Klippe markierte, und setzte sich dort auf den Boden.

Er begann sogleich, sich innerlich mit den zwölf Menschen auseinanderzusetzen, die bereits gestorben waren, weil er hierher zurückgekehrt war, und mit dem einen Menschen, der demnächst sterben müsste, damit er endgültig hier leben konnte. Er machte sich bewusst, wie sein Wunsch des Glücklichseins in ihm aufgekeimt war; glücklich sein – etwas, das er sich noch nie im Leben gewünscht hatte.

Es wäre richtig gewesen, wenn er an jenem Tag aus den Tiefen des Meeres nicht zurück an die Oberfläche geschwommen wäre. Es wäre richtig gewesen, wenn er an jenem Tag nicht zurück in die Stadt gerannt wäre.

Er bereute, wonach er, getrieben von seiner Gier, alles trachtete. Er dachte über die Familie nach. Er hatte sich ein Familienleben zu dritt mit Kanghee und Sunhee ausgemalt. Aber Sunhee,

Kanghee und Jongin waren bereits eine Familie. Sein Verlangen nach einer Familie – genau genommen nach Eltern – war vielleicht deswegen so stark, weil es sich um etwas handelte, was er nie im Leben gehabt hatte.

Doch auf der Welt gibt es etwas, was man seit der Geburt einfach hat, ohne sich dafür entscheiden zu müssen, und das sind Eltern. Eltern hat man, und zwar völlig unabhängig davon, ob man ein starkes Verlangen nach ihnen verspürt oder sich für sie entscheidet. Eltern hat man einfach, da ist man vollkommen machtlos. Sicherlich hat man keine Eltern, nur weil man sich leidenschaftlich nach ihnen sehnt.

Uhwan konnte nun ahnen, warum Hwayeong ihn umbringen wollte. Weil er gierig nach etwas war, was nicht ihm gehörte. Weil er aus Gier zwölf Menschen ermordet hatte. Es konnte sein, dass es unter diesen zwölf Leuten jemanden gegeben hatte, den Hwayeong gekannt hatte. Gesetzt den Fall, dass das stimmte, wäre es nur umso verständlicher, dass er Uhwan töten wollte. Es ging nicht um seine Person; jeder, der eine solche Entscheidung treffen und diese in die Tat umsetzen würde, wie er es getan hatte, hatte den Tod verdient.

Er hatte den Tod verdient.

Er erinnerte sich daran, dass er in dieser Gasse Hwayeong begegnet war. Von der Idee, zur »Busaner Knochensuppe« zurückzugehen, verabschiedete er sich. Er wartete auf den Jungen.

* * *

Am frühen Morgen verließ Sunhee die Wohnung und wanderte quer durch Busan. Jetzt konnte er sich weitaus schneller fortbewegen als früher mit dem Motorrad. In Busan gab es keinen

Platz, den er nicht kannte. Die Orte, zu denen er Nacht für Nacht bis zur Morgendämmerung mit seinem Flitzbike gerast war, konnte er sich mühelos im Kopf ausmalen, und dann war er im Handumdrehen dort. Wie so etwas überhaupt möglich war, konnte er sich immer noch nicht vorstellen. »Was haben die nur Großartiges in meinen Kopf verpflanzt!« Es fühlte sich so an, als wäre eine Insel endlosen Spaßes in seinem Kopf entstanden. Voller Aufregung wanderte er den halben Tag überall in Busan herum und kehrte kurz nach Mittag in die Wohnung zurück.

Er war noch nicht ganz geübt in der Teleportation. Daher erschien er auf dem Spielplatz vor dem Yeongjin Apartmentkomplex, ging zum Eingang des Gebäudes und war gerade dabei, die Treppe hoch zu seiner Wohnung zu steigen.

Hätte er die Teleportation besser beherrscht, wäre er auf dem Dach des Gebäudes erschienen, anschließend die Treppe hinuntergestiegen und so schneller in seiner Wohnung im sechsten Stock gewesen. Hätte er die Teleportation einwandfrei beherrscht, wäre er direkt auf dem Sofa in seinem Wohnzimmer gelandet. Aber er stieg ganz brav die Treppe hoch und war erst im zweiten Obergeschoss angekommen.

* * *

Das Betrachten des gegenüberliegenden Wohngebäudes war Hwayeong langweilig geworden, von daher wechselte er seine Position auf das Dach ebenjenes Gebäudes, um den Eingang im Blick zu haben. Auch hier war es ihm irgendwann langweilig. Deswegen stieg er nun die Treppe hinunter und kam im siebten Stock an. Er ging über den überdachten Außenflur an Nr. 701, 702 und auch 703 vorbei, dann zurück zu Nr. 701; anschließend nahm er wieder die Treppe und ging eine weitere Etage tiefer. Er stand nun im sechsten Geschoss. Auf dem Außenflur lief er an Nr. 601, 602 und 603 vorbei und dann wieder zurück.

Als er unterwegs zum fünften Obergeschoss war, begegnete ihm auf der Treppe ein Jugendlicher. Er schien ähnlich alt wie er und kam ihm auch irgendwie bekannt vor, aber er konnte sich nicht erinnern, wo er ihn schon einmal gesehen hatte. Auch der Jugendliche warf mehr oder weniger verstohlen einen Blick auf ihn. Aber das war schon alles. Hwayeong hatte den Eindruck, dass der Jugendliche mit den Gedanken ganz woanders war, beispielsweise auf einer schönen Insel, die nur er kannte. Die beiden Jugendlichen gingen aneinander vorbei, und während der andere auf den Außenflur der sechsten Etage verschwand, lief Hwayeong im fünften Stock vom einen bis zum anderen Ende des Flurs und kam erneut an der Treppe an.

Schon beim Betreten des Außenflurs im vierten Stock roch es nach gegrilltem Fleisch. Dieser Geruch wurde immer intensiver, je näher er dem Ende des Flurs kam. Als er an Nr. 403 vorbeilief, erkannte er, wo das Fleisch gegrillt wurde. Er drehte sich gerade am Ende des Flurs um, da öffnete sich die Tür von Nr. 402. Eine Frau trat heraus. Die jüngere der beiden Frauen, die gestern hier eingezogen waren. Sie klopfte sogleich an der Tür von Nr. 403.

Die Tür öffnete sich. Hwayeong, der genau in diesem Moment an der Wohnung vorbeiging, konnte einen kurzen Blick ins Wohnzimmer erhaschen. Einige Personen saßen dort zusammen und aßen Fleisch. Ein Mann, der eine blutige Schürze trug, grillte das Fleisch. Hwayeong erkannte ihn wieder. Es war der Mann Mitte fünfzig, der gestern den ganzen Tag auf dem Spielplatz gesessen hatte. Die Tür ging langsam zu, und in dem Moment traf Hwayeongs Blick den des Mannes, der ein großes rotes

Stück Fleisch auf dem Grill wendete. Der Mann vom Spielplatz sah einsam aus.

Hwayeong ging an Nr. 402 und 401 vorbei und erreichte wieder die Treppe. Dann drehte er sich nach rechts, um hinunterzugehen. Da tauchte etwas in seinem Sichtfeld auf. Vor Nr. 403 stand ein Jugendlicher und klopfte an die Tür. Die Tür öffnete sich, und der Jugendliche ging mit einem sehr glücklichen Gesichtsausdruck in die Wohnung, vielleicht weil er an das Fleisch dachte, das er gleich bekommen würde. Anschließend ging die Tür wieder zu.

Es war der Jugendliche, den Hwayeong zuvor im Treppenhaus gesehen hatte.

Als Möglichkeit, sich zwischen den Stockwerken zu bewegen, gab es in diesem Gebäude einzig die Treppe. Hwayeong stand vor der Treppe und hatte nicht gesehen, dass der Jugendliche aus dem oberen Stock heruntergekommen wäre. Ebenso wenig hatte er mitbekommen, dass der Jugendliche den Außenflur des vierten Stocks betreten hätte. Er war aus dem Nichts aufgetaucht. Hwayeong konnte zwar nicht sagen, von wo der Junge verschwunden war, aber er war definitiv vor Nr. 403 erschienen.

Der Jugendliche hatte sich teleportiert!

Was Hwayeong befürchtet hatte, war eingetreten. Dieser Jugendliche war bestimmt derjenige, der die Laserpistole besaß und gestern auf ihn geschossen hatte. Das bedeutete, dass er gerade seinen Kontrahenten gesehen hatte. Dieser war jetzt in Nr. 403 und wusste nichts von der Anwesenheit Hwayeongs.

Auf der Stelle machte Hwayeong wieder kehrt. Er setzte einen Schritt vor den anderen. Dieser Moment könnte vielleicht die Chance für ihn darstellen. Alle Personen, die im Wohnzimmer der Wohnung Nr. 403 versammelt waren, waren möglicherweise seine Feinde. Allerdings kannte ihn keiner von ihnen. In genau diesem Augenblick waren sie alle in diesem einen Raum der Wohnung Nr. 403.

Nun rannte er. Er drückte den Abzug der Pistole in seiner Tasche.

Eine, zwei, drei, vier Sekunden. Er stand vor der Tür von Nr. 403 und hielt die Pistole gerade nach vorne. Die Mündung zielte auf die Stelle, an der das Wohnzimmer war.

Fünf Sekunden.

Aus der Mündung strömte das Licht heraus. Es durchbohrte die Tür der Wohnung, drang in die Wohnung hinein und ging komplett durch diese hindurch.

* * *

Wolken waren herangezogen. Es fing an zu regnen.

Man hörte nur den Regen. Sonst herrschte Stille. Hwayeong schaute vorsichtig durch das Loch. Jenseits des Lochs regnete es ebenso. Er hörte und sah den Regen, und das war alles, was er wahrnehmen konnte. In Nr. 403 war es still; nichts regte sich; durch das Loch war niemand zu sehen.

Er ging etwas näher an das Loch heran und schaute genauer in die Wohnung. Er sah den Boden des Wohnzimmers. Auf einem Campingkocher stand eine Grillpfanne, das Fleisch darin brutzelte immer noch. Im hinteren Bereich des Wohnzimmers war die Beleuchtung schwach, deshalb konnte er kaum etwas erkennen. Normalerweise müsste sich dort ein Schlafzimmer befinden; es sah jedoch nicht wie ein Zimmer, sondern eher wie ein Lagerraum aus. Er richtete seinen Blick weiter nach rechts und sah in die Augen des Jugendlichen, der auf dem Boden in einer

Ecke des Wohnzimmers saß und seine Pistole mit abgedrücktem Abzug in der Hand hielt. Seine Pistole zielte auf Hwayeong, es schien die gleiche zu sein wie seine. Vielleicht nur ein bisschen neuer.

Hwayeong wich schnell von der Tür zurück und rief sich seine Wohnung ins Gedächtnis. Er dachte an die Gasse unweit seiner Wohnung, in die er sich immer hineingequetscht hatte. Nun hatte er nur noch dorthin zu verschwinden. Aber diesmal war der Lichtstrahl schneller als er. Er verschwand, und zeitgleich traf der Lichtstrahl seine linke Schulter.

Hwayeongs linker Arm fiel auf den Boden des Flurs.

* * *

Sunhee erinnerte sich erst jetzt an den Jugendlichen, auf den er eben geschossen hatte. Den Jugendlichen, der ihm vor ein paar Minuten im Treppenhaus begegnet war. Es war kein Geringerer als der Zack-und-Weg-Mann, und er war zugleich der Treiber. Sunhee ging nun hastig aus der Wohnung in den Außenflur. Dort lag ein Arm. Er vermutete, dass dieser Arm wohl dem Treiber gehörte, und er hatte eine Idee, wo er den Zack-und-Weg-Mann mit großer Wahrscheinlichkeit finden konnte. Er dachte an die Gasse, von der man auf das Meer sehen konnte.

* * *

Auch in jener Gasse regnete es in Strömen.

Sunhee erschien. Er sah zuerst Uhwan. Dieser fixierte aber jemanden hinter ihm. Dem Blick Uhwans folgend, drehte er sich langsam um und stellte fest, dass dort der Treiber stand.

Uhwan und der Treiber standen einander gegenüber. Und genau in der Mitte zwischen den beiden war Sunhee aufgetaucht. Der Treiber hielt seine Pistole auf Uhwan gerichtet. Und drückte den Abzug. Das Licht begann, sich in der Mündung der Pistole zu bündeln.

Es wäre zu spät gewesen, wenn Sunhee jetzt abgedrückt hätte. Er hatte fünf Sekunden Zeit. Wenn er über Teleportation direkt vor dem Treiber erscheinen und versuchen würde, ihm mit seiner legendären linken Faust geradewegs einen Schlag ins Gesicht zu verpassen, würde dieser verschwinden und vor Onkel Uhwan auftauchen. Der Abzug seiner Pistole würde weiter gedrückt bleiben. Dann hätte Sunhee nur noch vier Sekunden.

Das bedeutete, dass er allein über Teleportation Onkel Uhwan nicht retten konnte. Den Treiber zu erschießen, das würde einfach zu lange dauern. Während er nachdachte, verging erneut eine Sekunde.

»Sunhee, geh bitte einfach«, sagte Onkel Uhwan in diesem Moment zu ihm. Und Sunhee verschwand tatsächlich.

Als er verschwunden war, konnte Uhwan erleichtert ausatmen. Er sah, dass aus Hwayeongs Schulter, an der kein Arm mehr hing, Blut floss. Er hatte nicht vor zu fliehen und dachte, dass es eine gute Entscheidung gewesen war, hier auf Hwayeong, den Treiber, zu warten. Direkt vor ihm lauerte der Tod. Mit seinem Tod wäre alles beendet. Auch seine Gier und seine Unruhe im Herzen würden nicht mehr existieren.

»Ist vielleicht meinetwegen jemand gestorben, den du kennst? Kannst du nur zurückkehren, wenn ich sterbe?«

Fünf Sekunden waren nicht sehr lang. Bevor Uhwan ausgeredet hatte, begann das Licht aus der Pistole des Treibers herauszuströmen.

Und gleichzeitig tauchte Sunhee wieder vor Uhwan auf. Aber nicht mit leeren Händen. Er hielt hintereinander vier große Ganzkörperspiegel. Wie einen Schild trug er die Spiegel und hatte sich damit schützend vor Onkel Uhwan aufgebaut.

Das Licht aus der Pistole des Treibers durchschoss den ersten Spiegel. Dann den zweiten. Doch inzwischen war das Licht sichtlich schwächer geworden und konnte den dritten Spiegel nur noch mit knapper Not passieren. Den vierten allerdings schaffte es nicht und wurde reflektiert. Dieses Licht kehrte zum Treiber zurück. Der schmale Laser bohrte in die linke Brust des Treibers ein kleines Loch. Ein Treffer mitten ins Herz.

Kim Hwayeong fiel zu Boden.

Sunhee warf die Spiegel die Klippe hinunter.

Uhwan näherte sich Hwayeong und setzte sich neben ihn auf den Boden. Dieser Junge war ein Mitreisender gewesen. Er war zusammen mit ihm aus ihrer Gegenwart hierhergereist, und sie hatten gemeinsam die Reise überstanden, für die sie ihr Leben aufs Spiel gesetzt hatten. Er hatte dem Jungen im Boot geholfen, wieder wach zu werden. Danach waren sie zusammen durch das nächtliche Meer geschwommen.

Dieser Junge hatte einen Arm verloren, einen Schuss ins Herz bekommen und lag jetzt tot vor ihm. Möglicherweise hatte er einen wichtigen Grund gehabt, in die Zeit zurückzukehren, aus der er gekommen war. Möglicherweise hatte er drüben eine Familie, die auf ihn wartete.

Es war nicht er, der hätte sterben müssen, sondern Uhwan, und er hatte dies sogar gewollt. Aber an seiner Stelle lag jetzt der Junge tot am Boden.

Den Tod dieses jungen Menschen empfand Uhwan als zutiefst ungerecht. Der Junge wäre in seine Gegenwart zurückgekehrt und dort glücklich geworden, wenn Uhwan stattdessen gestorben wäre. Die Unruhe in Uhwans Herzen hätte ihr Ende gefunden, und er hätte nicht mehr gierig nach dem Glück der anderen greifen müssen.

Doch es war alles anders gekommen. Der Junge war gestorben. Nun war es nicht auszuschließen, dass sich Uhwan erneut etwas wünschen könnte, das nicht sein Eigen war. Er weinte angesichts dieser Ungerechtigkeit und dieser Unruhe in ihm.

Sunhee ging zu Onkel Uhwan, der weinend dasaß. Er dachte, dass er ihn gerettet habe. Der Feind war tot, die Bedrohung für den Onkel war beseitigt; das bedeutete, dass die Person, die über die wahre Identität Onkel Uhwans Bescheid wusste, nicht mehr existierte.

Nun war Uhwan ein Stück mehr zu einem der Menschen geworden, die hierher in diese Zeit gehörten.

* * *

Park Jeonggyu, der beste Freund von Sunhee und zugleich der Sohn des Inhabers von »Glas und Spiegel Namhae«, ging zum Lager des Geschäfts, das sich auf dem Dach befand, um ein paar Spiegel zu holen, die sein Vater brauchte. Er öffnete die Tür des Lagers, ging hinein und nahm einige große Spiegel mit. Gerade als er aus dem Lager gehen wollte, hielt er noch einmal kurz inne. Er schaute zurück und wiegte den Kopf hin und her. »Sind das alle? Das waren doch mal mehr … hm …«

* * *

Der Anruf eines Bürgers, der einen Unfall melden wollte, ging im Polizeirevier ein. Es war ein außergewöhnlich heißer Tag. Als es zu regnen begann, hofften viele, dass der Regen ein bisschen Abkühlung mit sich bringen würde. Der Anrufer erzählte Folgendes: »Ich habe das Fenster geöffnet und in den Regen geschaut. Zunächst habe ich gedacht, dass es geblitzt hat. Das ist mir jedoch eigenartig vorgekommen, weil ein Blitz unmöglich so eine schnurgerade Linie ziehen kann, vor allem keine Linie, die parallel zum Horizont verläuft. Wozu hat man denn einen Blitzableiter auf dem Dach, wenn das, was ich da gesehen habe, ein Blitz gewesen sein sollte? Nachdem das, was auch immer es gewesen war, aufgeblitzt und dann verschwunden war, habe ich gedacht – auch wenn ich es selbst nicht wirklich fassen kann, dass ich das sage –, dass das Licht, so schien es mir in jenem Augenblick, seinen Ursprung bei einer Person im Gebäude gegenüber gehabt hat und dort in eine Wohnung hineingeschossen ist. Weil ich nämlich glaube, dass ich in der Wohnung dort ein Loch sehen kann, das vorher nicht da war.«

Gegenüber der Firma, bei der der Anrufer arbeitete, stand ein altes Mehrfamilienhaus, und der Anrufer konnte auf die Außenflure dieses Mehrfamilienhauses blicken. Der Anrufer wollte den Lichtstrahl, von dem er redete, in dem Mehrfamilienhaus zweimal gesehen haben. Etwa auf Höhe des dritten oder vierten Stocks. Er wollte auch gesehen haben, wie sich eine Person vom einen auf den anderen Augenblick in Luft aufgelöst hat. Aber das alles hatte er lediglich durch den Schleier des strömenden Regens gesehen. Das Mehrfamilienhaus, von dem der Anrufer redete, war der Yeongjin Apartmentkomplex.

* * *

Yang Changgeun und Kang Doyeong kamen in aller Eile beim
Yeongjin Apartmentkomplex an. Als sie und noch ein weiterer
Polizeiwagen mit eingeschalteter Sirene vorfuhren, rollte ein Minibus aus der Tiefgarage heraus. Aber weder Changgeun noch
Doyeong, noch die Polizisten in dem anderen Wagen, der vor
den beiden Ermittlern fuhr, hatten die Ruhe, dem vorbeifahren-
den Minibus ihre Aufmerksamkeit zu schenken. Überdies hatte
der heftige Regenschauer nicht nachgelassen.

Es war 14.00 Uhr und es regnete wie aus Kübeln, dennoch
war es heiß. Feucht und heiß, ein höchst unangenehmes Wetter.
Changgeun und Doyeong stiegen sofort aus, anstatt mit dem
Wagen in die Garage zu fahren. Sie schauten zum Gebäude hinauf. Der Anrufer hatte gesagt, dass es wahrscheinlich im dritten
oder vierten Stock gewesen war. Doch der Regen und die Regenschirme der Schaulustigen versperrten den Ermittlern die Sicht,
und sie konnten kein klaffendes Loch oder Ähnliches an einer
Wand ausmachen.

Die beiden stiegen die Treppen hinauf. Doyeong ging nur
bis in den dritten Stock, Changgeun gleich weiter bis zur vierten Etage. In einem Stockwerk befanden sich insgesamt nur drei
Wohnungen. Die Wahrscheinlichkeit stand also eins zu drei.
Changgeun machte sich Sorgen um Park Hyeonju. Er hoffte,
dass sich der Unfall nicht bei ihr in Nr. 402 ereignet hatte.

Als er im vierten Stock ankam, roch es nach gegrilltem Fleisch. Je weiter er über den Flur ging, desto unsicherer
wurde er, ob es tatsächlich nach gegrilltem oder eher nach fau-
lem Fleisch roch. Fast am Ende des Flurs angekommen, sah
er etwas auf dem Boden liegen. Er ging näher heran und er-

kannte, dass es sich dabei um den linken Arm eines Menschen handelte.

Er konnte sich genau vorstellen, wie dieser Arm vom Körper abgetrennt worden war. Die Wohnung, in die zwei Löcher geschossen worden waren, war Nr. 403. Die Löcher waren so groß wie der Kopf eines Kindes, eines davon befand sich teils in der Tür und teils in der Wand. Changgeun öffnete die Tür und betrat die Wohnung. Dort stellte er fest, dass sich ein Loch quer durch das Wohnzimmer bis aus dem Gebäude zog. Im Wohnzimmer waren noch Spuren davon zu sehen, dass man Fleisch gegrillt hatte. Auf dem Sofa saß ein Mann.

Changgeun kannte diesen Mann. Der Mittfünfziger, der gestern einsam auf dem Spielplatz gesessen hatte. Er hatte eine Schürze mit roten Flecken an, die wie Blut aussahen, wobei Changgeun nicht sagen konnte, von wem das Blut stammen könnte. Der Mann sah resigniert aus.

Auf einmal breitete sich ein widerlicher Geruch im Raum aus. Der Geruch von gegrilltem Fleisch, verfaultem Fleisch, Blut und Weiterem ergab eine ekelerregende Mischung. Außerdem hatte Changgeun schon beim Betreten der Wohnung einen kühlen Luftzug gespürt, der von irgendwoher herüberströmte. An so einem heißen Tag hätte man eigentlich nur dankbar für solch einen Luftzug sein können, aber dieser ließ bei Changgeun sofort alle Alarmglocken läuten.

Im nächsten Augenblick trat Doyeong in die Wohnung und begann unmittelbar, mit sich selbst zu sprechen: »Wow, eine Grillparty! Hier hat man ja eine richtige Grillparty veranstaltet!« Dann entdeckte er den Mann auf dem Sofa und fragte ihn: »Ach, gehört die Wohnung etwa Ihnen?« Er setzte sich neben den Mann und sagte ihm, er stehe bestimmt unter Schock, aber er brauche keine Angst mehr zu haben, da jetzt die Polizei da sei. Dann erkundigte er sich bei dem Mann, ob er verletzt sei. Auf diese Weise kam er auf freundliche Art der Aufgabe nach, die eigentlich einem anderen Kollegen zugekommen wäre.

Changgeun ließ den Blick durch die Wohnung wandern. Alles sah ganz gewöhnlich aus. Vor der Tür war ein kleiner Eingangsbereich, darauf folgte gleich das Wohnzimmer; dahinter und damit direkt gegenüber dem Eingangsbereich lag ein Schlafzimmer, und auf der rechten Seite des Wohnzimmers war eine kleine Küche untergebracht. Zwischen dem Schlafzimmer und der Küche schien sich das Badezimmer zu befinden. Der Unterschied zwischen dieser und der Nachbarwohnung Nr. 402, in der Changgeun gestern gewesen war, bestand darin, dass es hier kein zweites Schlafzimmer gab. Offenbar hatte man die beiden Zimmer zusammengelegt und ein großes Zimmer daraus gemacht.

Changgeun begutachtete ein Loch, das seiner Meinung nach entstanden war, während der Laserstrahl vom Außenflur durch die Wand in die Wohnung gedrungen war. Dieses Loch war in der Wand, hinter der normalerweise ein Schlafzimmer lag. Er steckte eine Hand in jenes Loch. Kühle Luft drang hindurch. Diese Kühle ließ ihn unvermittelt frösteln und versetzte ihn augenblicklich unter Spannung. Denn ihm fiel ein Satz ein:»In einer Wohnung des Yeongjin Apartmentkomplexes gibt es einen großen alten Kühlschrank.«

Sogleich führte er seine Hände zum Rücken und holte seine Pistole hervor. Die Waffe im Anschlag, näherte er sich dem Loch. Er nahm zwar nicht an, dass in dieser Wohnung in diesem Augenblick noch jemand außer dem Mann war, den er auf dem

Spielplatz kennengelernt und dem er sogar seine Visitenkarte gegeben hatte, aber er fürchtete sich vor dem, was sich hinter jenem Loch verbergen konnte. Er hatte das Gefühl, dass er mit etwas Entsetzlichem konfrontiert werden könnte. Vorsichtig schaute er durch das Loch. Und er sah – einen »großen Kühlschrank«!

Er und Doyeong, der blitzartig an die Seite seines Kollegen geeilt war, hielten jeweils ihre Waffe in der Hand. Changgeun drehte den Türknauf, öffnete langsam die Tür und ging hinein. Ein großer Raum präsentierte sich ihnen. Er selbst war als Ganzes der Kühlschrank. Und dort hing Fleisch! Das Einzige, was es dort gab, war Fleisch. Changgeun bekam den Eindruck, dass er bei einem Großhändler für Fleisch gelandet war. Wie in einer Fleischerei hing dort Schicht hinter Schicht Fleisch von der Decke bis fast zum Boden hinunter.

»Diese Scheißkerle lieben Fleisch ja wirklich über alles«, murmelte Doyeong und näherte sich. Entsetzt schreckte er zusammen.

Wieso hatten die Ermittler das nicht auf den ersten Blick erkannt?

Das Fleisch in diesem Kühlraum war kein Fleisch, das bei einer Metzgerei verkauft wurde. Fleischstücke dieser Form hatten die Ermittler zuvor noch nirgendwo gesehen, und dennoch kamen sie ihnen ungemein vertraut vor. Das Fleisch war sehr gut zum Verzehr verarbeitet und wurde frisch aufbewahrt. Doch es waren Teile von Menschen!

Beiden Ermittlern blieb die Stimme im Hals stecken.

Changgeun blickte den Mann im Wohnzimmer und das Blut an seiner Schürze an.

Es war unbeschreiblich viel Fleisch. Wie viele Menschenleben hier hingen, war nicht zu schätzen.

»Verdammte Schweine!«, sagte jemand, und auch ein Rascheln war aus dem hinteren Bereich des Kühlraums zu hören.

Changgeun und Doyeong blickten gleichzeitig in die Richtung, aus der die Geräusche stammten, hoben ihre Pistolen an und näherten sich langsam. Auf der rechten Seite des Raums war ein Vorhang zugezogen. Hinter dem Vorhang war es auffallend hell, und eine Silhouette war sichtbar. Dort saß jemand. Langes Haar, wohl eine Frau. Die Ermittler kamen dem Vorhang langsam näher und zogen ihn schließlich auf.

Es war ein kleiner OP-Raum, sehr gut ausgestattet mit allerlei Utensilien.

Die Frau saß auf dem OP-Tisch. Sie schien absolut desorientiert. Offenbar wachte sie gerade aus der Narkose auf, denn sie machte auf die Ermittler den Eindruck, als sei ihr überhaupt nicht bewusst, dass ihr Bauch aufgeschnitten war. Sicherlich realisierte sie auch nicht, dass ihr Bauchraum, der mit inneren Organen angefüllt sein sollte, so gut wie hohl war.

Doyeong stürmte aus der Wohnung und schrie dabei, man solle sofort einen Krankenwagen rufen.

Changgeun blieb bei der Frau. Er wollte sie fragen, warum sie, verdammt noch mal, in dieses Wohngebäude gezogen sei. Warum sie ausgerechnet in Nr. 402 gezogen sei. Warum sie lauthals mit einem Fremden gestritten hatte. Er wollte sie anschreien, ob sie wirklich keine Ahnung davon habe, wie gefährlich die Welt heutzutage sei. Changgeun war wütend, unbeschreiblich wütend.

Wie hätte diese Frau aber wissen können, was für ein gefährlicher Mensch Park Jongdae war? Selbst Changgeun wurde sich dessen gerade erst bewusst.

Die Frau war die Mitbewohnerin von Park Hyeonju, die gestern hier eingezogen war.

Der Mann im Wohnzimmer saß nach wie vor auf dem Sofa. Changgeun ging zu ihm.

»Ich bin Fleischer. Es gab Leute, die mich auch ›Künstler‹ nannten«, sagte der Mann mühsam und hielt seine beiden Hände ausgestreckt vor sich. Der Ermittler schloss Handschellen um sie.

Das Forensik-Team trat ein. Ein Teammitglied trug mit seiner behandschuhten Hand den linken Arm, der auf dem Außenflur gelegen hatte. Die Polizisten brachten das Absperrband an. Die Schaulustigen wurden ausgesperrt. Der Regen fiel immer noch in Strömen. Hyeonjus Mitbewohnerin wurde auf einem Krankentransportbett aus dem Raum gebracht. Changgeun und Doyeong kamen mit dem Mann in Handschellen aus Nr. 403. Als die drei nebeneinander an Nr. 402 vorbeigingen, blieb einer von ihnen stehen. Es war Yang Changgeun.

Ihm fiel erst jetzt Hyeonju ein, um die er sich Sorgen gemacht hatte, als er hier angekommen war. Erst jetzt war ihm auch bewusst geworden, dass er nicht bei ihr vorbeigeschaut hatte, selbst dann nicht, als er erfahren hatte, dass die Frau auf dem OP-Tisch ihre Mitbewohnerin war. Er hob seine Faust, um bei Hyeonju anzuklopfen, hielt aber im letzten Moment inne und fragte sich: »Warum zum Teufel ist diese Tür geschlossen?«

Anstatt bei Hyeonju zu klopfen, schaute er sich zuerst um.

Nicht nur die Bewohner dieser Etage, sondern auch die der anderen Stockwerke hatten sich hier versammelt. Fenster und Eingangstüren aller Wohnungen standen offen. Die Leute waren aus ihren Wohnungen gekommen, um zu sehen, was vor sich ging.

Aber die Tür von Nr. 402 war geschlossen. Die Bewohnerin der direkten Nachbarwohnung des Tatorts hatte offenbar kein

Interesse an diesem Chaos. Es war Sonntag. Das Bürgeramt war heute eigentlich geschlossen. Selbstverständlich war es möglich, dass Hyeonju heute trotzdem Dienst hatte. Auch möglich war es, dass sie sehr tief schlief.

Allerdings wandelte sich seine Sorge nun in einen Verdacht, und der Ermittler führte sein Ohr an die Tür, um zu prüfen, ob er drinnen etwas hören konnte.

Bevor er seinen Wagen vollständig vom Gelände des Yeongjin Apartmentkomplexes steuerte, hielt Changgeun noch einmal an. Und zwar vor dem Yeongjin Immobilienbüro. Er kurbelte das Fenster herunter. An der Tür des Maklerbüros hing ein Zettel: »Sommerurlaub«.

Der konkrete Zeitrahmen für den Sommerurlaub war nicht angegeben.

* * *

Der Zyklop hatte ein größeres Problem damit, dass der Künstler zurückgelassen worden war, als dass er die Arbeit nicht hatte abschließen können. In seinen Augen war es immer eine Kunst, wie der Mann Fleisch verarbeitete. Er konnte es auch wunderbar grillen. Nach der Arbeit das Fleisch zu essen, das er gegrillt hatte, war eine große Freude für den Zyklopen. An dem Künstler gefiel ihm auch, dass er wortkarg war. Außerdem war er der erste Mensch, dem der Zyklop ein neues Gesicht geschenkt hatte, nachdem er in den Yeongjin Apartmentkomplex eingezogen war.

Es war keine leichte Aufgabe, ein Gesicht komplett so zu ändern, dass man jemandem haargenau glich. Man hatte auch nicht schlichtweg das gleiche Gesicht wie jemand, nur weil man einem anderen die Gesichtshaut abnahm und sie sich über sein eigenes zog. Dass der Zyklop so verfuhr, sollte allerdings auch nicht die Operation an sich erleichtern, sondern am Ende zu einem wahrlich makellosen Ergebnis führen. Das bedeutete, dass man zunächst die Gesichtshaut eines anderen über das eigene enthäutete Gesicht übergezogen bekam; anschließend mussten verschiedene Stellen operativ korrigiert werden, beispielsweise die Nase, das Kinn, wenn nötig auch der Mund und die Ohren. Ein Gesicht so zu operieren, dass es exakt genauso wie das des anderen aussah, war längst keine große Sache mehr. Die Hautbeschaffenheit und Details wie zum Beispiel Narben oder Muttermale exakt zu kopieren gelang allerdings nur, wenn man die Haut dessen, dem man gleichsehen wollte, über das eigene Gesicht gezogen bekam. Erst dann hatte man ein Gesicht, das dem anderen vollkommen identisch war. Und so wurde man komplett zu einem anderen Menschen.

Aber wer würde sich schon freiwillig sein Gesicht abziehen lassen und es jemand anderem überlassen? Das wäre natürlich illegal. Dementsprechend hatte der Zyklop vorher nie die Gelegenheit gehabt, eine solche plastische Operation durchzuführen. Erst nachdem er begonnen hatte, mit Park Jongdae zusammenzuarbeiten, konnte er mehrere Male solche Eingriffe verwirklichen und sein Talent in vollem Umfang unter Beweis stellen. Seine Hauptbeschäftigung bestand jedoch nach wie vor darin, jemandem den Bauch aufzuschneiden und die inneren Organe zu entnehmen. Das Gesicht des Künstlers war sein erstes Werk gewesen, danach war er, was den Ausbau seines künstlerischen Gesamtwerks betraf, nicht untätig gewesen.

Im Minibus saß außer Park Jongdae und dem Zyklopen noch eine weitere Person. Der kräftig gebaute Mann, mit dem Sunhee aufs Polizeirevier gegangen war und der stets hinter dem Steuer

Platz nahm, wo er auch in diesem Moment saß. Es gab bestimmte Namen, die sie untereinander verwendeten.

»Der Zyklop«, der einst plastischer Chirurg gewesen war, »der Künstler«, der früher eine Fleischerei betrieben hatte, »der Stürmer«, ein ehemaliger Soldat, obwohl er heute hauptsächlich als Fahrer tätig war … und Park Jongdae, der im Immobilienbereich arbeitete und unter seinen Leuten »der Vermittler« genannt wurde. Denn er vermittelte außer Grundstücken, Häusern und Wohnungen auch noch verschiedene andere Dinge. Es gab noch zwei weitere wichtige Personen. Die eine war Ryu Jeonghun, der talentiert im Geldmachen war und daher »der Geschäftsmann« genannt wurde, und die andere war Park Hyeonju, die den Beruf einer Beamtin ausübte und damit am weitesten außerhalb der Schusslinie etwaiger Verdächtigungen durch die Polizei stand. Sie wurde einfach »die Beamtin« genannt. Der Geschäftsmann war vor Kurzem gestorben, und die Beamtin war im Yeongjin Apartmentkomplex zurückgeblieben, weil sie in ein paar Tagen eine wichtige Aufgabe zu erledigen hatte.

Seitdem »die Beamtin« im Bürgeramt arbeitete, genauer gesagt, seitdem eine Frau der Gruppe zu Park Hyeonju geworden war, war es wesentlich einfacher für die Leute des Vermittlers geworden, in den Yeongjin Apartmentkomplex einzuziehen. Die Daten, die man nicht unbedingt beim Bürgeramt angeben musste, wurden nicht gemeldet, und um die Daten, deren Meldung notwendig war, kümmerte sich die Beamtin eigenständig. Sie war aus verschiedener Sicht sehr nützlich. Auch in Zukunft würde es viele Arbeiten geben, die sie übernehmen musste.

Im Gegensatz zu ihr war der Künstler nicht in der Wohnung zurückgelassen worden, weil er eine Aufgabe übernommen hatte. Der Vermittler hatte ihn natürlich mitnehmen wollen. Als alle in den Minibus gestiegen waren, hatte er plötzlich gesagt, dass er etwas in der Wohnung vergessen habe. Er wolle später allein an den Ort nachkommen, an dem die anderen bald eine Bleibe finden würden. Jongdae hatte stets großes Vertrauen in ihn. Daher erwiderte er, dass das in Ordnung sei. Allerdings hatte sich der Künstler bis jetzt nicht bei ihm gemeldet, was ihn ein bisschen nervös stimmte. Den Aufgabenbereich von Ryu Jeonghun würde zukünftig Uhwan gut weiterführen können. Sunhee würde mit dem Stürmer ein fantastisches Team bilden. Aber der Künstler? Jongdae hatte niemanden, der ihn ersetzen konnte. Zumindest bis jetzt nicht. Er war außerdem der Älteste in der Gruppe und bot somit den Mitgliedern eine gewisse Stütze.

Das waren die Mitglieder des sogenannten aktiven Einsatzteams, die mit dem Minibus fuhren; das aktive Einsatzteam plante für jeden Tag seine Arbeit und schaffte Probleme seiner Mitglieder aus der Welt. Die anderen Mitglieder waren lediglich Bürger Busans.

Diese Bürger lebten zurzeit im Yeongjin Apartmentkomplex. Solange sich kein großes Problem ergab und niemand etwas über sie herausfand, würden sie dort bis ans Ende ihres Lebens wohnen.

* * *

Auf dem Tisch im Wohnzimmer lagen ein Zettel und ein Handy. »Verlasst zuerst diese Wohnung. Wir bleiben in Kontakt«, stand auf dem Zettel. Er war wohl von Park Jongdae. Sunhee zerknüllte den Zettel und steckte ihn in die Hosentasche. Auch das Handy nahm er mit.

Schreiende Polizisten, die die Leute fernzuhalten versuchten,

Polizeisirenen, das Flüstern der Menschen – alle diese unterschiedlichen Geräusche drangen von unten wirr zu ihm nach oben. Er öffnete die Wohnungstür und ging auf den Außenflur. Anschließend zündete er sich eine Zigarette an, streckte den Kopf über die Brüstung und schaute nach unten zu den anderen Stockwerken. Doch er konnte die Lage im vierten Stock nicht genau einschätzen. Er betrachtete den Regenschauer und rauchte seine Zigarette. Der Blick der Menschen war auf den vierten Stock fokussiert, alles andere bekamen sie nicht mit.

Die Zigarette, die Sunhee geraucht hatte, lag auf dem Flurgeländer. Der Zigarettenrauch zerstreute sich im Regen. Sunhee war aber nicht mehr zu sehen.

* * *

Uhwan saß immer noch neben dem toten Treiber. Er saß da wie jemand, der auf alle Ewigkeit nicht mehr aufstehen würde.

Da erschien Sunhee neben ihm. Er rief zunächst Jongdae an. Dieser teilte ihm einen Ort mit und ergänzte, dass auch er mit den anderen dorthin unterwegs sei. Bevor er das Telefonat beendete, erzählte Sunhee ihm, dass der Treiber tot sei. Anschließend half er Onkel Uhwan auf und nahm die Pistole des Treibers an sich. Daraufhin hielt er sie und seine Pistole nebeneinander und schaute sich beide abwechselnd an. Sie waren tatsächlich identisch. Nur sah seine eigene etwas neuer aus.

Sunhee ging mit Uhwan zusammen die kleine Gasse entlang das Viertel hinunter. Dabei schaute Uhwan mehrmals in Richtung des Treibers zurück, den sie hinter sich ließen.

15

Das Mädchen hatte keine Lust, draußen zu spielen, weil es regnete. Die Mutter spielte nie mit ihm. Das Mädchen wusste nie genau, ob seine Mutter nicht mit ihm spielte, weil sie es nicht konnte oder weil sie es nicht wollte. Das Mädchen wusste nicht, was es sonst machen konnte, also nahm es einen Regenschirm und ging aus dem Haus. Wie zu Hause gab es auch draußen niemanden, mit dem das Mädchen spielen konnte. Weil es regnete, war nicht einmal ein streunender Hund auf der Straße zu sehen. Das Mädchen ging die hügelige Gasse hinauf in der Erwartung, dass der Onkel noch ein Loch gemacht haben könnte.

Mitten in der Gasse entdeckte das Mädchen dann wirklich den Onkel. Zum ersten Mal traf es ihn, bevor es dunkel war. Das Mädchen dachte, dass das fantastische Licht aus seiner Pistole an so einem regnerischen Tag bestimmt keine Kraft hätte. Der Onkel lag auf dem Boden, und der Regen prasselte auf ihn nieder.

Das Mädchen näherte sich ihm und schaute ihn genauer an. Da war ein neues Loch. Diesmal war das Loch aber nicht in einer Wand, sondern in der linken Brust des Onkels. Es war jedoch nicht wirklich groß, sodass das Mädchen keine Lust hatte hineinzuschauen.

16

Der Minibus kam an einer Lagerhalle an, die der Zyklop vermittelt hatte. Er hatte gesagt, dass es hier einen brauchbaren separaten OP-Raum gebe, es also der perfekte Ort für sie sei. Diese Räumlichkeit kenne er von früher. Damals habe er einen Aushilfsjob gehabt, aber die Polizei habe ihn auf frischer Tat ertappt und verhaftet. »Und das bedeutet, dass die Polizei das Gebäude erst einmal nicht mehr im Visier hat. Außerdem schulden mir die Leute, die das hier verwalten, einen riesigen Gefallen wegen jenes Vorfalls; deshalb haben sie mir den Raum für eine Weile gratis zur Verfügung gestellt.«

Die Lagerhalle war alles andere als klein und befand sich in der Nähe des Hafens. Darin gab es ein Extrazimmer und in einer Ecke eine Toilette. Der OP-Raum, der dem Zyklopen zufolge gut ausgestattet war, lag von diesem Zimmer tatsächlich getrennt und gut verborgen. Zu dieser Räumlichkeit kam man nur durch eine kleine Tür, die auf der Toilette war und die man auf den ersten Blick nicht für eine Tür gehalten hätte.

Park Jongdae bat den Zyklopen darum, seine Bekannten, die ihnen diese Lagerhalle zur Verfügung stellten, hierher zum Abendessen einzuladen, damit er ihnen gegenüber seine Dankbarkeit zum Ausdruck bringen könne.

Es wurde Abend, und in der Lagerhalle standen zusammen-gerückt zwei Klapptische, die mit rohem Fisch, den man auf einem Markt direkt am Hafen gekauft hatte, und Alkohol gedeckt waren. Jongdae, der Zyklop und der Stürmer saßen bereits am Tisch, als die Gäste eintrafen. Auch sie waren zu dritt. Nach der Begrüßung nahmen alle Platz und begannen damit, zu essen und zu trinken. Es wurden einige Gläser geleert, bis Sunhee und Uhwan ankamen. Letzterer sagte, dass er sich ausruhen wolle, und ging direkt ins Zimmer, anstatt sich den anderen anzuschließen. Sunhee schilderte Jongdae kurz und mit leiser Stimme, wie er den Treiber ausgeschaltet hatte, und überreichte ihm die Pistole des Toten. Selbstverständlich fiel auch Jongdae sofort auf, dass diese Pistole und die von Sunhee identisch waren.

Er hielt die Pistole des Treibers in der Hand und stand lässig auf. Seine Hände hielt er auf dem Rücken verschränkt, als er den Abzug der Pistole drückte. Die drei Gäste, die sozusagen die Inhaber der Lagerhalle waren, und der Zyklop tranken gut gelaunt Schnaps. Jongdae stellte sich neben diese Leute, bewegte sich übergangslos mit kleinen Schritten hin und her und blieb an einer Stelle stehen, von der aus die drei Gäste so gut wie auf einer Linie saßen; nur der Zyklop war ein bisschen abseits. Inzwischen waren fast fünf Sekunden vergangen. Jongdae holte die Pistole hinter seinem Rücken hervor. Die drei und auch der Zyklop starrten ihn verwirrt an.

Dann strömte der Lichtstrahl aus der Pistole heraus. Er ging ganz knapp am Zyklopen vorbei, während in den Körpern der drei Gäste an jeweils leicht unterschiedlichen Stellen ein Loch entstand. Sie verloren das Gleichgewicht und sackten tot von ihren Stühlen.

Der Zyklop war völlig außer sich. Jongdae sagte: »Es mag

sein, dass die Polizei diese Lagerhalle nicht noch mal ins Visier nimmt, weil sie sie schon einmal im großen Stil gestürmt hat, aber es gibt keine Garantie, dass ein Verräter nicht ein zweites Mal zum Verräter wird!«

Jongdae ging an seinen Platz zurück und setzte sich. Der Zyklop nickte mit dem Kopf, nahm ein Stück rohen Fisch und aß weiter. Sunhee betrachtete kurz die Leichen auf dem Boden und nahm dann Platz. Zeitgleich wurde sein Glas von Jongdae gefüllt, und im Gegenzug goss Sunhee dann Jongdae und auch dem Stürmer Schnaps ein. Die Trinkrunde wurde bald wieder ausgelassen und fröhlich.

Für Sunhee war alles, was er hier erlebte, einfach zu fremd, aber dieses Gefühl verflüchtigte sich ziemlich schnell, sobald er betrunken war.

Die Trinkrunde dauerte bis in die späten Abendstunden an. Der Künstler tauchte jedoch nicht auf. Aus diesem Grund rief Jongdae die Beamtin an und erfuhr, dass der Künstler wahrscheinlich von der Polizei verhaftet worden war. Da kam ihm in den Sinn, dass der Künstler in letzter Zeit sehr einsam gewirkt hatte. Aus unerfindlichen Gründen wollte er sich an dessen ursprüngliches Gesicht erinnern. Es gelang ihm nicht.

* * *

Bis in die Nacht ließ der Regen nicht nach. So waren am Himmel weder Mond noch Sterne zu sehen. Die kleine Gasse war bis zum Bersten gefüllt mit Menschen; Ermittler, die Regenschirme in den Händen hielten, Polizisten, die durchsichtige Regenponchos trugen, und Schaulustige, die von diesem Spektakel aus ihren Wohnungen gelockt worden waren und jetzt hier versammelt standen. Alle versuchten, einen Blick auf eine bestimmte Stelle zu erhaschen. Doch die Leute versperrten sich gegenseitig die Sicht.

An der Stelle, an der die Gasse auf die Klippe führte, lag ein junger Mann. Lichter aus Taschenlampen, die wetteifernd auf ihn gerichtet waren und chaotisch hin und her zitterten, malten Flecken auf ihn; sie erweckten den Eindruck, als würde der tote Körper mit Füßen getreten. Dem Toten fehlte der linke Arm. In seiner linken Brust klaffte ein Loch.

Yang Changgeun fragte sich, was das Leben für diesen Jungen bereitgehalten hätte, wenn er ihn damals, als er ihm auf dem Flur des Polizeireviers gegenüberstand, gefangen genommen hätte. Aufgrund des Regens, der schon den ganzen Tag fiel, war der tote Körper sehr sauber; es war kein einziger Tropfen Blut an ihm zu sehen. Das Gesicht des Verstorbenen wirkte klar und rein.

Changgeun kämpfte sich zwischen den Menschen hindurch und ging in Richtung Klippe. An ihrem Ende erstreckte sich vor ihm das Meer, dessen Rauschen vom Prasseln des Regens überdeckt wurde. Changgeun leuchtete mit der Taschenlampe auf das Meer hinunter. Das Licht war jedoch zu schwach und konnte nicht mal ansatzweise einen winzigen Punkt auf der Wasseroberfläche hinterlassen, geschweige denn das Meer wirklich erhellen. Er drehte sich um und blickte dorthin, wo der Tote lag; nach wie vor umgab ihn eine Menschentraube.

»Hier war es!«, kam ihm in den Sinn. Genau hier hatte jemand gestanden und ihm gegenüber dann der Junge. Von hier aus hatte etwas dessen Brust durchbohrt. Sein Arm hatte auf dem Außenflur vor Wohnung Nr. 403 des Yeongjin Apartmentkomplexes gelegen. Dort hatte jemand demnach bereits einen Schuss auf ihn abgegeben, ihn von dort bis hierher verfolgt und ihm den zweiten Schuss verpasst, der für den Jungen schließlich tödlich war.

Viele Fragen warfen sich für Changgeun auf.

Die erste Frage galt dem Einschussloch in der Brust des Jungen. Saubere Wundränder in Form eines makellosen Kreises. Also handelte es sich um die gleiche Waffe. Die Größe des Lochs war diesmal jedoch viel kleiner als in den anderen Fällen. Hieß das, dass bei dieser Waffe die Intensität des Lasers regulierbar war?

Die zweite Frage bezog sich auf die Position des Jungen. Wenn er von jemandem verfolgt worden war, müsste er bis zum Ende der Gasse geflohen sein, wo Changgeun jetzt stand; dementsprechend sollte seine Leiche nicht an der Einfahrt, sondern hier liegen. Was, wenn er aber nicht verfolgt worden war? Dann wäre es möglich, dass hier an dieser Stelle jemand auf ihn gewartet hatte. Überdies war am Tatort die Laserpistole nicht gefunden worden. Diese Tatsache ließ durchaus die Annahme zu, dass die Person, die ihn getötet hatte, seine Waffe mitgenommen hatte.

Die Uhrzeit des Todes war ebenfalls bedeutsam. Der Junge hatte einen Arm verloren, folglich durfte man davon ausgehen, dass er sich mit dieser schweren Verletzung nicht sehr lange in dieser Gasse aufgehalten hatte. Und wenn das stimmen sollte, hatte er sich hierher teleportiert und war kurz danach gestorben. Er war der einzige Mensch gewesen, der zur Teleportation fähig war, soweit Changgeun wusste. Zusammenfassend konnte man demnach mit großer Sicherheit sagen, dass jemand hier an der Klippe auf ihn gewartet hatte. Die Waffe, die ein Loch in seine Brust gebohrt hatte, war zweifellos eine Laserpistole.

Die Person, die eine solche Pistole besessen hatte, war ebenfalls nur dieser Junge gewesen, soweit es Changgeuns Wissensstand betraf. Aber der Junge war eben selbst mit genau einer solchen Waffe getötet worden.

»Hat ihm jemand die Waffe vorher abgenommen? Hat jemand die gleiche Waffe? Wenn ja, dann könnte das bedeuten, dass die Person, die ihn getötet hat, auch Ryu Jeonghun im Vernehmungsraum umgebracht hat. Wenn das stimmen sollte, konnte der Junge nicht die einzige Person gewesen sein, die im Besitz einer Laserpistole war.«

Im Umkehrschluss musste gleich darauf eine weitere Frage folgen: »War der Junge wirklich die einzige Person, die zur Teleportation fähig war?«

Während Changgeun tief in Gedanken versunken war und sich Fragen über Fragen stellte, hatten sich die Kollegen um den Leichnam gekümmert und waren im Begriff, sich vom Tatort zurückzuziehen. Einer von ihnen rief Changgeun zu, er solle endlich kommen. Er ging die Gasse hinunter zu den anderen, schaute aber vorher aufs Meer zurück, richtete noch einmal seine Taschenlampe die nächtliche Klippe hinunter und schwenkte sie hin und her, wohl wissend, dass es nichts bringen würde. Da war nur die undurchdringliche Dunkelheit, die dort unten brauste, sonst gab es nichts. Er ließ seine Taschenlampe direkt nach unten strahlen. Der Abgrund war ziemlich tief. Es wäre Unsinn gewesen, hätte er erwartet, dass das Licht der Taschenlampe bis auf den Grund der Klippe reichen würde. Er hielt das Licht mehr oder weniger sinnlos weiter nach unten gerichtet, und es war nichts zu sehen.

Resigniert hob er den Kopf an. Seine Kollegen, die zuvor mit ihren Taschenlampen eine einzige Masse aus Licht gebildet hatten, fuhren mittlerweile die Gasse hinunter. Auch er sollte sich langsam dieser Masse anschließen. Er schwenkte den Lichtstrahl seiner Lampe von der Klippe weg und wollte sich umdrehen. In diesem Moment funkelte etwas. Er leuchtete mit der Taschenlampe erneut die Klippe hinunter in den Abgrund und schwenkte das Licht hin und her. Da funkelte wieder etwas. Etwas, das da unten lag, reflektierte das Licht der Taschenlampe. Es bestand nicht der geringste Zweifel, dass dort unten etwas war, das Licht reflektierte.

* * *

Es war tiefe Nacht, und die Trinkrunde ging immer noch weiter. Im Zimmer – dem einzigen separaten in dieser Lagerhalle – hörte Uhwan, wie die Leute in der Halle immer betrunkener wurden. Sie lachten viel, und auch Sunhee lachte mit. Mit diesem fröhlichen Lachen im Ohr dachte Uhwan nach: Sunhee hatte Kim Hwayeong getötet, und Park Jongdae hatte drei Menschen ermordet, die seinen Leuten diese Lagerhalle überlassen hatten. Die drei Leichen lagen immer noch irgendwo hier herum. Sunhee hatte den Treiber gezwungenermaßen getötet, weil er Uhwan retten musste, und auch Jongdae hatte die drei nur erschossen, weil er seinen Leuten einen sicheren Zufluchtsort vor der Polizei anbieten musste. Das war Uhwan bewusst, trotzdem konnte er nicht mit absoluter Sicherheit sagen, ob Sunhee und Jongdae wirklich keine andere Wahl gehabt hatten. Gab es Dinge, für die man jemanden ermorden durfte? Er fand keine Antwort darauf.

Uhwan schlief kaum. Er hatte nicht vor, das Zimmer zu verlassen und sich zu den anderen an den Tisch zu setzen, aber er musste auf die Toilette, und diese Lagerhalle hatte nur eine einzige. Daher öffnete er die Tür und ging aus dem Zimmer. Das Lachen der Leute verstummte auf der Stelle.

Alle schauten zu ihm. Auch er erwiderte die Blicke. Sunhee war ein Teil dieser Gruppe. Er fügte sich nahtlos in dieses Bild. Uhwan starrte ihn nur an, wie er mit den Leuten aus dieser Gruppe zusammensaß, und ertappte sich dabei, wie er sich »dieser Gruppe« nicht zugehörig fühlte. Er befand sich in Isolation und spürte das erst jetzt, nachdem er aus dem Zimmer gekommen war. Er hatte keine Sprache, in der er mit den anderen kommunizieren konnte.

Die unerwartet eingetretene peinliche Stille zog sich in die Länge. Uhwan bewegte sich in Richtung Toilette. In diesem Moment fragte Jongdae ihn, ob er einigermaßen zufrieden mit dem Schlafplatz sei und ob er und die anderen zu laut gewesen seien und ihn geweckt hätten. Dann fügte er noch hinzu, dass es eine Zeit lang leider schwierig sein werde, in den Yeongjin Apartmentkomplex zurückzukehren, allerdings nur vorläufig. In ein paar Tagen sollte es wieder möglich sein. Und ab diesem Tag würden sie hier in dieser Zeit überall in Sicherheit und unbehelligt leben können.

Während Jongdae einen ernsten Ton anschlug, wurde es auch in der Runde plötzlich unverkennbar ernst. Jongdae hob daraufhin sein Glas, alle stießen mit ihm an und tranken ihre Gläser aus. Anschließend erzählte er noch einiges mehr, und Uhwan hörte ihm zu. Danach ging er endlich auf die Toilette. Als er von dort zurückkam, setzte er sich aber nicht zu den anderen, sondern ging direkt in sein Zimmer. Sobald er die Zimmertür geschlossen hatte, wurde draußen wieder gelacht, als ob man nur darauf gewartet hätte.

Es war für Uhwan ein Rätsel, über welches Ereignis diese Leute sich freuten und worauf sie anstießen. Park Jongdae hatte außerdem gesagt, sie würden »hier in dieser Zeit überall in Sicherheit und unbehelligt leben können«. Handelte es sich dabei wirklich um etwas, worauf Uhwan sich freuen sollte? Da war er ebenfalls nicht mehr sicher, denn jetzt war unter den Getöteten auch noch Kim Hwayeong.

Die Tür ging auf. Sunhee kam ins Zimmer. Er war betrunken und lächelte. In seinen Händen hielt er einen Pappteller mit etwas rohem Fisch, eine Flasche Schnaps und zwei Gläschen. Er stellte alles auf einem kleinen Tisch vor sich ab und setzte sich auf einen ebenso kleinen Stuhl. Dann saß er für eine Weile nur da wie jemand, der vergessen hatte, was er eigentlich gerade machen wollte.

Sunhee gab Uhwan ein Glas, und dieser nahm es entgegen. Anschließend füllte er dessen Glas und sein eigenes. Sunhee trank sein Glas zuerst aus, danach leerte Uhwan seines. Uhwan trank zum ersten Mal Alkohol, seitdem er hier war. Der Schnaps war stark. Sein Gaumen brannte förmlich, weswegen er ein bisschen hustete. Das brachte wiederum Sunhee zum Lachen. Er füllte die Gläser erneut, und die beiden leerten sie noch einmal. Langsam war auch Uhwan betrunken.

Sunhee fragte ihn nicht, woher er Park Jongdae kenne oder wie er in diese Gruppe gekommen sei. Nichts davon. Er fragte ihn absolut nichts davon, sondern betrank sich einfach weiter. Uhwan konnte nicht sagen, ob Sunhee keine Frage stellte, weil er sich für die Antwort gar nicht interessierte oder weil er es bewusst nicht wissen wollte.

Uhwan erzählte auch nicht, dass er in Wirklichkeit zusammen mit dem Treiber, den Sunhee getötet hatte, hierhergekommen war und dass jener Junge nur dann hätte zurückgehen können, nachdem er ihn, Uhwan, umgebracht hätte. Er erzählte nicht, dass er bereits zwölf Menschen ermordet habe, um selbst

245

hierbleiben zu können. Dass Kanghee übrigens schwanger sei, kurioserweise sei dieses Kind er selbst, und deswegen sei er erstaunlicherweise der Sohn von ihm, Sunhee. Er erzählte absolut nichts davon, er betrank sich einfach weiter.

Ihm gefiel es nicht schlecht, sich zusammen mit seinem jungen Vater zu betrinken. Er fand es schön, dass er mit ihm hier zusammensaß.

Sunhee erzählte von seinem Freund Park Jeonggyu und Uhwan von Bongsu. Sunhee erfuhr, dass Uhwan auch vorher als Gehilfe in der Küche einer Gaststätte gearbeitet hatte, und Uhwan erfuhr, dass Sunhee einen Freund hatte, auf den er sich verlassen konnte.

Der Junge sagte, dass es schön war, Uhwan zu haben, der für ihn jederzeit, ob um Mitternacht oder in der Morgendämmerung, Knochensuppe zubereitet hatte, und dass diese ihm jedes Mal fantastisch geschmeckt habe. Uhwan erinnerte sich daran, dass es ihm stets eine große Freude gewesen war, Sunhee beim Essen der Knochensuppe zuzusehen.

Er hatte immerzu gewartet. Wenn er das Motorrad gehört hatte, war er in die Küche gegangen. Er war bereits dabei, die heiße Brühe in die Schüssel zu geben, wenn Sunhee die Tür der »Busaner Knochensuppe« öffnete. An den Tagen, an denen hinter Sunhee auch Kanghee erschien, vergrößerte sich seine Freude um ein Vielfaches. Sobald er Kanghee gesehen hatte, bereitete er schnell noch eine weitere Schüssel Knochensuppe zu, und wenn er dann mit den beiden Schüsseln aus der Küche trat, war er überglücklich. Zu dritt an einem Tisch sitzend, war er unendlich glücklich.

Genau aus diesen Momenten des Glücklichseins entsprang sein Wunsch hierzubleiben. Hier hatte er die glücklichen Momente mit dem Vater, den er zuvor nie im Leben gehabt hatte. Hier war die Mutter, die er zuvor nie gesehen hatte.

Und die beiden waren immer noch hier.

Sein Vater, der so jung war, als wäre er sein Sohn, war ohne Zweifel hier. Seine Mutter, die noch unglaublich jung war, aber dennoch ihr Kind nicht aufgab, lebte ebenso hier. Wenn er hier leben würde, könnte er mit den beiden zusammen sein. Dafür brauchte er einfach nur hier zu leben, ganz gleich als wer oder mit wessen Gesicht auch immer.

Sunhee wurde zunehmend schweigsamer, je betrunkener er wurde. Er lachte auch immer seltener. Ihm fielen langsam die Augen zu. Dann murmelte er: »Es ist nicht einmal einen Monat her, dass ich von zu Hause weggegangen bin … Aber es fühlt sich für mich ganz normal an, und ich weiß nicht, ob es in Ordnung ist, dass es sich so normal anfühlt … Vielleicht weil die Pistole gar kein Geräusch macht, wenn ich sie abfeuere? Oder weil da kein Blut in die Luft spritzt? Ich finde es auf jeden Fall gut, dass es etwas gibt, was ich kann. Wobei ich mir noch nicht sicher bin, ob ich wirklich gut darin bin. Ich fühle mich einfach wohl, weil ich das Gefühl habe, dass sich Dinge im Vergleich zu gestern ändern.«

Uhwan verstand nicht ganz, was er meinte.

»Du hast doch gesagt, dass ich einfach das machen soll, was ich gut kann, und kein langweiliges Leben führen soll.«

Uhwan war nicht wenig überrascht und wusste nicht, wie er darauf reagieren sollte.

»Du bist ja da, und das ist nicht übel …«

Sunhee schlief ein. Uhwan trank alleine weiter. Der Regen hatte aufgehört. Er leerte noch ein paar Gläser. Dann ging er aus dem Zimmer.

Die Trinkrunde draußen war auch zu Ende gegangen. Auf einem Sofa schlief Jongdae und auf einem anderen der kräftig gebaute Mann. Die Leichen waren nicht mehr zu sehen. Der kleine dicke Arzt, dessen Lachen Uhwan ungemein störte, war auch nicht mehr da. Er ging auf die Toilette und dort fand er den Arzt vor. Dieser nickte Uhwan zu und lächelte, ohne einen Ton zu sagen. Uhwan erwiderte diesen Gruß, indem er den Kopf leicht beugte. Er pinkelte in das alte Urinal.

Der Arzt, von dem Uhwan gedacht hatte, dass er die Toilette wieder verlassen habe, stellte sich plötzlich neben ihn und fragte: »An welchem Tag soll die Operation denn stattfinden?«

* * *

Die Mitbewohnerin von Park Hyeonju tat schließlich ihren letzten Atemzug. Die Todesursache war starker Blutverlust. Sie lag auf dem Obduktionstisch, als Changgeun aufs Revier zurückkam, nachdem die Angelegenheit mit dem Leichnam des Jungen geregelt worden war. Der Junge war vor ihm im Obduktionssaal angekommen. Er und die Mitbewohnerin lagen jetzt nebeneinander auf Obduktionstischen. Unter der linken Schulter des Jungen lag dessen linker Arm, den das forensische Team am zweiten Tatort gefunden hatte. Neben Dr. Tak stand Doyeong.

»Der Wievielte ist das jetzt eigentlich innerhalb so kurzer Zeit?«, fragte Dr. Tak seufzend.

Doyeong schwieg. Changgeun wusste auch nicht, was er auf die Worte des Doktors erwidern konnte. Die Mitbewohnerin weilte nicht mehr unter den Lebenden, daher gab es keine Möglichkeit, sie zu fragen, was vorher mit ihr geschehen war. Und was den Jungen betraf, wusste man längst, dass seine Identität nicht so leicht festzustellen wäre.

Im Obduktionssaal redeten die Toten unaufhörlich. Dr. Tak hörte sich ihre Geschichten aufmerksam an und erzählte den Ermittlern daraufhin alles, was er gehört hatte, ohne auch nur ein Detail auszulassen. Was die Leichen ihm mitteilten, war normalerweise bedeutsam. In der letzten Zeit gab es allerdings selten Fälle, bei denen er dies sagen konnte.

Mittlerweile verkörperte der Obduktionssaal für die drei Anwesenden nicht mehr den Ort, an dem man neue Informationen in Erfahrung brachte, sondern den Raum, in dem sie ihre eigene, seit Langem feststehende Unfähigkeit vor Augen geführt bekamen.

* * *

Es war tiefe Nacht. Der Regen hatte aufgehört. Alle menschlichen Fleischstücke, die im großen alten Kühlraum in Nr. 403 gehangen hatten, waren mit einigen Kühlwagen ins Polizeirevier transportiert worden. Doch im Revier stand nicht genug Platz für sie zur Verfügung. Sie wurden dementsprechend in die Leichenhallen der nahe liegenden Krankenhäuser weitertransportiert. Die Entscheidung, ob bei diesen Fleischstücken eine Autopsie durchgeführt werden sollte, stand noch aus.

Der Fleischer, der aus Nr. 403 auf die Polizeistation abgeführt worden war, befand sich im Vernehmungsraum. Mit dem Kopf auf dem Tisch schlief er, als Changgeun und Doyeong dort ankamen. Die beiden brauchten nicht einmal Worte zu wechseln; auf der Stelle verließen sie den Raum wieder und machten die Tür leise hinter sich zu.

»Lassen Sie uns anfangen, wenn die Sonne aufgeht. Wir sollten uns auch ein bisschen ausruhen. Einverstanden?«, fragte Doyeong seinen Kollegen, während sie sich vom Vernehmungsraum entfernten. Changgeun stimmte ihm mit einem Kopfnicken zu. Der heutige Tag war ohnehin viel zu lang gewesen. Der Mann aus Nr. 403, der jetzt im Vernehmungsraum schlief, hatte von Changgeun eine Visitenkarte verlangt und sie auch erhalten. Er war nicht geflohen, sondern am Tatort geblieben und hatte auf seine Verhaftung gewartet. Mit nach vorne ausgestreckten Händen, damit man ihm Handschellen anlegen konnte, hatte er gemeint, dass man ihn abführen solle. Die beiden Ermittler waren sich sicher, dass dieser Fleischer sehr viel zu erzählen hatte. Möglicherweise eine richtige Schaudergeschichte. Changgeun und Doyeong benötigten etwas Schlaf, um sich solch eine wahrscheinlich lange und schauderhafte Erzählung anhören zu können. Ja, sie mussten vorher zumindest ein wenig Schlaf bekommen. Sie mussten dafür sorgen, dass sie morgen im Vernehmungsraum hellwach waren und einen klaren Kopf hatten, damit sie sich immer und immer wieder würden vergewissern können, dass es sich um keinen Albtraum handelte, was ihnen da erzählt wurde.

17

Aus dem Haupteingang des Polizeireviers strömten Ermittler und uniformierte Polizisten heraus. Es war früher Morgen. Sie machten sich erneut auf den Weg zu der Gasse, in der gestern die Leiche mit dem Loch in der Brust gefunden worden war. Zunächst hatten sie festzustellen, was das funkelnde Etwas gewesen war, das Yang Changgeun gestern unten an der Klippe gesehen hatte. Auch war es unvermeidbar, die Umgebung des Tatorts anschließend noch einmal lückenlos abzusuchen, zumal der Regen aufgehört hatte.

Während die anderen zum Einsatzort eilten, blieben Changgeun und Doyeong auf dem Revier zurück. Sie hatten an diesem Morgen schon etwas anderes zu tun. Changgeun hatte nach langer Zeit endlich mal wieder genug geschlafen. Er konnte nicht ganz sicher sagen, ob es auch seinem Kollegen grundlegend an Schlaf mangelte, aber heute sah er definitiv ausgeschlafener aus als sonst. Die beiden Ermittler gingen in den Vernehmungsraum. Der Mann war wach.

* * *

»Was wir gegessen haben, war Schweinefleisch. Das, was Sie dort im Kühlraum gefunden haben, war nicht für uns zum Essen vorgesehen«, begann der Fleischer.

Die Ermittler hatten das Gefühl, dass es nun so weit war und der Albtraum seinen Anfang nehmen würde.

»Es sieht so aus, dass es zumindest Sie am Nacken und hinter den Ohren nicht so, na ja, wahnsinnig juckt, kann das sein?«, fragte Doyeong wie zum Spaß.

Der Mann antwortete, und zwar ohne zu stocken und sehr natürlich, als ob er eine Rede vortragen würde, auf die er sich schon lange vorbereitet hatte. Er berichtete ruhig und sogar freundlich, als würde er einem guten Bekannten eine kleine Episode seines Alltags erzählen. Der Inhalt seiner Erzählung jedoch war für die Ohren der Ermittler extrem schockierend. Die einzelnen Worte und Sätze waren Beweise und Aussagen, denen sie seit Langem hinterhergejagt waren. Es war ein Geständnis, das dem Mann nicht leichtgefallen sein dürfte.

»Die Operation, bei der einem die Gesichtshaut eines anderen übergezogen wird, hinterlässt keine Narben mehr, und es juckt auch nicht, seitdem der Zyklop den Eingriff durchführt. Der Vermittler war der Einzige, bei dem durch die Gesichtsoperation Narben entstanden waren. Damals hatten wir den Zyklopen noch nicht. Ach nein, der Zyklop hat ja auch den Geschäftsmann operiert. Aber an dem Tag ist der Mann, von dem der Geschäftsmann das Gesicht bekommen hat, mittendrin geflohen, und es gab ein ziemliches Durcheinander; deswegen konnte die Operation nicht reibungslos zu Ende gebracht werden.«

Die Ermittler hörten lediglich zu.

»Der Zyklop hat sich oft für den Geschäftsmann geschämt, der seinen einzigen Fehler zur Schau getragen hat. Wir nennen uns untereinander so. Der Vermittler ist ... Park Jongdae und der Geschäftsmann Ryu Jeonghun.«

Nach dem Zyklopen kamen die Namen Park Jongdae und Ryu Jeonghun dem Mann viel zu leicht über die Lippen, das verblüffte die beiden Ermittler ungemein. Es verschlug ihnen sogar kurz die Sprache.

»Und Sie?«, fragte Doyeong nach einer kleinen Pause.

»Der Zyklop hat auch mich operiert. In Wirklichkeit war der Geschäftsmann sein erster Patient, aber offiziell bin ich sein erster. Der Zyklop ist die Nummer eins unter den besten plastischen Chirurgen. Er verwendet ein Klebemittel bei seiner Arbeit. Die Haut wird nicht zusammengenäht, sondern zusammengeklebt. Wenn dieses Klebemittel anstatt der Fäden zum Einsatz kommt, bleibt zum einen keine Narbe zurück, zum anderen wirkt es fördernd bei der Reproduktion der Haut; deswegen kann man schon einen halben Tag nach dem Eingriff mit einem neuen Gesicht wieder seinem Alltag nachgehen. Das war zumindest die Erklärung des Zyklopen. Nur einen halben Tag später ist man also ein anderer Mensch.«

»... Wollen Sie uns damit sagen, dass es außer Park Jongdae, Ryu Jeonghun und Ihnen noch weitere Personen gibt, die diese Operation bekommen haben und jetzt als völlig anderer Mensch leben?«, fragte Changgeun den Mann.

An dieser Stelle zögerte der Fleischer zum ersten Mal. Nein, er zögerte nicht, sondern er wurde vielmehr etwas vorsichtiger als zuvor. Changgeun schaute sich den Namen an, den der Mann für das polizeiliche Protokoll als seinen registrierten Namen angegeben hatte. Dort waren auch seine Fingerabdrücke abgenommen worden. Sein Name lautete Uh Hoseok.

»Na gut, damit wollen Sie also sagen, dass Sie nicht Uh Hoseok sind. Der Uh Hoseok, der beim Bürgeramt registriert ist, sind nicht Sie. Habe ich Sie da richtig verstanden?«

Uh Hoseok grübelte. Seine nächsten Worte wählte er behutsam.

»Ja, es gibt noch mehr von uns, die der Zyklop operiert hat.«

Diese Antwort brachte die Ermittler unter ungeheure Anspannung.

Hoseok fuhr fort: »Aber ich bin mir nicht sicher, ob es in Ordnung wäre, wenn ich Ihnen auch die Namen dieser anderen Personen jetzt preisgeben würde. Diese Leute haben hier schon ein Leben, ein neues Leben. Viele von ihnen führen ein zufriedenes und problemloses Leben. Aus diesem Grund weiß ich nicht, ob ich das Recht habe, auch etwas über diese Leute auszusagen.«

Die Ermittler schwiegen.

»Aber über mich will ich aussagen, ja, über mich. Deswegen bin ich ja hierhergekommen. Ich wäre ohnehin irgendwann aus freien Stücken zu Ihnen gekommen, wenn ich nicht auf diese Art und Weise hier gelandet wäre. Ich habe gezögert, weil ich die Leute, mit denen ich zusammen war, ins Herz geschlossen habe, ja, das ist der Grund. Die meisten von ihnen führen ein zufriedenes, aber nicht unbedingt beneidenswertes Leben. Man hat schnell einander gern, wenn man unter ähnlich ungünstigen Umständen lebt. Dennoch habe ich mich entschlossen, dieses Leben hinter mir zu lassen.«

Der Mann machte eine kurze Pause, die auch den Ermittlern willkommen war, denn was er da erzählte, waren unglaubliche neue Erkenntnisse.

»Wie weit Sie das glauben, was ich Ihnen erzähle, das ist Ihre Sache.«

Weder Changgeun noch Doyeong erwiderte irgendetwas.

»Die Temperatur des Kühlraums wird unter fünf Grad gehalten. Das hängt damit zusammen, dass der Frischegrad des Fleisches nur so gewährleistet werden kann. Alle Fleischstücke im Kühlraum habe selbstverständlich ich verarbeitet. Ich war Fleischer. Man nennt diesen Beruf auch Fleischhauer oder Schlachter. Auch ich gehöre zu den absolut Besten dieser Zunft. Es sind in der Regel ausschließlich solche Leute, die der Vermittler für seine Gruppe zusammenstellt. Menschen, die er braucht. Menschen, die er als Mitglieder für die Welt braucht, die er zukünftig erschaffen will. Ein kompetenter Arzt, ein hervorragender Geschäftsmann, eine gewöhnliche Beamtin, ein ausgebildeter Soldat, ein kaltblütiger Terrorist, all jene, die der Vermittler für verschiedenste Bereiche braucht. Solche Leute von hier und auch von dort wählt er selbst aus und nimmt sie in seine Gruppe auf. Wir sind von weit her hierhergekommen und haben dafür unser Leben aufs Spiel gesetzt; in dem Moment, in dem wir anfangen, hier ein Leben aufzubauen, bekommen wir selbstverständlich die Befugnis, Bürger der Welt des Vermittlers zu sein. Park Jongdae hat zweifelsohne eine gute Seite, das kann ich Ihnen versichern.«

»Okay, das ist ja alles schön und gut, aber was meinen Sie mit ›von weit her‹? Woher kommen Sie? Nicht aus Südostasien, richtig?«, fragte Doyeong ungeduldig.

Der Mann ließ sich jedoch nicht aus dem Konzept bringen und redete weiter, was Changgeun nur sehr recht war: »Auch ich bin Bürger jener Welt. Freilich ein unverzichtbares Mitglied. Zu guten Zeiten habe ich an einem Tag mehr als zweihundert Rinder und Schweine mit nur einem einzigen Messer verarbeitet.

Vorher wäre ich nie selbst auf die Idee gekommen, aber eines Tages hat der Zyklop mir bei der Arbeit zugesehen und gesagt, ›das ist eine Kunst‹. Seitdem nennt man mich den Künstler. Der Zyklop hat dafür gesorgt, dass ich Künstler genannt wurde.«

Die Ermittler blieben stumm.

»Wenn ich Menschen bekomme, sind sie bereits nicht mehr am Leben. Alle inneren Organe sind auch bereits herausgenommen. Vorher habe ich Rinder und Schweine verarbeitet, mit Menschen hatte ich aber keine Erfahrung. Von daher war es anfangs psychisch enorm belastend für mich gewesen. Aber wir Menschen kennen uns mit dem Körper viel besser aus, als wir glauben. Die inneren Organe werden verkauft. Die Toten stammen meistens von dort. Es ist eine absolute Seltenheit, dass ich Menschen von hier zur Verarbeitung bekomme. Das sind dann diejenigen, die eine große Bedrohung für unsere Existenz dargestellt haben, und das passiert nur, wenn es unbedingt notwendig ist. Wenn es wirklich unvermeidbar war, nur dann haben wir Menschen von hier genommen. Diese Tatsache hat meine psychische Belastung etwas gemindert … Wir bemühen uns, hier ansässig zu werden. Jedoch nicht um jeden Preis. Wir stecken viel Energie darein, den hiesigen Menschen möglichst keinen Schaden zuzufügen. Auch wenn es nicht danach aussehen mag, wir sind mit ganzem Herzen dabei, das kann ich Ihnen versichern.«

Changgeun und Doyeong hörten dem Mann nur zu. Es war ihnen immer noch ein Rätsel, welchen Ort der Mann mit »dort« meinte.

»Ich bin auch dort Fleischer gewesen. Dort ist Fleisch mittlerweile sehr kostbar geworden. Normale Rinder und Schweine, die man früher hatte, sind fortwährend rarer geworden. Jeden Morgen habe ich ein eigenartiges Tier geschlachtet, das keinen eigenen Namen hat, weswegen man es lediglich »das Ding« oder »jenes Ding« nennt. Es war kein Leben, auf das irgendjemand neidisch sein könnte. Eines Tages hat man mir gesagt, dass ich an einen anderen Ort könne, auch wenn es mit dem großen Risiko verbunden sei, dass ich dabei mein Leben verliere. Ich bin dieses Risiko eingegangen und hierhergekommen. Danach hatte ich den Wunsch, für immer hier zu leben, und mithilfe des Vermittlers ist mein Wunsch in Erfüllung gegangen. Ich konnte und kann hier leben. Es hat Momente gegeben, in denen ich mich sehr darüber gefreut habe, hier zu sein. Auf jeden Fall war und ist mein Leben hier ein viel besseres als das, was ich dort geführt habe. Hier habe ich ein besseres Leben, eine bessere Gegenwart; wesentlich besser als dort. Man lernt, davon überzeugt zu sein. So will und möchte ich es glauben.«

Der Mann hatte die ganze Zeit ziemlich sachlich gesprochen, als trüge er eine vorbereitete Rede vor. Als er aber den letzten Satz »so will und möchte ich es glauben« sagte, zitterte seine Stimme ein wenig.

»Auch heute können Sie uns nicht erkennen. Wir stehlen Ihnen, was Ihnen gehört, Stück für Stück, aber Sie werden uns nicht ausfindig machen können, und wir werden Ihnen alles entwenden. In Zukunft wird es zunehmend schwieriger werden, uns und die hiesigen Menschen auseinanderzuhalten. Sie werden bis in alle Ewigkeit nicht in Erfahrung bringen können, wer wir sind und wer von denen, die Ihnen auf der Straße begegnen, zu unserer Gruppe gehört. Das können Sie nicht, weil wir ein anstrengenderes Leben führen als die Leute von hier. Wir leben jetzt sogar viel beharrlicher und angestrengter als dort, was auch schon alles andere als leicht gewesen war, nur um weiterhin hierbleiben zu können.«

»Ach, mein Gott, wer nicht? Wer führt nicht heute schon ein anstrengendes Leben? Auch wir geben tagtäglich alles Menschenmögliche. Ich zum Beispiel konnte wegen dieser Sache hier gestern keine Sekunde Schlaf finden«, meckerte Doyeong. Eigentlich war an seiner Aussage nichts Besonderes; allerdings merkte Changgeun, dass das Benehmen seines Kollegen heute ein bisschen anders war und er im Moment mühsam gegen seine anhaltend hohe Nervosität ankämpfte.

Der Mann machte diesmal eine längere Pause, bis er wieder fortfuhr: »So zu leben wird jedoch von Irrationalität begleitet. Obwohl wir einfach so leben, obwohl wir wie alle anderen leben, sind wir mit zu viel Irrationalität konfrontiert, um das hier fortführen zu können. Ich bin des Alltags müde, der eine Mischung aus Irrationalität und Starrsinn ist und den ich nur überstehen kann, indem ich mich selbst zu etwas überreden muss. Weil ich von alldem völlig erschöpft bin, habe ich mich entschlossen, damit aufzuhören. Zumindest für mich ist jetzt die Zeit gekommen, einen Schlussstrich zu ziehen. Es ging ohnehin um etwas, was ich … gestohlen habe. Mein Gesicht ist nicht mein Gesicht, und meine Wohnung ist auch nicht meine Wohnung. Ich wohne zwar in Nr. 403, aber die Wohnung gehörte ursprünglich nicht mir.«

Der Mann machte wieder eine Pause. Deshalb fragte ihn Changgeun: »Aber Herr Uh, wie können wir denn feststellen, wer Sie wirklich sind? Damit ist nicht gesagt, dass ich Ihnen nicht glaube, und es ist auch unsere Sache, ob wir Ihnen glauben oder nicht, wie Sie selbst gesagt haben. Trotzdem kann ich Ihnen sagen, dass es einige Personen gibt, die Ihnen keinen Glauben schenken würden. Ihr Name ist Uh Hoseok, und Sie haben das Gesicht von Uh Hoseok, aber wenn ich Ihre Fingerabdrücke in diesem Protokoll überprüfen lasse, werde ich bestimmt keine Registrierung finden, die mit Ihnen übereinstimmt.«

Der Mann schwieg zunächst weiter. Dann sagte er, als würde er eine ferne Erinnerung hervorkramen:»Ich hatte mir schon einmal überlegt, ob ich sie aufsuchen soll. Ich habe sogar ausfindig gemacht, wo sie wohnen, und ich hätte auch mal gerne gesehen, wie sie damals so waren. Aber das durfte ich nicht. Vor dem Gebäude, in dem ich wohne, gibt es einen Kinderspielplatz, ich habe jeden Tag auf diesem Spielplatz gesessen und meinen Herzenswunsch unterdrückt, einen Blick in die damalige Zeit zu erhaschen. Ich habe dieses Verlangen unterdrückt und dabei bin ich immer einsamer geworden. Weil ich mich, wenn ich das Verlangen meines Herzens unterdrücken wollte oder musste, mit meinem Starrsinn auseinanderzusetzen hatte. Ich musste mich überreden: Lass es. Es kann dadurch etwas passieren, dessen Konsequenzen ich nicht verantworten kann. Alles kann aus den Fugen geraten. Es ist keine gute Idee. Es könnte sich sogar als ziemlich gefährliche Angelegenheit entpuppen. Dadurch könnte ich vielleicht sehr schöne Erinnerungen zerstören … Ich würde mich aber freuen, wenn ich sie vielleicht einmal aufsuchen könnte beziehungsweise dürfte, nachdem ich meine komplette Aussage gemacht habe.«

»Himmel noch mal, wir fahren sofort los, egal wohin. Ich kann Sie überall hinfahren! Das Ganze ist ja kaum noch auszuhalten! Wohin jetzt also?!«

Auch Changgeun konnte es nicht mehr abwarten. Aber es war stets Doyeong, der früher aus der Rolle fiel.

»Nach Dongrae-gu Sajik-dong 143-36. Er ist jetzt zehn Jahre alt, nehme ich an. Sein Name ist Choi Mingu. Mittlerweile gibt es wahrscheinlich noch ein jüngeres Kind. Das ist vier Jahre alt.«

＊ ＊ ＊

Sunhee stand früh auf. Onkel Uhwan schlief noch. Leise ging er aus dem Zimmer.

Auf dem Tisch hatte die gestrige Trinkrunde kaum übersehbare Spuren hinterlassen. Der Stürmer schlief auf dem Sofa. Das andere Sofa war leer. Sunhee ging auf die Toilette und sah die kleine Tür, die zum OP-Raum führte. Er dachte, dass die anderen wohl dort seien.

Als er von der Toilette zurückkam, saß Jongdae auf dem Sofa, das zuvor leer gewesen war. Anscheinend war er früher aufgestanden. Er wollte mit Sunhee reden, also ging dieser zum Tisch, von dem noch starker Alkoholgeruch ausging, nahm einen Plastikstuhl von dort mit, stellte ihn vor Jongdae und setzte sich darauf.

»Kennst du die Südafrikanische Republik?«

»Nur den Namen.«

Jongdae begann, eine Geschichte zu erzählen: »In der Südafrikanischen Republik gab es ein zwanzigstöckiges Hochhaus, das im Jahr 1937 erbaut worden war. Lange galt dieses Gebäude als das höchste im Land. Aber im Jahr 1983 ist es innerhalb von sechzehn Sekunden eingestürzt. Einfach gesprengt worden. Das Verblüffende dabei war, dass die anderen Gebäude in der Umgebung durch diesen Einsturz absolut keinen Schaden erlitten haben, obwohl das Gebäude im Stadtzentrum gestanden hat. Ein Sprengstoff-Spezialist hat zwei Monate lang daran gearbeitet. Zuerst hat er die Konstruktion des Gebäudes studiert, dann hat er in die Säulen und Wände mehr als eintausend Löcher gebohrt und diese mit Sprengstoff gefüllt. Es versteht sich, dass er in die Wände, die stabiler waren als andere, mehr Löcher gebohrt und sie mit der doppelten Menge Sprengstoff gefüllt hat; außerdem hat er in alle Löcher Sprengzünder eingebaut. Dabei kamen insgesamt mehr als zehn Kilometer Stromkabel zum Einsatz. Sicher war das eine hochkomplizierte Angelegenheit. Wenn es sich um eine dermaßen schwierige Angelegenheit handeln würde, würde ich dich nicht dafür einsetzen. Ich selbst könnte so etwas auch nicht.«

Jongdae unterbrach seine Erzählung, schaute seinen Zuhörer an und sah in dessen Gesicht, dass er in ihm echtes Interesse geweckt hatte.

»Wir wollen kein Gebäude in die Luft jagen, sondern es nur zum Einsturz bringen. Es geht um das GSH-Building und darum, es möglichst in unzerstörtem Zustand kippen zu lassen. Das wäre optimal. Sechzehn Sekunden? Auch so schnell muss es nicht gehen. Nur die Fallrichtung soll genau stimmen. Nur die Richtung zählt, eine präzise Richtung. Das Hochhaus soll nur auf das Busan Polizeipräsidium fallen.«

Sunhee dachte nach.

»Auch das ist keine große Sache. Das Polizeipräsidium steht exakt im Westen des GSH-Buildings. Du brauchst bloß zum Gebäude zu gehen und in die untersten Säulen, also in die zwei westlichen Säulen, in der Lobby Löcher zu schießen. Ein gewöhnlicher Mann würde allein für das Bohren der Löcher mehrere Stunden benötigen, aber du hast doch deine Laserpistole! Es sind zwei Säulen, und du schießt jeweils drei Löcher. Dann brauchst du für eine Säule fünfzehn Sekunden, insgesamt dreißig Sekunden. Darüber hinaus kannst du per Teleportation zu der zweiten Säule, von daher benötigst du keinesfalls mehr Zeit. Dann werden nur die beiden Säulen zerstört, die sich auf der westlichen Seite des Gebäudes befinden. Das Hochhaus wird das Gewicht von 42 Stockwerken nicht mehr halten können, sich langsam zu einer Seite neigen und kurz darauf umstürzen. Wie ein riesiger Baum wird das Gebäude nach Westen hin fallen. Und du verschwindest per Teleportation aus dem Gebäude, bevor es einstürzt.«

Sunhee schwieg.

»Was ich also damit sagen will, ist Folgendes: Ich möchte, dass du das GSH-Building zum Einsturz bringst. Was meinst du? So etwas schaffst du doch mit links, oder?«

Sunhee war der Meinung, dass er das durchaus könnte. Er dachte kurz nach und sagte: »Ich sollte mich jedoch wenigstens maskieren.«

»… Was du nicht sagst!«

»Aber warum wollen wir das tun?«

»Weil ich jemandem versprochen habe, dass dieses Hochhaus einstürzt.«

Sunhee blieb für eine Weile stumm. Auf Jongdae wirkte er, als ob er seine Bedenken hätte. Zahlreiche Menschen würden dabei umkommen. Aber die Aufgabe an sich war keine schwierige für ihn. Auch keine ausnehmend gefährliche.

Er sollte später der Anführer der terroristischen Organisation »Asura« werden. Asura war eine Terroristengruppe, die selbst dort, von wo Jongdae kam, für ihre Brutalität bekannt war. Der Anführer war viel kaltblütiger und grausamer als der Sunhee der Gegenwart, sodass man sich nicht vorstellen konnte, dass der Junge zu diesem Mann würde, wenn man ihn gerade im Moment so sah.

Sunhees Zukunft war Jongdae bekannt. Das war auch der Grund, warum er ihn zu einem Mitglied seiner Gruppe gemacht hatte. Dadurch hatte er einen kaltblütigen Freund gewonnen. Er war davon überzeugt, dass Sunhee diese Aufgabe übernehmen würde. Im Hinblick auf die grausamen Taten, die Sunhee als An-führer von Asura in Zukunft begehen würde, stellte das Schießen von Löchern in die Gebäudesäulen eine Lappalie dar.

Jedoch schien der jetzige Sunhee, der gerade mal achtzehn Jahre alt war, seinem Alter entsprechend noch Bedenken bei dieser Sache zu haben. Daher hielt es Jongdae für nötig, den zukünftigen Asura-Anführer nachdrücklich von dieser Sache zu überzeugen, und so fuhr er fort: »Wenn dieses Hochhaus ein-stürzt, wird auch das Polizeipräsidium zerstört. Und dort im Präsidium befindet sich das KCSI. Mit der Zerstörung des Po-lizeipräsidiums werden alle Daten, die in diesem Zentrum ge-sammelt sind und verwaltet werden, auf einen Schlag vernichtet. Und diese Daten müssen vernichtet werden, wenn wir hier leben wollen. Am nötigsten ist das für deinen Onkel Uhwan. Dass ein Hochhaus umstürzt, das hat für uns keine große Bedeutung, aber die Folge, dass wir dadurch hier alle zusammen und un-behelligt leben können, ist wirklich ein großartiger Zugewinn!«

Sunhee sagte darauf nichts mehr. Irgendwann fragte er dann aber: »… Wann muss das Gebäude einstürzen?«

»Morgen um 10.48 Uhr. Sei pünktlich. Das ist sehr wichtig«, antwortete Park Jongdae.

* * *

Der Mann, der die Stelle des verstorbenen Ermittlers Choi Seongwon übernommen hatte, war am besten für die Aufgabe geeignet. Er war der Jüngste innerhalb des Ermittlerteams Eins und wusste daher ohnehin nicht immer genau, was sein Einsatz konkret von ihm verlangen würde. Vor allem war er derjenige mit dem geringsten Körpergewicht. Sich lediglich an einem Seil festhaltend, wurde er die Klippe hinuntergelassen. Dort angekommen, sammelte er alle kleinen Scherben ein, die verstreut herumlagen. So viele er sammeln konnte.

Das, was unten an der Klippe gefunkelt hatte, waren zerbrochene Spiegel. Sie sahen nicht alt aus, und es waren viele an der Zahl. Wahrscheinlich hatte jemand mehrere Spiegel auf einmal hinuntergeworfen. Es waren keine Spezialspiegel, sondern gewöhnliche, die man überall bekommen konnte. Wo und zu welchem Zweck diese Spiegel im Einsatz gewesen waren, ließ sich zwar nicht herausfinden, aber bei einigen Scherben waren kleine Spuren zu finden, die darauf hindeuteten, dass die Spiegel entweder gerußt oder durch Feuer geschmolzen worden waren. Das musste analysiert werden.

Wenn jemand diese Spiegel von oben aus der Gasse hinuntergeworfen hätte, und zwar gestern Nacht, dann könnte dieser Jemand mit dem Tod des Jungen in Zusammenhang stehen. Freilich war es auch denkbar, dass jemand aus der Nachbarschaft einfach seine Spiegel, die er nicht mehr brauchte, die Klippe hinuntergeworfen hatte, um die Extragebühr für Recyclingmüll zu sparen. Allerdings sahen die Spiegel wie neu aus, und es handelte sich auch nicht um einen, sondern gleich um mehrere. Waren diese Spiegel neu verkauft worden, dann musste es auch einen Käufer geben, und wenn dieser identifiziert werden könnte, wäre das bei den weiteren Ermittlungen bestimmt hilfreich. Wenn jemand mit dem Jungen, der gestern gestorben war, zusammen gewesen wäre, die Spiegel weggeworfen und sie zuvor auch selbst gekauft hätte und die Ermittler ihn ausfindig machen würden, dann hätte man den Fall so gut wie gelöst.

Der junge Ermittler erkundigte sich nach allen Geschäften, die Spiegel verkauften. Es waren nicht wenige. Jedoch war es nicht notwendig, sich nach allen Kunden zu informieren, die in der letzten Zeit solche Spiegel gekauft hatten. Denn während er mit seinen Kollegen Informationen austauschte, begann ein Laden herauszustechen. »Glas und Spiegel Namhae«. Der Sohn des Ladenbesitzers war sehr bedeutsam für den neuen Ermittler. Er hieß Park Jeonggyu und war ein guter Freund von Lee Sunhee, dem Kang Doyeong seine besondere Aufmerksamkeit schenkte, wie der neue Ermittler inzwischen erfahren hatte. »Der wird sich sicher freuen«, dachte er.

Er ging mit den Spiegelscherben, die er unten an der Klippe eingesammelt hatte, zu »Glas und Spiegel Namhae« und zeigte seinen Fund dem Ladeninhaber, der zugleich der Vater von Jeonggyu war, woraufhin dieser auf der Stelle bestätigte, dass er diese Spiegel führe. Er ergänzte, dass es sich um sehr gewöhnliche Spiegel handele und dass man sie theoretisch in jedem Geschäft bekommen könne. Der junge Ermittler hätte gerne noch mit Jeonggyu gesprochen, aber dieser war noch in der Schule. Auf dem Revier Bericht zu erstatten war eine dringlichere Angelegenheit, als mit Jeonggyu zu reden.

»Wissen Sie, wo Herr Yang ist?«, fragte der junge Ermittler Doyeong, weil er sich eigentlich auch in Anwesenheit von Changgeun mit seinem erstaunlichen Erfolg profilieren wollte. Er war nirgends zu sehen, und nur Doyeong war auf dem Revier.

»Er ist ins Viertel Sajik gefahren, um Fingerabdrücke abzunehmen. Warum?«, wollte Doyeong wissen.

Da er keine andere Wahl hatte, berichtete der junge Ermittler ihm, was er herausgefunden hatte. Doyeong war nicht besonders begeistert, dass es nur Spiegel gewesen waren, die unten an der Klippe gelegen hatten. Aber als der Name Park Jeonggyu erwähnt wurde, war er ganz Ohr, und als auch noch der Name

Lee Sunhee zur Sprache kam, schlug er mit der Hand auf seinen Schreibtisch und sagte: »Ich wusste es! Meine verdammte Intuition! Ich wusste, dass mein Sunhee noch jemand ganz Großes wird! Er war am Tatort, ja, hundert Prozent war er da! Er hat sich mit Park Jongdae zusammengetan. Die beiden stecken unter einer Decke. Wie spät ist es jetzt?«

»Wie bitte? Äh, 13.25 Uhr.«

Doyeong war längst aufgestanden und im Begriff, das Revier zu verlassen. »Ich hätte mit meinem Mittagessen gewartet, wenn Sie mir das ein bisschen früher erzählt hätten. Schicken Sie das Foto von Lee Sunhee an das Kontrollzentrum für Überwachungskameras und lassen Sie es dort durch das Gesichtserkennungsprogramm laufen. Finden Sie schnell heraus, wo dieser Bengel jetzt ist, und sagen Sie mir sofort Bescheid, wenn Sie ihn finden.«

»Wo gehen Sie hin?«

»Ich gehe Knochensuppe essen.«

* * *

Als Doyeong bei der »Busaner Knochensuppe« ankam, war die mittägliche Stoßzeit schon vorbei. Der Gästebereich war leer. Die Zimmertür ging auf, und Lee Jongin trat heraus. Er schien eben aufgewacht zu sein und sagte Doyeong auch in der Tat, dass er momentan mit der Gaststätte etwas überfordert sei und sich nach der Mittagszeit kurz hinlegen wolle. Doyeong bestellte eine Schüssel Knochensuppe.

Bis Doyeong seine Suppe aufgegessen hatte, saß Jongin an der Kasse und schaute fern. Er sagte nichts. Er fragte den Ermittler weder nach seinem Sohn, der von zu Hause abgehauen war, noch nach dem angeblichen Cousin seiner verstorbenen Frau, der aus der Gaststätte geflohen war. Er sagte nichts, obwohl er wusste, dass der Ermittler wegen dieser beiden Personen gekommen war.

Doyeong ergriff als Erster das Wort: »Ich wollte eigentlich etwas früher kommen, aber das habe ich nicht geschafft, weil bei uns zurzeit die Hölle los ist.« Das sagte er nicht einfach so. Er hatte tatsächlich sehr viele Fragen hinsichtlich des Knechts.

»Lee Uhwan heißt er. Woher er kommt, weiß auch ich nicht«, sagte Jongin, als hätte er bereits verstanden, warum der Ermittler ihn schon früher hatte aufsuchen wollen. Bis vor einigen Monaten sei Uhwan ihm völlig unbekannt gewesen. Er erzählte alles, was er über ihn wusste. Seine Erzählung fing mit seinem Sohn an: »Ich hatte von meinem Sohn erwartet, dass er mir hilft, wenn er groß geworden und zur Vernunft gekommen ist. Aber er hat nicht ansatzweise daran gedacht, mir in der Gaststätte auszuhelfen. An dem Tag, an dem er eingesperrt worden ist und daher nicht einmal nach Hause kommen durfte, ausgerechnet an jenem Tag ist Lee Uhwan hier aufgetaucht und hat gefragt, ob er bei mir in der Küche arbeiten darf. Er wollte sich davon nicht abbringen lassen. Ich habe es letzten Endes nicht vermocht, den fremden Mann wegzuschicken, und ihn bei mir aufgenommen. An dem Tag war ich sehr einsam, müssen Sie wissen.«

Er erzählte weiter, er habe eigentlich immer Hilfe gebraucht. Der fremde Mann war zuverlässig und kannte sich mit der Arbeit in der Küche bereits gut aus. Er war nett zu Jongin wie zu einem älteren Bruder und hatte vor allem mit seinem Sohn eine enge Beziehung. Wenn Sunhee tief in der Nacht oder bei Morgendämmerung nach Hause kam, servierte Uhwan ihm Knochensuppe, das wusste Jongin. Wenn er, sein Vater, ihm die Knochensuppe anbot, wollte sein Sohn davon allerdings nie etwas wissen.

Er hat die Suppe auch nicht gegessen, als Jongin sie ihm sogar in seine Zelle gebracht hatte. Doch die Suppe, die Uhwan ihm gab, aß er gerne. Jongin war glücklich darüber, und zugleich tat es ihm weh. Aber er war wie gesagt glücklich darüber, und dieses Gefühl war letzten Endes stärker.

Er war Uhwan dankbar und sehr froh, dass er seinem Sohn mit der Knochensuppe, die er selbst gekocht hatte, eine gute Mahlzeit bieten konnte, egal, wer sie ihm auch servieren mochte. Die Schülerin, der er verboten hatte, sich weiterhin mit seinem Sohn zu treffen, brachte Sunhee auch oft mit. Sie aß mit ihm zusammen die Suppe, die Uhwan ihnen aus der Küche brachte. Wenn er ihn, die trotzige Schülerin und den freundlichen Uhwan zusammen sah, hatte er das Gefühl, dass die drei eine richtige Familie waren. Weniger er, der der leibliche Vater Sunhees war, als vielmehr Uhwan schien mit Sunhee eine Familie abzugeben. »Die drei wirkten auf mich wirklich so, als hätten sie zueinander die engste Beziehung auf der Welt. So haben sie in meinen Augen ausgesehen. Ja, Sunhee hat eine engere Beziehung zu Uhwan als zu mir. Deswegen habe ich gedacht, dass alles andere bedeutungslos ist«, beendete Jongin seine Erzählung und begann, den Tisch abzuräumen, an dem Doyeong saß. Er sammelte das Geschirr zusammen, ging in die Küche und blieb unterwegs noch einmal stehen. Er schaute zurück, zögerte und fragte schließlich: »Geht es meinem Sohn gut?«

»… Irgendwie glaube ich, dass die beiden jetzt gerade zusammen sind«, sagte Doyeong ausweichend und erhob sich. Er bezahlte das Essen und verließ die Gaststätte. Bis er an der Hauptstraße ankam, sortierte er seine Gedanken: Lee Uhwan und Lee Sunhee hatten eine Beziehung, die enger war als die zwischen Vater und Sohn. Aber der Junge, der aus dem Nichts erscheinen und sich wieder in Luft auflösen konnte, hatte Uhwan töten wollen. Dieser Junge wurde dann wiederum von jemandem ermordet. An dem Tatort lagen Waren aus dem Laden, der dem Vater des besten Freundes von Sunhee gehörte. Ganz klar, Sunhee war auch diesmal ein potenzieller Verdächtiger.

Doyeong war froh. Seine Intuition hatte ihn nicht im Stich gelassen. Beim letzten Mal war es um eine Gewalttat gegangen, aber diesmal ging es um Mord. Sunhee wuchs zügig heran, könnte man sagen. Doyeong gefiel, dass üble Kerle immer übler wurden. Sein Traum war es, diese Kerle eigenhändig und zu dem Zeitpunkt festzunehmen, wenn sie zu den übelstmöglichen Kerlen geworden waren.

Wenn Doyeong die Aussage des Mannes aus Nr. 403 in Betracht zog, musste Uhwan entweder jemand von »hier« sein, den Park Jongdae brauchte, oder jemand von »dort«, der hier leben wollte. Wenn er aus der Ferne hierhergekommen wäre und dafür sein Leben aufs Spiel gesetzt hätte, hätte er bereits die Befugnis bekommen, Bürger der Welt zu werden, die Jongdae erschaffen wollte. Was genau hinter alldem stecken sollte, davon konnte sich Doyeong kein konkretes Bild machen, und er wollte es auch nicht unbedingt wissen. Was jedoch aus seiner Sicht feststand, war, dass Park Jongdae, Lee Uhwan und Lee Sunhee jetzt eine wesentlich engere Beziehung hatten als eine Familie. Davon war Doyeong fest überzeugt.

* * *

Sunhee ging aus der Lagerhalle und stieg in die U-Bahn. Park Jongdae hatte ihm beschrieben, wo das GSH-Building stand, und er machte sich wie jedermann ganz normal auf den Weg dorthin. Der Anweisung von Jongdae folgend, suchte er dann das GSH-Immobilienbüro auf, das sich im Untergeschoss des Hochhauses befand. Der Makler war im Büro. Sunhee stellte sich als Mitarbeiter der Firma vor, dessen Geschäftsführer vor Kurzem bezüglich des Busan-Knochensuppen-Franchises hier gewesen war, und sagte: »Mein Chef hat gesagt, dass er damals, als er hier war, leider keine Fotos gemacht hat, und deswegen hat er mich beauftragt, einige Aufnahmen von den Büroräumen zu machen.«

Der Makler zeigte dem Kunden sehr freundlich das Untergeschoss, den 23. Stock und den 28. Während Sunhee mit dem Makler durch das Gebäude lief, stellte er fest, dass das Polizeipräsidium genau in Richtung Westen lag. Er lobte die Räume, die der Makler ihm zeigte, und sagte ihm, er habe beim Betreten des Gebäudes besonders die Lobby großartig gefunden; schließlich bat er den Makler darum, sie ihm noch einmal zu zeigen. Der Makler führte seinen jungen Kunden mit Vergnügen durch die Lobby.

Sunhee schaute sich überall in der Lobby genauestens um, die von vier Säulen aufrecht gehalten wurde und eine hohe Decke besaß. Die Säulen lagen ab dem ersten Stockwerk, in dem die Büroräume begannen, hinter den Wänden der Räumlichkeiten, weswegen sie dort nicht sichtbar waren. Sunhee sah sich die beiden Säulen, die auf der Westseite Richtung Polizeipräsidium standen, besonders genau an.

Der junge Kunde verabschiedete sich vom Makler. Dann fuhr er ebenfalls mit der U-Bahn zurück. Während der Fahrt dachte er ununterbrochen darüber nach, womit er sich morgen maskieren sollte. Eigenartigerweise überkam ihn langsam Aufregung. Und merkwürdigerweise war er gar nicht schlecht gelaunt. Er genoss diese Aufregung.

Ein lebhafter vierjähriger Junge. Es war der jüngere Bruder von Choi Mingu. Der Vater war ein Lastwagenfahrer, der seinen mit Containern beladenen Lkw häufig zum Hafen fuhr. Ein bescheidener, fleißiger Arbeiter. Changgeun wurde von Mingus Mutter empfangen.

Sie war Hausfrau. Eine verständnisvolle und ruhige Person. Changgeun erklärte ihr die Umstände seines Besuchs möglichst ausführlich, damit sie sich keine Sorgen machte und auch keine Missverständnisse entstanden. Er zeigte ihr seinen Ermittlerausweis, und sie rief zusätzlich auf dem Polizeirevier an und vergewisserte sich noch einmal, ob er tatsächlich derjenige war, als der er sich ausgab. Im Anschluss an das Telefonat stellte sie noch einige Fragen. Erst danach erklärte sie sich bereit zu kooperieren.

Sie ließ Changgeun im Wohnzimmer Platz nehmen und brachte ihm ein Getränk. Er wartete auf den älteren Bruder des Kindes, den älteren Sohn der Frau, der noch in der Schule war.

Das vierjährige Kind rannte zwischen Wohnzimmer und Schlafzimmer hin und her. Auf dem Boden lagen viele Spielzeugautos. Auch in den Händen hielt das Kind ein paar Autos. Es ließ eines davon über den Rücken der Mutter, ihren Arm entlang und auch über ihren Kopf fahren. Jedes Mal sagte die Mutter: »Hey, ich bin doch keine Fahrbahn.« Und das Kind lachte, immer wenn seine Mutter das sagte. Sie ließ ihren Sohn aber weiter mit dem Auto auf ihr spielen. Auf den Bruder des Kindes zu warten war angenehm.

Als es Nachmittag wurde, kam der Junge, auf den Changgeun gewartet hatte, von der Schule nach Hause. Da war also

Choi Mingu. Changgeun fasste die kleinen Hände von Mingu und nahm von allen zehn Fingern Abdrücke ab.

Er kehrte aufs Revier zurück und schickte die Fingerabdrücke des kleinen Mingu dem Forensik-Team, damit es sie mit denen des Mannes aus Nr. 403 verglich, die Changgeun bereits abgenommen und dort abgegeben hatte.

Die Fingerabdrücke der beiden Personen stimmten zu hundert Prozent überein. Der zehnjährige Junge und der Mann Mitte fünfzig besaßen identische Fingerabdrücke. Das war unmöglich. Zwei Personen, die identische Fingerabdrücke hatten, lebten zur selben Zeit. Das war unfassbar für Changgeun. Er wies das Forensik-Team an, dass diese Fakten zunächst unter Verschluss gehalten werden sollen, und ging in den Vernehmungsraum.

Der Mann aus Nr. 403, der sich als Uh Hoseok ausgab, hatte auf ihn gewartet.

»Geht es allen gut?«, fragte er. Er hätte gerne gewusst, wie es dem vierjährigen Jungen gehe; ob die Mutter des Kindes auch heute Hausfrau sei; ob Changgeun auch den Vater des Kindes kennengelernt habe und wie der älteste Sohn des Hauses so sei. Der Mann fragte vieles auf einmal. Strahlend fragte er ohne Unterlass nach dem, was er in seiner eigenen Erinnerung mit sich trug. Ob sein jüngerer Bruder immer noch Autos möge; ob das Gesicht seiner Mutter wie immer auch heute beziehungsweise damals an einen ruhigen See erinnere; ob der Unterarm seines Vaters noch immer so stark sei, dass er sich daran hängen könne; und ob sein kleines Selbst gerne zur Schule gehe.

Zum Schluss offenbarte er seine Identität klar und deutlich: »Ich bin geboren am 23. März im Jahr 2009. Ich komme aus der Zukunft.« Danach sagte er kein Wort mehr.

* * *

Auch für Ermittler Kang Doyeong war heute ein Tag, an dem er nicht wusste, wo ihm der Kopf stand. Er nahm die Ergebnisse der beiden Fingerabdrücke vom kleinen Schüler Choi Mingu und von Uh Hoseok, der als ältere Version von Choi Mingu identifiziert worden war, und die Videoaufnahme der Vernehmung von Uh Hoseok, die einem Geständnis gleichkam, und suchte damit den zuständigen Staatsanwalt auf. Beim letzten Mal war Doyoeng kurz vor Arbeitsbeginn zu ihm gegangen; diesmal war es kurz vor Feierabend. Alle Umstände waren absurd und unglaubwürdig, aber schließlich konnte Doyeong dem Staatsanwalt nun zwei handfeste Beweise vorlegen.

Der Staatsanwalt sah sich die Videoaufnahme der Vernehmung von Anfang bis Ende sehr aufmerksam an. Er nahm auch das Ergebnis der Überprüfung der Fingerabdrücke in Augenschein und war daraufhin völlig verwirrt. Er bezweifelte zwar, dass hier nichts manipuliert worden war, aber letzten Endes beantragte er beim zuständigen Richter einen Haftbefehl. Dieser umfasste auch einen Durchsuchungsbefehl des gesamten Yeongjin Apartmentkomplexes und einen Haftbefehl für alle Bewohner jenes Gebäudes. Der Staatsanwalt selbst wollte auch wissen, wer noch in diesem Haus wohnte, der von »dort« kommen sollte.

Ein Haftbefehl für Park Jongdae war auch dabei. Aber keiner für Lee Sunhee. Der Staatsanwalt sagte Doyeong, dass es gegen Sunhee keine Beweise gebe, sondern nur einen Verdacht. Man solle ihm deswegen entweder Beweise vorlegen, wenn man einen Haftbefehl für ihn haben wolle, oder ihn auf frischer Tat ertappen.

Nun würde der Staatsanwalt am nächsten Morgen die Haftbefehle also endlich aushändigen, sobald er sie vom Richter erhalten hatte. Changgeun und Doyeong könnten damit gegen alle Bewohner des Yeongjin Apartmentkomplexes ermitteln. Wenn es sich wirklich um Menschen handeln sollte, die aus der Zukunft gekommen waren, würde Doyeong diese Personen unter den Bewohnern des Yeongjin Apartmentkomplexes ausfindig machen, wobei er diese Sache immer noch nicht ganz glaubte. Nicht so sehr, wie es Changgeun glaubte. Er würde diese Personen finden und vor Gericht bringen wegen des Verbrechens, Menschen getötet zu haben, um sich hier selbst eine Existenz aufbauen zu können. »Das werden wir tun, selbst wenn wir dafür ein Sondergesetz erlassen müssen«, hatte der Staatsanwalt versichert.

Doyeong hätte sich riesig freuen und Luftsprünge machen sollen, das hätte zumindest Changgeun gemacht. Wegen der Sache mit Lee Sunhee konnte er das jedoch nicht richtig. Sein Drang, Sunhee dingfest zu machen, war nur umso stärker geworden.

Als Doyeong aufs Revier zurückkam, wartete auf ihn eine tatsächlich gute Nachricht.

Der junge Anfänger zeigte ihm einige Aufnahmen von Überwachungskameras. Es war die Lobby eines Hochhauses. Ein junger Mann schlenderte dort gemächlich umher. Seine Schuhe kamen Doyeong sehr bekannt vor. Die hohen weißen Sneaker, die in Doyeongs Augen viel zu groß und schwer aussahen.

»Dieser Bengel, der nicht ein einziges Mal in seinem Leben Volleyball gespielt hat, trägt also immer noch diese Schuhe … Wo ist das?«

»Das ist im GSH-Building.«

18

Man hatte ihm empfohlen, etwas zu schlafen, aber Uhwan war immer noch wach. Er konnte nicht einschlafen. Der Impuls, der ihn hatte aus dem Meer steigen und zur »Busaner Knochensuppe« rennen lassen, um hier ansässig zu werden, wofür er die Tötung von zwölf Menschen in Kauf genommen hatte, hatte sich längst verflüchtigt. Seine innere Unruhe war dabei, auch sein Verlangen nach dem Glücklichsein ins Wanken zu bringen. Er konnte weder einschlafen noch eine Entscheidung treffen. Das Einzige, was er konnte, war, wach zu bleiben.

Er blieb wach und betrachtete Sunhee, der schlief. So kam es, dass er zu nichts imstande war und einzig Sunhee betrachtete. Es war mittlerweile zwei Uhr nachts. Sunhee schlief tief und fest. Noch eine Weile betrachtete er den Schlafenden, machte dann die Zimmertür auf und trat schließlich hinaus.

Park Jongdae, der Zyklop und der Stürmer, alle warteten auf ihn. Die vier stiegen zusammen in den Minibus ein, der an einer Ecke der Lagerhalle stand.

* * *

Jongin wollte wieder auf seinen Sohn warten. Aber er schlief ein, noch bevor es Mitternacht war. Er war erschöpft. Die Gaststätte alleine zu führen, das überforderte ihn. Jede Nacht wollte er auf seinen Sohn warten, doch jede Nacht schlief er ein. Wenn er aufwachte, verfluchte er seinen alten, ungehorsamen Körper. Heute aber verhielt es sich ein bisschen anders. Worüber er heute Mittag mit Ermittler Kang gesprochen hatte, ließ ihn nicht einschlafen. Offenbar war Sunhee zumindest bis heute Mittag nichts Nennenswertes passiert. Er saß auch nicht eingesperrt in einer Zelle. »Irgendwie glaube ich, dass die beiden jetzt gerade zusammen sind«, genau das war der Wortlaut des Ermittlers gewesen, und an diesen Satz musste Jongin immer wieder denken. Er rief sich die Morgendämmerung ins Gedächtnis, zu der Uhwan nach Meer riechend die Gaststätte betreten hatte, und auch wie Uhwan sich eine Zeit lang benommen hatte, bevor er überstürzt aus der Gaststätte geflohen war. Wie er Jongins Kleidung angezogen hatte und übertrieben nett zu ihm gewesen war. Das beschäftigte ihn. Sein Benehmen war ihm auch fremd vorgekommen. Es war nicht zu übersehen gewesen, dass sich Uhwan in der letzten Zeit ein wenig verändert hatte. Trotz allem war sein Umgang mit Sunhee immer liebevoll gewesen. Mit ihm hatte Sunhee schließlich eine engere Beziehung entwickelt als mit seinem eigenen Vater.

Jongin dachte nun an seinen Sohn, der eines Tages neben seiner Schultasche noch eine weitere Tasche mitgenommen hatte und seitdem nicht mehr zurück nach Hause gekommen war. Es war ebenfalls in der Morgendämmerung gewesen, draußen war es noch nicht einmal richtig hell gewesen. Ein Bild, das er bereits unzählige Male gesehen hatte. »Vielleicht hat der Ermittler recht, und die beiden sind gerade tatsächlich zusammen«, dachte er. Was für ein Glück! Das bedeutete für ihn, dass alles in Ordnung war. Alles andere war für ihn bedeutungslos. Als er mit seinen Gedanken an diesem Punkt angekommen war, überfiel ihn der Schlaf. Gerade als er eingeschlafen war, klopfte jemand an der Tür der Gaststätte.

»Sunhee ist zurückgekommen!« Davon vollkommen überzeugt, stand er auf und ging hastig aus dem Zimmer, um seinen Sohn zu begrüßen.

Aber draußen vor der Tür stand Uhwan. Seine Augen spielten ihm definitiv keinen Streich, dennoch betrachtete Jongin ihn eine Weile weiter und fragte sich, ob er gerade träumte. Doch, vor der Tür stand wirklich Uhwan. Jongin öffnete die Tür. Sie war auch nicht abgeschlossen. Ein Vater, der auf sein Kind wartete, schloss die Tür niemals ab.

Uhwan kam herein. Jongin begrüßte ihn und ließ ihn auf einem Stuhl Platz nehmen. Er wirkte auf Jongin etwas unbeholfen.

Uhwan hatte zwar die ihm vertraute Gaststätte betreten, aber er strahlte immer noch eine gewisse Unsicherheit aus. Er wich dem Blick seines Gegenübers aus. Er sah aus, als hätte er etwas zu sagen. Wie jemand, der etwas zu sagen hatte, was dem anderen sehr wehtun könnte.

Jongin sah ihn an. Und wartete. Dem Vater entsprechend, der jeden Tag auf seinen Sohn wartete; einem Menschen entsprechend, der an das Warten gewöhnt war, wartete er darauf, dass Uhwan zu reden begann.

Uhwan fürchtete sich vor dem ruhigen Blick Jongins, der auf ihm ruhte. Dieser arglose Blick lastete schwer auf ihm. Konfrontiert mit Jongins Warten, gab er sich geschlagen und fing an zu reden. Seine Augen füllten sich sogleich mit Tränen: »Ich werde ein Leben führen, in dem ich mein Bestes gebe. Wärst du damit einverstanden, wenn ich mein Bestes gebe? Wenn ich mein Bestes gebe und so mein Leben führe, wärst du damit einverstanden? Wärst du das? Darf ich das? Nein, das darf ich natürlich nicht. Jongin, wenn ich wirklich mein Bestes gebe, mein Bestes, wirklich mein Bestes, dann, nein, auch dann darf ich das nicht, nicht wahr? Jongin, nein, Gr…, Großvater … es tut mir leid, es tut mir schrecklich leid. Ich werde mein Bestes geben, wirklich. Ich werde hier, wirklich hier an diesem Ort mein Bestes, wirklich mein Bestes geben und mein Leben gut führen. Darf ich das? Würde das gehen?«

Die Worte sprudelten aus Uhwan heraus. Er war nicht mehr aufzuhalten. Jongin verstand kein Wort. Dennoch war ihm klar, dass Uhwan aus ganzem Herzen ein Bekenntnis ablegte. Dieses Bekenntnis war so aufrichtig und glühend, dass Jongin das Verlangen hatte, dem Bekennenden seinen Wunsch zu erfüllen, völlig gleichgültig, worum es sich dabei handeln mochte.

Uhwan redete weiter völlig wirr daher. Da öffnete sich die Tür. Drei Männer traten ungeduldig ein. Gleichzeitig verstummte Uhwan. Die drei Neuankömmlinge stellten sich hinter ihm auf. Obwohl Jongin sie wahrnahm, ruhte sein Blick weiter auf Uhwan. Er sah ihn unverwandt an, nicht weil er nur ihn kannte und die anderen nicht; er sah ihn an, als täte er schlichtweg etwas, was er seit langer Zeit immer getan hatte, auch in diesem Augenblick einfach weiter. Er betrachtete ihn. Er starrte in Uhwans mit Tränen gefüllte Augen und fragte ihn: »Geht es Sunhee gut? Kannst du dich weiter gut um mein Kind kümmern? … Kannst du das?«

Er vergewisserte sich noch einmal, dass Uhwan sich immer liebevoll um seinen Sohn kümmern würde. »Das ist alles, was ich brauche«, dachte er schließlich für sich.

Dann wurde er von dem kräftig gebauten Mann festgehalten. Der kleine dicke Mann verschloss mit einem Stofftaschentuch, das nach irgendeiner Medizin roch, seinen Mund. Sein Körper erschlaffte. Der Stürmer warf sich ihn über die Schulter und ging als Erster aus dem Raum. Ihm folgte der Zyklop, während Park Jongdae zur Kasse ging und nach einem Blatt Papier suchte. Uhwan ging ins Zimmer seines Großvaters und nahm den Schlüssel für die »Busaner Knochensuppe« an sich. Als er aus dem Zimmer wollte, sah er den Fotorahmen.

Es war das Familienfoto, das er gesehen hatte, als er zum ersten Mal in diesem Zimmer gewesen war. Der kleine Sunhee, der junge Jongin und seine Frau waren auf dem Foto. Anders als letztes Mal lag der Fotorahmen nicht mehr lieblos in einer Ecke des Zimmers, sondern stand aufrecht und gut sichtbar da.

Uhwan verließ die Gaststätte. Er schloss mit dem Schlüssel, den er aus dem Zimmer mitgenommen hatte, die Tür der »Busaner Knochensuppe« ab.

An der Tür hing jetzt ein Zettel, auf dem »Sommerurlaub« stand.

* * *

Sehr früh am Morgen wurde der Haftbefehl ausgestellt. Zu wesentlich früherer Stunde, als Arbeitsbeginn war. Das unterstrich eindeutig die Entschlossenheit des zuständigen Staatsanwalts.

Sämtliche Beamten für Gewaltverbrechen, zu denen nicht nur das Ermittlerteam Eins, sondern auch Team Zwei gehörte, und die meisten Polizisten vom Polizeirevier einschließlich der Verkehrspolizei wurden für diesen Fall mobilisiert. Polizeiwagen, Polizeiminibusse und auch Polizeibusse fuhren mit Sirene und Blaulicht am Yeongjin Apartmentkomplex vor.

Mehrere Dutzend Polizisten, die aus den Wagen gestiegen waren, begannen damit, einzelne Wohnungen zu durchsuchen und alle Bewohner im Wohngebäude festzunehmen. Eine Jugendliche, die hastig ihr Frühstück verschlang, um gleich zur Schule zu gehen, einen Mann, der vor seinem Kleiderschrank stand und eine Krawatte aussuchte, eine Mutter, die ihr schlafendes Kind weckte, eine Frau, die am Wohnungseingang ihre Schuhe anzog, ein altes Ehepaar, das nach dem Frühstück fernsah, und Park Hyeonju, die gerade aus der Wohnung wollte; sie alle wurden ausnahmslos aufs Revier abgeführt. Die Bürger hatten keine Ahnung, worum es überhaupt ging. Niemand wollte sich verhaften lassen. Sie wollten zur Arbeit oder in die Schule gehen oder die TV-Serie am Morgen sehen.

In der Tat waren die meisten von ihnen unschuldige Bürger. Das Problem war, dass sich unter ihnen welche befanden, die sich des Mordes schuldig gemacht hatten. Wer von ihnen das war, konnte man jedoch nicht mit bloßem Auge erkennen. Die Polizei konnte ebenso wenig die Auskunft geben, dass solche grausamen Menschen unter den unschuldigen Bürgern dieses Wohngebäudes lebten. Genauso konnte die Polizei nicht einfach nur die Fingerabdrücke der Bewohner abnehmen und sich wieder zurückziehen, weil die Täter bestimmt die Flucht ergreifen würden, während die Fingerabdrücke auf dem Revier überprüft wurden. Alle mussten auf die Station mitgenommen werden.

Was die Polizei für die unschuldigen Bürger tun konnte, war einzig und allein, sich wiederholt bei ihnen für diese Unannehmlichkeit zu entschuldigen, sie um Kooperation zu bitten und ihnen zu versprechen, an alle nötigen Stellen, Firmen oder Schulen, ein offizielles Schreiben zu schicken. Die Polizei teilte den Bewohnern ergänzend mit, dass alles nach einem halben Tag erledigt sein werde.

Zwei Busse und zwei Minibusse waren nötig, um alle Bewohner des Yeongjin Apartmentkomplexes zum Revier zu transportieren. Es war ein Morgen, der sich durch großen Lärm auszeichnete. Frauen und Männer wurden getrennt jeweils in eine Zelle gesperrt, und die beiden Zellen waren bis zum Bersten gefüllt. Viele von ihnen erhoben die Stimme. Kinder weinten. Alte Menschen waren erschöpft.

Die Polizisten begannen möglichst schnell mit der Abnahme der Fingerabdrücke. Die Bürger streckten ihre Arme durch die Zellengitter nach draußen, und so nahm man ihnen die Fingerabdrücke ab. Es war mittlerweile gegen zehn Uhr. Die Polizei hatte versprochen, dass sie ihr Mittagessen bereits außerhalb der Zelle bekommen würden, aber möglicherweise konnte dieses Versprechen nicht eingehalten werden. Diejenigen, deren Fingerabdrücke nicht registriert waren, würden als Mordverdächtige noch einmal unter die Lupe genommen werden.

* * *

Nicht nur vom Lärm, sondern auch von der Stille kann man aus dem Schlaf gerissen werden. Sunhee wachte auf, weil es zu still war. Er hätte durchaus meinen können, dass die Lagerhalle ein Ort war, den er alleine benutzte, denn er vernahm nicht das geringste Geräusch. Bis er eingeschlafen war, war Onkel Uhwan in diesem Zimmer gewesen, aber auch er war jetzt nicht mehr zu sehen. Sunhee ging aus dem Zimmer in die Halle. Niemand war da. Der Minibus stand in einer Ecke. Er schaute auf die Uhr. Es war kurz nach neun. Die Uhrzeit, die Jongdae genannt hatte, war 10.48 Uhr.

Jongdae hatte ihm gesagt, dass er um 10.40 Uhr in die zwei westlichen Säulen im Erdgeschoss des GSH-Buildings wie geplant die Löcher schießen solle. Entsprechend der Schätzung Jongdaes würde es nach dem Schießen der Löcher etwa fünf Minuten bis zum Einsturz des Gebäudes dauern. Wenn er mit seiner Pistole Löcher in die beiden Säulen schießen würde und diese so zu Fall gebracht würden, würde das Gebäude mit den anderen zwei im Osten stehenden Säulen zuerst einmal irgendwie weiter stehen bleiben. Jedoch würde sich das Gewicht des 42-stöckigen Gebäudes langsam auf die westliche Seite verlagern. Daraufhin würden die Wände im Osten allmählich Risse bekommen, schließlich einbrechen, und innerhalb eines Augenblicks würde das Gebäude seine Stabilität verlieren und nach Westen fallen, wo keine stützenden Säulen mehr vorhanden sein würden. Sunhee wollte dieser Berechnung Jongdaes glauben.

Bis um 10.40 Uhr hatte er noch viel Zeit. Diesmal wollte er schließlich nicht wie beim letzten Mal mit der U-Bahn zum GSH-Building fahren.

Er ging auf die Toilette, bevor er die Lagerhalle verließ. Er urinierte, und es roch nach Blut, weshalb er zur kleinen Tür neben der Toilette blickte. Hinter dieser Tür war ein OP-Saal. Anscheinend kam der Blutgeruch aus diesem Raum. Er dachte, dass die anderen alle da drin sein müssten, und überlegte sich, ob er mal hineinschauen solle, entschied sich aber sogleich dagegen.

Während er sich vom Urinal entfernte, ging die kleine Tür auf, und der Zyklop trat aus dem OP-Saal heraus. Sunhee blieb stehen. Heute konnte er eindeutig erkennen, dass der Zyklop ein Arzt war, denn er hatte die ordnungsgemäße Kleidung eines Chirurgen an. Sie war mit sehr viel Blut bespritzt. Er zog den Reißverschluss seiner Hose runter und urinierte, ohne die blutigen Handschuhe auszuziehen. Dabei schien aus ihm die Anspannung zu entweichen. Er wirkte auf Sunhee, als würde er ganz locker werden. Er schaute zurück zu dem Jungen und lächelte. Dann seufzte er und sagte:»Hui, heute habe ich aber verdammt hart gearbeitet.« Es klang so, als wollte er von Sunhee eine Anerkennung für seine Mühen bekommen.

Der Junge sah den Arzt kurz an und lief dann zur Eingangstür der Lagerhalle. Irgendetwas veranlasste ihn dazu, zurückzuschauen, aber er sah nur, dass der Zyklop noch immer urinierte.

Er ging aus der Lagerhalle und weiter in eine verlassene Gasse. Von dort verschwand er, um wieder im Hof seiner ehemaligen Schule zu erscheinen. Er wollte einfach mal wieder die Schule sehen.

Schüler, die sich verspätet hatten, liefen eilig zum Eingang. Sunhee setzte sich auf eine Bank, die im Schatten stand.

Wieder rannten einige Schüler quer über den Schulhof. Ein Schüler auf einem Motorrad wollte über den Schulhof fahren und wurde vom Aufsichtslehrer erwischt. Der Lehrer verfolgte den Schüler und pustete dabei in eine Trillerpfeife, aber der Schüler drehte einfach noch eine Runde um den Schulhof, als ob er den Lehrer ärgern wolle. Der Lehrer rannte daher ebenfalls eine Runde um den Schulhof dem Motorrad hinterher. Die Schüler sahen aus den Klassenzimmerfenstern und kriegten sich bei diesem Anblick vor Lachen gar nicht mehr ein. Das Motorrad und der Lehrer drehten daraufhin sogar noch eine weitere Runde um den Schulhof. Sunhee sah sich das alles an. Alles war wie früher. Ihn überkam ein Gefühl der Einsamkeit, weil er nicht mehr Teil dieses Alltags sein konnte.

Er erhob sich von der Bank und verließ den Schulhof wieder. Anschließend ging er zu einem kleinen Laden für Schulartikel direkt vor der Schule und kaufte eine große dunkelgelbe Papiertüte. In einer Gasse kauerte er anschließend an die Wand gelehnt.

Er befeuchtete seinen Finger mit Speichel und machte für die Augen zwei Löcher in die Tüte.

Dann zog er die Tüte über den Kopf. So saß er eine Zeit lang einfach da.

* * *

Gegen 10.40 Uhr erschien in der Lobby des GSH-Buildings ein Junge, der eine dunkelgelbe Papiertüte über den Kopf gezogen hatte. Der Junge war weder durch die Lobby geschritten noch gerannt, sondern war im wahrsten Sinne des Wortes aus dem Nichts aufgetaucht. Schon beim Erscheinen war seine Hosentasche, in die er seine Hand gesteckt hatte, gewölbt und hell, als wäre eine Kugel aus Licht darin. Der Junge hatte ein Paar hohe weiße Sneaker an, die ihm anscheinend zu groß waren. Sein Erscheinen und auch welche Schuhe er anhatte, das bekam zu dem Zeitpunkt niemand mit, erst später, nachdem man die Aufnahmen der Überwachungskameras gesichtet hatte, erkannten dies die Ermittler.

Als die Leute in der Lobby ihn entdeckten, hatte Sunhee, der mit bereits gedrücktem Abzug seiner Pistole in der Hosentasche erschienen war, schon ein Loch von etwa zwanzig Zentimeter Durchmesser in eine der westlichen Säulen in der Lobby geschossen. Fast zeitgleich mit seinem Erscheinen neben der Säule hatte er die Pistole hervorgeholt und geschossen.

Seine Aufregung hatte sich längst ins Unermessliche gesteigert. Die Laserpistole bohrte mit einem Schlag ein Loch in die Säule, deren Durchmesser mindestens vier Meter betragen durfte. Zudem zerstörte der Laser die komplette Glaswand der westlichen Seite des Gebäudes, bevor er sich verflüchtigte. Sofort drückte Sunhee ein weiteres Mal den Abzug.

Mittlerweile hatten schon alle Leute in der Lobby den Jungen mit der Papiertüte über dem Kopf entdeckt. Ein Sicherheitsmann, der eine Schreckschusspistole mit Reizgaspatronen in der Hand hielt, näherte sich ihm, schrie ihn an, dass er die Hände hochnehmen solle, und drohte ihm mit der Pistole. Aber Sunhee hörte nicht auf ihn. Er drückte den Abzug seiner Waffe erneut, stand dem Sicherheitsmann gegenüber, bis etwa fünf Sekunden vorbei waren, und hob dann wieder die Pistole und zielte auf die Säule. An der Säule entstand ein zweites Loch, danach flog das Licht weiter und ließ das Kunstwerk verschwinden, das von außen die Glaswand des Gebäudes schmückte.

Die Splitter und Scherben der zerstörten Glaswände bedeckten inzwischen den Boden der Lobby. Die Leute schrien auf und begannen, aus dem Gebäude hinauszurennen. Daraufhin schoss der Sicherheitsmann mit der Pistole auf Sunhee. Doch dieser war verschwunden, bevor der Schuss ihn treffen konnte. Unmittelbar danach tauchte er jedoch neben dem Sicherheitsmann auf und schoss ein drittes Loch in die Säule. Ein weiterer Sicherheitsmann, der auf der Toilette gewesen war, rannte, seine Schreckschusspistole aus dem Holster ziehend, auf ihn zu. Doch der Junge löste sich erneut direkt vor der Nase der beiden Sicherheitsmänner in Luft auf.

Nun ging er zur nächsten Säule, die sich auf der westlichen Seite befand; sie war die erste, die sich weiter im Inneren des Gebäudes befand. Als er in diese Säule ein zweites Loch schoss, kamen die beiden Sicherheitsmänner wieder auf ihn zugerannt. Er schoss ein drittes Loch in die Säule, wie er es Jongdae versprochen hatte, und in dem Moment, als die beiden Sicherheitsleute gleichzeitig ihre Pistolen abfeuerten, verschwand er aus dem Gebäude.

Innerhalb eines Wimpernschlags kehrte er in die Lagerhalle zurück und zog die Papiertüte vom Kopf. In der Nähe des Sofas war wie zuvor niemand. Er schaute zur kleinen Tür des OP-Saals und fragte sich: »Sind etwa alle immer noch da drin?«

Anschließend schaltete er den Fernseher ein. Aber es war natürlich nicht zu erwarten, dass über den Vorfall, der sich erst vor ein paar Minuten ereignet hatte, jetzt schon im Fernsehen berichtet wurde. Er ging ins Zimmer, machte den alten Computer an und stöberte in den sozialen Netzwerken. Er fand in der Tat einige Videos des GSH-Buildings. In einem der Videos war sogar er zu sehen. Es gab auch welche, in denen die Säulen mit den Löchern gut zu sehen waren.

Ihm kam es irgendwie unwahrscheinlich vor, dass das Gebäude einstürzen würde. Er wurde unruhig und zweifelte daran, dass ein Hochhaus durch die Maßnahmen, die er ergriffen hatte, wirklich zum Einsturz gebracht werden konnte. Er schaute auf die Uhr. 10.43 Uhr. Jetzt müsste die Wand an der Ostseite des Hochhauses Risse bekommen haben. Aber so etwas war anhand der Videos nicht festzustellen.

Er verhüllte seinen Kopf erneut mit der dunkelgelben Papiertüte, holte die Pistole hervor und drückte den Abzug.

»Nein, das war gerade mal ein Kind, ein kleines Kind!«, berichtete der Sicherheitsmann einem Angestellten der Firmenverwaltung.

»Haben Sie nicht gesagt, dass Sie sein Gesicht nicht sehen konnten, weil er eine Tüte über den Kopf gezogen hatte?«

»Ja eben, eine solche Tüte über den Kopf zu ziehen, so draufgängerisch und angeberisch, sein ganzes Benehmen generell war typisch für kleine Jungs! Er hatte so etwas wie ein Spielzeug in der Hand, und seine Schuhe waren weiße und riesig hohe Sneaker.«

In diesem Augenblick erschien Sunhee, der die Schuhe anhatte, von denen der Mann soeben erzählt hatte, neben ihm und dem Angestellten der Firmenverwaltung.

Er schoss ein weiteres Loch in die Säule. Er drohte mit der Pistole den Sicherheitsleuten und Verwaltungsangestellten des Gebäudes, ließ sie per Teleportation verdutzt stehen und schoss weiter, bis der mittlere Teil der Säule komplett verschwunden war. Das wiederholte er bei der zweiten Säule.

Im Gebäude ertönte schließlich eine Durchsage, dass alle das Gebäude sofort verlassen sollten. Kurz darauf strömten Menschen aus den Aufzügen und Treppenhäusern.

Sunhee war nicht zu stoppen. Jetzt ging er zur Wand im Osten und wartete dort. Die Sicherheitsleute und Gebäudeangestellten näherten sich ihm; um ihnen zu drohen, schoss er einmal zur Decke. Die Kunstwerke, die an der hohen Decke hingen, fielen zu Boden und zerbrachen in tausend Stücke. Ein Stück flog ihm ins Gesicht und fügte ihm eine kleine Verletzung zu.

Das Hochhaus, das zwei von vier Säulen verloren hatte, begann langsam, seine Stabilität zu verlieren. Endlich entstanden Risse an der Ostwand.

* * *

Die Leute, die mit der Abnahme ihrer Fingerabdrücke fertig waren, verlangten lauthals ihre Freilassung. Wer habe schon von einer Polizei gehört, die so verrückt sei, unschuldige Bürger in eine Zelle einzusperren, und ob man sicher sei, dass diese Maßnahme wirklich nicht gegen das Gesetz verstoße. Zwei Stunden nachdem sie aufs Revier abgeführt und in die Zelle gesperrt worden waren, schrien alle durcheinander; es war verdammt laut. Eine Person führte die Beschwerdetirade an, woraufhin die anderen Bürger dieser Person zustimmten und völlig aufgebracht waren. Die Person, die vorgetreten war, um sich zu beschweren, war die Beamtin im Bürgeramt von Yeongdo, Park Hyeonju, die die meisten Bewohner des Yeongjin Apartmentkomplexes kannten.

Die Abnahme der Fingerabdrücke war zu etwa achtzig Prozent abgeschlossen. In den nächsten zwanzig bis dreißig Minuten wäre die Polizei mit dieser Arbeit fertig, und auch das Abgleichen der abgenommenen Fingerabdrücke mit den registrierten lief bereits. Anschließend könnten die meisten Leute, die hier waren, nach Hause geschickt werden.

Changgeun war sehr neugierig, wie viele unter diesen Menschen, die sich jetzt in den Zellen befanden, »aus der Zukunft« gekommen waren, wie es der Künstler beschrieben hatte, und sich bisher im Yeongjin Apartmentkomplex versteckt gehalten hatten. Ob es unter ihnen tatsächlich Menschen aus der Zukunft gab? Und wie viele würden bei der Vernehmung durch die Ermittler die Wahrheit sagen? Wie viele würde man als Verbrecher überführen und festnehmen können?

Auf keine dieser Fragen hatte Changgeun eine Antwort. Trotzdem schlug sein Herz schneller, und seine Hände schwitzten. Was sich auch daraus ergeben mochte, für ihn war endlich der Moment eingetreten, in dem er zeitnah etwas unternehmen konnte. Bald würde die Wahrheit ans Licht kommen. Nein nicht bald, sondern jetzt.

Ausgerechnet in diesem Augenblick erreichte ihn die Forderung auf Einsatzunterstützung. Jemand schaltete den Fernseher ein. Verschiedene Sender wetteiferten miteinander, über den »Terroristenjungen« im GSH-Building zu berichten. Die Szenen waren nervenzerfetzend. Vollkommenes Chaos.

Schreiend flohen Menschen aus dem Gebäude. Kunstwerke, die in der Lobby hingen beziehungsweise standen, fielen zu Boden oder kippten um, wurden in Stücke gerissen und zerstört. Auf dem Bildschirm sah man das von außen aufgenommene Hochhaus, das sich nach links neigte. Ein Statiker, der schnell vor Ort bestellt worden war, sagte mit ernster Miene, dass das Gebäude mit großer Wahrscheinlichkeit in den nächsten Minuten einstürzen würde.

Auch die Analyse eines Terrorismusexperten folgte. Aber niemand wusste, wer der Junge war. Gesagt wurde lediglich, dass es ein Junge sein musste, der unzufrieden mit der Welt war oder »psychische Probleme« hatte. Die Waffe, die der Terroristenjunge mit sich führte, wurde von einem anderen Fachmann bereits als Laser definiert; dieser Fachmann konnte es trotz der Umstände nicht verkneifen, enthusiastisch seine Begeisterung darüber zum Ausdruck zu bringen, dass diese Waffe das fantastische Endprodukt moderner Lasertechnologie darstelle.

Auch die Bewohner des Yeongjin Apartmentkomplexes in den Zellen sahen sich das Schauspiel zusammen mit den Ermittlern an. Sie bekamen ein Spektakel zu sehen, das sie so bisher noch nie erlebt hatten und das bei ihnen unwillkürliches Aufstöhnen hervorrief. Die Zuschauer hielten den Atem an, sodass glücklicherweise die lärmende Beschwerdewelle verstummte. Im Fernsehen waren Menschen, die schreiend hin und her rannten, zwei Säulen, deren Mittelteil fehlte, weswegen sie ihrer Rolle nicht mehr gerecht werden konnten, Kunstwerke, die in tausend Stücken auf dem Boden lagen, sowie Glaswände und Betonbrocken zu sehen. Das alles fesselte das Interesse der Menschen. Doch wurde dieses Spektakel sofort zur Nebensache, als der Junge auftrat.

Der Junge, der eine große dunkelgelbe Papiertüte über den Kopf gezogen hatte, schlüpfte den Sicherheitsleuten und Angestellten der Gebäudeverwaltung beliebig durch die Finger. Er stand neben ihnen, löste sich in Luft auf, erschien aus dem Nichts direkt hinter ihnen oder rannte auf sie zu, verschwand plötzlich auf halber Strecke und tauchte wieder vor ihrer Nase auf. Dann sprühte aus seiner Hand ein Lichtstrahl. Seine kleine Pistole war auf dem Bildschirm nicht gut zu sehen. Das galt für die Leute, die von den Zellen aus fernsahen, umso mehr. Daher stammte das Licht in den Augen der Fernsehzuschauer nicht aus einer Pistole, sondern aus der Hand des Jungen. Der Lichtstrahl flog also schnurgerade wie eine Lanze und heller als das Licht eines Leuchtturms aus der Hand des Jungen heraus; an den Stellen, durch die dieser Lichtstrahl fuhr, entstand stets ein Loch, und die jeweilige Struktur war zerstört. Diese unbefangene und geradezu heitere Zerstörungswut versetzte die Menschen in helle Aufregung. Aus dem Mund eines Schülers, der gebannt dem Terroristenjungen zugesehen hatte, kam ein Begeisterungsschrei, der womöglich der spontanen Empfindung auch vieler Erwachsener entsprach: »… Oh, nice!«

Changgeun und Doyeong waren auch unter denen, die am

Fernseher saßen. Andere Ermittler waren schon im Begriff, zum GSH-Building zu fahren, um der Forderung nach Einsatzunterstützung nachzukommen.

In der Lobby des Hochhauses befand sich immer noch der Terroristenjunge, dessen Gesicht von der dunkelgelben Papiertüte verhüllt war. Es gab auch Videos, die in der unmittelbaren Nähe des Jungen aufgenommen worden waren. Die großen weißen Schuhe waren auch gelegentlich zu sehen. Es verstand sich, dass wahrscheinlich keiner diese Schuhe wiedererkannte, außer Doyeong, der sofort Bescheid wusste. Gewöhnliche Schuhe, die Schüler häufig trugen, aber für ihn gab es nur einen einzigen Menschen auf der Welt, der diese Schuhe anhatte. In ihm kochte das Blut hoch. Seine Augen funkelten außergewöhnlich.

Er erhob sich. Für ihn war nicht der Moment, seine Zeit mit dem Abnehmen von Fingerabdrücken zu vergeuden. Er musste sofort den Jungen festnehmen. Er schloss sich den Ermittlern an, die zur Unterstützung zum GSH-Building fuhren. Changgeun rief seinen Namen, aber da hörte er schon nichts mehr.

* * *

Sunhee half beim Einstürzen der Außenwand im Osten aus, indem er jene Wand durchlöcherte. Sie hatte bereits mehrere Risse, spaltete sich endlich und war gerade dabei, auf ihn zu fallen. Mithilfe seiner Fähigkeit zur Teleportation wich er den zu Boden fallenden Betonstücken aus, was die anderen jedoch nicht vermochten. Personen wurden zu Boden gedrückt und verletzt. Es floss Blut. Die gellenden, die Luft zerreißenden Schreie waren aus allen Richtungen zu hören. Das Gebäude neigte sich bereits auf eine Seite. Allerdings wollte und konnte Sunhee mit der Zerstörung nicht aufhören. Nein, er war nicht mehr Herr seiner Zerstörungswut. Das Blut, das er sah, brachte seines in Wallung und verführte ihn unaufhaltsam zu weiteren Aktionen. Die Schreie, die das Hochhaus erfüllten, waren das Einzige, was die Ohren des achtzehnjährigen Jungen in Beschlag nahmen; sonst hörte er nichts mehr.

Aus der rissigen Wand fielen massenweise Betonbrocken heraus. Einer der Brocken traf Sunhee am Kopf. Weitere Betonstücke fielen unaufhörlich auf ihn.

Er blutete am Kopf. Die Möglichkeit, durch Teleportation den Trümmern auszuweichen, hatte auch ihre Grenzen. Irgendwo fiel unentwegt irgendetwas wuchtig zu Boden. Trotzdem blieb er weiter in der Gefahrenzone und schoss wie vom Teufel besessen und an mehreren Stellen blutend Licht um sich.

Polizisten stürmten die Lobby. Sobald sie den Terroristenjungen sahen, holten sie alle ihre Pistolen hervor. Diesmal waren die Waffen mit echten Kugeln geladen. Einer der Polizisten schrie durch ein Megafon, er solle sofort aufhören zu schießen und keine Bewegung mehr machen. Doch Sunhee hörte nichts mehr. Die Polizei begann, Warnschüsse abzufeuern. Der höllische Lärm der Pistolenschüsse ließ die Lobby erbeben. Als er diese Geräusche wahrnahm, schaute sich Sunhee um.

Wie aus tiefem Schlaf erwacht, wirkten seine Augen lethargisch. Seine geistesabwesenden Augen blieben starr.

Da fiel ein Teil der Wand – der größte Teil der Wand, die er gerade zerstört hatte – auf ihn herab. Die riesige Wand stürzte vom einen auf den anderen Augenblick ein.

Und unter diesem Trümmerhaufen lag Sunhee.

Im Klassenzimmer der technischen Oberschule, in dem Sunhee vor Monaten vollkommen in Blut gebadet gelegen hatte, lief gerade der Unterricht. Aber die Schüler schauten nur gebannt auf ihre Handys. Einer hatte die Videos mit dem Terroristenjungen entdeckt, und mittlerweile waren eigentlich alle im Klassenzimmer dabei, diese Videos zu sehen, bis auf den Lehrer, der vor der Tafel stand. Sie waren völlig außer sich. Verzaubert von dem Jungen, der Licht schoss.

Selbstverständlich sah sich auch Park Jeonggyu diese Videos an. Der Unterschied war allerdings, dass er im Gegensatz zu seinen Schulkameraden wusste, wer der Junge war. Er war zwar mit einer dunkelgelben Papiertüte maskiert, aber die Schuhe, die Kleidung und auch die kleine Pistole, die er in der Hand hielt, gehörten zweifellos Sunhee. »Hey Leute, der Junge, von dem ihr total begeistert seid, ist kein Terrorist, sondern Sunhee, unser Lee Sunhee, der jetzt dank irgendwelcher Alien-Penner nur noch Gehirnmatsch im Kopf hat!«, hätte Jeonggyu gerne laut geschrien. Vor allem hätte er gerne am lautesten gesagt: »Das ist mein bester Freund!« Sein Herz hämmerte regelrecht, da verschwand Sunhee im Video unter der zertrümmerten Wand.

* * *

Das GSH-Building war dabei, exakt nach Westen hin zu fallen. Aus dem Gebäude strömten bis zum letzten Moment Menschen. Aus allen Türen kamen die Leute herausgestürzt, oder sie klammerten sich an Fensterrahmen beziehungsweise fielen gleich aus den Fenstern. Das Gebäude, das sich für einen Moment in Schieflage gehalten hatte, fiel letztendlich mit einem Schlag um wie ein riesiger Baum, auf den man unten am Stamm eingehackt hatte. Das Hochhaus verschwand bis auf die Lobby von seinem Platz. Menschen, die es nicht geschafft hatten, sich aus der Lobby zu retten, schauten direkt in den freien Himmel, da das Gebäude über ihnen verschwunden war.

Das 42-stöckige Hochhaus, das für einen Wimpernschlag fast vollständig horizontal in der Luft hing, zerschmetterte alles, was sich nun unter ihm befand. Darunter auch das Polizeipräsidium der Stadt Busan. Es war 10.53 Uhr.

* * *

Changgeun war völlig überwältigt von der Situation. Die Abnahme der Fingerabdrücke war abgeschlossen, und ihr Abgleichen mit den registrierten Fingerabdrücken war in vollem Gange. Für ihn war endlich das Licht am Ende des Tunnels sichtbar. Ein neues Kapitel öffnete sich. Auf dem Bildschirm des Computers, vor dem er saß, liefen zahllose Fingerabdrücke in schwindelerregendem Tempo vorbei. Noch war kein nicht registrierter Fingerabdruck gefunden worden. Noch nicht.

Wenn sich ein volljähriger Koreaner zum ersten Mal registrieren lässt, werden seine Fingerabdrücke beim Bürgeramt gespeichert. Das gilt einheitlich für alle. Die einzelnen Bürgerämter übermitteln dann das Passfoto, die Bürgernummer und die Fingerabdrücke jenes neu registrierten Einwohners, die im Computer gespeichert sind, an die zuständige Polizeibehörde. Die Polizeibehörde leitet diese Daten restlos an das KCSI weiter. Schließlich werden die Informationen aller Bürger, die als Einwohner gemeldet sind, weder auf den Computern des Bürgeramtes noch auf denen der Polizei, sondern auf den Hauptservern des KCSI aufbewahrt, wo sie gut geschützt sind.

»Was? Was ist denn jetzt los?«, fragte der Polizist, der die Fingerabdrücke abglich, plötzlich irritiert.

Der Computerbildschirm fror ein. Der Server schien abgestürzt zu sein.

Auch Changgeun, der neben diesem Polizisten saß und den Bildschirm betrachtete, war irritiert. Hektisch drückte er auf die Eingabetaste und fragte: »Was soll das? Warum geht das nicht?«

»Der Bildschirm ist eingefroren. Wahrscheinlich hat der Hauptserver ein Problem. Der Hauptserver im KCSI …«

Über den Fernseher rasten ununterbrochen Eilmeldungen. Es handelte sich um eine Situation, die man noch nie erlebt hatte. Der Moderator bemühte sich sehr, einen kühlen Kopf zu bewahren, und berichtete: »Das GSH-Building ist eingestürzt, zuerst das, und … das Polizeipräsidium der Stadt Busan liegt nun ebenfalls unter dem GSH-Building in Trümmern.«

Das KCSI hatte sich immer im Polizeipräsidium der jeweiligen Stadt befunden. Jetzt stand das Präsidium in Busan nicht mehr, gleichzeitig waren die dort gesammelten Daten über die Bürger in Busan vernichtet worden.

Changgeun schleuderte die Dokumente, die die abgenommenen Fingerabdrücke enthielten, zu Boden.

* * *

Als Kang Doyeong am GSH-Building ankam, war schon alles vorbei. Was er um das Gebäude herum sah, war wirklich das Abbild der Hölle. Das 42-stöckige Hochhaus hatte beim Einsturz alles, was in seiner Umgebung war, in Mitleidenschaft gezogen. Unzählige Bauwerke waren zerstört, und eine entsetzliche Staubwolke war entstanden. Wo man auch hinsah, lagen Menschen verletzt herum, die aus dem Fenster gesprungen waren, als das Gebäude zu kippen begonnen hatte; hier und da war an den Körpern etwas aufgeplatzt oder gebrochen. Jedoch verhinderte die Staubwolke, dass diese Verletzten gleich ausgemacht werden konnten, weswegen es vorkam, dass die Rettungskräfte, die eilig zum GSH-Building gekommen waren, zu allem Überfluss auch noch über sie trampelten.

Doyeong rannte in die Lobby. Er musste unbedingt Lee Sunhee finden. Er musste ihn schnappen. Gerade waren Polizisten und Rettungskräfte dabei, die großen Betonbrocken der eingestürzten Wand anzuheben, um die Personen, die unter dieser Wand begraben lagen, vorsichtig herauszuziehen und zu bergen.

»Halt!«, schrie Doyeong, als die Polizisten den Betonbrocken, den sie geraden hielten, wieder ablegen wollten. Er holte seinen Ermittlerausweis hervor, rannte auf die Polizisten zu und zeigte ihn vor. Die Polizisten wussten nicht, was der Ermittler wollte, aber sie hielten den Wandteil fest, anstatt ihn wieder abzulegen, wie es der Ermittler verlangt hatte, obwohl sie das Gefühl hatten, ihre Schultern würden gleich auskugeln. Doyeong schaute unter die Wand.

Dort lag ein hoher weißer Sneaker. Aber Lee Sunhee war nicht zu sehen.

20

»Wieso habe ich ausgerechnet an das Meer gedacht?« Sunhee erschien in der Luft über dem Meer. Und er fiel geradewegs hinein.

Das Meer war an dieser Stelle sehr tief. Sunhee sank endlos hinab. Die Pistole rutschte ihm aus seiner Hand. Sie verschwand schneller als ihr Besitzer in der Tiefe. Ihm fiel sein Vater ein.

Es war zu der Zeit, als er noch die Grundschule besucht hatte. Bis zu seiner Schule war es ohnehin ein langer Weg gewesen, und das galt für ein Grundschulkind umso mehr. Er fuhr immer mit dem großen Fahrrad seines Vaters zur Schule. An einem Sommertag regnete es dabei in Strömen. Seine Eltern waren beim Einkaufen und fuhren mit einem Taxi nach Hause. Als sie fast schon zu Hause waren, entdeckte der Vater seinen Sohn. Er sah seinen kleinen Sohn, der in einer Hand den Regenschirm hielt, der so groß wie er selbst war, und mit der anderen das Lenkrad des Fahrrads festhielt, das wesentlich größer war als er, und so in aller Ruhe durch den strömenden Regen fuhr. Sein Sohn, so klein, wie er war, konnte die Pedale nur mit Mühe und Not treten. Er fuhr wacklig, aber ohne Eile. Mitten in diesem Wolkenbruch blieb er seelenruhig. Dieses Bild war unbeschreiblich beeindruckend für Jongin, und er war dermaßen stolz auf seinen kleinen Sohn, dass er seiner Frau sehr oft von Sunhee an jenem Tag erzählte.

Die Mutter behielt diese kostbare Geschichte im Herzen und erzählte sie ihrem Sohn, immer wenn sie spürte, dass er wieder ein Stück gewachsen war. Als er sich nach und nach von seinem Vater entfernte, erzählte sie ihm von jenem Tag und brachte die innige und endlose Liebe ihres Mannes zum Ausdruck: »Dein Vater war so beeindruckt von dir und so stolz auf dich!«

Sunhee erinnerte sich jetzt an diese Geschichte seines Vaters, die er von seiner Mutter gehört hatte.

Er, der gerade im Meer versank, war eine andere Person als der Sunhee in jener Geschichte damals.

»Wo bin ich nur hin, dieser Junge, der seelenruhig war und es überhaupt nicht eilig hatte?«

Er vermisste seinen Vater. Er bereute, dass er ihn nicht noch einmal gesehen hatte, als er von zu Hause abgehauen war. Er versuchte, sich an ihn zu erinnern, wie er stolz auf ihn gewesen war. Ihm fehlte sein Vater. Wenn er noch ein bisschen am Leben bleiben dürfte, würde er ihn sehen wollen. Er verspürte den Wunsch, sich das Gesicht seines Vaters noch stärker und klarer in sein Gedächtnis einprägen zu können. Waren das Tränen? Es schmeckte salzig. »Weine ich, weil ich meinen Vater vermisse?«, fragte sich Sunhee, und als er diese Frage bejahen musste, fand er es lächerlich. Seine Tränen flossen unaufhörlich. »Wie peinlich ist das denn, ich bin doch ein erwachsener Mann!«

Sunhee sank einfach weiter hinab. Es gab keine Tränen mehr. Mit offenen Augen sank er einfach weiter in die Tiefe des Meeres hinab.

21

Uhwan stieg vom OP-Tisch. Er hatte das Gefühl, als hätte er sehr lange geschlafen. Sein Kopf fühlte sich schwer an. Er öffnete die kleine Tür und trat hinaus. Die Männer warteten dort bereits auf ihn. Alle schauten in Richtung der kleinen Tür, bis sie aufging. Park Jongdae, der Arzt, der ihn operiert hatte, und der Soldat, der Jongin über der Schulter aus der »Busaner Knochensuppe« getragen hatte, schauten zu Uhwan herüber.

»Perfekt, nicht wahr?«, fragte der Arzt sehr zufrieden Jongdae.

Tatsächlich machte Jongdae einen sehr zufriedenen Eindruck. Der Soldat schien nicht glauben zu können, was er sah. Uhwan blickte erst jetzt in den alten Spiegel, der an der Wand auf der Toilette hing.

Aus dem Spiegel schaute ihm Lee Jongin entgegen.

22

Sunhee war nicht zu sehen. Uhwan dachte, dass das auch besser so sei. Trotzdem wollte er von den Anwesenden wissen, wo der Junge war. Jongdae fragte ihn, ob es nicht besser sei, wenn Uhwan ihn für eine Weile nicht sehen würde, und fügte noch hinzu, dass er ihn zu einer angemessenen Zeit in die »Busaner Knochensuppe« schicken werde.

Der Stürmer saß am Steuer des Minibusses und Uhwan auf dem Beifahrersitz. Während der Fahrt sagte keiner von beiden irgendetwas. Vor der »Busaner Knochensuppe« hielt der Wagen an, Uhwan stieg aus, und der Stürmer fuhr gleich weiter. Uhwan wurde vor der Gaststätte allein stehen gelassen. Lange stand er dort wie ein Fremder.

Schließlich schloss er mit dem Schlüssel, den er aus Jongins Zimmer mitgenommen hatte, die Tür der »Busaner Knochen-suppe« auf. Er entfernte den Zettel mit der Aufschrift »Sommer-urlaub« von der Tür und betrat die Gaststätte. Dann zog er einen Stuhl zu sich heran und setzte sich. Er senkte den Kopf und blieb so sitzen. Ihm fiel es schwer – es war beinahe unmöglich –, in den großen Spiegel zu schauen, der an einer Wand in der Ecke des Raums hing und vor dem er eine Zeit lang oft gestanden hatte. Er schob es immer weiter hinaus, aber irgendwann hob er doch den Kopf an.

Er betrachtete sich im Spiegel. Dann berührte er sein Gesicht. Es gab keine Spur einer Operation. Keine einzige Narbe. Uhwan war einfach in Jongin verwandelt worden.

Die Tür ging auf.

»Haben Sie heute geschlossen?«, fragte ein Kunde.

»Ach nein, natürlich habe ich offen.«

Uhwan empfing die Gäste allein. Er hatte alle Hände voll zu tun und keine Ruhe, einen Blick auf den Fernseher zu werfen oder dem Gespräch der Gäste auch nur für eine Minute zuzuhören. Wie immer waren es hauptsächlich Stammkunden. Einige von ihnen machten sich Sorgen um den Sohn, der von zu Hause abgehauen war, und wieder andere schimpften über den Cousin, der geflohen war.

Um 21.00 Uhr beschloss Uhwan, für heute Feierabend zu machen. Dann erledigte er den Abwasch. Er kochte die Brühe mit Knochen und Fleisch und bereitete separat gekochtes Fleisch vor. Die Frühlingszwiebeln schnitt er nicht vorher. Außerdem schaute er nach, ob genug Rettich-Kimchi vorhanden war. Erst gegen Mitternacht schloss er die Arbeit des Tages ab. Er setzte sich in den Gästebereich, anstatt in sein Zimmer zu gehen. Und er führte die Tätigkeit fort, der sonst Jongin nachgegangen war.

Er wartete auf Sunhee.

23

Schon am frühen Morgen hatte Park Jongdae große Lust, Kim Juhan anzurufen. Aber er wollte ihm nicht zeigen, wie eilig er es hatte. Daher rief er ihn erst am Nachmittag an. Der Politiker schuldete ihm etwas, nachdem er sein Versprechen in Bezug auf den Einsturz des GSH-Buildings gehalten hatte. Natürlich war nicht auszuschließen, dass Juhan den Deal nicht einhalten würde, doch das spielte gar keine Rolle mehr für Jongdae, denn er brauchte ihn nur noch ein einziges Mal zu treffen. Das GSH-Building war eingestürzt, und das verschaffte ihm zumindest einen Grund, sich mit Juhan treffen zu können. Dieser sagte am Telefon, dass er bei ihm vorbeischauen könne, aber Jongdae vereinbarte mit ihm ein Treffen an einem anderen Ort.

Vor einem Café in der Nähe des Hafens stand der Minibus. Der Fahrersitz war zwar unbesetzt, aber der Motor lief. Im Café saßen Jongdae und Juhan. Außer diesen beiden gab es keine weiteren Gäste.

Jongdae ergriff das Wort und fragte Juhan, ob es ihm gefallen habe, zu sehen, wie das Hochhaus in Trümmer zerfiel.

»Wer war der Junge? Der war ja sagenhaft. Ein Mitarbeiter des Immobilienbüros?« Juhan lachte laut. Er schien sich wie immer über seine eigenen Witze köstlich zu amüsieren.

Jongdae antwortete nicht, weil er es nicht für nötig hielt. Lee Sunhee war tatsächlich einer seiner Mitarbeiter, wenn man es so wollte. Seit gestern war er aber nicht wieder aufgetaucht. Es ließ sich nicht einmal herausfinden, ob er überhaupt noch am Leben war. In den meisten Nachrichten ging man davon aus, dass er umgekommen sei. Unter diesen Umständen war Jongdae nicht zum Lachen zumute.

»Mann, einfach sagenhaft! Überall sind Löcher entstanden, und der Junge war sichtbar und dann plötzlich unsichtbar ... Und was für eine Pistole war das? War das wirklich eine Laserpistole? Eine riesengroße Sensation war das, eine Sensation! Großartig. Hätte ich gewusst, dass daraus so ein Spektakel würde, wäre es nicht schlecht gewesen, wenn ich das mehr für mich ausgenutzt hätte. Ein bisschen schade, oder?«

Juhan hielt inne, nahm eine andere Haltung ein und fuhr erst dann fort: »Aber es gibt da doch eine Sache. Es war 48 nach abgemacht, nicht wahr? Aber es war am Ende 53 nach. Es wurde ja so getan, als ob man die Zukunft wie seine Westentasche kennen würde. Wie darf ich da die fünfminütige Abweichung verstehen? Aus fünf Minuten werden irgendwann fünfzig Minuten, dann vielleicht fünf Jahre, und wenn es so weitergeht, dann werde ich auch nicht in zehn Jahren, sondern erst in fünfzehn Jahren Präsident. So wird es ja sicherlich laufen. Wie soll ich mit jemandem zusammenarbeiten, der alles nur so ungefähr über den Daumen gepeilt macht? Außerdem hat es nicht geheißen, dass das Gebäude umkippt, wie es tatsächlich passiert ist, nein, es hieß, dass das Gebäude einstürzt. Oder habe ich da etwas falsch verstanden? Was geschehen ist, ist für jedermann ein Verbrechen. Ein Akt des Terrors! Es ist gerade die Hölle los! Wie kann ich mich da mit Kerlen wie euch zusammentun? Wenn ich wirklich in zehn

Jahren Präsident werden sollte, wie Sie es mir gesagt haben, sollte ein Treffen wie das hier nicht stattfinden. Wahrscheinlich wollten Sie mir mal demonstrieren, dass Sie auch Macht haben, aber ich habe mit Leuten, die nur diese Art von Macht in den Händen halten, nichts am Hut. Na ja, nichts für ungut, Herr Park, ich hatte Spaß, das zu sehen. Und das lasse ich als Gegenleistung dafür gelten, dass ich Sie bei der Polizei herausgeholt habe. Also, wir sind dann quitt.«

Juhan wollte sich von seinem Sitz erheben. Da legte Jongdae etwas auf den Tisch. Die Laserpistole. Erschrocken sah der Politiker auf die Pistole.

Augenblicklich wollte er sie nehmen, aber Jongdae hielt sie schon wieder in der Hand. Er drückte den Abzug, richtete die Mündung auf Juhan und startete den Countdown: »Fünf, vier, drei …« Als er bei »eins« war, drehte er die Mündung ein bisschen zur Seite. Der Laser ließ eine Ecke des Polstersessels verschwinden, auf dem Juhan saß, bohrte anschließend ein Loch in die Wand und flog aufs Meer hinaus. Der Laserstrahl malte einen langen Streifen über das Meer hinweg und verflüchtigte sich irgendwann.

Juhan setzte sich wieder gerade hin. Jetzt war Jongdae an der Reihe, etwas zu sagen: »Kim Juhan wird wirklich Präsident, in genau zehn Jahren. Aber die Person, die Präsident wird, sind zugleich doch nicht Sie … Bis dahin werde auch ich etwas haben, was man als Staat bezeichnen kann, obwohl es im Moment zugegeben noch viel zu klein dafür ist.«

Juhan verstand kein Wort.

»Jemand muss auf das Danach vorbereitet sein. Diesmal konnte ich die Schwierigkeiten aus dem Weg räumen, aber ich kann nicht jedes Mal zu solchen Mitteln greifen, wenn noch mehr Leute hinzukommen. Ich habe gedacht, dass es praktisch wäre, wenn es jemanden gäbe, der bereits hier ist und auch die nötige Macht in der Hand hat, sodass es ihn ganz und gar keine Mühe kosten würde, bei einigen Sachen ein Auge zuzudrücken, beispielsweise bei der Sache, dass sich mehrere Hundert, mehrere Tausend Menschen unter die hiesigen mischen werden. Je weiter die Zeit voranschreitet, desto düsterer sieht es ohnehin aus. In der Zukunft gibt es so etwas wie Hoffnung nicht. In der Zukunft wird es einen noch kleineren Teil der Menschen geben als heute, der allein in den Genuss von Reichtum kommt. Die absolute Mehrheit wird ein erbärmliches Leben führen. Bei dem, was diese Mehrheit besitzt, also etwas, das irgendwie irgendeinen Wert hat, wird es sich nur um das eigene Leben handeln. Ist es zu viel verlangt, wenn jemand, der hierherkommt und dafür sein Leben riskiert, ein bisschen glücklicher werden möchte, als er es dort war? Meinen Sie nicht ebenfalls, dass auch diese Leute einen Staat für sich haben sollten?«

Von dem, was er da gerade hörte, konnte Juhan nicht das Geringste verstehen. Was er klar realisierte, war lediglich, dass sich ihm ein kräftig gebauter Mann genähert hatte, während er dem Immobilienmakler zuhörte. Dieser machte jetzt ein Zeichen mit der Mündung seiner Pistole. Dem Zeichen gehorchend, stand Juhan auf und wurde von dem Mann, der neben ihm stand, hinausgeführt. Er trat aus dem Café und fand dort einen Minibus vor. In diesen Wagen stieg er ein.

* * *

Alle Bewohner des Yeongjin Apartmentkomplexes, die man in die Zellen des Polizeireviers gesperrt hatte, waren gestern am frühen Nachmittag freigelassen worden. Es war nicht einmal eine Stunde vergangen, seitdem das GSH-Building eingestürzt war. Im Endeffekt konnte man sagen, dass die Polizei ihr Versprechen gehalten hatte, die Bewohner würden ihr Mittagessen nicht in der Zelle, sondern außerhalb bekommen.

Dadurch, dass das Polizeipräsidium der Stadt Busan vom GSH-Building zermalmt worden war, waren alle im KCSI gespeicherten und verwalteten, also de facto geschützten Daten ausradiert. Das galt ebenfalls für die Eintragungen von Straftätern. Allerdings saßen diese Verbrecher im Gefängnis, von daher stellte der Datenverlust kein so großes Problem dar. Die Straftäter, die man noch nicht gefasst hatte, waren ohnehin Aufgabe der Ermittler. Die Verkehrssünder, die zwar zu schnell gefahren waren, aber ihr Knöllchen noch nicht erhalten hatten, hatten jedoch so gut wie im Lotto gewonnen.

Diejenigen, die durch die Zerstörung des KCSI echte Probleme bekamen, waren letzten Endes wie immer die ganz normalen Einwohner Busans. Sie mussten einiges an Unannehmlichkeiten über sich ergehen lassen, weil sie alle ohne Ausnahme ihre Einwohnerregistrierung neu durchführen mussten. Sämtliche Bürgerämter in Busan bemühten sich sehr, den Einwohnern die Notwendigkeit dieser Maßnahme in leichten Worten verständlich zu machen.

Jedoch ergab sich ein Problem. Es war klar, dass sich alle Einwohner neu anmelden mussten, aber für die Bürgerämter war ohne die Daten des KCSI nicht eindeutig, wer zu diesen Einwohnern zählte. Ein Kriterium musste festgelegt werden, nach dem man sich orientieren konnte, ob jemand koreanischer Staatsbürger und Bürger der Stadt Busan war, genauer ob jemand Einwohner eines Bezirks in Busan war. Dafür musste man die noch vorhandenen Informationen beim zuständigen Bürgeramt heranziehen. Eine Alternative stand nicht zur Verfügung. Wie immer hatte auch jetzt für die Behörden die schnelle Erledigung Vorrang vor nachhaltiger Genauigkeit.

Zum Glück gab es ein Ummeldeformular. Dieses Formular füllte man aus, wenn man in einen anderen Bezirk umgezogen war, und dafür musste man zum zuständigen Bürgeramt. Auch heute noch füllte man dieses Formular zuerst im Bürgeramt vor Ort aus und gab es dort direkt am Schalter ab. Anhand der bereits eingereichten Ummeldeformulare konnte man zunächst die Einwohner des jeweiligen Bezirks erfassen.

Es wurde empfohlen, die erneute Einwohnerregistrierung möglichst je Haushalt durchzuführen. »Ach was, ich brauche mir die vorhandenen Ummeldeformulare gar nicht anzusehen, weil ich weiß, wenn ich einen Einwohner sehe, wo der wohnt«, sagte sogar eine Mitarbeiterin des Bürgeramtes Yeongdo. Da war man einmal mehr über die Liebe dieser Mitarbeiterin zu den Einwohnern in ihrem Bezirk erstaunt.

Die Mitarbeiter aller Bürgerämter suchten jede einzelne Wohnung ihres Bezirks auf und teilten den Bewohnern mit, dass es leider unvermeidbar sei, einmal zum Bürgeramt zu kommen und wie beim ersten Antrag auf Ausstellung ihres Personalausweises ein Passfoto machen und Fingerabdrücke abnehmen zu lassen. Einige Leute sagten, das sei sehr zu begrüßen, weil ihnen das Foto in ihrem Personalausweis ohnehin nicht gefallen hätte. Aber auch diese empfanden die Prozedur als unangenehm, sobald ihre Fingerabdrücke abgenommen wurden.

Alle Bürgerämter waren zum Bersten mit Menschen gefüllt. Die Leute bildeten Schlangen, die bis weit hinaus auf die Straße vor dem Bürgeramt reichten. Firmen gaben ihren Angestellten für die neue Einwohnerregistrierung einen halben Tag frei. Polizisten und Soldaten wurden rekrutiert, um die Sicherheit der Bürger, die bei der Einwohnerregistrierung waren, zu gewährleisten, wobei sich diese Leute natürlich in keiner Weise in Gefahr befanden.

Obwohl ein absolut intaktes Hochhaus plötzlich eingestürzt war, was mehr als einhundert Menschen das Leben geraubt hatte, war der Terroristenjunge zu einem Prominenten lanciert. Die Regierung sagte, es sei zwar sehr zu bedauern, dass einige Menschen gestorben seien, aber die Opfer würden auch mit Sicherheit nicht wollen, wenn nun nur noch getrauert und alles andere ruhen gelassen würde. Endlich seien Bürger, Behörden und Militär auf einen Nenner gekommen und würden diese große Krise hervorragend zusammen meistern. Mit dieser Begründung empfahl die Regierung, man solle auch im Sinne der Opfer diese Krise als eine bedeutsame Lehre betrachten und den Rest schnell vergessen. Die Regierung versäumte nicht zu betonen, das GSH-Building sei nicht durch mangelhafte Bauarbeiten eingestürzt, sondern durch einen Akt des Terrors. An diesem Unglück sei der Staat vollkommen unschuldig, und es handele sich um eine durch einen Terrorakt hervorgerufene Krise. Eine Krise werde man letzten Endes überwinden, komme, was wolle, und dafür müsse man die Ärmel hochkrempeln und zusammen alles Menschenmögliche tun.

* * *

Auch die Bewohner des Yeongjin Apartmentkomplexes mussten eine Unannehmlichkeit nach der anderen über sich ergehen lassen. Gestern waren sie schon am frühen Morgen aufs Polizeirevier abgeführt und in eine Zelle gesperrt worden, heute mussten sie zum Bürgeramt gehen und ihren Personalausweis neu beantragen.

Park Hyeonju, die Bewohnerin von Nr. 402, verhielt sich als Mitarbeiterin des Bürgeramtes vorbildlich. Sie meldete sich als erste Einwohnerin des Bezirks Yeongdo an. Selbstverständlich ließ sie zu diesem Zweck auch ihre Fingerabdrücke abnehmen. Diese und ihr Passfoto wurden dann beim Bürgeramt neu registriert. Vielleicht geschah dies zum ersten Mal in ihrem jetzigen Leben überhaupt.

Sie erledigte die Arbeit der Einwohnerregistrierung möglichst schnell und mit einigen Nachbarn des Yeongjin Apartmentkomplexes tauschte sie besonders innige Grüße aus. Unter ihnen gab es auch welche, denen Tränen über das Gesicht liefen. In solchen Fällen kamen auch in Hyeonju plötzlich unkontrollierbar Emotionen hoch. »Dass so ein Tag wirklich eintreten würde!«, meinte sie zutiefst gerührt und dachte, wie dumm sie in der letzten Zeit gewesen war. Ihr wurde vor Augen geführt, wie sehr sie Park Jongdae unterschätzt hatte.

Sie hatte kein Vertrauen mehr in die Sache gehabt. Sie hatte vom Vorhaben des Künstlers gewusst und zeitweise genauso wie er gedacht. Es fiel ihr allmählich schwer, hier ein Leben wie eine Diebin zu führen. Was Park Jongdae erzählte, hatte sich für sie langsam wie ein Luftschloss angehört. Überdies hatte sie sich ein wenig in den Ermittler Yang Changgeun verguckt.

Sie hatte ihn nur ein paarmal getroffen, aber ihr gefiel, dass er ein vertrauenswürdiger Mensch war. Vielleicht fand sie nicht die Person Yang Changgeun sympathisch, sondern seinen Beruf und seine glasklare Identität. Die Leute, die von dort gekommen waren, trugen ausnahmslos das Gesicht eines anderen. Anders als sie hatte Changgeun sein eigenes Gesicht – und das war wohl Grund genug für Hyeonju, ihn zu mögen.

Möglicherweise dachte sie, dass sie sich durch Changgeun von Park Jongdae befreien könnte. An dem Tag allerdings, an dem ihre Mitbewohnerin ermordet werden musste, weil die feuchte Wand in ihrer Wohnung und damit auch die Nachbarwohnung Nr. 403 sie neugierig gemacht hatten, erkannte sie allzu deutlich, wer Park Jongdae wirklich war und dass sie sich nur von diesem Mann befreien konnte, wenn sie entweder selbst starb oder ihn umbrachte. Bisher hatte sie durchgehalten, egal, was passierte, weil sie um jeden Preis am Leben bleiben wollte. Sie hatte sich nach wie vor – nein, noch stärker als zuvor – zusammenreißen müssen.

* * *

Das Bürgeramt des Bezirks Yeongdo war voll mit den Bewohnern des Yeongjin Apartmentkomplexes. Unter ihnen befanden sich vielleicht auch weitere Personen, die aus der Zukunft gekommen waren.

Auf jeden Fall waren nun alle Möglichkeiten eliminiert, über die man jene Menschen hätte aufspüren können. Sie waren nicht mehr von den anderen zu unterscheiden. Für die Einwohnerregistrierung hatten sie mit den Gesichtern, die sie von den hiesigen Menschen geraubt hatten, Passfotos gemacht, und zu diesen Fotos waren ihre eigenen Fingerabdrücke abgenommen worden. Die freundliche Beamtin des Bürgeramtes Yeongdo, Park Hyeonju, hatte außerdem für ein paar Leute eigenhändig Ummeldeformulare ausgefüllt und sie als ihre »Mitbewohner« eingetragen. Somit wurden diese Leute auf direktem Weg Einwohner Busans und bekamen ihre neue und vor allem sichere Identität, wofür sie es nicht einmal nötig hatten, eine umständliche Veränderung ihres Aussehens in Kauf zu nehmen.

Es waren zwar äußerst wenige, aber es gab unter ihnen immerhin welche, deren jetziges und voriges Leben einander bereits überlappten, wie es beim Künstler der Fall war. Ein paar Erwachsene aus der Zukunft waren hier Babys, die gerade geboren wurden, oder Kinder. Von daher war das Chaos vorprogrammiert, sobald diese Babys und Kinder siebzehn Jahre alt und ihren Personalausweis beantragen würden. Aber vielleicht auch nicht, denn die Leute, die aus der Zukunft kamen, hätten bis dahin womöglich hier ihren eigenen Staat und könnten darauf verzichten, Einwohner Busans zu sein.

* * *

An einem frühen Morgen bekam auch die »Busaner Knochensuppe« einen Besucher vom zuständigen Bürgeramt.

»Guten Morgen, Herr Lee Jongin, schön, dass ich Sie antreffe«, grüßte der Beamte Uhwan.

Auch Uhwan grüßte ihn wie einen Bekannten. Der Beamte sagte ihm, dass er seine Einwohneranmeldung neu vornehmen müsse, auch wenn es umständlich für ihn sei. Der Gaststättenbesitzer fragte den Beamten, wovon er rede.

»Wegen des GSH-Buildings, das gestern eingestürzt ist.«

»Ist das schon eingestürzt?«, fragte Uhwan völlig unbedacht. Er hatte von den Plänen gewusst, dass jenes Gebäude einstürzen würde. Aber wann das geschehen sollte, das war ihm nicht bekannt gewesen.

»War Sunhee gestern deswegen nicht in der Lagerhalle gewesen? Aber wieso ist er dann immer noch nicht zurück? Geht's ihm gut? War er in diesem Hochhaus gewesen, während ich operiert wurde? Hat Jongdae absichtlich den Termin für meine Operation so gewählt? Kann das sein?«, fragte sich Uhwan. In der Tat warf das alles für ihn jetzt sehr viele Fragen auf.

Der Beamte schaute ihn mit einem irritierten Blick an und fragte sich, was mit ihm los sei. Uhwan sagte ihm schnell, dass er von dem Einsturz des Hochhauses nichts mitbekommen habe, weil er sehr beschäftigt gewesen sei. Er fragte, ob dieses Gebäude wirklich eingestürzt sei.

Der Beamte bejahte nickend und bemerkte weiter sehr verwundert, wie beschäftigt man denn sein müsse, wenn man nicht einmal das mitgekriegt habe. Nicht nur Busan, sondern das ganze Land sei schließlich in einem Schockzustand. Er erklärte nun im Detail, dass gestern das GSH-Building umgekippt sei wie ein gefällter Baum; dadurch sei das Polizeipräsidium der Stadt Busan komplett dem Erdboden gleichgemacht worden und alle Daten, die auf den Servern des Polizeipräsidiums gespeichert waren, seien verloren gegangen. Deswegen sei eine neue Einwohnerregistrierung unvermeidbar geworden. Und der Terroristenjunge, der das Gebäude zu Fall gebracht habe, sei jetzt ein richtiger Prominenter. Der Beamte erzählte das alles mit großer Begeisterung, als wäre auch er ein Fan des Jungen und als würde er eine fantastische Geschichte erzählen.

Uhwan hörte dieser »fantastischen« Geschichte bis zum Ende aufmerksam zu und stellte daraufhin langsam eine Frage: »Und … was ist aus diesem Terroristen jetzt geworden?«

»Er ist von einer einstürzenden Wand begraben worden«, antwortete der Beamte mit einem gewissen Unmut, als erzählte er den Schluss einer Geschichte, der ihm gar nicht gefiel.

Uhwans Kopf war wie leer gefegt.

»Seine Leiche wurde nicht gefunden, aber man sagt, dass er wahrscheinlich tot ist. Man hat die Schuhe entdeckt, die er getragen hatte, und es haben auch einige Augenzeugen gesehen, wie er von der Wand erdrückt worden ist. Vorher hatte er auch schon mehrere Verletzungen erlitten. Na ja, ich habe auch nicht wenige Aufnahmen gesehen und bin ebenfalls der Meinung, dass er tot sein muss. Es wäre auch ein Wunder, wenn er das überlebt hätte. Schließlich ist eine riesige Betonwand auf ihn gefallen. Die Rettungs- beziehungsweise Bergungsarbeiten laufen ja noch, daher denke ich, dass man seine Leiche bald finden wird.«

Uhwan hatte alle Mühe, seine enorme Unruhe vor dem Beamten zu verbergen. Er sagte ihm, dass er auf jeden Fall zum Bürgeramt kommen werde, sobald er Zeit fände, und brachte ihn zur Tür. Er dürfe auch heute noch vorbeikommen, erwiderte der Beamte und verließ daraufhin die Gaststätte. Uhwan schloss die Tür hinter ihm und setzte sich auf den nächsten Stuhl, denn er vermochte sich keine Sekunde länger auf den Beinen zu halten.

Sunhee könnte tot sein, nein, er war tot. Man hatte nur seine Leiche noch nicht gefunden. So hatte es der Beamte doch ausgedrückt. Er hatte gesagt, dass Sunhee tot sei.

Uhwan stand ruckartig auf und schaltete den Fernseher ein. Fast alle Sender berichteten über den Terror im GSH-Building.

Die Tür ging auf, und Gäste kamen herein. Uhwan ging in die Küche. Er servierte die Knochensuppe und kassierte für das Essen. Dann räumte er den Tisch ab, servierte wieder Suppe und nahm Geld entgegen. Zwischendurch sah er fern. Den ganzen Tag servierte er Knochensuppe. Es war unglaublich viel los, aber sein Blick ruhte immer wieder auf dem Fernseher.

Er machte viele Fehler. Mehrere Gäste hatten eine extragroße Portion Knochensuppe bestellt, aber keiner hatte sie bekommen. An Tischen, an denen nur ein Kunde saß, servierte er zwei Schüsseln. Bei mehr als drei Leuten an einem Tisch kam das Essen nicht gleichzeitig an. Selten stimmte die Rechnung, weswegen einige ihm gegenüber sogar laut wurden. Die Stammkunden allerdings fanden es schlicht seltsam. Denn sie kannten den Gaststättenbesitzer Lee Jongin nur als jemanden, der sich ausschließlich dafür interessierte, Knochensuppe zu kochen und zu servieren. Heute erlebten sie zum ersten Mal, dass er dermaßen besessen fernsah. Dieser Jongin, der völlig geistesabwesend war, war ihnen fremd.

Alle Sinne des Gaststättenbesitzers waren auf das eingestürzte Hochhaus ausgerichtet. Wer unter den Stammkunden nachsichtig war, hätte auf die Idee kommen können, dass der Chef der »Busaner Knochensuppe« vielleicht mit den Augen unter den Trümmern nach jemandem suchte. Er hätte zum Beispiel auf die Idee kommen können, dass vielleicht der Sohn dieser Gaststätte in jenem Gebäude gewesen war.

Uhwan schloss das Lokal um 21.00 Uhr.

Der Fernseher war noch an. Die Nachrichten über den Terror liefen weiter. Aber nirgendwo wurde gesagt, dass Sunhee noch am Leben sei.

Der Grund, warum Uhwan Jongin aufgesucht und ihm gesagt hatte, er werde sein Bestes tun, war gewesen, dass er mit Sunhee zusammen sein wollte. Er, dem der Tod gleichgültig gewesen war, hatte sich entschlossen, diesem Ort den Rücken zu kehren, und auch da war es schon Sunhee gewesen, der ihn an diesem Ort festgehalten hatte. Es war Sunhee gewesen, um den sich Jongin, wissend, dass er nun sterben würde, bis zum letzten Augenblick seines Lebens Sorgen gemacht hatte, sodass er Uhwan darum gebeten hatte, sich um seinen Sohn zu kümmern.

Dieser Sunhee war nun tot.

Park Jongdae hatte in seiner listigen Art an einem Tag gleich zwei Dinge erledigt. Er hatte Uhwan operieren und Sunhee das Gebäude zerstören lassen. So hatte er Uhwan beseitigen und Sunhee sterben lassen. Sunhee war tot. Er war Uhwans Vater gewesen. Jetzt, wo Uhwan zu Jongin geworden war, war er aber auch sein Sohn.

Uhwan hob schlagartig den Kopf. Im Spiegel sah er Jongin. Jongin warf Uhwan einen grimmigen Blick zu. Enormer Zorn zeichnete sich in seinem Gesicht ab. Er stand auf. Er ging in die Küche und griff ein Messer, das größte, das er finden konnte.

Gleich darauf verließ er die Gaststätte und nahm ein Taxi. Er sagte dem Fahrer, dass er in die Nähe des Hafens fahren solle. In einer Gegend, die er wiedererkannte, stieg er aus. Von dort aus ging er zu Fuß und suchte nach der Lagerhalle.

Schließlich sah er einen Minibus, der ihm sehr bekannt vorkam. Er betrat das Gebäude. Auf dem Sofa war niemand. Wo sich die anderen in diesem Moment aufhalten würden, ahnte er. Er riss die kleine Tür auf der Toilette auf. Da waren sie alle.

* * *

Auf dem Boden lag leblos ein Mann. Er hatte teilweise noch einen Anzug an, der teuer aussah, jedoch war sein Bauch aufgeschnitten, und sein Gesicht vollständig enthäutet. Auf dem OP-Tisch lag ebenfalls ein Mann, dem der Zyklop gerade seine gesamte Aufmerksamkeit schenkte.

Der Stürmer, der entzückt der Arbeit des Zyklopen zuge-
schaut hatte, sah als Erster den Neuankömmling. Seine Mimik
zeigte, dass er sich über das Kommen Uhwans freute. Uhwan
ging ohne ein Wort zu ihm und stach ihm das Messer, das er
in der Hand hielt, unter das Kinn. Auf diesen unerwarteten
und urplötzlichen Angriff hin fiel der Stürmer direkt zu Boden,
und erst der dröhnende Aufprall seines kräftigen Körpers ließ
den Zyklopen, der auf seinen Patienten konzentriert war, den
Kopf heben. Anschließend bekam er an derselben Stelle wie der
Stürmer das Messer in den Hals gestochen. Der Zyklop sackte
auf den Boden, betastete das Blut, das aus seinem Hals sprudel-
te, schaute sich seine Hände an, betastete erneut das Blut und
schaute wieder seine Hände an.

Nachdem der Zyklop zur Seite gekippt war, fiel der Blick Uhwans auf den Mann auf dem OP-Tisch. Auf einer Seite dieses Ti-
sches lag die Gesichtshaut, die von Jongdae abgenommen worden war. Der Zyklop war anscheinend dabei gewesen, Jongdae
ein neues Gesicht zu schenken, aber er hatte seine Arbeit nicht
abschließen können, sondern gerade etwas mehr als die Hälfte
geschafft. Da der Arzt jetzt tot war, sah das Ganze für Jongdae
sehr ungünstig aus. Er war auf dem Weg gewesen, in Kim Juhan
verwandelt zu werden.

Uhwan betrachtete Jongdae und entdeckte die Armbanduhr
an seinem Handgelenk. Selbstverständlich kannte er diese Uhr.
Die gleiche Uhr hatte auch er vor der Zeitreise vom Mitarbeiter
des Reisebüros ausgehändigt bekommen.

Er löste sie von Jongdaes Handgelenk und steckte sie in seine Hosentasche. Anschließend warf er noch einen Blick auf den
schlafenden Mann. Seine Hand schloss sich fester um den Mes-
sergriff, lockerte sich dann jedoch wieder. Er kannte die Proze-

dur dieser Operation sehr gut. Jongdae benötigte noch Zeit, bis er aus der Narkose erwachte. Uhwan ließ ihn dort liegen und ging aus dem Raum. Jongdae würde von sich aus diesen Raum verlassen, sobald er aus der Narkose erwacht war. Denn dort gab es keinen Spiegel.

Beim Verlassen des OP-Raums blickte Uhwan flüchtig in den alten Spiegel, der auf der Toilette hing. Dort stand Lee Jongin, der ein großes Küchenmesser in der Hand hielt und voller Blut war. Er war weiter von unbändiger Wut erfüllt, denn er merkte nicht einmal, dass eigentlich Uhwan ihn anschaute.

Er setzte sich auf das Sofa und wartete, dass Park Jongdae aufwachte. Er wartete darauf, dass der frisch operierte Mann sich vor den Spiegel stellte und sich sein neues Gesicht ansah. Er würde völlig verzweifelt sein. Und genau das wollte Uhwan um jeden Preis sehen.

* * *

Sobald er die Augen aufgemacht hatte, betastete Jongdae zuallererst sein Gesicht.

Beim ersten Mal war die Operation von einem anderen Arzt durchgeführt worden. Sie hatte Spuren hinterlassen, und die Narben juckten eigenartig häufig. Aber diesmal war es ja der Zyklop, der die Arbeit übernommen hatte. Vom Künstler bis zu Uhwan war dessen Arbeit immer perfekt gewesen.

Ein glattes Gesicht erwartend, betastete Jongdae alle Stellen seiner neuen Haut. Sie war jedoch nicht glatt. Etwas stimmte nicht. Er wurde unruhig. Hastig erhob er sich vom OP-Tisch. Er wollte schnell sein Gesicht sehen. Unverzüglich wollte er mit seinen eigenen Augen sehen, dass er in Kim Juhan verwandelt worden war, wofür er den OP-Raum schnell verlassen musste. Er war aufs Äußerste angespannt.

Allerdings entdeckte er in diesem Raum noch einiges mehr, das ihn weiter beunruhigte. Leichen. Eigentlich sollte hier nur eine Leiche liegen. Nur die Leiche von Kim Juhan hätte hier sein sollen. Es waren aber drei. Der Zyklop und der Stürmer lagen tot auf dem Boden. Unversehens dachte Jongdae nach: Den Stürmer, den könnte er problemlos durch jemanden ersetzen. Einen guten Arzt zu finden, der die Aufgabe des Zyklopen übernehmen konnte, war hingegen äußerst schwierig.

Was auch geschehen sein mochte, Tote waren Tote. Er hoffte lediglich, dass der Zyklop die Operation noch zufriedenstellend beenden konnte, bevor er seinen letzten Atemzug getan hatte.

»Da ich Kim Juhan geworden bin, brauche ich zukünftig keine neue Identität mehr. Mit seinem Gesicht kann ich morgen zum Bürgeramt gehen und die Einwohnerregistrierung erledigen. Danach habe ich keinen operativen Eingriff mehr nötig. Das bedeutet schließlich, dass der Tod des Zyklopen für mich nicht von Belang ist.«

Er öffnete die kleine Tür und ging hinaus. Hastig stellte er sich vor den alten Spiegel auf der Toilette.

Er schrie auf. Im Spiegel sah er ein runzlig verzerrtes, abscheuliches Gesicht. Etwa zur Hälfe hatte er das Gesicht von Juhan, und dieser Teil war auch gut gelungen. Im Gegensatz dazu war die andere Hälfte, da der Zyklop seine Arbeit offenbar nicht vollständig hatte abschließen können, in einem Zustand befestigt, in dem die Haut nicht richtig platziert und noch willkürlich gezogen und verschoben werden konnte. Es sah schrecklich und Furcht einflößend aus. Jongdae musste sofort zum Zyklopen. Er musste herausfinden, ob er noch am Leben war.

Deswegen riss er die Tür zum OP-Raum auf und wollte zurückgehen.

In diesem Augenblick nahm er wahr, dass noch jemand anderes anwesend war. Er drehte den Kopf und spürte gleichzeitig, dass etwas Scharfes über sein Gesicht gezogen wurde. Es tat ihm weniger weh, als dass es vielmehr heiß war. Mit dem Drehen des Kopfs schnitt das Messer, angefangen von seinem Hinterkopf, den ganzen Bereich bis zum Gesicht auf.

Er sah den Täter. Es war Lee Jongin. Es war Lee Uhwan.

Die Person, die vor ihm mit einem großen Küchenmesser in der Hand stand, war erfüllt von Zorn. Jongdae verstand nicht, warum Lee Uhwan, nein, Lee Jongin, letztlich doch Uhwan, ein solch großes Messer in der Hand hielt und hier war und warum er ihn überhaupt angriff. Trotzdem war es im Moment unmöglich, mit ihm zu reden. Denn er versuchte gerade, ihn umzubringen.

Jongdae stieß Uhwan heftig zur Seite und rannte durch die Lagerhalle auf den Minibus zu. Uhwan verfolgte ihn. Aus seiner Tasche holte Jongdae seine Pistole hervor und drückte den Abzug. Er stieg in den Minibus ein und zielte dabei mit der Pistole auf seinen Verfolger. Das Licht strömte heraus. Mit knapper Not wich Uhwan dem Laserstrahl aus. Jongdae fuhr ab, ließ das Gelände der Lagerhalle hinter sich und schoss noch einmal auf Uhwan. Auch diesmal ging sein Schuss daneben.

24

Es wurde Nacht, aber Uhwan war kein bisschen schläfrig. Er hörte einzig die Wellen des Meeres. Er lauschte dem Meer. Gelegentlich schaute er auch zu dem Ort hinüber, von wo das Geräusch zu ihm wehte. Dessen ungeachtet, roch es eindeutig nach Blut. Er erhob sich vom Sofa und schritt in Richtung Toilette. Dort schaute er in den Spiegel. Sein Gesicht und sein Körper waren voller Blut. Er konnte schwer sagen, ob der Blutgeruch aus dem OP-Raum stammte oder seinen Ursprung bei ihm hatte.

Bis vor einigen Stunden war ihm unbekannt gewesen, wie Jongins Tod ausgesehen hatte und wo seine Leiche entsorgt worden war. Als er auf dem OP-Tisch aufwachte, war niemand bei ihm gewesen. Da er dort gelegen hatte, war er davon ausgegangen, dass Jongin auf einem anderen Tisch gelegen haben musste. Dass das nicht stimmte, erfuhr er heute, weil er einen Mann gesehen hatte, der mit aufgeschnittenem Bauch und enthäutetem Gesicht auf dem Boden gelegen hatte.

Mit seinem abscheulich verformten Gesicht hatte Park Jongdae die Lagerhalle verlassen, und kurz danach hatte Uhwan wieder den Fernseher eingeschaltet. Er schaute sich alle Sendungen über das Unglück des GSH-Buildings noch einmal an. Er war weiter auf der Suche nach Sunhee. Es gab einige Aufnahmen, die relativ gut zeigten, wie die Wand auf den Jungen fiel. Aber in den Videos, in denen diese Wand angehoben wurde, um die dort liegenden Verletzten zu bergen, war er nicht zu sehen. Nirgendwo wurde von seinem Tod als Fakt berichtet.

Nein, sein Tod wurde nicht explizit bestätigt, aber in allen Berichten ging man davon aus, dass er gestorben war. Die große Mehrheit der Berichterstatter vertrat den Standpunkt, dass die Betonbrocken, die auf ihn gefallen waren, ihn schwer verletzt hatten und man dementsprechend nicht damit rechnen konnte, dass er noch am Leben war. Das hörte sich absolut überzeugend an. Auf den Bildern sah man ihn ohnehin an mehreren Körperstellen bluten. Auch in seinem Gesicht war Blut zu sehen. Er war bereits schwer verletzt, bevor die Betonstücke ihn begruben. Die Rettungsarbeiten waren zwar noch im Gange, aber genau genommen ging es mittlerweile nicht mehr um Rettung, sondern um die Bergung von Leichen.

Uhwan verließ die Lagerhalle, immer noch das Messer in der Hand haltend, wie bei seiner Ankunft an diesem Ort. Er schritt in die Richtung, aus der das Rauschen der Wellen kam. Vor ihm tauchte das Meer auf. Er watete hinein und lief weiter. Als seine Füße den Boden nicht mehr berühren konnten, schwamm er. Er schwamm noch weiter hinaus, bis er schließlich das Messer fallen ließ. Es sank hinab. Dann wusch er sich. Zuerst sein Gesicht. Danach verharrte er eine Zeit lang bewegungslos und sank in die Tiefe des Meeres hinab.

Das Meer war zu groß und zu dunkel, um noch tiefer abzutauchen. Das Meer war derart konstant und endlos, dass er es nicht wagen konnte, weiter abzusinken. Er begann wieder, Wasser zu treten. Er schwamm wie einst erneut auf die Lichter der Stadt zu – weil ihm nichts anderes übrig blieb.

25

Ein Minibus steckte auf bemitleidenswerte Art in einem Acker-feld fest. Häufig saß ein betrunkener Fahrer in einem solchen Wagen. Diesen Minibus entdeckte ein Bauer, der in den frühen Morgenstunden zu seinem Feld lief. Gestern Abend, als er nach getaner Arbeit nach Hause ging, war dieser Wagen noch nicht da gewesen. In einer kleinen Gemeinde wie dieser fiel etwas Neues sofort auf.

Der Bauer näherte sich dem Auto. Es saß jemand darin. Der Fahrer hatte den Kopf seitlich auf das Lenkrad gelegt. Der Bauer stand mittlerweile auf dem Ackerfeld, trat näher an den Fahrer-sitz heran und schaute sich das Ganze genauer an. Es war tat-sächlich ein Mann, der im Auto saß, und er blutete am Kopf. Auch vom Lenkrad tropfte Blut herunter. Der Fahrer schien tot zu sein.

Der Bauer betrachtete das Gesicht des Mannes und erschrak. Es sah abscheulich aus. Das Blut floss vom Kopf über das Ge-sicht, das durch unnatürliche Falten und Runzeln entstellt war. Vom Hinterkopf bis ins Gesicht war auch eine längliche Schnitt-wunde zu sehen, die sehr frisch aussah. Der Bauer schob die Hand durch das zerbrochene Seitenfenster in den Wagen hinein und rüttelte den Mann an der Schulter, aber er zeigte keine Reaktion. Der Bauer rüttelte ihn noch einmal und etwas kräftiger als zuvor. Dann verließ er das Feld wieder.

Als der Bauer mit dem Dorfvorsteher zurückkam, war der Mann inzwischen aus dem Wagen gestiegen und saß am Rand einer Ackerfurche.

»Wo bin ich hier?«, fragte er die beiden Männer, die näher an ihn herangetreten waren.

Auch der Dorfvorsteher verzog unwillkürlich das Gesicht, als er wahrnahm, wie der Mann aussah. Anstatt ihm eine Antwort zu geben, fragte er zurück: »Woher kommen Sie?«

»Haben Sie was getrunken?«, wollte der Bauer wissen.

Auch danach stellten die beiden abwechselnd viele Fragen, aber der Mann war nicht in der Lage, auch nur eine einzige davon zu beantworten. Es machte nicht den Eindruck, als ob er absichtlich etwas verschwieg. Er schien wirklich ganz und gar keine Ahnung zu haben, was mit ihm los war. Sonst wäre er mit solch einem Gesicht unmöglich dermaßen gelassen und unbekümmert am Rand der Ackerfurche sitzen geblieben. So interpretierten der Bauer und der Dorfvorsteher die Situation. Das Dorf lag etwa eine Stunde von Busan entfernt.

26

Yang Changgeun kam pünktlich zur Arbeit. Das Büro war ziemlich leer. Es hieß, dass alle bei Einsätzen seien, um die Bürgerämter zu unterstützen. Changgeun ging in den Pausenraum für die Mitarbeiter. Er setzte sich auf den Platz, wo ein Kollege seine Hand durch die Laserpistole verloren hatte. Das Loch in der Wand war mittlerweile zugespachtelt worden. Der Fernseher lief und strahlte Bilder von Bürgerämtern in Busan aus; sie waren überfüllt mit Personen, die ihre Einwohnerregistrierung neu vornehmen mussten. Changgeun sah auf dem Bildschirm Menschen, die Schlange standen. Die Bürger von Busan, die er tagtäglich sah. Da kam ein Kollege und nahm neben ihm Platz.

»Warum müssen wir uns so etwas Langweiliges ansehen?«, fragte der Kollege, nahm die Fernbedienung und wollte umschalten.

»Lassen Sie das mal. Das ist interessant«, hielt Changgeun ihn davon ab.

Den ganzen Vormittag sah er im Pausenraum fern. Am Nachmittag ging er zur Unterstützung seiner Kollegen zu irgendeinem Bürgeramt. Auch dort betrachtete er die Menschen. Er sah den ganzen Tag nur Menschen an.

* * *

Kang Doyeong nahm den hohen weißen Sneaker von seinem Schreibtisch und stellte ihn auf den Boden. Er zog einen seiner Schuhe aus. Fußgestank stieg auf. Diesen stinkenden Fuß steckte er nun in den weißen Sneaker. Er passte ihm genau.

Er hatte große Füße. Jetzt realisierte er erst, dass auch Sunhee große Füße hatte. Er stampfte mit dem Fuß, der in dem weißen Sneaker steckte, ein paarmal auf den Boden.

* * *

Der Oberstaatsanwalt konnte nichts von alldem nachvollziehen und akzeptierte nicht, dass Uh Hoseok, der Fleischer, der von seinen Leuten Künstler genannt wurde, in Wirklichkeit Choi Mingu und Mitte fünfzig war, aber am 23. März 2009 geboren war, aus der Zukunft kam und dieselbe Person wie Choi Mingu war, der im Viertel Sajik 143-36 in Busan wohnte und vor Kurzem zehn Jahre alt geworden war.

In der Tat handelte es sich um eine Angelegenheit, die für jeden schwer zu glauben war. Kang Doyeong versuchte zusammen mit dem zuständigen Staatsanwalt, den Oberstaatsanwalt zu überzeugen. Je mehr sie sich aber darum bemühten, desto mehr wurde der Staatsanwalt von seinem Vorgesetzten kritisiert. Wie könne er einem solchen Unsinn Gehör schenken, alle Bewohner des Yeongjin Apartmentkomplexes verhaften und auch noch alle Wohnungen durchsuchen lassen? Das waren die Hauptkritikpunkte des Oberstaatsanwalts. Überdies habe der Staatsanwalt diese Maßnahme eigenmächtig, das heißt ohne Genehmigung seines Vorgesetzten, ergriffen. Dafür könne er durchaus eine Abmahnung erhalten. Mehr noch, es habe im Endeffekt rein gar nichts gebracht, dass man alle Bewohner in Zellen gesperrt und ihnen Fingerabdrücke abgenommen hatte. Wenn jemand Klage gegen die Staatsanwaltschaft erheben würde, hätte er sehr gute Chancen, dass ihr stattgegeben würde.

»Das Problem ist jetzt einzig, dass die Fingerabdrücke von Uh Hoseok nicht registriert sind. Ist das Ihr Ernst, dass ich all diese absurden Geschichten glauben soll, nur um eine Erklärung für dieses eine Problem zu haben? Seit wann sind Sie auch dafür zuständig, die Leute zu unterhalten? Ist es nicht genug, dass kein einziger Fernsehsender mehr imstande ist, vernünftige Nachrichten zu senden, und dafür jeden Tag nur alle möglichen Boulevardmärchen erzählt? Schicken Sie Uh Hoseok jetzt zum Bürgeramt und lassen Sie seine Fingerabdrücke registrieren, wenn das noch nicht geschehen ist! Alle Einwohner von Busan machen im Moment schließlich genau das!«

Uh Hoseok, der von sich aus das Geständnis abgelegt hatte, er sei Choi Mingu, wurde zum Bürgeramt von Yeongdo geführt und meldete sich wie alle gewöhnlichen Bürger in dieser Stadt neu als Einwohner Busans an. Die zuständige Sachbearbeiterin war Park Hyeonju. Nach der Einwohneranmeldung wurden seine Fingerabdrücke erneut abgeglichen. Uh Hoseok war nun identisch mit Uh Hoseok.

Er bekam eine Haftstrafe von sieben Jahren wegen Störung der Totenruhe. Vor Gericht sah er genauso einsam aus wie einst auf dem Spielplatz vor dem Yeongjin Apartmentkomplex. An der Gerichtsverhandlung nahm Kang Doyeong als zuständiger Ermittler teil. Mit Vollstreckung der Haftstrafe von Uh Hoseok war der Fall abgeschlossen. Ungelöst, aber abgeschlossen.

Die Polizei benannte den Jungen, der auf dem Polizeirevier

aufgetaucht war, als den Mörder des Mannes, den man im Klassenzimmer einer technischen Oberschule aufgefunden hatte, und war der Meinung, dass dieser Junge in der Gasse zur Klippe gestorben war, von der man aufs Meer blicken konnte. Außerdem glaubte die Polizei, dass der Mörder dieses Jungen und der Terroristenjunge vom GSH-Building ein und dieselbe Person seien und dass der Terroristenjunge selbstverständlich auch für die Löcher in den Wänden des Polizeireviers verantwortlich sei.

Der Terroristenjunge war möglicherweise Lee Sunhee. Dennoch wurde die Identität des Terroristen nicht offiziell bekannt gegeben, weil es beim besten Willen nicht zumutbar war, dass die Polizei lediglich basierend auf der persönlichen Überzeugung eines Ermittlers, der ein übertrieben großes Interesse an Sunhee hatte, erklärte:»Die hohen weißen Sneaker gehören Lee Sunhee, deswegen ist der Terrorist ganz klar dieser Junge!« Es war unmöglich, dass er den Vorfall überlebt hatte, und allein aus diesem Grund wurde angenommen, dass er tot sei. Die Polizei gab offiziell ein Statement ab: Im Hinblick auf die Waffe, die der Terrorist benutzt hatte, liefen die Untersuchungen noch; bei der Fortbewegung handele es sich nicht um Teleportation, sondern der Terrorist habe seine Route durch das Gebäude vorher sorgfältig und bis ins kleinste Detail berechnet und diese Route zudem zuvor ausgekundschaftet; aus vielerlei Gründen sei anzunehmen, dass er sehr wahrscheinlich Komplizen gehabt habe, weswegen die Polizei weiterhin umfangreich ermittle; abschließend sei herausgefunden worden, dass die zwölf an den Strand gespülten Leichen keine koreanischen Staatsbürger seien, aber weil feststehe, dass es sich um Asiaten handelte, habe die Polizei vor, die Ermittlung auf alle asiatischen Staaten auszudehnen, weshalb man die Nachbarländer Japan und China bereits um Kooperation gebeten habe.

Das war die offizielle Verlautbarung; somit gab es für Yang Changgeun und Kang Doyeong nichts, was sie weiter zu ermitteln gehabt hätten. Doyeong war selbstverständlich ganz sicher, dass der junge Terrorist Sunhee war, und mittlerweile teilte auch Changgeun seine Ansicht. Die Zeit, die die beiden im Büro verbrachten, zog sich immer weiter in die Länge. Das hieß jedoch nicht, dass sie mehr miteinander sprachen als zuvor.

* * *

Dr. Tak beichtete Doyeong und Changgeun, die ihn ohne einen triftigen Grund aufsuchten, dass der Chip, das Beweisstück, abhandengekommen sei; wenn es stimmen sollte, dass der Chip, der sich auch im Kopf des Jungen befunden hatte, der getrennt von seinem Arm an einem regnerischen Tag in den Obduktionssaal geliefert worden war, Teleportation ermögliche, dann gebe es noch eine Person, die dazu fähig sei; und dass er, Dr. Tak, bei der Implantation jenes Chips in den Kopf dieser Person zugegen gewesen sei.

Nachdem die beiden Ermittler das alles von Dr. Tak gehört hatten, fühlten sie sich einmal mehr in ihrer Meinung bestätigt, dass die Person, die sich teleportieren konnte, Lee Sunhee sein musste. So etwas wie eine »Berechnung der Route« durch die Lobby des GSH-Buildings hatte es nicht gegeben. Die Aufnahmen der Überwachungskameras waren auch nicht manipuliert worden. Sunhee konnte aus dem Nichts erscheinen und verschwinden, wie es ihm gerade passte, genau so, wie man es in den Videos gesehen hatte.

Demzufolge war es nicht auszuschließen, dass er verschwunden war, bevor ihn die Wand unter sich begraben hatte. Vielleicht deswegen war dort nur ein hoher weißer Sneaker gefunden worden. Das war eine Erklärung, warum seine Leiche bis heute nicht geborgen worden war. Das war prinzipiell möglich.

Für Changgeun gab es aber immer noch etwas, wofür er keine plausible Erklärung hatte. Als Sunhee verschwand, war er am ganzen Körper mit Verletzungen übersät gewesen. Wenn er zur Teleportation fähig war – warum war er dann so lange geblieben, bis er sich in einem dermaßen schlimmen Zustand befand? Das Gebäude war längst am Einstürzen gewesen, und somit hatte er sein Ziel erreicht, wenn das wirklich sein Plan gewesen sein sollte. Warum war er nicht rechtzeitig gegangen, obwohl er das zweifellos gekonnt hätte? Was hatte ihn dort gefesselt? Changgeun fand keine Antwort darauf.

Mit dieser unbeantworteten Frage kam er zurück ins Büro und erkundigte sich bei dem jungen Ermittler, ob es eine Leiche gebe, die in den letzten Tagen an den Strand getrieben geworden war. Seine Frage wurde verneint. Er bat den jungen Kollegen, dass er ihn benachrichtigen solle, sobald er von so etwas hören sollte. Als er anschließend nach dem Grund gefragt wurde, antwortete er schlicht: »Weil ich denke, dass er zum Meer gegangen ist.«

27

Die Großmutter machte keinen Hehl daraus, dass sie ihre Enkelin hasste, deren Bauch immer weiter anwuchs.

»Denk mal nach, wo deine Mutter hin ist!«, schimpfte sie häufig mit Kanghee. Sie sagte auch wie immer, dass sie nicht einmal in ein Altenheim könne, weil sie einfach kein Glück mit ihren Kindern habe, und bei dem Glück mit ihrer Enkelin sehe es noch miserabler aus. Sie vergaß selbstverständlich nie, den Hof zu erwähnen. Kanghee solle unbedingt bis in den Hof kriechen, wenn sie meine, dass das Baby gleich aus ihr rauskommen würde. Sie erwähnte aber nie so etwas wie, dass sie die Entbindung übernommen habe, als Kanghees Mutter ihr Baby zur Welt gebracht habe und es daher für Kanghee nicht nötig sei, ins Krankenhaus zu gehen, wenn es bei ihr so weit sei, und sie fragte ihre Enkeltochter auch nie, ob es etwas gebe, auf das sie Appetit habe, da sie gut essen solle. Sie fragte auch nie, wer der verdammte Vater des Kindes sei. Sie wiederholte nur den Satz: »Denk mal nach, wo deine Mutter hin ist!«

Ihre eigene Tochter war bei der Entbindung ums Leben gekommen, aber als ob sie davon nichts wüsste, hielt sie ihre Tochter für die schlechteste Mutter auf der Welt, die ihr neugeborenes Baby zurückgelassen hatte und einfach davongelaufen war. Aus ihrer Sicht machte es womöglich keinen Unterschied, ob ihre Tochter gestorben war, während sie ihr Baby zur Welt gebracht hatte, oder ob sie ihr Baby zurückgelassen hatte und abgehauen war, weil für die Großmutter nur zählte, dass ihre Tochter nicht da war – was letztendlich bedeutete, dass sie eine lästige Enkelin am Hals hatte, die sie großziehen musste.

Trotz einer solchen Großmutter verbrachte Kanghee ihre Zeit möglichst ausgelassen, damit ihr Kind von dieser Stimmung so wenig wie möglich mitbekam. Wenn ihre Großmutter mit ihr schimpfte, hielt sie sich die Ohren zu. Ein makelloses Hochhaus stürzte um, Menschen starben, und alle Bürger meldeten sich neu beim Einwohnermeldeamt. In Busan herrschte Chaos. Auch zu solchen negativen Dingen hielt Kanghee Distanz, so gut sie es eben konnte. Sie gab sich Mühe, keine entsetzlichen Bilder zu sehen. Sie hatte gehört, dass alles, was die werdende Mutter sieht und hört, Einfluss auf das Baby ausübe. Sie musste sich sehr häufig die Ohren zuhalten und ihre Augen verschließen. Aber damit konnte sie leben. Was für sie ein wirkliches Problem darstellte, war der Hunger. Sie hatte andauernd Hunger und aß deshalb auch ständig aus Rücksicht auf ihr Baby.

Heute hatte sie großen Appetit auf Knochensuppe. Es war bereits tief in der Nacht. Sie dachte, Knochensuppe schmecke nicht nur gut, sondern sei auch sehr gesund, und jetzt sei für sie genau die richtige Zeit für diese Suppe. Jedoch waren alle Lokale zu, bei denen man Knochensuppe bekommen konnte. Andere Eintopfgerichte konnte man jederzeit bekommen, aber was sie jetzt unbedingt essen wollte, war Knochensuppe, und zwar speziell die der Gaststätte »Busaner Knochensuppe«.

»Stimmt ja, die Fahrtkosten!«

Kanghee ging aus dem Haus und setzte sich auf Sunhees Motorrad. Onkel Uhwan schuldete ihr etwas. Vor einiger Zeit hatte sie ihn auf dem Motorrad mitgenommen und eine wahnsinnig adrenalingeladene Fahrt gehabt. Als sie ihn damals vor einem Immobilienbüro im Bezirk Yeongdo absteigen ließ und allein wegfuhr, nahm sie ihm das Versprechen ab, dass er ihr die Fahrtkosten bezahlte, und zwar in Form von Knochensuppe.

An jenem Tag hatte sie während der Fahrt nach Hause ein wenig über Onkel Uhwan nachgedacht, der sein Leben riskiert hatte, um zu jenem Immobilienbüro zu gelangen. Jetzt fiel ihr auch vieles ein, was sie ihn gerne fragen würde: Wer war dieser Verrückte, der ihn verfolgt hatte? Was für eine Pistole hatte dieser Penner, wenn er damit problemlos Löcher in den Asphaltboden jagen konnte? Was hatte Onkel Uhwan früher bloß gemacht, wenn ihm solche gefährlichen Sachen passierten?

Von Sunhee hatte sie nichts mehr gehört. Er war nicht mehr in ihrem Leben, und für sie gab es nur noch Onkel Uhwan, den sie als Freund bezeichnen konnte. Als sie dachte, dass sie diesen Freund tatsächlich gleich sehen würde, ging es ihr augenblicklich um einiges besser. Sie würde in wenigen Minuten die Knochensuppe essen, die er ihr servieren würde, und dieser Gedanke machte sie glücklich.

Immer wenn Sunhee nach Hause kam und sein Flitzbike in der Nähe geparkt hatte, war das Licht in der Gaststätte angegangen. Wenn Kanghee mit ihm die Eingangstür aufmachte, war Onkel Uhwan stets dabei, eine Schüssel mit Brühe zu füllen. Die Knochensuppe, die er servierte, hatte besonders viel Fleisch. Jetzt wollte sie schnell dort ankommen und diese Suppe essen. Sie beschleunigte das Motorrad.

Genauso wie Sunhee parkte sie das Motorrad in der Nähe der Gaststätte. Daraufhin ging das Licht in der Gaststätte an, so wie es immer gewesen war. Sie lachte kurz auf und streichelte ihren Bauch. »Na, was sagst du? Mit Mama gehst du jetzt was Gutes essen!«

Sie ging auf die Gaststätte zu und öffnete die Tür. Onkel Uhwan stand in der Küche und bereitete für sie die Knochensuppe vor. Als sie ihn von hinten sah, war ihr irgendwie zum Heulen zumute. Dass er in der Küche war, dass zumindest er unverändert blieb, beruhigte sie sehr. Nun schaute er kurz zu ihr rüber. Dann kam er mit der Suppe auf sie zu und lächelte Kanghee, die im Türrahmen stand, dabei aus vollem Herzen an. Genau so war er immer gewesen. Ein Lächeln, das ihr irgendwie vertraut war.

Aber der Mann, der auf den Tisch, an dem sie immer mit Sunhee gesessen hatte, die Suppe hinstellte, war nicht Onkel Uhwan. Sondern der alte Mann. Es war der Vater Sunhees, der Alte des öffentlichen Badehauses, der unbedingt gewollt hatte, dass sie sich von seinem Sohn trennte.

Sie fühlte sich verraten und betrogen. Der Mann lächelte sie weiter an, als ob er sie gut kenne. Er grüßte sie mit den Augen, wie es gute Freunde taten.

Kanghees gute Laune war augenblicklich dahin. Die Situation war ihr sehr unangenehm. Unbewusst umfasste sie ihren Bauch. Sie wollte nicht, dass dieser Mann von ihrem Baby erfuhr. Keinen einzigen Schritt tat sie in die Gaststätte. Sie schloss die Tür und machte auf dem Absatz kehrt.

Als sie sich wieder auf das Motorrad gesetzt hatte, konnte sie sich aber nicht entscheiden, wohin sie nun sollte. Nach Hause wollte sie nicht. Plötzlich dachte sie, dass sie wenigstens für das Baby die Knochensuppe hätte essen sollen. Sie bereute es. Er war zwar alt, aber vielleicht wäre er dann für ihr Kind ein guter Opa geworden. Sie bereute, dass sie gegangen war. Aber das Motorrad hatte sich längst weit von der »Busaner Knochensuppe« entfernt.

28

Ein Tag, der früh begann, war lang. Die Tage häuften sich, an denen Uhwan nicht einschlafen konnte. Er hörte gelegentlich die Wellen. Die Gaststätte stand ziemlich weit entfernt vom Meer, aber wenn es Nacht wurde, erreichte ihn durch die Stille das Rauschen der Wogen. Wenn er diese Meereswogen wahrnahm, fiel ihm die Nacht ein, in der er in der Lagerhalle eingeschlafen war. Der Tag, an dem er dort hingegangen war, um Park Jongdae zu töten. Ihm fiel die Lagerhalle ein, in der Lee Jongin ermordet worden war. Es stank nach Blut.

Eines Nachts hörte er das Flitzbike. Da stand er wie aus Gewohnheit ruckartig auf, schaltete das Licht in der Gaststätte ein und rannte in die Küche. Schnell bereitete er eine Schüssel Knochensuppe vor und schaute zur Eingangstür. Die Tür ging auf, jemand wollte hereinkommen. Es war aber nicht Sunhee. Es war Kanghee. Er freute sich über ihr Kommen, genauso wie er sich über Sunhees Kommen gefreut hätte. Er ging mit der Suppe aus der Küche. Dann stellte er sie auf den Tisch, an dem Kanghee und Sunhee immer gesessen hatten. Seine Freude drückte er mit dem Blick aus: »Hallo, Kanghee! Lange nicht gesehen. Schön, dass du da bist. Was stehst du da so rum, komm doch rein! Lass dich doch öfter mal blicken. Setz dich und iss. Wie geht's dem Baby? Ab jetzt musst du öfter kommen und etwas Suppe essen.«

Jedoch starrte Kanghee ihn nur an, grüßte ihn anders als früher nicht, kam nicht herein und setzte sich auch nicht vor die Knochensuppe. Sie stand für eine Weile auf der Türschwelle, beobachtete, was er tat, schloss die Tür wieder und ging. Er war kurz irritiert, ehe er sie verstand.

Kanghee hatte Jongin nicht gemocht. Sie nannte ihn den Alten des öffentlichen Badehauses. Wenn er so darüber nachdachte, musste er sagen, dass auch Sunhee Jongin nicht besonders gemocht hatte. Er war ausgerechnet zu Jongin geworden, jemand, den weder Sunhee noch Kanghee mochte. Er konnte nichts anderes tun, als diese Tatsache hinzunehmen.

Kanghees Bauch war ganz schön dick geworden.

* * *

Der Sommer ging zur Neige. Uhwan servierte jeden Tag Knochensuppe. Aus dem Bürgeramt bekam er häufig einen Mahnanruf. Man verlangte von ihm, seine Einwohnerregistrierung zu erledigen.

»Die drei sind eine Familie«, murmelte Uhwan. Aber keiner der drei war da. Es gab viele Stammkunden, aber keiner von ihnen war ein guter Bekannter von ihm. Der Mensch, auf den er tagtäglich wartete, kam nicht.

Kanghee, die Uhwan unter dem Herzen trug, kam ebenso nicht wieder. Von Sunhee, der vielleicht ein guter Vater hätte werden können, fehlte jede Spur. Nur Jongin war definitiv gestorben und existierte nur noch im Spiegel.

Uhwan dachte daran, wie er einst die Schuluniform Sunhees

gewaschen hatte. Sie war rot, als er sie mit bloßen Augen sah, rot, als er sie ins Wasser tat, und sie war rot, während er sie wusch. Mehrere Stunden hatte er sich an der Kleidung abgearbeitet, bis sie ihre weiße Farbe zurückbekam. Er hatte das Blut ausgewaschen. Das Namensschild trat auf der linken Brustseite in Erscheinung, und er las den Namen »Lee Sunhee«; auch damals war es so gewesen, als er gedankenlos das Blut aus der Schuluniform entfernte, dieses Blut den Boden im Bad und die weiße Waschschüssel vollkommen in Rot tauchte; als er dabei unerwartet den Namen seines Vaters sah: Auch in jenem Moment hatte es nach Blut gestunken. Er dachte, dass das wirklich so gewesen sein musste. Daran erinnerte er sich jedoch erst jetzt.

Was er damals gebraucht hatte, war lediglich Entsagung gewesen. Er musste damals erkannt haben, dass er schließlich nicht glücklich werden konnte und seinem Wunsch nach Glück entsagen musste.

Trotzdem wartete er nun noch ein bisschen weiter. Wie Jongin saß er vor dem Eisenkessel und wartete darauf, dass die Brühe kochte und die Knochensuppe fertig war; wie Jongin saß er an einem Tisch in der »Busaner Knochensuppe« und wartete auf Sunhee.

Er konnte jedoch nicht das Leben eines anderen führen, indem er nur wartete. Jeder hatte seine eigene Gegenwart.

»Warum habe ich nur so sehr darum gekämpft?«, fragte er sich, während er den Mann im Spiegel betrachtete.

29

Ermittler Yang Changgeun fuhr zum Spielplatz vor dem Yeong-jin Apartmentkomplex. Dort setzte er sich auf eine Bank. Es war ein Sonntag, der Himmel war klar und weit. Die Fenster standen offen, und er hörte die Stimmen der Bewohner, die in dieser und jener Wohnung miteinander redeten und zusammen lachten. Es klang, als ob die Wohnungen selbst leise und liebevolle Gespräche miteinander führten.

Auf dem Spielplatz waren einige Kinder. Zwei von ihnen und zwei Mütter fielen Changgeun besonders auf. Die Mütter, die auf einer Bank saßen, plauderten und behielten dabei ihre Kinder im Auge. Ein Mädchen und ein Junge, beide ungefähr vier Jahre alt, spielten im Sandkasten und bauten Häuser. Sie drückten eine Hand auf den Sand, schaufelten diesen auf ihre Hand, nahmen sie dann vorsichtig heraus, und schon war ein kleines Sandhaus entstanden. Seine kleinen Lippen bewegend, sang das Mädchen dazu ein Kinderlied: »Kröte, Kröte, ich geb dir ein altes Haus, schenk mir ein neues.« Der Junge zog ebenso seine Hand aus dem Sand heraus, aber sein Haus ging kaputt. Er schaute zu seiner Mutter. Sie ging zu ihrem Sohn und sagte ihm: »Ist schon gut. Dein Haus ist ja so winzig, da kann eh niemand drin wohnen.« Auch das Mädchen sah zu seiner Mutter. Diese lächelte ihre Tochter öfter an. Der Junge legte sein Fäustlein wieder auf den Sand, häufte mit der anderen Hand Sand darauf an und klopfte ihn fest. Das Mädchen half ihm dabei. Sehr vorsichtig zog der Junge sein Fäustlein heraus. Da entstand ein kleines Loch. Ein Haus! Darin wohnte zwar noch niemand, aber es war ein Haus, in dem irgendwann jemand wohnen würde. Das Haus würde jeden willkommen heißen.

Changgeun wurde grundlos neidisch auf die Kinder. Er ging auf sie zu, als sie wieder alleine spielten, und sprach sie an: »Das Lied von der Kröte … Wisst ihr, dass es zu dem Krötenhaus auch eine Geschichte gibt?«

Keiner antwortete.

»Es war einmal eine Kröte, die sehr viel Gift in sich trug. Ach, ich habe ihren Namen vergessen, aber auf jeden Fall war ihr Rücken alles andere als glatt, und sie sah ziemlich eklig aus. Und sie hatte Gift in sich. Ein sehr gefährliches Gift. Als sie Eier im Bauch bekam, also Kinder bekam, machte sie etwas Verrücktes. Normalerweise hatte sie große Angst vor giftigen Schlangen und ging ihnen immer aus dem Weg. Aber als sie Eier im Bauch trug, machte sie sich auf den Weg zu einer giftigen Schlange. Eine giftige Schlange hat natürlich auch Gift, und ihr Gift ist viel stärker und gefährlicher als das von einer Kröte. Als die Kröte dann die Schlange traf, kämpfte sie nicht gegen sie, sondern ließ zu, dass die Schlange sie als Ganzes auffraß. Na ja, sie hätte ja sowieso keine Chance gegen die Schlange gehabt. Nun, jedenfalls war die Kröte nun also im Bauch der Schlange, nicht wahr?« Da sah Changgeun, dass der Junge es mit der Angst bekam. Ungerührt erzählte er weiter. »Die Kröte spuckte im Bauch der Schlange ihr Gift aus. Alles Gift, das sie hatte, spuckte sie vollständig aus. Was glaubt ihr, was dann passiert ist?«

»Auch die Schlange ist gestorben«, antwortete das Mädchen. »Jawohl! Die Schlange starb auch. Was wurde aber aus der Kröte? Die Babykröten fraßen ihre tote Mutter auf. Wo waren diese Babykröten also jetzt?«

»Im Bauch der Schlange«, antwortete wieder das Mädchen.

»Jawohl! Die Babykröten fraßen ihre Mutterkröte auf und dann auch die Schlange. Danach sprangen die Babykröten gesund und kräftig frei im Wald umher. Eine Schlange hat schließlich sehr viele Nährstoffe.«

Changgeun schaute das Mädchen an und erklärte: »In dem Lied, das du gesungen hast, ist das alte Haus die Mutter, die von ihren Babykröten gefressen wurde. Und die Babykröten, die ihre Mutter und die Schlange gefressen haben, springen in ihr neues Zuhause. Und? Ist die Geschichte nicht lustig? Aber was meint ihr? Muss man wirklich um jeden Preis am Leben bleiben und dafür auch das Fleisch von jemand anderem fressen? Die Kröte und die Schlange waren sicher bereits tot, aber die Babykröten fraßen dennoch die beiden und begannen auf diese Weise ihr neues Leben. Und aus so einem Unfug hat man eine Geschichte für ein Kinderlied gemacht, das dann so süße, liebe Kinder wie ihr beim Spielen im Sandkasten singen, und dann schwafelt man auch noch etwas von ›sich aufopfern‹ und so einen Quatsch. Ist das nicht ärgerlich? … Die Geschichte ist einfach Blödsinn, nicht wahr?«

Der Junge fing schließlich an zu weinen. Das Mädchen grübelte. Die Mütter kamen schnell zu ihren Kindern und stellten Changgeun zur Rede, schimpften mit ihm und drohten ihm. Er antwortete, dass er Ermittler sei, kehrte zur Bank zurück und setzte sich wieder hin. Die Mütter verließen daraufhin zusammen mit ihren Kindern den Spielplatz. Das Mädchen schaute zurück und winkte Changgeun. Dieser zündete sich erst jetzt eine Zigarette an, da keine Kinder mehr in der Nähe waren.

Aus dem Gebäude kamen einige Leute, die wie Familien aussahen. Kinder rannten. Sie lachten auch.

Dieser Alltag wirkte auf Changgeun stabil und sicher. Im Alltag kommt es zu allerlei Unfällen und Morden. Aber wenn man vom Alltag redet, dann meint man in der Regel Tage, die friedlich sind, an denen man gelegentlich ein bisschen laut wird, ab und zu ein fröhliches Lachen ertönt und gedämpfte Stimmen zu hören sind, die einem ein angenehmes Gefühl bescheren; im Alltag ist man hin und wieder unglaublich beschäftigt und muss auch Ungerechtigkeiten über sich ergehen lassen, über die man sich aufregt; obwohl der Alltag im Grunde genommen nur eine Wiederholung sterbenslangweiliger Zeit ist, befindet man sich darin nicht in einer lebensbedrohlichen Situation oder macht sich nicht ernsthafte Gedanken über den Tod. Natürlich sah der Alltag Changgeuns völlig anders aus. Aber auch er wünschte sich einen normalen Alltag wie andere Menschen. Und selbst wenn ihm dieser nicht gegönnt war, wünschte er den anderen, möglichst vielen, diesen gewöhnlichen Alltag.

In der Wand von Nr. 403 gab es kein Loch oder Ähnliches mehr. Die Renovierung war längst abgeschlossen, ein neuer Mieter war bereits eingezogen.

Die Tür von Nr. 402 ging auf. Park Hyeonju kam mit einer Frau, die etwa gleich alt zu sein schien wie sie, aus der Wohnung. Die beiden Frauen unterhielten sich und verschwanden auf der Treppe am Ende des Außenflurs. Eine Weile später erschienen sie durch die Eingangstür des Gebäudes. Sie sahen fröhlich aus. Changgeun vermutete, dass Hyeonju eine neue Mitbewohnerin hatte.

Auch am nächsten Tag ging er, nachdem er kurz auf dem Revier vorbeigeschaut hatte, zum Yeongjin Apartmentkomplex und verbrachte den Tag auf dem Spielplatz. Wenn er vom Revier angerufen wurde, ging er entweder nicht ans Telefon oder sagte, dass er bei einem Einsatz sei. Am darauffolgenden Tag ging er direkt zum Spielplatz. Dort blieb er bis zur Mittagszeit und wollte gerade gehen, da begegnete ihm das Mädchen, das er zwei Tage zuvor kennengelernt hatte. Er und das Mädchen freuten sich und winkten einander zu. Die Mutter des Mädchens sagte ihrer Tochter jedoch, dass sie ihn nie wieder grüßen solle.

Er fragte sich, ob es nicht in Ordnung wäre, wenn alles einfach so bleiben würde wie in diesem Moment und nichts weiter passieren würde. Er wünschte sich, dass es in diesem Apartmenthochhaus zukünftig keine Vorkommnisse mehr gäbe, die seinen Alltag durcheinanderbringen würden. Er rauchte noch eine weitere Zigarette auf dem Spielplatz und erhob sich erst dann von der Bank.

Bevor er das Gelände des Apartmenthochhauses vollständig hinter sich ließ, hielt er kurz inne. Er stand vor dem Yeongjin Immobilienbüro. Es war immer noch zu. Der Zettel »Sommerurlaub« hing weiterhin an der Glastür. Bald war Herbst. Auf dem Zettel stand zwar nicht, wie lange der Sommerurlaub dauern würde, aber wenn der Inhaber dieses Immobilienbüros vorhaben sollte, seinen Lebensunterhalt mit dem Immobiliengeschäft zu bestreiten, sollte er endlich aus dem Urlaub zurückkehren.

Changgeun sah durch die Glasscheibe ins Büro hinein und blickte sich daraufhin in der Umgebung um. Anschließend rief er den Schlüsseldienst an. Der Mann vom Schlüsseldienst kam und meckerte zwar, dass das ein Verstoß gegen das Gesetz sei, aber er öffnete dennoch die Tür.

Changgeun betrat das Immobilienbüro. Er hatte nicht vor, etwas Bestimmtes zu suchen. Er wollte einfach einmal alles genauestens in Augenschein nehmen. Einen Durchsuchungsbefehl für diesen Raum würde er nie bekommen. Außerdem hatte er das Gefühl, dass er nie wieder einen Fuß in den Yeongjin Apartmentkomplex und somit auch in dieses Immobilienbüro setzen würde. Also hatte er keine andere Option als den Schlüsseldienst gehabt, wenn er diesen Raum durchsuchen wollte. Er beschloss, sich alle Zeit der Welt zu nehmen und das Büro lückenlos zu durchkämmen.

Er setzte sich zunächst auf die Sitzgruppe, die für Kunden vorgesehen war. Hier hatte er gesessen, als er zum ersten Mal mit Park Jongdae gesprochen hatte. Auf dem Tisch lagen ein paar Zeitschriften, beispielsweise die *Immobilien-Welt*. Da er weder ein Haus noch ein Grundstück jemals kaufen würde, ließ er die Zeitschrift liegen. Die Zeitschriften trugen ein sehr altes Datum. In dem kleinen Kühlschrank stand nur Wasser. Auch der Schreibtisch war sauber, es lagen lediglich ein paar nicht ausgefüllte Formulare für Mietverträge und Notizblöcke ohne Notizen darauf. »Hatte Park Jongdae wirklich ein so großartiges Gedächtnisvermögen?«, fragte sich der Ermittler, weil ihm einfiel, dass dieser irgendwann gesagt hatte, er könne sich an alles sehr gut erinnern. »Sommerurlaub« war die einzige Notiz, die Jongdae in seinem gesamten Büro hinterlassen hatte. Changgeun öffnete die Schubladen. Sie alle waren leer, als ob der Büroinhaber alle Dokumente als Ganzes im Kopf aufbewahren würde. Aber in der untersten Schublade des Rollcontainers mit drei Schubladen, der getrennt vom Schreibtisch unter diesem stand, entdeckte Changgeun doch einen großen weißen Briefumschlag. Auf dem Umschlag war ein Stempel mit dem Namen und der

Anschrift eines Krankenhauses. Changgeun machte den Umschlag auf. Ein Dokument mit einem Testergebnis war darin. Es waren drei Testpersonen. Aber es standen darin nur die Geschlechter ohne Namen. »Anscheinend haben einige der Leute, die ihre Identität nicht preisgeben konnten oder wollten, sich testen lassen«, dachte er. Es handelte sich um einen DNA-Test. Zwei Männer und eine Frau. Der Test bestätigte, dass ein Mann das leibliche Kind der Frau und des anderen Mannes war. Die drei waren eine Familie, also Mutter, Vater und Sohn. »Wer sind diese drei? Bestimmt welche, die ihre Identität nicht verraten konnten, weswegen einer von denen aus Park Jongdaes Gruppe den Immobilienmakler darum gebeten hat, ihm den Test zu ermöglichen.«

Im Umschlag war nur dieses eine Blatt. Jedoch kamen Changgeun in Bezug auf diesen Test auf einmal einige Personen in den Sinn.

Sein Kollege Doyeong hatte mal gesagt, dass er nicht verstehen könne, wieso der Knecht der »Busaner Knochensuppe« um sein Leben fliehen musste. Man kann auf Leben und Tod um etwas kämpfen, auch wenn man nicht unbedingt einen Grund dafür hat. Allerdings verstärkt sich die Intensität, wie sehr man um Leben und Tod kämpft, wenn es tatsächlich einen Grund gibt.

Changgeun versuchte, sich deutlicher an Doyeongs Worte zu erinnern. Eine Schülerin hatte den Knecht mit dem Motorrad mitgenommen, und auf den Asphalt um dieses Motorrad herum hatte es bei der Flucht Laserstrahlen geregnet. Das Motorrad hatte Lee Sunhee gehört, dem Sohn aus der »Busaner Knochensuppe«. Mit diesem Motorrad war nun seine Freundin gefahren, und hinter ihr hatte der Knecht gesessen, der vor einiger Zeit zu dieser Gaststätte gekommen war, um dort zu arbeiten.

Die Schülerin hatte ihn trotz aller Risiken auf dem Motorrad mitgenommen.

Die junge Mutter, die eine hervorragende Motorradfahrerin war, der junge Vater, der ein Terrorist und darüber hinaus zu einem Prominenten avanciert war, und der alte Sohn aus der Zukunft, der als Küchenhilfe tätig war, die drei waren eine Familie. So reimte sich Changgeun die Sache anhand des DNA-Testergebnisses zusammen.

Was aber war danach aus Lee Uhwan geworden? Wo war er jetzt? War er noch hier? War er zurück in seine Zeit gegangen? Solche Fragen stellte sich Changgeun im Büro von Park Jongdae und verbrachte damit den ganzen Rest des Nachmittags.

* * *

Changgeun kam aufs Revier zurück und stellte eine Vermisstenanzeige für Park Jongdae aus.

Doyeong war nicht auf dem Revier. Es hieß, dass er zum Abendessen gegangen sei. Auch Changgeun ging zum Essen. Er hatte Hunger und irgendwie Lust auf Knochensuppe, daher ging er in der Nähe des Reviers zu einer Gaststätte, die diese anbot.

Er tat den Reis in die Suppe und aß einen Löffel. Dabei erkannte er, dass man bei der »Busaner Knochensuppe« von Lee Jongin in der Tat eine ausnehmend gute Knochensuppe bekam.

30

»Heute esse ich Knochensuppe!« Nachdem er diese Entscheidung getroffen hatte, fühlte sich Doyeong klarer im Kopf. Er fuhr mit dem Taxi zur »Busaner Knochensuppe«. In den Gaststätten, die er vom Revier aus zu Fuß erreichen konnte und die Knochensuppe anboten, bekam man nur den reinsten Schweinefraß. So etwas konnte er nicht freiwillig zu sich nehmen und schon gar nicht dafür bezahlen. Allerdings stellte sich heraus, dass die »Busaner Knochensuppe« geschlossen war.

So kannte Doyeong den Inhaber Lee Jongin gar nicht. Er würde niemals seinen Laden unter der Woche schließen. »Ist er unterwegs auf der Suche nach seinem Sohn?«, fragte sich der Ermittler und schaute nach einer Notiz oder Ähnlichem. Er fand tatsächlich eine. Sie stammte jedoch nicht von Jongin, sondern einem Mitarbeiter des Bürgeramtes mit der Aufforderung, dass Lee Jongin die Einwohneranmeldung erledigen solle. Verwundert fragte sich Doyeong, womit Lee Jongin so sehr beschäftigt war, dass er sich um diese Sache immer noch nicht hatte kümmern können, denn die meisten Bürger in Busan, die über siebzehn Jahre alt waren, hatten das längst erledigt. Doyeong schaute durch die Glasscheibe in die Gaststätte hinein und sah die Postsendungen, die der Briefträger anscheinend durch den

Türspalt geworfen hatte und die auf dem Boden lagen. Es sah so aus, als sei das Lokal mindestens seit mehreren Tagen geschlossen.

»Ist er wirklich unterwegs auf der Suche nach seinem Sohn?«

31

Es war ein Abschnitt des Meeres, der weit von Busan entfernt lag. Es gab dort viele Inseln. Am Strand einer dieser Inseln öffnete Lee Sunhee die Augen. Er konnte sich nur an eines erinnern: Er war unentwegt tiefer im Meer versunken.

Auf der Insel lebte niemand. Sunhee konnte auch nicht einschätzen, wo sich diese Insel ungefähr befand. Er hatte Durst. Am ganzen Körper hatte er stechende Schmerzen. Ihm fiel ein, dass er geweint hatte. Er erinnerte sich, dass er dem Tod ins Auge gesehen und an seinen Vater gedacht hatte.

Ihm kam der Gedanke, dass sein Vater jetzt allein in der Gaststätte sein musste. Er selbst wollte jetzt auch dort sein. Er dachte an zu Hause. Nicht an den Gästebereich, auch nicht an das Zimmer seines Vaters oder sein eigenes, sondern an die Küche der »Busaner Knochensuppe«. Dort musste sein Vater um diese Tageszeit sein.

Aber so genau er sich die Küche auch vorstellte, er verschwand nicht. Er blieb unverändert an dem stillen Strand. Ihm war es nicht mehr möglich, von seinem jetzigen Aufenthaltsort wegzukommen.

Weg von jener Insel und zurück nach Busan, zurück nach Hause, wo sein Vater war. Er brauchte nun großes Glück, um von einem Schiff entdeckt zu werden, und das konnte mehrere Tage dauern.

Nach einem Monat war er schließlich wieder in Busan.

Sein Vater war nicht in der Küche. Die »Busaner Knochensuppe« war geschlossen, anscheinend schon seit geraumer Zeit, denn die Postsendungen hatten sich vor der Tür zu einem Haufen gestapelt.

Sunhee ging aufs Polizeirevier und suchte Kang Doyeong auf. Er gab eine Vermisstenanzeige nach Lee Jongin auf. Und gestand sein Verbrechen. Er verlor kein Wort über Komplizen. Changgeun und Doyeong fragten ihn mehrmals nach der Beteiligung von Park Jongdae und seinen Männern an dem Verbrechen. Er sagte aber aus, dass es sich um eine Straftat handele, die er allein begangen habe.

Lee Sunhee, der achtzehn Jahre alt war, wurde als Terrorist für die Zerstörung des GSH-Buildings zu lebenslanger Haft verurteilt. Das alles geschah, bevor der Herbst zu Ende ging.

32

Am 28. Januar 2020 brachte Kanghee einen Jungen zur Welt. An dem Tag schneite es sehr viel.

Ein Mann durchschnittlicher Größe ging die Gasse vor dem Haus entlang. Er hörte ein Stöhnen, weswegen er sich umschaute. Vor ihm befand sich ein Haus mit einer niedrigen Mauer. Im Hof des Hauses lag eine sehr junge Frau und umfasste ihren dicken Bauch. Der Mann wollte über die Mauer zu ihr springen. Sie hielt ihn aber davon mit einem Handzeichen ab, dass sie keine Hilfe wolle, und kam alleine wieder hoch. Sie tat einen Schritt nach dem anderen, kam bis zur Mauer, machte die Hoftür auf und trat in die Gasse hinaus. Anschließend stieg sie auf das extrem gepimpte Motorrad, das an der Hofmauer stand. Das Motorrad fuhr ab, und der Mann ging seines Weges.

Es gab einen heftigen Schneesturm. Kanghee, bei der die Wehen eingesetzt hatten, umfasste ihren Bauch und fuhr immer schneller. Die Wehen wurden heftiger. Daher kam es für sie nicht infrage, die Geschwindigkeit zu reduzieren. Sie ignorierte rote Ampeln und fuhr riskant zwischen den Autos hindurch. Als sie in die Straße abbog, von der aus sie schon das Krankenhaus sehen konnte, rutschte ihr das Motorrad weg. Sie fiel zu Boden.

Das Motorrad rutschte weiter, verlor einige Teile und blieb erst dann liegen. Es schneite einfach zu heftig.

Personen, die die Motorradfahrerin gesehen hatten und deshalb aus ihren Wagen gestiegen waren, versammelten sich um die Teile des Motorrads. Sie fanden die Fahrerin jedoch nicht. Kanghee lag weit entfernt vom Motorrad auf dem Asphalt. Sie hielt mit beiden Händen ihren Bauch fest und lag bewegungslos da. Als wäre sie tot. Während die Leute nach ihr suchten, kam sie noch einmal alleine auf die Beine. Sie ging durch den Schneesturm zu Fuß ins Krankenhaus. Irgendwo blutete sie. Als sie im Krankenhaus ankam, brachte sie einen Jungen zur Welt. Dann starb sie.

Kanghees Großmutter wurde darüber informiert, aber sie suchte das Krankenhaus nicht auf. Es war Yang Changgeun, der ins Krankenhaus kam, nachdem die Nachricht von Kanghees Tod bei der Polizei eingegangen war. Als jemand mit sicherem Status kümmerte er sich um die Beerdigung der jungen Mutter. Das Neugeborene kam in ein Waisenhaus.

33

Changgeun ging zum Gefängnis, um dort einen Insassen zu besuchen. Zum ersten Mal seit seiner Tätigkeit als Ermittler besuchte er einen Gefangenen, den er hinter Gitter gebracht hatte. Er traf Lee Sunhee und teilte ihm die Geburt seines Sohnes mit. Er richtete ihm aus, dass sein Sohn in ein Waisenhaus geschickt worden war. Zum Schluss sagte er ihm, dass Yu Kanghee gestorben sei. Anschließend fragte er ihn: »Wie möchtest du dein Kind nennen?«

Lee Sunhee antwortete nicht gleich, weil er die Tränen nicht unterdrücken konnte. Die Nachricht von Kanghees Tod erschütterte ihn. Er schluchzte und schluchzte, und da realisierte Changgeun einmal mehr, dass Sunhee für all das noch viel zu jung war. Er erkannte zum ersten Mal, wie stark das Herz dieses jungen Vaters für Kanghee schlug. Welche Beziehung die zwei jungen Menschen geteilt hatten, konnte er jetzt erahnen. Er musste warten. Sunhee bekam seine Tränen zwar einigermaßen unter Kontrolle, aber auch danach schwieg er noch lange. Und dann fragte er schließlich: »… Wie geht es meinem Vater?«

Lee Jongin wurde nach wie vor vermisst. Das galt auch für Park Jongdae.

»Ich möchte meinen Sohn Lee Uhwan nennen«, sagte Sunhee nach langem Schweigen. Für ihn war Uhwan die einzige Person, die er und Kanghee in dem Sommer, in dem sie am glücklichsten waren, beide gemocht hatten.

34

Changgeun suchte das Waisenhaus auf, in dem der Sohn von Kanghee und Sunhee abgegeben worden war. Er teilte dem Direktor des Waisenhauses den Wunsch des Vaters mit. Der Name des Kindes solle »Lee Uhwan« lauten. Das war alles. Wie Sunhee es gewünscht hatte, erzählte Changgeun dem Direktor des Waisenhauses sonst nichts. Er erzählte nicht, dass die Mutter des Kindes bei der Entbindung gestorben war oder dass der Vater des Kindes ein Terrorist war, der mehr als einhundert Menschen auf dem Gewissen hatte, deshalb bis ans Ende seines Lebens im Gefängnis stecken würde und es dementsprechend unmöglich war, dass er jemals sein Kind zu sehen bekommen würde, obwohl er am Leben war. Davon sollte das Kind nichts erfahren. Das war Sunhees Wunsch.

Als Changgeun gehen wollte, stellte ihm der Direktor des Waisenhauses eine Frage: »Was aber auch immer geschehen sein mag, sollte das Kind doch wenigstens wissen, wie seine Eltern heißen. Meinen Sie nicht auch?«

Changgeun dachte kurz nach und antwortete: »Die Mutter heißt Yu Kanghee und der Vater Lee Sunhee.« Danach wollte er sich umdrehen und gehen, fügte aber doch noch etwas hinzu:

»Es hat unglaublich viel geschneit an dem Tag, an dem das Kind zur Welt kam. Schnee …«

Changgeun verließ das Waisenhaus. Er entschloss sich, nie wieder hierherzukommen. Urplötzlich fragte er sich, wie es wäre, wenn er nach der Pensionierung eine Gaststätte eröffnen würde. Ihm gefiel die Idee, eine Gaststätte zu führen, die eine Knochensuppe anbot, die ähnlich schmeckte wie jene, die er einst gegessen hatte.

Mittlerweile hatte sich außerdem herausgestellt, dass er recht gehabt hatte und es tatsächlich Lee Uhwan gewesen war, der Park Jongdae um einen DNA-Test gebeten hatte. Mit seinen Gedanken über die Zukunft und der Bestätigung seiner Annahme hinsichtlich des DNA-Tests setzte der Ermittler einen Schlussstrich unter seine Beziehung zu dieser dreiköpfigen Familie.

35

Um die Zeit, da der Sommer zu Ende ging, wurde die »Busaner Knochensuppe« geschlossen. Der Sohn, der die Gaststätte geerbt hatte, ließ sie weitere Jahre leer stehen. Er wartete auf die Rückkehr seines Vaters.

Sein Vater kam aber nicht zurück. Vom Gefängnis aus konnte der Sohn die Gaststätte natürlich nicht betreiben. Einige, die sich für den Kauf des Lokals interessierten, suchten ihn daher im Gefängnis auf. Die Gaststätte wurde zu einem Schnäppchenpreis verkauft. Der Sohn spendete das gesamte Geld anonym an ein Waisenhaus.

36

Sowohl Lee Jongin als auch Park Jongdae blieben weiter vermisst, aber Kim Juhan, der etwa um dieselbe Zeit als vermisst gemeldet worden war, wurde wiedergefunden. Eines Tages, etwa zwei Jahre nach der Vermisstenanzeige, betrat er, als wäre nichts geschehen, das Büro seiner Partei. Wegen seines abscheulich verformten Gesichts stockte allen im Büro einschließlich seines Referenten das Blut in den Adern.

Bei der nächsten Wahl war Kim Juhan erfolgreich und wurde Abgeordneter des Bezirks, wie es Park Jongdae vorhergesagt hatte. Bei der Kampagne wurde sein abscheuliches Gesicht effektiv vermarktet. Mit seinem Gesicht erschuf er das Image eines Kandidaten, der die Willenskraft verkörperte, jegliche Krise überwinden zu können. Sein entstelltes Gesicht fungierte als Beweis für die Nöte, die er meisterhaft überwunden hatte.

Zehn Jahre später wurde er jedoch nicht Präsident, entgegen der Vorhersage von Park Jongdae. Allerdings lag das hauptsächlich daran, dass ihn sein Gedächtnis immer wieder im Stich ließ. Er bekam auch nicht selten Anfälle. Er verbrachte seine Zeit ganz gewöhnlich, aber immer wieder kam ihm sein eigenes Gesicht fremd vor. In solchen Momenten schrie er auf und wurde unruhig. Obwohl sein Gesicht zum Beweis seiner überwundenen Nöte geworden war, konnte er sich paradoxerweise selbst nicht an das wahre Wesen dieser Nöte erinnern, die er überstanden hatte.

Er hängte seine Karriere als Politiker an den Nagel und versuchte, im Businessbereich Fuß zu fassen. Obwohl er seit seinem Uniabschluss ausschließlich in der Politik tätig gewesen war, zeigte er Talent in unternehmerischen Tätigkeiten. Die Planung und Ausführung von Geschäften lagen ihm im Blut. Er verdiente sehr viel Geld.

Gelegentlich ging er in der Nacht, nachdem seine Familie sich zum Schlafen gelegt hatte, in seine Privatbibliothek. Dann öffnete er seinen Safe. Dort bewahrte er einige Goldbarren auf. Wenn er sie aber zur Seite schob, trat eine kleine Pistole in Erscheinung, die wie ein kleiner Vogel mit einem großen Schnabel aussah. Kim Juhan betrachtete diese Pistole und bemühte sich darum, seine Erinnerung zurückzuerlangen.

Er kauerte vor dem Safe und kratzte sich am Hinterkopf, an dem eine Narbe zu sehen war. Diese tiefe und lange Narbe erstreckte sich vom Hinterkopf bis in sein Gesicht.

37

Ab dem Jahr 2030 kam es immer wieder zu Fällen, bei denen die Fingerabdrücke, die auf dem Hauptserver des KCSI registriert waren, doppelt vorkamen. Bei denjenigen, die siebzehn Jahre alt wurden und von daher ihre Fingerabdrücke für die Einwohneranmeldung registrieren ließen, zeigte der Computer gelegentlich jene Fingerabdrücke als bereits registriert an. Es war ausgeschlossen, dass zwei Menschen mit denselben Fingerabdrücken in derselben Zeit lebten. Die Stadt Busan erklärte, dass es sich zweifelsohne um einen Fehler handele, zu dem es während des Zeitraums für die erneute Einwohnerregistrierung im Jahr 2019 gekommen sei. Dazu betonte die Stadt ausdrücklich, dass ein Unglück wie der Terroranschlag auf das GSH-Building nie wieder passieren dürfe, anstatt näher auf die Probleme mit den doppelten Fingerabdrücken einzugehen.

Bei solchen Anlässen holte die Regierung den Terroristen Lee Sunhee aus ihrer Requisitenkammer hervor. Er war ein Gefangener mit guter Führung, dennoch wollte die Regierung an ihm ein Exempel statuieren, damit man ihn nach wie vor als einen bösartigen Terroristen in Erinnerung behielt. Lee Sunhee war wie zuvor ein prominenter lebenslänglich Inhaftierter.

38

Der Sommer ging langsam seinem Ende entgegen. Uhwan besorgte eine kleine Menge qualitativ gutes Fleisch und legte die Armbanduhr an, die er Park Jongdae abgenommen hatte. Er schaltete sie ein und wartete, bis die Uhrzeit für die Abfahrt angezeigt wurde.

Er könnte wieder Küchenhilfe werden, wenn er in seine Zeit zurückkehren würde. Genauso könnte er abgelehnt werden, weil sein Gesicht jetzt ein anderes war. Wenn der Gaststättenbesitzer sein Versprechen hielt, könnte er sein eigenes Lokal betreiben. Es war ungewiss, ob er dort gutes Fleisch besorgen könnte, aber wenn er seine Knochensuppe so kochen würde, wie er es gelernt hatte, wäre es denkbar, dass er einige Stammkunden gewann.

Ging es um Erinnerungen, die man sich ins Gedächtnis rief und dabei zufrieden lächeln konnte, wenn man sich einmal an einem Sommernachmittag nach einem großen Strom Kundschaft eine kurze Pause im Schatten gönnen würde, dann hatte Uhwan jetzt auch welche. Auch wenn dort der Winter anbrechen, ein neues Jahr, das Jahr 2064, beginnen würde, wäre er immer noch Mitte vierzig und wie zuvor als Küchenhilfe tätig. Zu einer solchen Konstante würde er nun zurückkehren. An seiner Meinung, dass er von Anfang an unweigerlich ein wertloser

Erwachsener gewesen sei, hatte sich nichts geändert. Doch er hatte seine Mutter und seinen Vater kennengelernt. Und nach wie vor hatte er keine große Angst vor dem Tod. Jetzt hatte er sogar noch weniger Angst vor dem Tod als zuvor. Er watete ins Meer. Als seine Füße den Boden nicht mehr berührten, begann er zu schwimmen.

Während das Boot das tiefe blaue Loch passierte, schlief er tief und fest. Dann machte er tatsächlich wieder die Augen auf. Der Angestellte des Reisebüros hatte auf ihn gewartet. Uhwan nannte dem Angestellten den Namen des Gaststättenbesitzers, der ihn auf die Zeitreise geschickt hatte, und zeigte ihm das Fleisch, dessen Mitnahme sein Auftrag gewesen war. Der Angestellte fragte ihn nicht, was mit seinem Gesicht los sei, und ließ ihn in den Wagen steigen. Wie er es bei der Abreise getan hatte, stieg Uhwan in den Minibus und fuhr über den Boden, der einst Teil des Meeres gewesen war. Alles sah unverändert aus. Die Zeit, die er drüben in der Vergangenheit als Fremder verbracht hatte, schien – vielleicht war das auch selbstverständlich – auf nichts und niemanden irgendeinen Einfluss ausgeübt zu haben.

Die Gaststätte hatte sich auch nicht geändert, bis auf den Besitzer. Dieser war ein bisschen anders. Natürlich war er unverändert fit für sein Alter. Aber sein Arm … Er hatte jetzt seinen rechten Arm, der ihm gefehlt hatte. Wahrscheinlich war sein Lokal sehr gut gelaufen, und er hatte sich den Arm machen lassen. Anstatt große Reden zu halten, legte Uhwan das Fleisch, das er mitgebracht und für das er sein Leben riskiert hatte, auf den Tisch.

Allerdings erkannte der Gaststättenbesitzer Uhwan nicht. Das war eigentlich auch nicht zu erwarten gewesen.

Uhwan grübelte, ob er die Geschichte, die ziemlich lange

werden würde, dem Gaststättenbesitzer oder dem Koch beziehungsweise Bongsu erzählen sollte. Er hatte nicht mal eine Idee, wo er mit seiner Erzählung beginnen sollte. Während er überlegte, starrte der Chef ihn nur bohrend an.

Der Gaststättenbesitzer, eine gute Zeit lang Uhwan betrachtend, der das Gesicht Jongins trug, sagte endlich, als ob er in der fernen Erinnerung die Worte gefunden hätte: »Na toll! Kein Wunder, dass ich Lee Jongin nicht finden konnte!«

39

Es gab zwei Namen, die Yang Changgeun niemals vergaß. Kim Baekgu und Lee Sunhee. Beide waren Schüler gewesen, die er während seiner Ermittlerzeit kennengelernt hatte. Die beiden hatten viele Gemeinsamkeiten. Sie wohnten an einem Ort, an dem es das Meer gab. Er hatte Baekgu in Incheon und Sunhee in Busan getroffen. Sie standen jeweils im Zentrum eines Verbrechens, dem er als Ermittler sehr gerne aus dem Weg gegangen wäre. Zwischen den beiden Schülern gab es aber auch Unterschiede. Beide traf Changgeun zwar an seinem ersten Tag auf seiner neuen Arbeitsstelle, aber der erste Eindruck, den er von den beiden bekam, ging in eine völlig andere Richtung, um nicht zu sagen, in genau entgegengesetzte Richtung.

Baekgu wurde von einem Hausbesitzer aufs Polizeirevier geschleppt, weil er auf den Dächern herumgesprungen war; dabei war seine weiße Schuluniform so rein gewesen, dass man kein einziges Staubkorn darauf sehen konnte. Als Sunhee an einer Schule verhaftet worden war, an der sich nicht nur mehrere Schüler geprügelt hatten, sondern auch ein Mann gestorben war, war seine weiße Schuluniform bereits vollständig von Blut getränkt. Während Baekgu meistens von anderen irgendwohin mitgeschleppt wurde, wurde Sunhee hauptsächlich von anderen verfolgt. Sowohl hinsichtlich ihrer Verbrechen als auch im Leben generell.

Irgendwann ließ Baekgu seine kriminelle Karriere hinter sich. Als Changgeun ihn zum letzten Mal gesehen hatte, war er Büroangestellter gewesen. Vom Aussehen her war er ein ganz gewöhnlicher Angestellter. Danach hatte der Ermittler nichts mehr von ihm gehört, und so konnte er annehmen, dass Baekgu ein ganz normales Leben führte.

Doch bei Sunhee verhielt es sich anders. Schon beim ersten Mal war er als Mordverdächtiger aufs Polizeirevier gekommen. Anfangs war er bloß ein Verdächtiger gewesen, aber er raubte schließlich Doyeong das Leben, Changgeuns rechten Arm und trieb noch mit dem Leben mehrerer Dutzend anderer Menschen sein Spiel. Nein, er hatte weniger ein Spiel damit getrieben als vielmehr um die Leben anderer gefeilscht. Er war sowohl der Anführer der kriminellen Bande Asura, die als brutalste aller Zeiten galt, als auch ein Terrorist, der niemals gefasst wurde.

Als Changgeun seine Ermittlertätigkeit an den Nagel gehängt und eine Gaststätte eröffnet hatte, war Sunhee nach wie vor als hochgefährlicher Verbrecher unterwegs. Changgeun ging öfter zur Gaststätte »Busaner Knochensuppe«, die Sunhees Vater betrieb. Seine Knochensuppe war sehr gut. Es konnte sein, dass Changgeun genau wegen dieses Geschmacks eine Gaststätte eröffnete, was eigentlich gar nicht zu ihm zu passen schien. Er hatte nirgendwo wieder die Möglichkeit gehabt, die Knochensuppe zu bekommen, die er in der »Busaner Knochensuppe« gegessen hatte. Die Knochensuppe, die in seiner eigenen Gaststätte zubereitet wurde, schmeckte nicht ansatzweise so wie die des Lokals damals.

Ein paar Jahre nachdem er seine Gaststätte eröffnet hatte,

kam ein Mann zu ihm. Der Direktor eines Waisenhauses. Neben ihm stand ein Junge, der etwa so alt zu sein schien wie Sunhee, als Changgeun ihn zum ersten Mal gesehen hatte. Der Junge war Sunhees Sohn, Lee Uhwan. Siebzehn Jahre alt. Der Direktor erklärte Changgeun, dass Uhwan das Alter erreicht habe, ab dem man nicht mehr im Waisenhaus wohnen konnte. Changgeun hatte Uhwan als Neugeborenes im Krankenhaus gesehen, und jetzt sah er ihn zum zweiten Mal in seinem Leben.

Lee Jongin, Sunhees Vater, war nicht einmal ins Krankenhaus gekommen, als sein Enkelkind geboren worden war. Es war Yang Changgeun gewesen, der zum Krankenhaus gegangen war. Der Vater des Babys war zwar am Leben, aber ein Straftäter, der irgendwo sein Unwesen trieb, weswegen Changgeun ihn nicht kontaktieren konnte, und Yu Kanghee war bei der Entbindung ihres Sohnes gestorben. Es bestand aber nicht der geringste Zweifel, dass Sunhee der Vater des Kindes war. Kanghee war ohne Trauerfeier eingeäschert und das Neugeborene sofort ins Waisenhaus gebracht worden.

Changgeun suchte daraufhin Jongin auf, denn Sunhee war auf der Flucht und das Baby brauchte einen Namen. Changgeun war nicht gewillt, selbst einen Namen für das Kind eines anderen auszusuchen. Jongin sagte nichts, aber Changgeun wartete wortlos weiter.

»Lee Uhwan«, nannte Jongin lieblos den Namen seines Enkelsohnes, den er noch nie gesehen hatte und auch in Zukunft nicht sehen wollte. Uhwan, also »Sorge«, solle sein Enkelkind heißen. Changgeun konnte nicht einschätzen, ob Jongin mit diesem Namen zum Ausdruck bringen wollte, dass das Baby eine große Sorge darstelle, weil es seine Mutter in den Tod geschickt hatte, oder Jongin sich wünschte, dass dank dieses Namens, den ein neues Leben erhielt, alle Sorgen der Familie verschwanden und Sunhee, auch wenn es genau genommen zu spät dafür war, ein vernünftiges Leben führte. Was Jongin mit diesem Namen auch gemeint haben mochte, er machte jedenfalls einen sehr entschiedenen Eindruck und ein Gesicht, das unmissverständlich sagte, dass er keinen Gedanken mehr an das Baby verschwenden wolle. Als der Ermittler aus der Gaststätte gehen wollte, ergänzte Jongin noch, dass Changgeun dem Baby nichts von seiner Familie erzählen dürfe und er auch Sunhee gegenüber, wenn er ihn verhaften würde, keine Silbe über das Baby verlieren dürfe. Das Baby brauche nicht zu wissen, dass es so einen Vater habe, und Sunhee habe auch nicht verdient, Vater zu sein.

Nicht allzu lange danach starb Jongin. Die Gaststätte war bereits verkauft, und dieses Geld wurde zusammen mit dem Geld, das er sein Leben lang verdient hatte, anonym an ein Waisenhaus gespendet.

Changgeun suchte den Direktor des Waisenhauses auf, um ihm den Namen des Babys mitzuteilen. Er sah das Neugeborene und konnte ihm unmöglich sagen: »Dein Name bedeutet, dass du die Sorge und der Kummer deiner Familie bist.« Er konnte das einfach nicht. Allerdings konnte er auch dem Großvater nicht seinen Wunsch abschlagen. Er mobilisierte alles Wissen über chinesische Schriftzeichen, die er kannte, und suchte zwei Zeichen aus, »U« für Regen und »Hwan« für Freude. Er nannte diesen Namen dem Direktor, und als dieser ihn nach der Bedeutung des Namens fragte, antwortete Changgeun: »An dem Tag, an dem das Kind zur Welt gekommen ist, hat es unglaublich viel geschneit. Schnee ist … Wasser, wie der Regen, und fällt ebenso wie dieser vom Himmel. Und man freut sich, wenn es regnet. Oder nicht? Ich freue mich jedenfalls immer, wenn es regnet.«

Und jenes Baby namens Lee Uhwan stand nun als Jugendlicher erneut vor Yang Changgeun.

Changgeun ließ Uhwan zunächst als Küchenhilfe arbeiten. Der Junge war schweigsam wie sein Großvater und klug wie sein Vater, aber er wuchs weniger zu Letzterem als vielmehr zu Ersterem heran. Er wusste natürlich nicht, dass sein Vater für zahlreiche Verbrechen in Busan verantwortlich war.

Eines Tages machte ein Tsunami Changgeuns Gaststätte dem Erdboden gleich. Danach eröffnete er eine neue, und auch dort übernahm Uhwan eine Stelle als Küchenhilfe in einer noch kleineren Küche als zuvor. Er wollte im Leben nie mehr als das und ging schlicht seiner Arbeit als Küchenhilfe nach. So vergingen etwa zwanzig Jahre. Uhwan war auch jetzt noch Küchenhilfe, und die Beziehung zu Changgeun war nicht enger geworden. Das war nur verständlich, denn Uhwan war der Sohn des Verbrechers, der dafür verantwortlich war, dass Changgeun ein Arm fehlte. Überdies war Changgeun ohnehin niemand, der seine Zuneigung offen zeigte.

Irgendwann kursierte das Gerücht, dass Zeitreisen möglich geworden seien. Es gab angeblich auch schon welche, die diese Reise angetreten hatten. Changgeun begann, sich in Gedanken in einer bestimmten Sache zu verlieren. Die kriminelle Bande Asura war immer noch aktiv. Und Lee Sunhee war nach wie vor Anführer dieser Organisation. Worüber sich Changgeun Gedanken machte, war zwar von etwas komplizierter Natur, ließ sich aber in folgender Frage zusammenfassen: »Was wäre aus Lee Sunhee geworden, wenn er damals gewusst hätte, dass er einen Sohn hat?«

Eine leicht detailliertere Zusammenfassung lautete: »Was wäre aus Sunhee geworden, wenn er gewusst hätte, dass er einen

Sohn hat, bevor er zu der Person wurde, die er schließlich geworden ist? Wäre er dennoch ein brutaler Verbrecher geworden? Oder hätte er ein anderes Leben geführt? Lee Jongin hat seinen Sohn über alles geliebt. Aus Rücksicht auf diese Tatsache und auch darauf, dass der Apfel nicht weit vom Stamm fällt, wie man so sagt, hätte Sunhee, der einen solchen Vater hatte, vielleicht selbst auch ein guter Vater werden und dementsprechend ein etwas anderes Leben führen können, wenn er nur gewusst hätte, dass er einen Sohn hatte?«

Changgeun machte sich auf den Weg zum Reisebüro. Er vermisste überdies auch die köstliche Suppe der »Busaner Knochensuppe«. Daher schickte er Uhwan zurück in den Sommer, in dem sein Vater noch kein Mörder geworden war, und hoffte nebenbei, dass Uhwan von seinem Großvater lernte, wie man die Knochensuppe kochte.

Lee Uhwan war in die Vergangenheit gereist, hatte von seinem Großvater Lee Jongin das Rezept für die Knochensuppe gelernt und auch seinen Vater Lee Sunhee kennengelernt. Dadurch vollzog sich eine Veränderung in Sunhees Leben. Und so änderte sich auch Changgeuns Leben bis zu einem gewissen Grad.

Den Yang Changgeun, der Lee Uhwan ins Boot gesetzt und in die Vergangenheit geschickt hatte, gab es nicht mehr. Er erinnerte sich ebenfalls nicht mehr an die Zeit, in der er keinen rechten Arm gehabt hatte. Der Yang Changgeun, der jetzt vor Uhwan saß, war der Yang Changgeun, dem es bis zu seiner Pensionierung als Ermittler nicht gelang, die Vermisstenfälle von Park Jongdae und Lee Jongin zu lösen. Außerdem gab es keine Möglichkeit mehr für ihn, durch Sunhee, der nun im Gefängnis saß, seinen rechten Arm zu verlieren.

Als Changgeun den Mann vor sich hatte, der nun mit dem

Gesicht von Lee Jongin auftauchte, wurde ihm vieles klar. »Du hast das Gesicht von Lee Jongin. Wer bist du? Hast du den wahren Lee Jongin umgebracht?«, waren nicht die Fragen, die er stellte. Er schaute sich lediglich das Fleisch an, das Uhwan auf den Tisch gelegt hatte, und nahm ihn wieder als Küchenhilfe auf. Anschließend aß er mit großem Vergnügen die Knochensuppe, die Uhwan gekocht hatte. Sie schmeckte ihm genauso wie jene der »Busaner Knochensuppe«. Eine schöne Erinnerung, die Changgeun, der nun ein alter Mann geworden war, in seinem langen Leben erhalten geblieben war.

40

Als achtzehnjähriger Terrorist, der etwa einhundert Menschen durch die Zerstörung des GSH-Buildings auf dem Gewissen hatte, kam Sunhee ins Gefängnis. Dort wurde er von allen Insassen mit großer Begeisterung empfangen. Alle waren völlig aus dem Häuschen. Nirgendwo hatte er einen solch großartigen Empfang erlebt. Dass der Ort ein Gefängnis war, spielte für ihn keine große Rolle. Genau genommen, hatte er niemanden direkt umgebracht. Er hatte lediglich die Säulen und die Wände des Hochhauses durchlöchert. Dennoch hatte er sich in allen Punkten für schuldig erklärt, und zahlreiche Häftlinge wollten nun für ihn arbeiten.

Im selben Jahr, bevor der Winter einbrach, bildete sich im Gefängnis eine Organisation heraus, in der Sunhee die Position des Anführers übernahm. Jemand erinnerte sich an den Ausdruck »Schlachtfeld Asuras«, das damals in den Zeitungsartikeln über den Einsturz des GSH-Buildings häufig zu lesen gewesen war, in Anlehnung an den Namen buddhistischer Titanen, und die Organisation wurde somit Asura getauft. Jedoch blieb Asura, die Organisation Sunhees, nicht lange bestehen. Nicht einmal einen Winter überdauerte sie.

Das neue Jahr begann, und am letzten Tag des Januars, an

dem die Gefängnisinsassen Schnee räumen mussten, der ein paar Tage zuvor sehr stark gefallen und nicht geschmolzen war, erklärte Sunhee seinen Austritt aus der Organisation. Es war eine viel zu plötzliche Erklärung. Auf den weißen Schnee tropfte Sunhees Blut.

Ab diesem Zeitpunkt wurde er tagtäglich verprügelt. In der Welt außerhalb der Mauern des Gefängnisses war er nach wie vor der brutale Terrorist und Schwerverbrecher, der zu einem Prominenten geworden war, aber im Gefängnis war er ein Abtrünniger, der ohne triftigen Grund aus der Organisation ausgestiegen war.

Er wurde jeden Tag geschlagen und entwickelte sich gleichzeitig allmählich zu einem Insassen, der sich durch gute Führung auszeichnete. Als er über fünfzig war, wurde aus der lebenslangen eine befristete Freiheitsstrafe.

Als er 77 Jahre alt war, wurde er auf Bewährung entlassen. Es war Sommer.

41

Am 31. Januar 2020 bekam Sunhee Besuch im Gefängnis; Ermittler Yang Changgeun kam zu ihm und benachrichtigte ihn, dass Kanghee einen Sohn zur Welt gebracht habe und anschließend gestorben sei.

An jenem Tag hatte Sunhee zum ersten Mal erfahren, dass er einen Sohn hatte. Es war ein Tag, an dem es sehr viel Schnee gab, den es zu räumen galt. Fluchend schaufelten alle Gefangenen Schnee. Unter ihnen war auch Sunhee. Er sah den Schnee, der liegen geblieben war, und dachte, dass es am 28. Januar, an dem Tag, an dem sein Sohn geboren worden war, sehr viel geschneit haben musste. Er sinnierte darüber, dass dieser Schnee, den er gerade schaufelte, von genau jenem Tag war.

»Mein Sohn ist heute 57 Jahre alt geworden«, dachte Lee Sunhee.

An diesem Tag schneite es so heftig wie damals, als sein Sohn geboren worden war.

Die Straßen waren glatt. Sunhee, nun ein alter Mann, lief mit langsamen Schritten durch den stürmischen Schnee, ohne ein bestimmtes Ziel zu haben. Er hatte Lust auf heiße Suppe, wenn möglich eine Knochensuppe. Ja, er hatte Appetit auf eine leckere

Knochensuppe. Man hatte ihm von einer berühmten Gaststätte für Knochensuppe erzählt.

42

Lee Uhwan lebte wie Lee Jongin. In seiner Gaststätte kochte er Knochensuppe wie Jongin. Es war eine Arbeit, die alleine kaum zu bewältigen war. Trotzdem meisterte er die Arbeit alleine, so wie es sein Großvater bis zu seinem Ableben getan hatte. Wenn die Mittagszeit vorüber war, kehrte in der Gaststätte für einige Stunden Ruhe ein. Uhwan saß zu dieser Zeit an einem Tisch und schwelgte in Erinnerungen. Er war in Gedanken stets in jenem Sommer. Da traf er Sunhee und Kanghee. Dann sah er das Meer. Sunhee und Kanghee waren immer siebzehn Jahre alt. Uhwan, der bald sechzig würde, traf jeden Tag seine herrlich strahlenden Eltern.

»Bei diesem heftigen Schnee kann ich das Abendgeschäft wohl vergessen«, dachte Uhwan, und genau in diesem Augenblick öffnete sich die Tür.

Ein alter Mann trat ein. Er sah erschöpft aus, weil er durch den stürmischen Schnee den Weg bis hierher gemacht und dafür all seine Energie aufgebraucht hatte. Er nahm am Fenster Platz, aus dem man auf die Straße schauen konnte. Eine Zeit lang betrachtete er den Schnee, durch den er geschritten war. Uhwan brachte ihm eine Tasse heißen Tee. Der alte Mann nahm den Tee und schaute ihn dabei an. Auch Uhwan betrachtete den alten

Mann. Er kam ihm irgendwie bekannt vor, aber er konnte ihn nicht richtig einordnen. Bei dem alten Mann verhielt sich das ein bisschen anders, denn er schien sich sogleich jemanden ins Gedächtnis rufen zu können, als er Uhwan sah.

Nachdem er Uhwan angesehen hatte, schaute er nicht mehr aus dem Fenster. Es schneite weiter, aber sein Blick ruhte einzig auf dem Gaststättenbesitzer. Der Blick des alten Mannes irritierte Uhwan irgendwie, deswegen ging er in die Küche. Er schnitt Fleisch klein und schöpfte Brühe aus dem Eisenkessel. Dann legte er das Rettich-Kimchi in eine kleine Schüssel. Der alte Mann schaute abwechselnd Uhwan an, der aus der Küche kam, und die Knochensuppe, die ihm serviert wurde. Anschließend nahm er sein Essen zu sich. Er aß seine Knochensuppe und weinte. Sein Weinen ging in ein heftiges Schluchzen über. Uhwan kam aus der Küche zu ihm. Da hörte der alte Mann auf zu schluchzen. Wahrscheinlich war es ihm unangenehm. Nun aß er seine Knochensuppe und aß sie auf bis auf den letzten Tropfen.

43

Immer wenn es schneite, wurde er unruhig. Das war mehrere Jahrzehnte lang so gewesen, die er im Gefängnis verbracht hatte, und auch danach änderte sich daran nichts. Wenn er Schnee sah, kam es ihm so vor, als sähe er seinen Sohn. Als er am Fenster in der Gaststätte saß, sah Sunhee zu, wie der Schnee herabrieselte. Beinahe hätte er deswegen seinen Sohn nicht gesehen.

Er hatte seinen Sohn nie zuvor gesehen. Dennoch wusste er gleich, dass dies sein Sohn war. Der Mann, der ihm den heißen Tee brachte, war zweifellos sein Sohn.

Sein Sohn sah seinem Vater sehr ähnlich. Er war mit dem Gesicht seines Vaters alt geworden. Die Knochensuppe, die er gekocht hatte, schmeckte genauso wie die, die sein Vater einst gekocht hatte. Ihm schmeckte diese Knochensuppe ausgezeichnet.

Als es sich ergab, ein paar Worte miteinander zu wechseln, fragte Sunhee den Mann nach seinem Namen.

Sein Name war Lee Uhwan. Er sagte, dass er seinen Namen von seinem Vater habe. Er sei in einem Waisenhaus aufgewachsen. Von seinen Eltern wisse er lediglich den Namen, sein Vater heiße Lee Sunhee und seine Mutter Yu Kanghee.

»Ich habe gehört, dass es unglaublich viel geschneit hat an dem Tag, an dem ich geboren wurde.«

Sunhee war dankbar dafür, dass sein Sohn nichts von ihm wusste. Er war dem Ermittler Yang Changgeun dankbar, dass er sein Versprechen gehalten hatte. Er wünschte sich, dass sein Sohn von seinem Vater bis in alle Ewigkeit nur so viel wusste, wie er jetzt wusste, und so weiterlebte, wie er jetzt lebte.

44

Es wurde gemunkelt, dass möglicherweise in fünfzig Jahren ein weiterer Tsunami Busan heimsuchen könnte. Das war vielleicht nicht bloß ein Gerücht. Dennoch lebten die Leute weiter wie bisher. Nicht, weil sie keine Angst hatten. Sie lebten einfach weiter, weil sie sich eben an diese Angst gewöhnt hatten.

45

Der alte Mann wurde ein Stammkunde der »Busaner Knochensuppe«, doch erst sehr lange Zeit danach erkannte Uhwan im Gesicht dieses Stammkunden Sunhee. Durch einen Bekannten des alten Mannes fand Uhwan heraus, dass dieser tatsächlich Lee Sunhee war. Der alte Mann war sein Vater. Er hatte nie selbst gesagt, dass er sein Vater war. Aber Uhwan konnte all das nicht so stehen lassen.

Uhwan beichtete seinem Vater alles, was er getan hatte.

Sein Vater hörte ihm wortlos zu.

Dann sagte Lee Sunhee, der achtundsiebzig Jahre alte Mann, Lee Uhwan, dem sechzig Jahre alten Sohn: »Ein Leben wird nicht einfach so ruiniert.«

Und dann sagte er: »Ich weiß nicht, wie es bei dir war, aber bei mir hat sich alles geändert, nachdem du zur Welt gekommen bist.«